Eça de Queirós. Clichê de Guedes de Oliveira.

A Ilustre
Casa de Ramires

CLÁSSICOS ATELIÊ

Eça de Queirós

A Ilustre
Casa de Ramires

Apresentação e Notas
Marise Hansen

Ilustrações
Sérgio Kon

Direitos reservados e protegidos pela Lei 9.610 de 19.2.1998.
É proibida a reprodução total ou parcial sem autorização,
por escrito, da editora

1ª edição, 2000
2ª edição, 2014
2ª edição, 1ª reimpressão, 2022
3ª edição, 2023

Dados Internacionais de Catalogação na Publicação (CIP)
(Câmara Brasileira do Livro, SP, Brasil)

Queiroz, Eça de, 1845-1900.
  A Ilustre Casa de Ramires / Eça de Queiroz
apresentação e notas Marise Hansen; ilustrações
Sérgio Kon. – 3. ed. – Cotia, SP: Ateliê
Editorial, 2023. – (Coleção Clássicos Ateliê)

  ISBN 978-65-5580-093-7

  1. Romance português I. Hansen, Marise.
II. Kon, Sérgio. III. Título. IV. Série.

23-142181

CDD-869.3

Índices para catálogo sistemático:
1. Romances: Literatura portuguesa   869.3
Aline Graziele Benitez – Bibliotecária – CRB-1/3129

Direitos reservados à
ATELIÊ EDITORIAL
Estrada da Aldeia de Carapicuíba, 897
06709-300 | Granja Viana | Cotia – SP
Tel.: (11) 4702-5915
www.atelie.com.br | contato@atelie.com.br
facebook.com/atelieeditorial | blog.atelie.com.br
instagram.com/atelie_editorial

Impresso no Brasil 2023
Foi feito o depósito legal

SUMÁRIO

Apresentação – *Marise Hansen* *9*

A ILUSTRE CASA DE RAMIRES *37*

I *39*
II *63*
III *97*
IV *127*
V *165*
VI *227*
VII *259*
VIII *291*
IX *311*
X *335*
XI *389*
XII *411*

Notas *429*

Eça de Queirós lendo o *Figaro*

Apresentação

1. Eça de Queirós

Eça de Queirós nasceu em 1845, em Póvoa do Varzim (norte de Portugal). Cursou a Universidade de Coimbra e participou diretamente das Conferências Democráticas do Cassino Lisbonense (1871), uma série de palestras proferidas pela juventude intelectual ávida de mudanças no cenário artístico lusitano. Nesse contexto, o que representava a mesmice, o ultrapassado, o conservadorismo, era a estética romântica, baseada no sentimentalismo e na fantasia. A falta de correspondência entre a imaginação romântica e a necessidade de uma arte realista e crítica já havia sido deflagrada por ocasião da Questão Coimbrã (1865), em que o jovem poeta Antero de Quental polemizara contra o representante da literatura oficial, Antônio Feliciano de Castilho. Contra essa literatura considerada "acéfala", representante de um romantismo desgastado, surge o programa realista da geração de Eça de Queirós, formada por Antero de Quental, Oliveira Martins e Teófilo Braga, entre outros. Nas palestras proferidas sobre a nova arte, esses escritores declararam que a função da literatura seria analisar a sociedade a partir da *observação*, e não da imaginação. Só a observação crítica e minuciosa da realidade poderia servir de substrato a obras que se pretendiam revolucionárias, representantes de uma "arte de combate".

Tendo por mestres os escritores franceses Hyppolite Taine e Émile Zola, Eça de Queirós adere ao Naturalismo, segundo o qual a literatura deve-se nortear por uma perspectiva não só realista, mas também científica. Assim, a criação ficcional passaria a ser fruto da análise dos *fatores sociais* que *determinam* os comportamentos humanos; como qualquer fenômeno natural, esses comportamentos (especialmente os anômalos) poderiam ser definidos *a priori*, desde que se estudassem as *circunstâncias externas* que os produziam. Surge o romance de tese, em que situações e personagens são concebidas para demonstrar as causas de certos problemas sociais. Norteado por essa concepção de literatura, Eça de Queirós escreve os romances *O Crime do Padre Amaro* (1875) e *O Primo Basílio* (1878). Neste, o ataque do escritor se dirige à burguesia lisboeta, representada sobretudo pela personagem Luísa, mulher casada que sucumbe à sedução do primo; naquele, as críticas recaem sobre os costumes eclesiásticos.

Machado de Assis, em sua conhecida crítica a *O Primo Basílio*[1], publicada em 1878 na revista *O Cruzeiro*, atentou para o fato de que as personagens do romance parecem "não ter vida", pois não há paixões que as movam (nem amor, nem ódio). Elas parecem agir de acordo com o esquema preconcebido do autor (o que é, de fato, o método do romance de tese); o romancista brasileiro as chama, por isso, de *títeres* (marionetes) manipuladas por uma ideia a ser demonstrada.

Nos últimos livros de Eça de Queirós, verifica-se, senão o total, ao menos o parcial abandono do programa da "literatura de combate", profissão de fé do Realismo/Naturalismo. João Gaspar Simões afirma que as críticas de Machado de Assis "abalaram

---

1. Machado de Assis, *Obra Completa*, Rio de Janeiro, Nova Aguilar, 1992, vol. III.

profundamente as convicções realistas de Eça de Queirós"[2].
Outros fatores contribuíram para um "abrandamento" da visão
realista/naturalista. Após anos de vida diplomática em Cuba e,
principalmente, na Inglaterra, o escritor casa-se em Portugal, aos
quarenta e um anos, e muda-se, dois anos depois, para Paris, onde
reside até a data de sua morte (16 de agosto de 1900). A partir de
A Relíquia (1887), seu estilo manifesta mais preocupação com o
simbólico e o lírico do que com a crítica demolidora; parece que
já o programa naturalista não atende às necessidades artísticas do
escritor, um "verdadeiro romântico", como lhe chamara o amigo
Alberto de Oliveira. O romance *A Ilustre Casa de Ramires* foi
escrito em 1894, após o autor ter passado um período de férias em
Portugal. Publicado na *Revista Moderna*, em 1897, e em livro em
1900, nele se verificam as mudanças operadas na perspectiva de
Eça de Queirós, que vinha manifestando inclusive a vontade de escrever romance histórico: a crítica acirrada aos valores burgueses
dá lugar à valorização do país, do interior, do povo português, o
que não implica o abandono da perspectiva observadora e realista,
nem da ironia fina.

2. PORTUGAL

> *Senhor, a noite veio e a alma é vil.*
> *Tanta foi a tormenta e a vontade!*
> *Restam-nos hoje, no silêncio hostil,*
> *O mar universal e a saudade.*

> FERNANDO PESSOA

Um país cujo passado fora coberto de glórias, mas cujo
presente se reveste de humilhações frente ao cenário político

---

2. João Gaspar Simões, *Eça de Queirós: A Obra e o Homem*, Lisboa, Arcádia, 1978, p. 65

internacional; que, no passado, alçara-se à condição de grande império ultramarino e, no presente, vive uma crise decorrente da instabilidade política e da ausência de projetos nacionais: tal é o perfil de Portugal no fim do século XIX. O liberalismo, vigente no país desde 1834 com a instituição das Cortes Constituintes, não fora capaz de ditar novos rumos para a economia portuguesa, que perdera sua maior colônia com o advento da independência do Brasil. Sem ter apresentado grandes avanços na indústria, Portugal se vê à margem do novo sistema vigente na Europa, o capitalismo industrial e financeiro. Em 1851, um golpe introduz no país a proposta de Regeneração, baseada na necessidade de "progresso", ou seja, de desenvolvimento industrial.

Com efeito, a Regeneração trouxe algum progresso, mas a distância que separava Portugal dos demais países europeus ainda era enorme. Por exemplo, em 1856, enquanto a Inglaterra contava com doze mil quilômetros de ferrovias, Portugal inaugurava sua primeira estrada de ferro, abrangendo 36 quilômetros. Os partidos Regenerador e Histórico (de oposição) alternam-se no poder, mas não apresentam mudanças substanciais para oferecer ao país condições de rivalizar com as demais potências. Outro fator que coloca Portugal em desvantagem é a sua impotência diante da política imperialista adotada pelos países desenvolvidos no fim do século XIX. Na corrida neocolonialista que toma lugar no quadro geopolítico internacional, a Inglaterra é o novo Império ultramarino (*the British Empire*), seguido por França, Bélgica, Alemanha e Itália. Desde o século XVII, Portugal mantinha com o reino britânico uma relação de dependência e subserviência que culminou na disputa neocolonialista por territórios africanos. O fator agravante dessa disputa foi o *Ultimato* inglês: em 1890, a Inglaterra ordenara que Portugal retirasse suas tropas da região entre Moçambique e Angola (colônias portuguesas na África), e a ordem foi submissamente acatada pelo país ibérico. O orgulho nacional ferido foi o mote usado pela campanha republicana, que se fortaleceu até que, em 1910, o sistema monárquico foi extin-

Caricatura de Eça de Queirós, Defensor da Igreja, publicado no jornal *A Nação*, 1946.

to. A intromissão britânica nos rumos da economia portuguesa aparece simbolizada, em *A Ilustre Casa de Ramires*, através de referências irônicas às influências inglesas. Uma das mais evidentes verifica-se na personagem Miss Rhodes, governanta do Solar dos Ramires enquanto o pai de Gonçalo estivera vivo. O nome Rhodes se deve ao maior empreendedor imperialista britânico do fim do século, Cecil Rhodes. Ambicioso e inescrupuloso, ele tinha por objetivo ligar a África "do Cabo ao Cairo" através de uma ferrovia (controlada pelos ingleses, obviamente), passando, portanto, pela região ocupada por tropas portuguesas, conflito que teria originado o *Ultimato*. Essa região daria origem à Rodésia, que hoje corresponde a Zâmbia e Zimbábue.

3. Gonçalo Ramires: Alegoria de seu País

> *Triste de quem vive em casa,*
> *Contente com o seu lar,*
> *Sem que um sonho, no erguer de asa,*
> *Faça até mais rubra a brasa*
> *Da lareira a abandonar!*

Fernando Pessoa

Nas últimas décadas do século XIX, o mundo vivia uma nova ordem, a do capitalismo industrial, na qual Portugal parece não ter lugar privilegiado. Nesse mundo, governado pela burguesia capitalista, qual seria então o lugar de um jovem de "sangue nobre", cuja família remonta a anos anteriores à própria formação do reino português? Esse jovem é o fidalgo Gonçalo Mendes Ramires, protagonista do romance *A Ilustre Casa de Ramires*, cujo sobrenome tem séculos de existência, mas cujos cofres estão vazios. Gonçalo vive de arrendar as terras de suas quintas (Treixedo e Santa Ireneia) a lavradores, já que herdara de seu pai mais dívidas do que bens.

A Ilustre Casa de Ramires ❧ 15

O termo "casa", presente no título da obra, refere-se à família dos Ramires. Esta é *nobre* e *ilustre* devido ao seu passado ancestral: o primeiro Ramires teria surgido no século X, dando início a uma linhagem de homens destemidos e cavaleiros honrados. O primeiro capítulo do livro faz uma *retrospectiva histórica* da família, para que se tenha dimensão da ancestralidade do nome Ramires. Atrelados à sequência cronológica da ascendência de Gonçalo, estão os eventos mais importantes da história de Portugal, desde as lutas pela independência (século XII) até a indecisão que marca a cena política no fim do século XIX. O efeito cômico da cronologia decorre da presença assídua, incondicional, de um Ramires junto aos reis, cavaleiros e demais figuras importantes da história nacional. A "intimidade" entre os líderes monárquicos e os avoengos de Gonçalo chega ao ponto, por exemplo, de um Lourenço Ramires não só ter sido *colaço* (irmão de leite) de Afonso Henriques, primeiro rei de Portugal, mas também ter visto em sonho, como este vira, Cristo pregado na cruz, antes da importante batalha de Ourique (1139); e também ao ponto de Paulo Ramires ter não apenas lutado em Alcácer-Quibir (1578), ao lado de D. Sebastião, mas ter também, como o jovem monarca, desaparecido em meio à multidão de mouros...

Desde o primeiro capítulo, esboça-se a analogia entre os Ramires e seu país, a ser confirmada, no final, pela relação que se evidencia entre Gonçalo e Portugal. Nesse panorama histórico introdutório, a analogia se estabelece em decorrência do movimento descendente verificado, a partir de certo momento, tanto na história do país quanto na história da família: em consonância com o *surgimento* e *apogeu* do reino (correspondentes às dinastias de Borgonha e Avis), estão a *honra* e os *ideais elevados* dos Ramires medievais; já relacionada à *crise nacional* (deflagrada a partir de 1580, com o governo de Portugal nas mãos dos Felipes de Espanha e prolongada com a dinastia de Bragança) e ao *enfraquecimento do Império*, está a *degeneração* dos Ramires.

Eça de Queirós. Caricatura de Alvarus, publicada na revista fluminense *Dom Casmurro*, 1945.

A referência ao *passado lusitano* verifica-se em outras obras da literatura portuguesa. Os dois maiores poetas da língua, Luís de Camões e Fernando Pessoa, trataram de recuperar a história gloriosa de Portugal em suas obras, através do panorama cronológico de sucessões dinásticas. O primeiro, nas palavras de Vasco da Gama, quando este conta ao rei de Melinde a história do reino até a época de D. Manuel, que promoveu a viagem até a Índia (cantos III e IV da epopeia *Os Lusíadas* – 1572). O segundo, trinta e quatro anos após a morte de Eça de Queirós, na epopeia (*moderna*, porque fragmentada) *Mensagem* (1934). Ambos os poetas se detêm no *apogeu* correspondente às conquistas ultramarinas, pois lhes interessa exaltar a grandiosidade do povo lusitano. (É verdade que Camões não viveu para ver a imersão na crise, já que o ano de sua morte, 1580, coincide com o início do domínio filipino.) Fernando Pessoa também não vai além de D. Sebastião, cuja morte, em 1578, na batalha de Alcácer-Quibir, passou a simbolizar o desaparecimento das glórias portuguesas. De qualquer forma, em *Os Lusíadas* e em *Mensagem*, há o tratamento sério e elevado da retrospectiva histórica, próprio do gênero épico.

Já em Eça de Queirós (e essa é uma mostra de que o autor, a despeito de ter abandonado a perspectiva naturalista, não perdera o senso crítico-irônico da realidade de seu país), o panorama histórico é feito sob o signo da *ironia*, que se presta ao gênero romanesco, especialmente ao romance de crítica. O fim da dinastia de Avis, que teria dado início ao processo de declínio do reino, marca também o princípio da degeneração dos Ramires, como afirma o narrador: "Já, porém, como a nação, degenera a nobre raça..." Os feitos dos Ramires passam então a se caracterizar pela sordidez e mesquinharia: dedicam-se à glutonaria, à pirataria, à extravagância perdulária, à alcovitagem e ao escravismo. Assim, a "segunda parte" da cronologia é uma espécie de paródia da primeira, ou seja, é o seu reverso irônico, pois subverte a nobreza e o heroísmo, transformando-os em prosaicos malogros.

18 ❧❧ EÇA DE QUEIRÓS

O ponto mais baixo dessa linha descendente é o fidalgo Gonçalo Ramires: além de encontrar-se em dificuldades financeiras, ele tem de conviver com o fato de ser medroso, volúvel e submisso. Sua fraqueza de espírito torna-o dependente da opinião de amigos e criados, principalmente de Bento, mordomo do Fidalgo. A dependência econômica, o medo e a falta de confiança em si mesmo são os motores da corrupção moral pela qual passa a personagem, que visa estar "à altura" de usar o sobrenome ilustre. Paradoxalmente, ele se afasta cada vez mais da honra de ser um Ramires. O ingresso na política já se faz de modo aviltante na figura de Vicente Ramires, pai de Gonçalo: este fora nomeado governador civil de Oliveira para afastar-se de Lisboa e deixar de importunar a namorada do Ministro... A vida política de Gonçalo tem uma gênese ainda mais degradante, como fica indicado na recorrente metáfora da *fenda* pela qual ele teria que passar para ingressar na vida pública e garantir seus privilégios.

O que se segue é uma trajetória de decadência moral, que inclui a traição à palavra dada ao lavrador José Casco; as pazes feitas com André Cavaleiro, a quem Gonçalo abominava, em troca de um favor político; a mudança inconsequente de partido; as fugas sucessivas de situações de perigo; a cogitação da possibilidade de se casar, por dinheiro, com uma mulher a quem julgava horrível e vulgar. Tudo se passa num processo de *alienação* da personagem, que procura justificar suas atitudes atribuindo *aos outros* a culpa de seus tormentos e enganando, dessa forma, a si próprio.

O enredo apresenta então uma *peripécia*, ou seja, uma reviravolta responsável por uma mudança no rumo dos acontecimentos: a surra que Gonçalo dá no truculento Ernesto de Nacejas configura-se como o *impulso viril* que viria promover o resgate da honra e a regeneração moral da personagem[3]. Depois de enfrentar aquele

---

3. O enorme e *louro* Ernesto pode ser visto como alegoria da Inglaterra, já que amedrontava Gonçalo Ramires, representação de Portugal. Ver José De Paula Ramos Jr., *Roteiro de Leitura: A Ilustre Casa de Ramires*, São Paulo, Ática, 1996, p. 111.

Eça de Queirós. Famosa caricatura de Rafael Bordalo Pinheiro.

20 ᖱᖰ Eça de Queirós

que o intimidara, Gonçalo sente-se íntegro para agir com *franqueza* em relação à sua irmã; com *orgulho* diante de André Cavaleiro; com *sinceridade* para consigo mesmo e, principalmente, com *determinação* em relação aos rumos a serem tomados em sua vida.

Só depois de encontrar-se em paz é que lhe surge, *concretamente*, o grande projeto de sua vida, concebido *por ele*, e não por terceiros: a ida para a África. O continente africano como alternativa para a vida estéril do Fidalgo delineia-se outras vezes ao longo do livro, na forma de *indícios* para a viagem realizada no desfecho. O assunto "África" ora adquire o aspecto de desabafo de Gonçalo (surge como tentativa de evasão de uma realidade comezinha, por representar um mundo de aventuras contrastante com a monotonia de Vila Clara; ora surge como objeto de discussão na roda de amigos que frequentam a Torre. Nesse último caso, a polêmica gira em torno de qual a melhor política econômica a ser adotada por Portugal: a que investe no expansionismo neocolonialista ou a que explora os recursos do interior do país[4]. No entanto, é apenas numa noite estrelada, após ter sido eleito deputado que, a partir da contemplação do vasto universo, Gonçalo vive uma *epifania*: seu destino era grande – não porque o passado da família fosse grandioso, mas porque estava em suas mãos determinar o *futuro*: a vontade sincera o levaria a ser um realizador. A situação da personagem configura-se como um reflexo da história nacional: também o país, desde que vivesse apenas do passado, jamais recuperaria a dignidade e o crescimento. A personagem é

---

4. Esse é um dilema representado na literatura portuguesa desde o Renascimento. Em *Os Lusíadas*, a mesma questão apresenta-se no episódio do Velho do Restelo: este, na época do expansionismo mercantilista, mostra-se contrário às expedições ultramarinas, alegando que há muito o que fazer pelo país sem que seja preciso "abandoná-lo". Numa perspectiva que considera não só aspectos político-econômicos, mas também valores morais, o Velho do Restelo defende a valorização da economia agrária e enaltece os valores familiares e cristãos. A ideia de valorização do interior aparece também em outro romance do próprio Eça de Queirós, *A Cidade e as Serras*.

alegórica porque personifica, concretiza uma ideia mais ampla, o resgate da autoconfiança nacional e a elaboração de projetos que ultrapassassem o saudosismo em relação às realizações passadas. A dimensão alegórica do protagonista é indicada pelo amigo João Gouveia que, ao analisar o perfil contraditório do Fidalgo, afirma que este lhe faz lembrar o próprio país.

4. O "Protótipo da Incoerência"

As personagens do livro são, na maioria, *tipos*. As personagens *típicas*, bem como as *alegóricas*, costumam ser esquemáticas, superficiais. Na medida em que se configuram como representações de ideias ou tipos sociais, tendem a não apresentar traços profundos de psicologia ou atitudes surpreendentes. Gracinha Ramires é a moça sentimental, romanesca, que se deixa seduzir mesmo após ter sido abandonada; é uma personagem da estirpe da superficial Luísa, de *O Primo Basílio*, a despeito de sua resolução final de extinguir ritualisticamente o passado, exclamando para si mesma: "Como a gente muda!" André Cavaleiro é o típico *don juan*, que conquista pelo simples prazer de exercer a sedução, e que foge do compromisso representado pelo casamento (uma espécie de Basílio provinciano). Barrolo é o marido ingênuo e bonachão, que submete a esposa a uma rotina de tanta tranquilidade que se reverte em acomodação e monotonia. A descoberta do apelido de *Bacoco* (tolo), pelo qual os amigos se referem a ele, deixa-o mais magoado do que a insinuação de que Gracinha mantém uma relação extraconjugal.

Como tais, muitas dessas personagens são concebidas como instrumentos de crítica a uma sociedade de valores superficiais. A crítica não é destrutiva ou proselitista, mesmo porque esses tipos são mais humanizados em relação aos romances queirosianos de motivação naturalista. Mas certas manias e trejeitos,

Eça de Queirós, Revolucionário, *A Nação*, 1946.

quando reiterados, acabam por revelar aspectos condenáveis do comportamento social. D. Maria Mendonça, por exemplo, uma das frequentadoras do Solar, forja um parentesco com os Ramires e acaba acreditando na própria mentira; seu desejo de ser nobre é tamanho que ela convence a si e aos outros de sua "nobreza" (Gonçalo só a trata por "prima"), e ainda mostra-se preconceituosa em relação aos de sangue "não nobre". Este é seu comentário a respeito da jovem Rosinha Rio-Manso, candidata a noiva do fidalgo: "[...] Diferença de idade, apenas onze anos; e o dote tremendo. Falam em quinhentos contos. Há apenas a questão de sangue e o dela, coitadinha..." João Gouveia é o administrador que convence Gonçalo a relevar as divergências políticas e se reaproximar de André Cavaleiro; ele argumenta que tais desavenças não devem ser levadas tão a sério, afinal, elas não se comparam a "questões de vida e morte", e ambos os partidos (Regenerador e Histórico) "são constitucionais e cristãos". Nesse mesmo discurso, ele elabora junto ao fidalgo o pretexto para a reaproximação de Cavaleiro: a agressão do lavrador José Casco deveria ser punida sob ordens da autoridade máxima local. Embora saibam ambos que se trata de um mero pretexto, eles *fingem acreditar* na urgência da intervenção do governador civil:

– Governo Civil, caro amigo, Governo Civil! Esses casos de prisão preventiva pertencem ao Governo Civil. [...] Você realmente corre perigo. Nem um instante a perder!... Amanhã tipoia e Governo Civil. Mesmo por amor da Ordem Pública!

E Gonçalo, compenetrado, com os ombros vergados, cedeu ante esta soberana razão da Ordem Pública:

– Bem, João Gouveia, bem!... Com efeito é uma questão de ordem pública. Vou amanhã ao Governo Civil.

Tais casos de acordos sociais subentendidos revelam, sob a óptica crítica do autor, a hipocrisia que orienta as relações no mundo burguês. Trata-se de um ponto de vista semelhante ao adotado por Machado de Assis em *Memórias Póstumas de Brás*

Eça de Queirós, Oliveira Martins, Antero de Quental, Ramalho Ortigão e Guerra Junqueira.

Cubas (1881), livro em que o narrador, o corrosivo Brás Cubas, sugere que *civilização* implica *fingimento*. Várias são as ocasiões em que Brás Cubas alude à mentira e à falsidade como os motores da vida social, especialmente da elite. As relações ditas "civilizadas" constituem uma verdadeira mascarada, da qual não faz parte a sinceridade: *a veracidade absoluta é* "incompatível *com um estado social adiantado*" e a paz das cidades só se pode obter "à custa de embaçadelas recíprocas..."[5]

Os tipos chegam, algumas vezes, ao ponto de serem *caricaturais*, como é o caso do patriota José Lúcio Castanheiro. Colega de Gonçalo nos tempos da Universidade, em Coimbra, Castanheiro concebe um projeto, após o malogro de seu semanário intitulado *A Pátria*: publicar uma revista quinzenal, os *Anais de Literatura e de História*, com o objetivo de despertar o sentimento nacional junto à juventude. O nacionalismo de Castanheiro é ufanista, xenófobo, e propõe o resgate das glórias passadas como saída para o país. Para ele, o problema se punha nos seguintes termos: "Portugal, menino, morre por falta de sentimento nacional!" E assim tentava convencer Gonçalo a escrever para os *Anais*: "E aos descendentes dos que outrora fizeram o Reino incumbia, mais que aos outros, o cuidado piedoso de o refazer... Como? Reatando a tradição, caramba!" A superficialidade das ideias e a demagogia do nacionalismo "patriotinheiro" são o alvo da crítica a que a caracterização da personagem se presta: ela é descrita de modo caricatural, que se poderia chamar também de *expressionista*, devido ao exagero, à quase deformação do retrato:

> Mais defecado, mais macilento, com uns óculos mais largos e mais tenebrosos, o Castanheiro ardia todo, como em Coimbra, na chama da sua Ideia – *a ressurreição do sentimento português!*[6]

---

5. Machado de Assis, *Memórias Póstumas de Brás Cubas*, Apresentação e Notas de Antônio Medina Rodrigues, São Paulo, Ateliê Editorial, p. 189 [Col. Clássicos Ateliê 5].

6. Esse tipo de nacionalismo, que visava preencher as lacunas do presente a partir

26 ❧❧ ECA DE QUEIRÓS

E Gonçalo? Seria ele um tipo? A primeira tendência é considerar que sim, uma vez que a personagem é concebida para personificar uma ideia (é uma *alegoria*), e, portanto, seria elaborada a partir de traços superficiais e esquemáticos. Essa é a opinião do crítico José Antonio Saraiva, para quem Gonçalo Ramires "não tem personalidade própria; obedece a um esquema pré-concebido, é uma personagem simbólica, representa a Pátria – e como representa a Pátria embarca para a África"[7]. Também João Gaspar Simões considera que o Fidalgo é simplesmente o meio através do qual o autor expõe uma ideia: ele seria "o maior de todos os títeres que o romancista concebeu"[8]. (Note-se que o crítico emprega o mesmo termo – *títere* – usado por Machado de Assis para se referir ao esquematismo das personagens de *O Primo Basílio*.)

Para J. de Melo Jorge, o Fidalgo da Torre é o "protótipo da incoerência"[9], epíteto paradoxal, pois *protótipo* significa *modelo*, e se associa, portanto, à noção de regra, padrão, tipo; e *incoerência*, o oposto disso, é a *contradição*, a união de contrários que subverte os modelos. O paradoxo serve para indicar que, a despeito de sua dimensão alegórica, a personagem tem um mínimo de *complexidade*. A incoerência, se serve de base para a analogia estabelecida por João Gouveia entre o Fidalgo e Portugal, serve também para caracterizar a personagem a partir de *antagonismos* próprios da natureza humana: defesa mesquinha dos próprios inte-

---

da valorização idealista e acrítica do passado, era alvo de ataques por parte de Eça de Queirós, o que ficara evidente na polêmica travada contra o historiador e romancista histórico Pinheiro Chagas. É desse patriota, apadrinhado de Antônio Feliciano de Castilho (contra quem a geração de Eça se insurgiu na Questão Coimbrã), que José Castanheiro parece ser a caricatura literária (ver nota 50, cap. V)

7. Antônio José Saraiva, *As Ideias de Eça de Queirós*, Lisboa, Centro Bibliográfico, 1946, p. 8.
8. João Gaspar Simões, *op. cit.*, p. 134.
9. J. de Melo Jorge, *Os Tipos de Eça de Queirós*, São Paulo, Livraria Brasil, 1940, p. 47.

Gonçalo surrando Ernesto de Nacejas. Desenho de Bernardo Marques para edição de luxo de "Livros do Brasil", Lisboa, 1973.

28 ✦✦✦ EÇA DE QUEIRÓS

resses, insegurança e vaidade somam-se a boa-fé, generosidade e pureza de sentimentos. A *individualidade* que resulta dessa figura antagônica é o aspecto da personagem ressaltado pelo crítico Antonio Candido, para quem, em *A Ilustre Casa de Ramires*, Eça de Queirós teria conseguido "produzir uma personagem dramática e realmente complexa". Segundo Candido, "parece que só então [o autor] pôde libertar-se da tendência caricatural e da simplificação excessiva dos traços psicológicos"[10].

No nível do discurso, percebe-se que a complexidade da personagem se sustenta, em grande parte, pelo uso que o narrador (do tipo onisciente) faz do *discurso indireto livre*. Neste, o discurso em terceira pessoa se deixa impregnar por reflexões e sensações das personagens, especialmente do protagonista, tornando-se ambíguo, polifônico. Assim é que se elaboram os monólogos interiores de Gonçalo Ramires, reveladores de suas dúvidas, angústias e das *impressões* que delineiam seu perfil psicológico. Na confluência do discurso do narrador e das elocuções da personagem, ganha destaque a *subjetividade* desta última, desenvolvida a partir de uma linguagem sugestiva e poética, característica do estilo *impressionista*. O livro pode não ser um romance impressionista, como o são, por exemplo, os romances realistas *O Ateneu* (1888, de Raul Pompeia) e *Dom Casmurro* (1899, de Machado de Assis), cujos entrechos dependem da óptica de um narrador em primeira pessoa. Mas *A Ilustre Casa de Ramires* apresenta descrições impressionistas, que caracterizam, em grande medida, o estilo mais acabado do autor, ao qual ele mesmo denominou *realismo fantasista*. Veja-se, a título de exemplo, o trecho em que Gonçalo vive um conflito de consciência, pois sabe que a decisão de se reconciliar com o Cavaleiro teria graves implicações; foi então mais cômodo lançar tudo nas mãos do destino: "A Providência decidirá!":

---

10. Antonio Candido, "Entre Campo e Cidade", *Tese e Antítese*, São Paulo, Companhia Editora Nacional, 1971, p. 44.

Gonçalo escrevendo a novela "A Torre de Dom Ramires". Desenho de Bernardo Marques para edição de luxo de "Livros do Brasil", Lisboa, 1973.

30   EÇA DE QUEIRÓS

E ancorado nesta resolução, o Fidalgo da Torre parou, olhou. Levado pela quente rajada de pensamentos, chegara à grade do cemitério da vila, que o luar branqueava como um lençol estendido. Ao fundo da alameda que o divide, clara na claridade triste, o escarnado Cristo chagado e lívido, sobre a sua alta cruz negra, pendia, mais dolorido e lívido no silêncio e na solidão, com uma tristíssima lâmpada aos pés esmorecendo. Em torno eram ciprestes, sombras de ciprestes, brancuras de lápides, as cruzes rasteiras das campas pobres, uma paz morta pesando sobre os mortos; e no alto a lua amarela e parada. Então o Fidalgo sentiu um arrepiado medo do Cristo, das lousas, dos defuntos, da lua, da solidão. [...]

No fragmento destaca-se a valorização de recursos estilísticos (característica da função poética da linguagem) como as aliterações, assonâncias e imagens sinestésicas. A ênfase nas camadas imagéticas e fônicas configura a *escrita artística*, outro nome atribuído aos romances de cunho impressionista. O crítico José Guilherme Merquior afirma que o subjetivismo do romance impressionista (do qual o representante nas letras portuguesas seria Eça de Queirós), além de se caracterizar pela "pintura refinada" de estados de alma, "deixa entrever uma vivência fundamental da cultura moderna, dolorosamente intensificada na época da Segunda Revolução Industrial, quer dizer, na volta do século: a vivência do vazio axiológico – da carência de valores autênticos [...]"[11]. Esse tipo de prosa seria a expressão da crise da modernidade, provocada pela mecanização do cotidiano. No caso de Gonçalo Ramires, alegoria de um país *ultrapassado* pelo avanço industrial, o vazio e falta de valores se devem a causas distintas: a crise da modernidade adviria não exatamente da mecanização do cotidiano, mas da falta de confiança da nação em si mesma e da corrupção moral. Tais fissuras, uma vez que são sanadas pela regeneração do protagonista, fazem dele antes um herói cômico do que trágico.

11. José Guilherme Merquior, "Machado de Assis e a Prosa Impressionista", *De Anchieta a Euclides – Breve História da Literatura Brasileira*, Rio de Janeiro, Topbooks, 1996, pp. 206-207.

Manuscrito de *A Cidade e as Serras*, romance da mesma fase de *A Ilustre Casa de Ramires*.

32 ⁓ EÇA DE QUEIRÓS

5. A NOVELA: CONTRAPONTO IRÔNICO E APRENDIZADO

> *Assim a lenda se escorre*
> *A entrar na realidade.*
> *E a fecundá-la decorre.*
> *Embaixo, a vida, metade*
> *De nada, morre.*
>
> FERNANDO PESSOA

As dúvidas acompanham Gonçalo também nos momentos em que ele trabalha em sua novela, *A Torre de D. Ramires*. As questões com as quais ele se depara como plágio, originalidade, verossimilhança e estilo, além das relações intertextuais estabelecidas pelo autor, conferem uma dimensão metalinguística ao romance. Como não é o narrador quem reflete explicitamente sobre a composição do livro, mas sim a personagem, seria possível falar em uma metalinguagem "fictícia". É Gonçalo – e não o narrador em terceira pessoa – quem se debate contra as dificuldades de escrever, causadas pela falta de inspiração e/ou talento.

A imagem de Gonçalo desenvolvendo sua novela é responsável, em grande medida, pela dimensão irônica da personagem, e é também o ensejo no qual se desenvolve a crítica queirosiana à literatura romântica epigonal, à cópia anacrônica de modelos consagrados. O assunto de *A Torre de D. Ramires* baseia-se no poema de tio Duarte (tio de Gonçalo por parte de mãe), intitulado *Castelo de Santa Ireneia*, que teria sido escrito em 1846, no apogeu do Romantismo[12]. Por volta dessa data foram publicados os romances históricos de Alexandre Herculano, escritor que fez reviver a Idade Média portuguesa. De modo geral, os romances históricos desenvolvem narrativas de vingança a partir de personagens esquemáticas, que personificam um sentimento (ódio, honra,

---

12. 1846 é o ano de publicação de *Viagens na Minha Terra*, de Almeida Garrett, um dos expoentes do Romantismo em Portugal.

A ILUSTRE CASA DE RAMIRES 33

inveja). O poemeto de tio Duarte apresenta essas características, e é dele que Gonçalo se vale para seu exercício literário: o poema "lhe servia, e com deliciosa facilidade, para essa novela curta e sóbria, de trinta páginas, que convinha aos *Anais*". A novela de Gonçalo, além de não ser original quanto ao assunto, também não o é quanto ao estilo: trata-se de uma narrativa repleta de defeitos e clichês, dos quais o próprio Gonçalo tem consciência:

> – "...Na sala altaneira e larga, onde os largos e pálidos raios da lua..."
> Larga, largos!... E os pálidos raios, os eternos *pálidos raios*!... Também, este maldito castelo, tão complicado!... E este D. Tructesindo, que eu não apanho, tão antigo! Enfim, um horror!

Apesar da dificuldade inicial, Gonçalo "encontra um caminho", e sua novela se desenvolve numa prosa vigorosa, especialmente nos momentos descritivos que recriam tipos e ambientes medievais. Como a obra é tomada de um poema romântico, a narração apresenta doses fartas de idealização e exagero, que fazem da novela um contraponto irônico à realidade do Fidalgo: sua vida, seus objetivos, suas atitudes estão sempre *aquém* dos feitos heroicos de seus avoengos. O descompasso se verifica explicitamente nas seguintes situações: depois de exultar diante da fidelidade de Tructesindo Ramires (protagonista da novela) a uma promessa feita a um rei já morto, Gonçalo trai a palavra empenhada ao lavrador José Casco; depois de narrar o assassinato de Lourenço Ramires, morto para que sua irmã, D. Violante, não fosse entregue a um inimigo, Gonçalo expõe Gracinha ao assédio do inimigo maior, em troca de um cargo político, numa barganha mesquinha e aviltante. O resultado é que sua vida sai sempre *diminuída* em face da recriação literária.

Várias vezes Gonçalo se pergunta se estaria retratando seres "de verdade" ou fantasmas, sem nenhuma correspondência com a realidade. O honrado Tructesindo, o cruel Lopo de Baião, o sábio Garcia Viegas poderiam não passar de lendas, sem nenhuma acuidade histórica. De qualquer modo, isso não altera a influência da ficção na vida do Fidalgo "escritor": pelo contrário, é justamente a dimensão lendária, "irreal", dos fatos narrados que lhe revela a medida da mediocridade de seu cotidiano. Para falar com os versos de Fernando Pessoa, reproduzidos nessa epígrafe, sua vida, que era *metade de nada* (opaca, sem sentido), só se transformou graças à *fecundação* da lenda: a ficção deu a medida da realidade, ou *a vida imitou a arte*. O caminho inverso, em que a *arte imita a vida*, também se verifica: após a vingança sobre Ernesto de Nacejas, Gonçalo narra a vingança de Tructesindo sobre Lopo de Baião com tintas cruentas, antes evitadas pelo romantismo do tio Duarte.

6. Um Herói para Portugal

> *Ah, quanto mais ao povo a alma falta,*
> *Mais a minha alma atlântica se exalta*
> *E entorna*
>
> Fernando Pessoa

Num banquete oferecido em sua homenagem, Gonçalo Ramires, o novo deputado eleito pelo círculo de Vila Clara (pequena vila sob a jurisdição da cidade de Oliveira), é saudado pelos amigos:

> [...] o Barão das Marges (que presidia) saudou o prestigioso moço que, talvez em breve, nas cadeiras do Poder, levantasse do marasmo este brioso país, com a pujança, a valentia, que são próprias da sua raça nobilíssima!

O discurso do Barão reflete uma esperança quase messiânica no jovem fidalgo, julgando que talvez fosse seu destino reerguer a nação. A crença na capacidade de Gonçalo ditar os rumos nacionais insinua-se ainda na ansiedade dos amigos (João Gouveia, Titó, Padre Soeiro) que o aguardam com a Torre em festa. A espera pelo amigo que volta vitorioso da África se reveste de respeito e veneração como fica sugerido pela atribuição de qualidades "reais" (monárquicas) ao Fidalgo. Essa esperança permite que se veja a empresa de Gonçalo como uma espécie de redenção do *desastre de África*, que é como ficou conhecido o malogro da batalha de Alcácer-Quibir. Nessa perspectiva, o Fidalgo é visto como um herói que poderia desfazer a "maldição" decorrente do desaparecimento do jovem rei D. Sebastião. A associação, entretanto, não se reveste de caráter místico, como é frequente na literatura portuguesa, desde as trovas sebastianistas de Gonçalo Eanes Bandarra (século XVI) e as profecias de Padre Antônio Vieira (século XVII) até a epopeia simbólica de Fernando Pessoa (*Mensagem*, 1934). No entanto, embora o misticismo não tenha feito parte da visão de mundo queirosiana, o autor admitiu que o lirismo, o sonho e a fantasia constituem o modo *português* de ver o mundo. A afirmação encontra reflexo no horizonte de perspectivas um tanto utópico com o qual a obra se encerra, e também nas palavras de João Gouveia, para quem Gonçalo estaria esperando, como Portugal, por um milagre, "o velho milagre de Ourique, que sanará todas as dificuldades..." Eça de Queirós não viveu para ver se Portugal se reergueria às custas do neocolonialismo, o qual viria a resultar na Primeira Guerra, poucos anos depois; mas, assim como sua personagem embarcou rumo à África a bordo de um paquete significativamente chamado *Portugal*, o escritor deixa Paris, já morto, rumo à terra natal, a bordo do navio *África*...

Marise Hansen

A Ilustre
Casa de Ramires

I

DESDE AS QUATRO HORAS da tarde, no calor e silêncio do domingo de junho, o Fidalgo da Torre, em chinelos, com uma quinzena[1] de linho envergada sobre a camisa de chita cor-de-rosa, trabalhava. Gonçalo Mendes Ramires (que naquela sua velha aldeia de Santa Ireneia, e na vila vizinha, a asseada e vistosa Vila Clara, e mesmo na cidade, em Oliveira, todos conheciam pelo "Fidalgo da Torre"), trabalhava numa Novela Histórica, *A Torre de D. Ramires,* destinada ao primeiro número dos ANAIS DE LITERATURA E DE HISTÓRIA, revista nova, fundada por José Lúcio Castanheiro, seu antigo camarada de Coimbra, nos tempos do Cenáculo Patriótico, em casa das Severinas.

A livraria, clara e larga, escaiolada de azul, com pesadas estantes de pau-preto onde repousavam, no pó e na gravidade das lombadas de carneira, grossos fólios[2] de convento e de foro, respirava para o pomar por duas janelas, uma de peitoril e poiais[3] de pedra almofadados de veludo, outra mais rasgada, de varanda, frescamente perfumada pela madressilva, que se enroscava nas grades. Diante dessa varanda, na claridade forte, pousava a mesa – mesa imensa de pés torneados, coberta com uma colcha desbotada de damasco vermelho, e atravancada nessa tarde pelos rijos volumes da *História Genealógica*, todo o *Vocabulário* de Bluteau, tomos soltos do *Panorama,* e ao canto, em pilha, as obras de Walter Scott[4], sustentando um copo cheio de cravos amarelos. E daí, da sua cadeira de couro, Gonçalo Mendes Ramires, pensativo diante das tiras de papel almaço, roçando pela testa a rama da pena de pato, avistava sempre a inspiradora da sua Novela – a Torre, a antiquíssima Torre, quadrada e negra sobre os limoeiros do pomar que em redor crescera, com uma pouca de hera no cunhal rachado, as fundas frestas gradeadas de ferro, as ameias[5] e a miradoura bem cortadas no azul de junho, robusta sobrevivência do Paço acastelado, da falada Honra de Santa Ireneia, solar dos Mendes Ramires desde os meados do século X.

Gonçalo Mendes Ramires (como confessava esse severo genealogista, o morgado[6] de Cidadelhe), era certamente o mais genuíno e antigo fidalgo[7] de Portugal. Raras famílias, mesmo coevas[8], poderiam traçar a sua ascendência, por linha varonil e sempre pura, até aos vagos Senhores que entre Douro e Minho mantinham castelo e terra murada, quando os barões francos desceram, com pendão e caldeira[9], na hoste do Borguinhão. E os Ramires entroncavam limpidamente a sua casa, por linha pura e sempre varonil, no filho do Conde Nuno Mendes, aquele agigantado Ordonho Mendes[10], senhor de Treixedo e de Santa Ireneia, que casou em 967 com Dona Elduara, Condessa de Carrion, filha de Bermudo, o *Gotoso*, Rei de Leão.

Mais antigo na Espanha que o Condado Portucalense, rijamente, como ele, crescera e se afamara o Solar de Santa Ireneia – resistente como ele às fortunas e aos tempos. E depois, em cada lance forte da História de Portugal, sempre um Mendes Ramires avultou grandiosamente pelo heroísmo, pela lealdade, pelos nobres espíritos. Um dos mais esforçados da linhagem, Lourenço, por alcunha o *Cortador,* colaço[11] de Afonso Henriques (com quem na mesma noite, para receber a pranchada de cavaleiro, velara as armas na Sé de Zamora), aparece logo na batalha de Ourique[12], onde também avista Jesus Cristo sobre finas nuvens de oiro, pregado

A Torre, a antiquíssima Torre, quadrada e negra sobre os limoeiros do pomar...

42 ⚭ Eça de Queirós

numa cruz de dez côvados. No cerco de Tavira, Martim Ramires, freire de Santiago, arromba a golpes de acha[13] um postigo da Couraça, rompe por entre as cimitarras[14] que lhe decepam as duas mãos, e surde na quadrela da torre albarrã[15], com os dois pulsos a esguichar sangue, bradando alegremente ao Mestre: – "D. Paio Peres, Tavira é nossa! Real, Real por Portugal!" O velho Egas Ramires, fechado na sua Torre, com a levadiça erguida, as barbacãs[16] eriçadas de frecheiros, nega acolhida a El-Rei D. Fernando[17] e Leonor Teles que corriam o Norte em folgares e caçadas – para que a presença da *adúltera não* macule a pureza estreme do seu solar! Em Aljubarrota[18], Diogo Ramires o *Trovador* desbarata um troço de besteiros[19], mata o adiantado-mor de Galiza, e por ele, não por outro, cai derribado o pendão real de Castela, em que ao fim da lide[20] seu irmão de armas, D. Antão de Almada, se embrulhou para o levar, dançando e cantando, ao Mestre de Avis. Sob os muros de Arzila combatem magnificamente dois Ramires, o idoso Soeiro e seu neto Fernão, e diante do cadáver do velho, trespassado por quatro virotes, estirado no pátio da Alcáçova[21] ao lado do corpo do Conde de Marialva – Afonso V arma juntamente cavaleiros o Príncipe seu filho e Fernão Ramires, murmurando entre lágrimas: "Deus vos queira tão bons como esses que aí jazem!..." Mas eis que Portugal se faz aos mares! E raras são então as armadas e os combates do Oriente em que se não esforce um Ramires – ficando na lenda trágico-marítima aquele nobre capitão do Golfo Pérsico, Baltasar Ramires, que, no naufrágio da *Santa Bárbara,* reveste a sua pesada armadura, e no castelo de proa, hirto, se afunda em silêncio com a nau que se afunda, encostado à sua grande espada. Em Alcácer Quibir[22], onde dois Ramires sempre ao lado de El-Rei encontram morte soberba, o mais novo, Paulo Ramires, pajem do Guião, nem leso nem ferido, mas não querendo mais vida pois que El-Rei não vivia, colhe um ginete solto, apanha uma acha de armas, e gritando: – "Vai-te, alma, que já tardas, servir a de teu senhor!" – entra na chusma[23] moirisca e para sempre desaparece. Sob os Filipes, os Ramires, amuados,

Afonso V arma juntamente cavaleiros o Príncipe seu filho e Fernão Ramires, murmurando entre lágrimas: "Deus vos queira tão bons como esses que aí jazem!..."

44   EÇA DE QUEIRÓS

bebem e caçam nas suas terras. Reaparecendo com os Braganças, um Ramires, Vicente, Governador das Armas de Entre Douro e Minho por D. João IV, mete a Castela, destroça os Espanhóis do Conde de Venavente, e toma Fuente Guiñal, a cujo furioso saque preside da varanda dum Convento de Franciscanos, em mangas de camisa, comendo talhadas de melancia. Já, porém, como a nação, degenera a nobre raça...[24] Álvaro Ramires, valido de D. Pedro II, brigão façanhudo, atordoa Lisboa com arruaças, furta a mulher dum vedor da Fazenda que mandara matar a pauladas por pretos, incendeia em Sevilha, depois de perder cem dobrões, uma casa de tavolagem, e termina por comandar uma urca de piratas na frota de Murad o *Maltrapilho*. No reinado do sr. D. João V Nuno Ramires brilha na Corte, ferra as suas mulas de prata, e arruína a casa celebrando suntuosas festas de Igreja, em que canta no coro vestido com o hábito de Irmão Terceiro de S. Francisco. Outro Ramires, Cristóvão, Presidente da Mesa de Consciência e Ordem, alcovita os amores de El-Rei D. José I com a filha do prior de Sacavém. Pedro Ramires, provedor e feitor-mor das Alfândegas, ganha fama em todo o Reino pela sua obesidade, a sua chalaça, as suas proezas de glutão no Paço da Bemposta com o arcebispo de Tessalonica. Inácio Ramires acompanha D. João VI ao Brasil como reposteiro-mor, negoceia em negros, volta com um baú carregado de peças de oiro que lhe rouba um administrador, antigo frade capuchinho, e morre no seu solar da cornada de um boi. O avô de Gonçalo, Damião, doutor liberal dado às Musas, desembarca com D. Pedro no Mindelo, compõe as empoladas proclamações do Partido, funda um jornal, o *Antifrade,* e depois das Guerras Civis arrasta uma existência reumática em Santa Ireneia, embrulhado no seu capotão de briche, traduzindo para vernáculo, com um léxico e um pacote de simonte, as obras de Valerius Flaccus. O pai de Gonçalo, ora Regenerador, ora His-tórico[25], vivia em Lisboa no Hotel Universal, gastando as solas pelas escadarias do Banco Hipotecário e pelo lajedo da Arcada, até que um Ministro do Reino, cuja concubina, corista de S. Carlos,

A Ilustre Casa de Ramires ∽∾ 45

ele fascinara, o nomeou (para o afastar da Capital), Governador Civil de Oliveira. Gonçalo, esse era bacharel formado com um R no terceiro ano[26].

E nesse ano justamente se estreou nas Letras Gonçalo Mendes Ramires. Um seu companheiro de casa, José Lúcio Castanheiro, algarvio[27] muito magro, muito macilento, de enormes óculos azuis, a quem Simão Craveiro chamava o "Castanheiro Patriotinheiro", fundara um semanário, a *Pátria* – "com o alevantado intento (afirmava sonoramente o Prospecto) de despertar, não só na mocidade acadêmica, mas em todo o país, do cabo Sileiro ao cabo de Santa Maria, o amor tão arrefecido das belezas, das grandezas e das glórias de Portugal!" Devorado por essa ideia, "a sua Ideia", sentindo nela uma carreira, quase uma missão, Castanheiro incessantemente, com ardor teimoso de apóstolo, clamava pelos botequins da Sofia, pelos claustros da Universidade, pelos quartos dos amigos entre a fumaça dos cigarros, – "a necessidade, caramba, de reatar a tradição! de desatulhar, caramba, Portugal da aluvião do estrangeirismo!" – Como o semanário apareceu regularmente durante três domingos, e publicou realmente estudos recheados de grifos e citações sobre as *Capelas da Batalha,* a *Tomada de Ormuz,* a *Embaixada de Tristão da Cunha,* começou logo a ser considerado uma aurora, ainda pálida mas segura, de Renascimento Nacional. E alguns bons espíritos da Academia, sobretudo os companheiros de casa do Castanheiro, os três que se ocupavam das coisas do saber e da inteligência (porque dos três restantes um era homem de cacete e forças, o outro guitarrista, e o outro "premiado"), passaram, aquecidos por aquela chama patriótica, a esquadrinhar na biblioteca, nos grossos tomos nunca dantes visitados de Fernão Lopes, de Rui de Pina, de Azurara[28], proezas e lendas – "só portuguesas, só nossas (como suplicava o Castanheiro), que refizessem à nação abatida uma consciência da sua heroicidade!" Assim crescia o Cenáculo Patriótico da casa das Severinas. E foi então que Gonçalo Mendes Ramires, moço muito afável, esbelto e loiro, duma brancura sã de porcelana, com

José Lúcio Castanheiro, algarvio muito magro, muito macilento, de enormes óculos azuis, a quem Simão Craveiro chamava "Castanheiro Patriotinheiro".

uns finos e risonhos olhos que facilmente se enterneciam, sempre elegante e apurado na batina e no verniz dos sapatos – apresentou ao Castanheiro, num domingo depois do almoço, onze tiras de papel intituladas *D. Guiomar.* Nelas se contava a velhíssima história da castelã, que, enquanto longe nas guerras do Ultramar o castelão barbudo e cingido de ferro atira a acha-de-armas às portas de Jerusalém, recebe ela na sua câmara, com os braços nus, por noite de maio e de lua, o pajem de anelados cabelos... Depois ruge o inverno, o castelão volta, mais barbudo, com um bordão de romeiro. Pelo vílico[29] do castelo, homem espreitador e de amargos sorrisos, conhece a traição, a mácula no seu nome tão puro, honrado em todas as Espanhas! E ai do pajem! ai da dama! Logo os sinos tangem a finados. Já no patim da Alcáçova o verdugo, de capuz escarlate, espera, encostado ao machado, entre dois cepos cobertos de panos de dó... E no final choroso da *D. Guiomar,* como em todas essas histórias do Romanceiro de Amor, também brotavam rente às duas sepulturas, escavadas no ermo, duas roseiras brancas a que o vento enlaçava os aromas e as rosas. De sorte que (como notou José Lúcio Castanheiro, coçando pensativamente o queixo), não ressaltava nesta *D. Guiomar* nada que fosse "só português, só nosso, abrolhando do solo e da raça!" Mas esses amores lamentosos passavam num solar de Riba Côa: os nomes dos cavaleiros, Remarigues, Ordonho, Froylas, Gutierres, tinham delicioso sabor godo: em cada tira ressoavam brandamente os genuínos: *"Bofé!... Mentes pela gorja!... Pajem, o meu morzelo!..."*[30]; e através de toda esta vernaculidade circulava uma suficiente turba de cavalariços com saios alvadios, beguinos sumidos na sombra das cogulas, ovençais sopesando fartas bolsas de couro, uchões espostejando nédios lombos de cerdo...[31] A novela, portanto, mareava um salutar retrocesso ao sentimento nacional.

– E depois (acrescentava o Castanheiro) este velhaco do Gonçalinho surde com um estilo terso[32], másculo, de boa cor arcaica... De ótima cor arcaica! Lembra até o *Bobo,* o *Monge de Cister!...*[33] A Guiomar, realmente, é uma castelã vaga, da Bretanha ou da

Aquitânia. Mas no vílico, mesmo no castelão, já transparecem portugueses, bons portugueses de fibra e de alma, de Entre Douro e Cávado... Sim senhor! Quando o Gonçalinho se enfronhar dentro do nosso passado, das nossas crônicas, temos enfim nas letras um homem que sente bem o terrão, sente bem a raça!

D. Guiomar encheu três páginas da *Pátria*. Nesse domingo, para celebrar a sua entrada na literatura, Gonçalo Mendes Ramires pagou aos camaradas do Cenáculo e a outros amigos uma ceia – onde foi aclamado, logo depois do frango com ervilhas, quando os moços do Camolino, esbaforidos, renovavam as garrafas de Colares, como "o nosso Walter Scott!" Ele, de resto, anunciara já com simplicidade um romance em dois volumes, fundado nos anais da sua Casa, num rude feito de sublime orgulho de Tructesindo Mendes Ramires, o amigo e alferes-mor de D. Sancho I. Por temperamento, por aquele saber especial de trajes e alfaias que revelara na *D. Guiomar,* até pela antiguidade da sua linhagem, Gonçalinho parecia gloriosamente votado a restaurar em Portugal o romance histórico. Possuía uma missão – e começou logo a passear pela Calçada, pensativo, com o gorro sobre os olhos, como quem anda reconstruindo um mundo. No ato desse ano levou o R.

Quando regressou das férias para o Quarto Ano, já não referia na rua da Matemática o cenáculo ardente dos patriotas. O Castanheiro, formado, vegetava em Vila Real de Santo Antônio: com ele desaparecera a *Pátria*; e os moços zelosos, que na Biblioteca esquadrinhavam as Crônicas de Fernão Lopes e de Azurara, desamparados por aquele apóstolo que os levantava, recaíram nos romances de Georges Ohnet[34] e retomaram à noite o taco nos bilhares da Sofia. Gonçalo voltava também mudado, de luto pelo pai que morrera em agosto, com a barba crescida, sempre afável e suave, porém mais grave, averso a ceias e a noites errantes. Tomou um quarto no Hotel Mondego, onde o servia, de gravata branca, um velho criado de Santa Ireneia, o Bento; – e os seus companheiros preferidos foram três ou quatro rapazes que se preparavam para a Política, folheavam atentamente o *Diário das Câmaras*, conheciam alguns enredos da Corte, proclamavam a necessidade duma "orientação positiva" e dum "largo fomento rural", consideravam como leviandade reles e jacobina a irreverência da Academia pelos Dogmas, e, mesmo passeando ao luar no Choupal ou no Penedo da Saudade, discorriam com ardor sobre os dois Chefes de Partido – o Brás Vitorino, o homem novo dos Regeneradores, e o velho Barão de S. Fulgêncio, chefe clássico dos Históricos. Inclinado para os Regeneradores, porque a Regeneração lhe representava tradicionalmente ideias de conservantismo, de elegância culta e de generosidade, Gonçalo frequentou então o Centro Regenerador da Couraça onde aconselhava à noite, tomando chá preto, "o fortalecimento da autoridade da Coroa", e "uma forte expansão colonial!" Depois, logo na Primavera, desmanchou alegremente esta gravidade política; e ainda tresnoitou, na taberna do Camolino, em bacalhoadas festivas, entre o estridor das guitarras. Mas não aludiu mais ao seu grande romance em dois volumes; e ou recuara ou se esquecera da sua missão de Arte Histórica. Realmente só na Páscoa do Quinto Ano retomou a pena – para lançar, na *Gazeta do Porto*, contra um seu patrício, o dr. André Cavaleiro, que o Ministério do S. Fulgêncio nomeara Governador Civil de Oliveira, duas correspondências muito acerbas, dum rancor intenso e pessoal (a ponto de chasquear "a feroz bigodeira negra de S. Exª"). Assinara JUVENAL, como outrora o pai, quando publicava comunicados políticos de Oliveira nessa mesma *Gazeta do Porto*, jornal amigo, onde um Vilar Mendes, seu remoto parente, redigia a *Revista Estrangeira*. Mas lera aos amigos no Centro – "os dois botes decisivos que atirariam o sr. Cavaleiro abaixo do seu Cavalo!" E um desses moços sérios, sobrinho do Bispo de Oliveira, não disfarçou o seu assombro:

– Oh Gonçalo, eu sempre pensei que você e o Cavaleiro eram íntimos! Se bem me lembro, quando você chegou a Coimbra, para os Preparatórios, viveu na casa do Cavaleiro, na rua de S. João... Pois não há uma amizade tradicional, quase histórica, entre Ramires e Cavaleiros?... Eu pouco conheço Oliveira, nunca andei para os vossos sítios; mas até creio que Corinde, a quinta do Cavaleiro, pega com Santa Ireneia!

E Gonçalo enrugou a face, a sua risonha e lisa face, para declarar secamente que Corinde não pegava com Santa Ireneia: que entre as duas terras corria muito justificadamente a ribeira do Coice[35]; e que o sr. André Cavaleiro, e sobretudo Cavalo, era um animal detestável que pastava na outra margem! – O sobrinho do Bispo saudou e exclamou:

– Sim senhor, boa piada!

Um ano depois da formatura, Gonçalo foi a Lisboa por causa da hipoteca da sua quinta de Praga, junto a Lamego, que certo foro anual de dez-réis e meia galinha, devido ao abade de Praga, andava empecendo terrivelmente nos Conselhos do Banco Hipotecário; – e também para conhecer mais estreitamente o seu chefe, o Brás Vitorino, mostrar lealdade e submissão partidária, colher algum fino conselho de conduta política. Ora uma noite, voltando de jantar em casa da velha Marquesa de Louredo, a "tia Louredo", que morava a Santa Clara, esbarrou no Rossio com José Lúcio Castanheiro, então empregado no Ministério da Fazenda, na repartição dos Próprios Nacionais. Mais defecado, mais macilento, com uns óculos mais largos e mais tenebrosos, o Castanheiro ardia todo, como em Coimbra, na chama da sua Ideia – "a ressurreição do sentimento português!" E agora, alargando a proporções condignas da Capital o plano da *Pátria,* labutava devoradoramente na criação duma revista quinzenal, de setenta páginas, com capa azul, os ANAIS DE LITERATURA E DE HISTÓRIA. Era uma noite de maio, macia e quente. E, passeando ambos em torno das fontes secas do Rossio, Castanheiro, que sobraçava um rolo de papel e um gordo fólio encadernado em bezerro, depois de recordar as cavaqueiras[36] geniais da rua da Misericórdia, de maldizer a falta de intelectualidade de Vila Real de Santo Antônio – voltou sofregamente à sua Ideia, e suplicou a Gonçalo Mendes Ramires que lhe cedesse para os ANAIS esse romance que ele anunciara em Coimbra, sobre o seu avoengo[37] Tructesindo Ramires, alferes-mor[38] de Sancho I.

Gonçalo, rindo, confessou que ainda não começara essa grande obra!

– Ah! – murmurou o Castanheiro, estacando, com os negros óculos sobre ele, duros e desconsolados. – Então você não persistiu?... Não permaneceu fiel à Ideia?...

Encolheu os ombros, resignadamente, já acostumado, através da sua missão, a estes desfalecimentos do patriotismo. Nem consentiu que Gonçalo, – humilhado perante aquela fé que se mantivera tão pura e servidora – aludisse, como desculpa, ao inventário laborioso da Casa, depois da morte do papá...

– Bem, bem! Acabou! *Procrastinare lusitanum est*[39]. Trabalha agora no Verão... Para Portugueses, menino, o Verão é o tempo das belas fortunas e dos rijos feitos. No Verão nasce Nuno Álvares[40] no Bonjardim! No Verão se vence em Aljubarrota! No Verão chega o Gama à Índia!... E no Verão vai o nosso Gonçalo escrever uma novelazinha sublime!... De resto os ANAIS só aparecem em dezembro, caracteristicamente no primeiro de dezembro. E você em três meses ressuscita um mundo. Sério, Gonçalo Mendes!... É um dever, um santo dever, sobretudo para novos, colaborar nos ANAIS. Portugal, menino, morre por falta de sentimento nacional! Nós estamos imundamente morrendo do mal de não ser Portugueses!

Parou – ondeou o braço magro, como a correia dum látego, num gesto que açoitava o Rossio, a Cidade, toda a Nação. Sabia o amigo Gonçalinho o segredo desta borracheira sinistra? É que, dos portugueses, os piores desprezavam a Pátria – e os melhores ignoravam a Pátria. O remédio?... Revelar Portugal, vulgarizar Portugal. Sim, amiguinho! Organizar, com estrondo, o reclamo de Portugal, de modo que todos o conheçam – ao menos como se conhece o Xarope Peitoral de James, hem? E que todos o adotem – ao menos como se adotou o sabão do Congo, hem? É conhecido, adotado, que todos o amem enfim, nos seus heróis, nos seus

52   EÇA DE QUEIRÓS

feitos, mesmo nos seus defeitos, em todos os seus padrões, e até nas veras pedrinhas das suas calçadas! Para esse fim, o maior a empreender neste apagado século da nossa História, fundava ele os ANAIS. Para berrar! Para atroar Portugal, aos bramidos sobre os telhados, com a notícia inesperada da sua grandeza! E aos descendentes dos que outrora fizeram o Reino incumbia, mais que aos outros, o cuidado piedoso de o refazer... Como? Reatando a tradição, caramba![41]

– Assim, vocês! Por essa história de Portugal fora, vocês são uma enfiada de Ramires de toda a beleza. Mesmo o desembargador, o que comeu numa ceia de Natal dois leitões!... É apenas uma barriga. Mas que barriga! Há nela uma pujança heroica que prova raça, a raça mais forte do *que promete a força humana*[42], como diz Camões. Dois leitões, caramba! Até enternece!... E os outros Ramires, o de Silves, o de Aljubarrota, os de Arzila, os da Índia! E os cinco valentes, de quem você talvez nem saiba, que morreram no Salado! Pois bem, ressuscitar estes varões, e mostrar neles a alma façanhuda, o querer sublime que nada verga, é uma soberba lição aos novos... Tonifica, caramba! Pela consciência que renova de termos sido tão grandes, sacode este chocho consentimento nosso em permanecermos pequenos! É o que eu chamo reatar a tradição... E depois feito por você próprio, Ramires, que chique! Caramba, que chique! É um fidalgo, o maior fidalgo de Portugal, que, para mostrar a heroicidade da Pátria, abre simplesmente, sem sair do seu solar, os arquivos da sua Casa, velha de mais de mil anos. É de rachar!... E você não precisa fazer um grosso romance... Nem um romance muito desenvolvido está na índole militante da revista. Basta um conto, de vinte ou trinta páginas... Está claro, os ANAIS por ora não podem pagar. Também, você não precisa! E que diabo! não se trata de pecúnia, mas duma grande renovação social... E depois, menino, a literatura leva a tudo em Portugal. Eu sei que o Gonçalo em Coimbra, ultimamente, frequentava o Centro Regenerador. Pois, amigo, de folhetim em folhetim, se chega a S. Bento![43] A pena agora, como a espada outrora, edifica

Gonçalo Ramires.

54 ❧❧ EÇA DE QUEIRÓS

reinos... Pense você nisto! E adeus! que ainda hoje tenho de copiar, para letra cristã, este estudo do Henriques sobre Ceilão... Você não conhece o Henriques?... Não conhece. Ninguém conhece. Pois quando na Europa, nessas grandes Academias da Europa, há uma dúvida sobre a História ou a Literatura cingalesa, gritam para cá, para o Henriques!

Abalou, agarrado ao seu rolo e ao seu tomo – e Gonçalo ainda o avistou, na porta e claridade da tabacaria Nunes, agitando o braço esguio de Apóstolo diante dum sujeito obeso, de vasto colete branco, que recuava, com espanto, assim perturbado no quieto gozo do seu grosso charuto e da doce noite de maio.

O Fidalgo da Torre recolheu para o Bragança, impressionado, ruminando a ideia do Patriota. Tudo nela o seduzia – e lhe convinha: a sua colaboração numa revista considerável, de setenta páginas, em companhia de escritores doutos, lentes[44] das Escolas, antigos ministros, até conselheiros de Estado; a antiguidade da sua raça, mais antiga que o Reino, popularizada por uma história de heroica beleza, em que, com tanto fulgor, ressaltavam a bravura e a soberba de alma dos Ramires; e enfim a seriedade acadêmica do seu espírito, o seu nobre gosto pelas investigações eruditas, aparecendo no momento em que tentava a carreira do Parlamento e da Política!... E o trabalho, a composição moral dos vetustos[45] Ramires, a ressurreição arqueológica do viver Afonsino[46], as cem tiras de almaço a atulhar de prosa forte – não o assustavam!... Não! porque felizmente já possuía a "sua obra"[47] – e cortada em bom pano, alinhavada com linha hábil. Seu tio Duarte, irmão de sua mãe (uma senhora de Guimarães, da casa das Balsas), nos seus anos de ociosidade e imaginação, de 1845 a 1850, entre a sua carta de bacharel e o seu alvará de delegado, fora poeta – e publicara no *Bardo*, semanário de Guimarães, um poemeto em verso solto, o *Castelo de Santa Ireneia*, que assinara com duas iniciais D. B. Esse castelo era o seu, o Paço antiquíssimo, de que restava a negra torre entre os limoeiros da horta. E o poemeto cantava, com romântico garbo, um lance de altivez feudal em que se sublimara Tructesindo Ramires, alferes-mor de Sancho I, durante as contendas de Afonso II e das senhoras infantas. Esse volume do *Bardo,* encadernado em marroquim, com o brasão dos Ramires, o açor negro em campo escarlate, ficara no arquivo da Casa como um trecho da crônica heroica dos Ramires. E muitas vezes em pequeno Gonçalo recitara, ensinados pela mamã, os primeiros versos do poema, de tão harmoniosa melancolia:

Na palidez da tarde, entre a folhagem
Que o Outono amarelece...

Era com esse sombrio feito do seu vago avoengo, que Gonçalo Mendes Ramires decidira em Coimbra, quando os camaradas da *Pátria* e das ceias o aclamavam "o nosso Walter Scott", compor um romance moderno, dum realismo épico, em dois robustos volumes, formando um estudo ricamente colorido da Meia-Idade Portuguesa... E agora lhe servia, e com deliciosa facilidade, para essa novela curta e sóbria, de trinta páginas, que convinha aos ANAIS.

No seu quarto do Bragança abriu a varanda. E debruçado, acabando o charuto, na dormente suavidade da noite de maio, ante a majestade silenciosa do rio e da lua, pensava regaladamente que nem teria a canseira de esmiuçar as crônicas e os fólios maçudos... Com efeito! toda a reconstrução histórica a realizara, e solidamente, com um saber destro, o tio Duarte. O Paço acastelado de Santa Ireneia, com as fundas carcovas, a torre albarrã, a alcáçova, a masmorra, o farol e o balsão; o velho Tructesindo, enorme, e os seus flocos de cabelos e barbas ancestrais, derramados sobre a loriga[48] de malha; os servos mouriscos, de surrões de couro, cavando os regueiros da horta; os oblatos[49] resmungando à lareira as *Vidas dos Santos*; os pajens jogando no campo do tavolado – tudo ressurgia, com verídico realce, no poemeto do tio Duarte! Ainda recordava mesmo certos lances; o truão[50] açoitado; o festim

[...] com o brasão dos Ramires, o açor negro em campo escarlate...

e os uchões que arrombavam as cubas de cerveja; a jornada de
Violante Ramires para o Mosteiro de Lorvão...

> Junto à fonte mourisca, entre os ulmeiros,
> A cavalgada para...

O enredo todo com a sua paixão de grandeza bárbara, os recontros bravios em que se saciam a punhal os rancores de raça, o
heroico falar despedido de lábios de ferro – lá estavam nos versos
do titi, sonoros e bem balançados...

> Monge, escuta! O solar de D. Ramires
> Por si, e pedra a pedra se aluíra,
> Se jamais um bastardo lhe pisasse,
> Com sapato aviltado, as lajes puras![51]

Na realidade só lhe restava transpor as fórmulas fluidas do
Romantismo de 1846, para a sua prosa tersa e máscula (como confessava o Castanheiro), de ótima cor arcaica, lembrando o *Bobo*[52].
E era um plágio? Não! A quem, com mais seguro direito do que a
ele, Ramires, pertencia a memória dos Ramires históricos? A ressurreição do velho Portugal, tão bela no *Castelo de Santa Ireneia,*
não era obra individual do tio Duarte – mas dos Herculanos, dos
Rebelos[53], das Academias, da erudição esparsa. E, de resto, quem
conhecia hoje esse poemeto, e mesmo o *Bardo,* delgado semanário
que perpassara, durante cinco meses, há cinquenta anos, numa vila
de província?... Não hesitou mais, seduzido. E enquanto se despia,
depois de beber aos goles um copo de água com bicarbonato de
soda, já martelava a primeira linha do conto, à maneira lapidária
da *Salambô*[54]: – "Era nos Paços de Santa Ireneia, por uma noite
de inverno, na sala alta da Alcáçova..."

Ao outro dia, procurou José Lúcio Castanheiro na repartição
dos Próprios Nacionais, à pressa – porque, depois duma conferência no Banco Hipotecário, ainda prometera acompanhar as
primas Chelas a uma Exposição de Bordados na Livraria Gomes.

58 &&& Eça de Queirós

E anunciou ao Patriota que, positivamente, lhe assegurava para o primeiro número dos ANAIS a novela, a que já decidira o título – a *Torre de D. Ramires.*

– Que lhe parece?

Deslumbrado, José Castanheiro atirou os magríssimos braços, resguardados pelas mangas de alpaca, até à abóbada do esguio corredor em que o recebera:

– Sublime!... *A Torre de D. Ramires!*... O grande feito de Tructesindo Mendes Ramires, contado por Gonçalo Mendes Ramires!... E tudo na mesma Torre![55] Na Torre o velho Tructesindo pratica o feito; e setecentos anos depois, na mesma Torre, o nosso Gonçalo conta o feito! Caramba, menino, carambíssima! isso é que é reatar a tradição!

Duas semanas depois, de volta a Santa Ireneia, Gonçalo mandou um criado da quinta, com uma carroça, a Oliveira, a casa de seu cunhado José Barrolo, casado com Gracinha Ramires, para lhe trazer da rica livraria clássica que o Barrolo herdara do tio Deão da Sé, todos os volumes da *História Genealógica* – e (acrescentava numa carta) todos os cartapácios[56] que por lá encontrares com o título de "Crônicas do Rei Fulano..." Depois, do pó das suas estantes, desenterrou as obras de Walter Scott, volumes desirmanados do *Panorama,* a *História* de Herculano, o *Bobo,* o *Monge de Cister.* E assim abastecido, com uma farta resma de tiras de almaço sobre a banca, começou a repassar o poemeto do tio Duarte, inclinado ainda a transpor para a aspereza duma manhã de dezembro, como mais congênere com a rudeza feudal dos seus avós, aquela luzida cavalgada de donas, monges e homens de armas que o tio Duarte estendera, através duma suave melancolia outonal, pelas veigas do Mondego...

Na palidez da tarde, entre a folhagem
Que o Outono amarelece...

– Sublime!... *A Torre de D. Ramires!*... O grande feito de Tructesindo Mendes Ramires, contado por Gonçalo Mendes Ramires!...

60 &%& Eça de Queirós

Mas, como era então junho e a lua crescia, Gonçalo determinou por fim aproveitar as sensações de calor, luar e arvoredos, que lhe fornecia a aldeia – para levantar, logo à entrada da sua novela, o negro e imenso Paço de Santa Ireneia, no silêncio duma noite de agosto, sob o resplendor da lua cheia.

E já enchera desembaraçadamente, ajudado pelo *Bardo*, duas tiras, quando uma desavença com o seu caseiro, o Manuel Relho, que amanhava[57] a quinta por oitocentos mil-réis de renda, veio perturbar, na fresca e noviça inspiração do seu trabalho, o Fidalgo da Torre. Desde o Natal o Relho, que durante anos de compostura e ordem se emborrachava[58] sempre aos domingos com alegria e com pachorra, começara a tomar, três e quatro vezes por semana, bebedeiras desabridas, escandalosas, em que espancava a mulher, atroava a quinta de berros, e saltava para a estrada, esguedelhado, de varapau, desafiando a quieta aldeia. Por fim, uma noite em que Gonçalo, à banca, depois do chá, laboriosamente escavava os fossos do Paço de Santa Ireneia – de repente a Rosa cozinheira rompeu a gritar: "Aqui d'El-Rei contra o Relho!" E, através dos seus brados e dos latidos dos cães, uma pedra, depois outra, bateram na varanda venerável da livraria! Enfiado, Gonçalo Mendes Ramires pensou no revólver... Mas justamente nessa tarde o criado, o Bento, descera aquela sua velha e única arma à cozinha para a desenferrujar e arear! Então, atarantado, correu ao quarto, que fechou à chave, empurrando contra a porta a cômoda com tão desesperada ansiedade, que frascos de cristal, um cofre de tartaruga, até um crucifixo, tombaram e se partiram. Depois gritos e latidos findaram no pátio – mas Gonçalo não se arredou nessa noite daquele refúgio bem defendido, fumando cigarros, ruminando um furor sentimental contra o Relho, a quem tanto perdoara, sempre tão afavelmente tratara, e que apedrejava as vidraças da Torre! Cedo, de manhã, convocou o Regedor; a Rosa, ainda trêmula, mostrou no braço as marcas roxas dos dedos do Relho; e o homem, cujo arrendamento findava em Outubro, foi despedido da quinta com a mulher, a arca e o catre. Imediatamente

A ILUSTRE CASA DE RAMIRES 61

apareceu um lavrador dos Bravais, o José Casco, respeitado em toda a freguesia pela sua seriedade e força espantosa, propondo ao fidalgo arrendar a Torre. Gonçalo Mendes Ramires, porém, já desde a morte do pai, decidira elevar a renda a novecentos e cinquenta mil-réis; – e o Casco desceu as escadas, de cabeça descaída. Voltou logo ao outro dia, repercorreu miudamente toda a quinta, esfarelou a terra entre os dedos, esquadrinhou[59] o curral e a adega, contou as oliveiras e as cepas; e num esforço, em que lhe arfaram todas as costelas, ofereceu novecentos e dez mil-réis! Gonçalo não cedia, certo da sua equidade. O José Casco voltou ainda com a mulher; depois, num domingo, com a mulher e um compadre – e era um coçar lento do queixo rapado, umas voltas desconfiadas em torno da eira e da horta, umas demoras sumidas dentro da tulha[60], que tornavam aquela manhã de junho intoleravelmente longa ao Fidalgo, sentado num banco de pedra do jardim, debaixo duma mimosa, com a *Gazeta do Porto*. Quando o Casco, pálido, lhe veio oferecer novecentos e trinta mil-réis – Gonçalo Mendes Ramires arremessou o jornal, declarou que ia ele, por sua conta, amanhar a propriedade, mostrar o que era um terrão rico, tratado pelo saber moderno, com fosfatos, com máquinas! O homem de Bravais, então, arrancou um fundo suspiro, aceitou os novecentos e cinquenta mil-réis. À maneira antiga o Fidalgo apertou a mão ao lavrador – que entrou na cozinha a enxugar um largo copo de vinho, esponjando na testa, nas cordoveias[61] rijas do pescoço, o suor ansiado que o alagava.

Mas, como entulhada por estes cuidados, a veia abundante de Gonçalo estancou – não foi mais que um fio arrastado e turvo. Quando nessa tarde se acomodou à banca, para contar a sala de armas do Paço de Santa Ireneia por uma noite de lua – só conseguiu converter servilmente numa prosa aguada os versos lisos do tio Duarte, sem relevo que os modernizasse, desse majestade senhorial ou beleza saudosa àqueles maciços muros onde o luar, deslizando através das rechãs, salpicava centelhas pelas pontas das lanças altas, e pela cimeira dos morriões... E desde as quatro horas, no calor e silêncio de domingo de junho, labutava, empurrando a pena como lento arado em chão pedregoso[62], riscando logo rancorosamente a linha que sentia deselegante e mole, ora num rebuliço, a sacudir e reenfiar sob a mesa os chinelos de marroquim, ora imóvel e abandonado à esterilidade que o travava, com os olhos esquecidos na Torre, na sua dificílima Torre, negra entre os limoeiros e o azul, toda envolta no piar e esvoaçar das andorinhas.

Por fim, descoroçoado, arrojou a pena que tão desastrosamente emperrara. E fechando na gaveta, com uma pancada, o volume precioso do *Bardo*:

– Irra! Estou perfeitamente entupido! É este calor! E depois aquele animal do Casco, toda a manhã!...

Ainda releu, coçando sombriamente a nuca, a derradeira linha rabiscada e suja:

– "...Na sala altaneira e larga, onde os largos e pálidos raios da lua..." Larga, largos!... E os pálidos raios, os eternos *pálidos raios!*... Também, este maldito castelo, tão complicado!... E este D. Tructesindo, que eu não apanho, tão antigo! Enfim, um horror!

Atirou, num repelão, a cadeira de couro; cravou, com furor, um charuto nos dentes; – e abalou da livraria, batendo desesperadamente a porta, num tédio imenso da sua obra, daqueles confusos e enredados Paços de Santa Ireneia, e dos seus avós, enormes, ressoantes, chapeados de ferro, e mais vagos que fumos.

II

BOCEJANDO, APERTANDO OS CORDÕES das largas pantalonas de seda que lhe escorregavam da cinta, Gonçalo, que durante todo o dia preguiçara, estirado no divã de damasco azul, com uma vaga dor nos rins, atravessou languidamente o quarto para espreitar, no corredor, o antigo relógio de charão. Cinco horas e meia!... Para desanuviar, pensou numa caminhada pela fresca estrada dos Bravais. Depois numa visita (devida já desde a Páscoa!) ao velho Sanches Lucena, eleito novamente deputado, nas eleições gerais de abril, pelo círculo de Vila Clara. Mas a jornada à *Feitosa,* à quinta do Sanches Lucena, demandava uma hora a cavalo, desagradável com aquela teimosa dor nos rins que o filara na véspera à noite, depois do chá, na Assembleia da vila. E, indeciso, arrastava os passos no corredor, para gritar ao Bento ou à Rosa que lhe subissem uma limonada, quando, através das varandas abertas, ressoou um vozeirão de grosso metal, que gracejando mais se engrossava, rolava pelo pátio, numa cadência cava de malho malhando:

– Oh sô Gonçalo! Oh sô Gonçalão! Oh sô Gonçalíssimo Mendes Ramires!...

Reconheceu logo o *Titó,* o Antônio Vilalobos, seu vago parente, e seu companheiro de Vila Clara, onde aquele homen-

64 ❧ EÇA DE QUEIRÓS

zarrão excelente, de velha raça alentejana, se estabelecera sem motivo, só por afeição bucólica à vila. E havia onze anos que a atulhava com os seus possantes membros, o lento ribombo do seu vozeirão, e a sua ociosidade espalhada pelos bancos, pelas esquinas, pelas ombreiras das lojas, pelos balcões das tabernas, pelas sacristias a caturrar[1] com os padres, até pelo cemitério a filosofar com o coveiro. Era um irmão do velho morgado de Cidadelhe (o genealogista), que lhe estabelecera uma mesada de oito moedas para o conservar longe de Cidadelhe – e do seu sujo serralho de moças do campo, e da obra tenebrosa a que, agora, se atrelara, a *Verídica Inquirição*, uma inquirição sobre as bastardias, crimes e títulos ilegítimos das famílias fidalgas de Portugal. E Gonçalo, desde estudante, amara sempre aquele Hércules bonacheirão, que o seduzia pela prodigiosa força, a incomparável potência em beber todo um pipo e em comer todo um anho[2], e sobretudo pela independência, uma suprema independência[3], que, apoiada ao bengalão terrífico e com as suas oito moedas dentro da algibeira, nada temia e nada desejava nem da Terra nem do Céu. – Logo debruçado na varanda, gritou:

– Oh Titó, sobe!... Sobe enquanto eu me visto. Tomas um cálice de genebra... Vamos depois passear até aos Bravais...

Sentado no rebordo do tanque redondo e sem água que ornava o pátio, erguendo para o casarão a sua franca e larga face requeimada, cheia de barba ruiva, o Titó movia lentamente, como um leque, um velho chapéu de palha:

– Não posso... Ouve lá! Tu queres hoje à noite cear no Gago, comigo e com o João Gouveia? Vai também o Videirinha e o violão. Temos uma tainha assada, uma famosa. E enorme, que eu comprei esta manhã a uma mulher da Casta por cinco tostões. Assada pelo Gago!... Entendido, hem? O Gago abre pipa nova de vinho, do abade de Chandim. Eu conheço o vinho. É daqui, da ponta fina.

E Titó, com dois dedos, delicadamente, sacudiu a ponta mole da orelha. Mas Gonçalo, repuxando as pantalonas, hesitava:

A Ilustre Casa de Ramires 65

– Homem, eu ando com o estômago arrasado... E desde ontem à noite uma dor nos rins, ou no fígado, ou no baço, não sei bem, numa dessas entranhas!... Até hoje, para o jantar, só caldo de galinha e galinha cozida... Enfim? vá? Mas, à cautela, recomenda ao Gago que me prepare para mim um franguinho assado... Onde nos encontramos? Na Assembleia?

O Tító despegara logo do tanque, pousando na nuca o chapéu de palha:

– Hoje não me gasto pela Assembleia. Tenho senhora. Das dez para as dez e meia, no Chafariz...Vai também o Videirinha com a viola. Viva!... Das dez para as dez e meia! Entendido... E franguinho assado para S. Exa., que se queixa do rim!

E atravessou o pátio, com lentidão bovina, parando a colher numa roseira, junto ao portão, uma rosa com que floriu a quinzena de veludilho cor de azeitona.

Imediatamente Gonçalo decidira não jantar, certo dos benefícios daquele jejum até às dez horas, depois de um passeio pelos Bravais e pelo vale da Riosa. E, antes de entrar no quarto para se vestir, empurrou a porta envidraçada sobre a escura escada da cozinha, gritou pela Rosa cozinheira. Mas nem a boa velha, nem o Bento por quem também berrou furiosamente, responderam, no pesado silêncio em que jaziam, como abandonados, esses sombrios fundos de grande laje e de grande abóbada que restavam do antigo palácio, restaurado por Vicente Ramires depois da sua campanha em Castela, incendiado no tempo de El-Rei D. José I. Então Gonçalo desceu dois degraus da gasta escadaria de pedra e atirou outro dos longos brados com que atroava a Torre – desde que as campainhas andavam desmanchadas. E descia ainda para invadir a cozinha, quando a Rosa acudiu. Saíra para o pátio da horta com a filha da Crispola! não sentira o sr. Doutor!...

– Pois estou a berrar há uma hora! E nem você nem Bento!... É porque não janto. Vou cear a Vila Clara com os amigos.

A Rosa, do sonoro fundo do corredor, protestou, desolada. Pois o sr. Doutor ficava assim em jejum até horas da noite? – Filha dum antigo hortelão da Torre, crescida na Torre, já cozinheira da Torre quando Gonçalo nascera, sempre o tratara por "menino", e mesmo por "seu riquinho", até que ele partiu para Coimbra e começou a ser, para ela e para o Bento, o "sr. Doutor". – E o sr. Doutor, ao menos, devia tomar o caldinho de galinha, que apurara desde o meio-dia, cheirava que nem feito no Céu!

Gonçalo, que nunca discordava da Rosa ou do Bento[4], consentiu – e já subia, quando reclamou ainda a Rosa para se informar da Crispola, uma desgraçada viúva que, com um rancho faminto de crianças, adoecera pela Páscoa de febres perniciosas.

– A Crispola vai melhor, sr. Doutor. Já se levanta. Diz a pequena que já se levanta... Mas muito derreadinha...

Gonçalo desceu logo outro degrau, debruçado na escada, para mergulhar mais confidencialmente naquelas tristezas:

– Olhe, oh Rosa, então se a pequena aí está, coitada, que leve para casa à mãe a galinha que eu tinha para jantar. E o caldo... Que leve a panela! Eu tomo uma chávena de chá com biscoitos. E olhe! Mande também dez tostões à Crispola... Mande dois mil--réis. Escute! Mas não lhe mande a galinha e o dinheiro assim secamente... Diga que estimo as melhoras, e que lá passarei por casa para saber. E esse animal do Bento que me suba água quente!

No quarto, em mangas de camisa, diante do espelho, um imenso espelho rolando entre colunas douradas, estudou a língua que lhe parecia saburrosa[5], depois o branco dos olhos, receando a amarelidão de bílis solta. E terminou por se contemplar na sua feição nova, agora que rapara a barba em Lisboa, conservando o bigodinho castanho, frisado e leve, e uma mosca[6] um pouco longa, que lhe alongava mais a face aquilina e fina, sempre duma brancura de nata. O seu desconsolo era o cabelo, bem ondeado, mas tênue e fraco, e, apesar de todas as águas e pomadas, necessitando já risca mais elevada, quase ao meio da testa clara.

– É infernal! Aos trinta anos estou calvo...

E todavia não se despegava do espelho, numa contemplação agradada, recordando mesmo a recomendação da tia Louredo, em

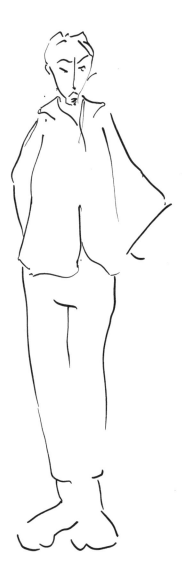

Gonçalo Ramires, em mangas de camisa, diante do imenso espelho.

68 ⬧⬥⬦ Eça de Queirós

Lisboa: – "Oh sobrinho! o menino, assim galante e esperto, não se enterre na província! Lisboa está sem rapazes. Precisamos cá um bom Ramires!" – Não! não se enterraria na província, imóvel sob a hera e a poeira melancólica das coisas imóveis, como a sua Torre!... Mas vida elegante em Lisboa, entre a sua parentela histórica, como a aguentaria com o conto e oitocentos mil-réis de renda que lhe restava, pagas as dívidas do papá? E depois realmente vida em Lisboa só a desejava com uma posição política, – cadeira em S. Bento, influência intelectual no seu Partido, lentas e seguras avançadas para o Poder. E essa, tão docemente sonhada em Coimbra, nas fáceis cavaqueiras do Hotel Mondego, – muito remota a entrevia! Quase inconquistável, para além de um muro alto e áspero, sem porta e sem fenda!... Deputado – como? Agora, com o horrendo S. Fulgêncio e os Históricos no Ministério durante três gordos anos, não voltariam Eleições Gerais. E mesmo nalguma Eleição Suplementar que possibilidade lograria ele, que, desde Coimbra, bem levianamente, arrastado por uma elegância de tradições, se manifestara sempre Regenerador, no "Centro" da Couraça, nas correspondências para a *Gazeta do Porto*, nas verrinas[7] ardentes contra o chefe do Distrito, o Cavaleiro detestável?... Agora só lhe restava esperar. Esperar, trabalhando; ganhando em consistência social; edificando com sagacidade, sobre a base do seu imenso nome histórico, uma pequenina nomeada política; tecendo e estendendo a malha preciosa das amizades partidárias, desde Santa Ireneia até ao Terreiro do Paço... Sim! eis a teoria esplêndida: – mas consistência, nomeada, afeições políticas, como se conquistam? "Advogue, escreva nos jornais!" fora o conselho distraído *e* risonho do seu chefe, o Brás Vitorino. Advogar em Oliveira, mesmo em Lisboa? Não podia, com aquele seu horror ingênito, quase fisiológico, a autos e papelada forense. Fundar um jornal em Lisboa como o Ernesto Rangel, seu companheiro de Coimbra no Hotel Mondego? Era façanha fácil para o neto adorado da sra. D. Joaquina Rangel, que armazenava dez mil pipas de vinho nos barracões de Gaia. Batalhar num jornal de Lisboa?

Nessas semanas de Capital, sempre pelo Banco Hipotecário, sempre com as "primas", nem formara relações duráveis *e* úteis nos dois grandes Diários Regeneradores, a *Manhã* e a *Verdade*... De sorte que, realmente, nesse muro que o separava da fortuna só descobria um buraquinho, bem apertado mas serviçal – os ANAIS DE LITERATURA E DE HISTÓRIA[8], com a sua colaboração de Professores, de Políticos, até dum Ministro, até de um Almirante, o Guerreiro Araújo, esse tonante maçador. Aparecia pois nos ANAIS com a sua *Torre,* revelando imaginação e um saber rico. Depois, trepando da Invenção para o terreno mais respeitável da Erudição, daria um estudo (que até lhe lembrara no comboio, ao voltar de Lisboa!) sobre as "Origens Visigóticas do Direito Público em Portugal... " Oh, nada conhecia, é certo, dessas Origens, desses Visigodos. Mas, com a bela *História da Administração Pública em Portugal* que lhe emprestara o Castanheiro, comporia corrediamente um resumo elegante... Depois, saltando da Erudição às Ciências Sociais e Pedagógicas – por que não amassaria uma boa "Reforma do Ensino Jurídico em Portugal" em dois artigos maçudos, de Homem de Estado?... Assim avançava, bem chegado aos Regeneradores, construindo e cinzelando o seu pedestal literário, até que os Regeneradores voltassem ao Ministério, e no muro se escancarasse a desejada porta triunfal. – E no meio do quarto, em ceroulas, com as mãos nas ilhargas, Gonçalo Mendes Ramires concluiu pela necessidade de apressar a sua novela.

– Mas, quando acabarei eu essa *Torre?* assim emperrado, sem veia, com o fígado combalido?...

O Bento, velho de face rapada e morena, com um lindo cabelo branco todo encarapinhado, muito limpo, muito fresco na sua jaqueta de ganga, entrara vagarosamente, segurando a infusa de água quente.

– Oh Bento, ouve lá! Tu não encontraste na mala que eu trouxe de Lisboa, ou no caixote, um frasco de vidro com um pó branco? É um remédio inglês que me deu o sr. dr. Matos... Tem

um rótulo em inglês, com um nome inglês, não sei quê, *fruit salt*...
Quer dizer sal de frutas...

O Bento cravou no soalho os olhos, que depois cerrou, meditando. Sim, no quarto de lavar, em cima do baú vermelho, ficara um frasco com pó, embrulhado num pergaminho antigo como os do Arquivo.

– É esse! – declarou Gonçalo. – Eu precisava em Lisboa uns documentos por causa daquele malvado foro de Praga. E por engano, na balbúrdia, levo do Arquivo um pergaminho perfeitamente inútil! Vai buscar o rolo... Mas tem cuidado com o frasco!

O Bento, cuidadoso, sempre lento, ainda enfiou os botões de ágata nos punhos da camisa do sr. Doutor, e desdobrou sobre a cama, para ele vestir, a quinzena, as calças bem vincadas, de cheviote leve. E Gonçalo, retomado pela ideia de artigos para os ANAIS, folheava, rente à janela, a *História da Administração Pública em Portugal,* quando Bento voltou com um rolo de pergaminho, de onde pendia, por fitas roídas, um selo de chumbo.

– Esse mesmo! – exclamou o Fidalgo atirando o volume para o poial da janela. – É esse mesmo que eu enrolei no pergaminho para se não quebrar. Desembrulha, deixa em cima da cômoda... O sr. dr. Matos aconselhou que o tomasse com água tépida, em jejum. Parece que ferve. E limpa o sangue, desanuvia a cabeça... Pois eu muito necessitado ando de desanuviar a cabeça!... Toma tu também, Bento. E diz à Rosa que tome. Todos tomam agora, até o Papa!

Com cuidado, o Bento desenrolara o frasco, estendendo sobre o mármore da cômoda o pergaminho duro, onde a letra do século XVI se encarquilhava amarela e morta. E Gonçalo, abotoando o colarinho:

– Ora aí está o que eu levo preciosamente, para deslindar o foro de Praga! Um pergaminho do tempo de D. Sebastião... E só percebo mesmo a data, mil quatrocentos... Não, mil quinhentos e setenta e sete. Nas vésperas da jornada de África... Enfim! serviu para embrulhar o frasco.

A ILUSTRE CASA DE RAMIRES 71

O Bento, que escolhera no gavetão um colete branco, relanceou de lado o pergaminho venerável:

– Naturalmente foi carta que El-Rei D. Sebastião escreveu a algum avozinho do sr. Doutor...

– Naturalmente – murmurava o Fidalgo, diante do espelho. – E para lhe dar alguma coisa boa, alguma coisa gorda... Antigamente ter rei era ter renda. Agora... Não apertes tanto essa fivela, homem! Trago há dias o estômago inchado... Agora, com efeito, esta instituição de Rei anda muito safada, Bento![9]

– Parece que anda – observou gravemente o Bento. – Também, o *Século* afiança que os Reis estão a acabar, e por dias. Ainda ontem afiançava. E o *Século* é jornal bem informado... No de hoje, não sei se o sr. Doutor leu, lá vem a grande festa dos anos do sr. Sanches Lucena, e o fogo de vistas, e o bródio que deram na *Feitosa*...

Enterrado no divã de damasco, Gonçalo estendera os pés ao Bento, que lhe laçava as botas brancas:

– Esse Sanches Lucena é um idiota! Ora que arranjo fará a esse homem, aos sessenta anos, ser deputado, passar meses em Lisboa no *Francfort*, abandonar as propriedades, deixar aquela linda quinta... E para quê? Para rosnar de vez em quando "apoiado"! Antes ele me cedesse a cadeira, a mim, que sou mais esperto, não possuo grandes terras, e gosto do Hotel Bragança. E por Sanches Lucena... O Joaquim amanhã que me tenha a égua pronta, a esta hora, para eu ir à *Feitosa,* visitar esse animal... E ponho então o fato novo de montar que trouxe de Lisboa, com as polainas altas... Há mais de dois anos que não vejo a D. Ana Lucena. É uma linda mulher!

– Pois quando o sr. Doutor estava em Lisboa eles passaram aí, na caleche. Até pararam, e o sr. Sanches Lucena apontou para a Torre, a mostrar à senhora... Mulher muito perfeita! E traz uma grande luneta, com um grande cabo, e um grande grilhão, tudo de oiro...

– Bravo!... Encharca bem esse lenço com água-de-colônia, que tenho a cabeça tão pesada!... Essa D. Ana era uma jornaleira, uma moça do campo, de Corinde?

72 &&& EÇA DE QUEIRÓS

Bento protestou, com o frasco suspenso, espantado para o Fidalgo:

– Não senhor! A sra. D. Ana Lucena é de gente muito baixa! Filha de um carniceiro de Ovar... E o irmão andou a monte[10] por ter morto o ferrador de Ílhavo.

– Enfim, – resumiu Gonçalo – filha de carniceiro, irmão a monte, bela mulher, luneta de oiro... Merece fato novo![11]

Em Vila Clara, às dez horas, sentado num dos bancos de pedra do Chafariz, sob as olaias, o Titó esperava com o amigo João Gouveia – que era o Administrador do Concelho da vila. Ambos se abanavam com os chapéus, em silêncio, gozando a frescura e o sussurro da água lenta na sombra. E a "meia" batia no relógio da Câmara, quando Gonçalo, que se retardara na Assembleia num voltarete enremissado[12], apareceu anunciando uma fome terrível, "a fome histórica dos Ramires", e apressando a marcha para o Gago – sem mesmo consentir que o Titó descesse à tabacaria do Brito, a buscar uma garrafa de aguardente de cana da Madeira, velha e "da ponta fina..."

– Não há tempo! Ao Gago! Ao Gago!... Senão devoro um de vocês, com esta furiosa fome ramírica!

Mas, logo ao subirem a Calçadinha, parou ele cruzando os braços, interpelando divertidamente o sr. Administrador do Concelho, pelo estupendo feito de *seu* Governo... Então o *seu* Governo, os *seus* amigos históricos, o *seu* honradíssimo S. Fulgêncio – nomeavam, para Governador Civil de Monforte, o Antônio Moreno! O Antônio Moreno, tão justamente chamado em Coimbra Antoninha Morena! Não, realmente, era a derradeira degradação a que podia rolar um país! Depois desta, para harmonia perfeita dos serviços, só outra nomeação, e urgente – a da Joana Salgadeira, Procuradora-Geral da Coroa!

E o João Gouveia, um homem pequeno, muito escuro, muito seco, de bigode mais duro que piaçaba, esticado numa sobrecasaca curta, com o chapéu de coco atirado para a orelha, não discordava.

E o João Gouveia, um homem pequeno, muito escuro, muito seco, de bigode mais duro que piaçaba...

74 &∾& Eça de Queirós

Empregado imparcial, servindo os Históricos como servira os Regeneradores[13], sempre acolhia com imparcial ironia as nomeações de bacharéis novos, Históricos ou Regeneradores, para os gordos lugares administrativos. Mas, neste caso, sinceramente, quase vomitara, rapazes! Governador Civil, e de Monforte, o Antônio Moreno, que ele tantas vezes encontrara no quarto, em Coimbra, vestido de mulher, de roupão aberto, e a carinha bonita coberta de pó de arroz!... – E, travando do braço do Fidalgo, recordava a noite em que o José Gorjão, muito bêbedo, de cartola e com um revólver, exigia furiosamente que o Padre Justino, também bêbedo, o casasse com o Antoninho diante dum nicho da Senhora da Boa Morte! Mas o Titó, que esperava, floreando o bengalão, declarou àqueles senhores que se o tempo sobejava para arrastarem assim na rua, a conversar de Política e de indecências – então voltava ele ao Brito, buscar a aguardentezinha... Imediatamente o Fidalgo da Torre, sempre brincalhão, sacudiu o braço do Administrador, e galgou pela Calçadinha, aos corcovos, com as mãos fortemente juntas, como colhendo uma rédea, contendo um cavalo que se desboca.

E na sala alta do Gago, ao cimo da escada esguia e íngreme que subia da taberna, a um canto da comprida mesa alumiada por dois candeeiros de petróleo, a ceia foi muito alegre, muito saboreada. Gonçalo, que se declarava miraculosamente curado pelo passeio até aos Bravais e pelas emoções do voltarete, em que ganhara dezenove tostões ao Manuel Duarte – começou por uma pratada de ovos com chouriço, devorou metade da tainha, devastou o seu "frango de doente", clareou o prato da salada de pepino, findou por um montão de ladrilhos de marmelada; e através deste nobre trabalho, sem que a fina brancura da sua pele se afogueasse, esvaziou uma caneca vidrada de Alvaralhão, porque logo ao primeiro trago, e com desgosto do Titó, amaldiçoara o vinho novo do abade. À sobremesa apareceu o Videirinha, "o Videirinha do violão", tocador afamado de Vila Clara, ajudante de Farmácia, e poeta com versos de amor e de patriotismo já impressos no *Independente de Oliveira.* Jantara nessa tarde, com o violão, em casa do comendador Barros, que celebrava o aniversário da sua comenda; e só aceitou um copo de Alvaralhão, em que esmagou um ladrilho de marmelada "para adoçar a goela". Depois, à meia-noite, Gonçalo obrigou o Gago a espertar o lume, ferver um café "muito forte, um café terrível, Gago amigo! um café capaz de abrir talento no sr. Comendador Barros!" Era essa a hora divina do violão e do "fadinho". E já o Videirinha recuara para a sombra da sala, pigarreando, afinando os bordões, pousado com melancolia à borda dum banco alto.

– A *Soledad,* Videirinha! – pediu o bom Titó, pensativo, enrolando um grosso cigarro.

Videirinha gemeu deliciosamente a *Soledad:*

Quando fores ao cemitério
Ai Soledad, Soledad!...

Depois, apenas ele findou, aclamado, e enquanto acertava as cravelhas, o Fidalgo da Torre e João Gouveia, com os cotovelos na mesa, os charutos fumegando, conversaram sobre essa venda de Lourenço Marques[14] aos Ingleses, preparada sorrateiramente (conforme clamavam, arrepiados de horror, os jornais da Oposição) pelo Governo do S. Fulgêncio. E Gonçalo também se arrepiava! Não com a alienação da Colônia – mas com a impudência do S. Fulgêncio! Que aquele careca obeso, filho sacrílego dum frade que depois se fizera merceeiro em Cabecelhos, trocasse a libras, para se manter mais dois anos no poder, um pedaço de Portugal, terrão augusto, trilhado heroicamente pelos Gamas, os Ataídes, os Castros, os seus próprios avós – era para ele uma abominação que justificava todas as violências, mesmo uma revolta, e a casa de Bragança enterrada no lodo do Tejo! Trincando, sem parar, amêndoas torradas, João Gouveia observou:

– Sejamos justos, Gonçalo Mendes! Olhe que os Regeneradores...

O Fidalgo sorriu superiormente. Ah! se os Regeneradores realizassem essa grandiosa operação – bem! Esses, primeiramente, nunca cometeriam a indecência de vender a Ingleses terra de Portugueses! Negociariam com Franceses, com Italianos, povos latinos, raças fraternas...[15] E depois os bons milhões soantes seriam aplicados ao fomento do País, com saber, com probidade, com experiência. Mas esse horrendo careca do S. Fulgêncio!... – E no seu furor, engasgado, gritou por genebra, porque realmente aquele conhaque do Gago era uma peçonha torpe!

O Titó encolheu os ombros, resignado:

– Não me deixaste ir buscar a aguardentezinha, agora aguenta... E a genebra é ainda mais peçonhenta. Nem para os negros desse Lourenço Marques que tu queres vender... Portugueses indecentes, a vender Portugal! Até o Sr. Administrador do Concelho devia proibir estas conversas...

Mas o Sr. Administrador do Concelho afirmou que as consentia, e rasgadamente... Porque também ele, como Governo, venderia Lourenço Marques, e Moçambique, e toda a Costa Oriental às talhadas! Em leilão! Ali, toda a África, posta em praça, apregoada no Terreiro do Paço! E sabiam os amigos por quê? Pelo são princípio de forte administração – (estendia o braço, meio alçado do banco, como num Parlamento)... Pelo são princípio de que todo o proprietário de terras distantes, que não pode valorizar por falta de dinheiro ou gente, as deve vender para consertar o seu telhado, estrumar a sua horta, povoar o seu curral, fomentar todo o bom terrão que pisa com os pés... Ora a Portugal restava toda uma riquíssima província a amanhar, a regar, a lavrar, a semear – o Alentejo!

O Titó lançou o vozeirão, desdenhando o Alentejo, como uma película de terra de má qualidade, que, fora umas léguas de campos em torno de Beja e de Serpa, por um grão só dava dois, e, apenas esgaravatada, logo mostrava o granito...

– O mano João tem lá uma herdade[16] imensa, imensíssima, que rende trezentos mil-réis.

A ILUSTRE CASA DE RAMIRES 77

O Administrador, que advogara em Mértola, protestou, encristado. O Alentejo! Província abandonada, sim! Abandonada miseravelmente, desde séculos, pela imbecilidade dos governos... Mas riquíssima, fertilíssima!

– Pois então os Árabes... E qual Árabes! Ainda há dias o Freitas Galvão me contava...

Mas Gonçalo Mendes, que cuspira também a genebra com uma carantonha[17], acudiu, num resumo varredor condenando todo o Alentejo como uma desgraçada ilusão!

– Estirado por sobre a mesa, o Administrador gritava:

– Você já esteve no Alentejo?

– Também nunca estive na China, e...

– Então não fale! Só a vinha espantosa que plantou o João Maria...

– Quê! Umas cem pipas de zurrapa![18] Mas, noutros sítios, léguas e léguas sem...

– Um celeiro!

– Uma charneca![19]

E através do tumulto o Videirinha, repenicando com solitário ardor, levado na torrente de ais de "fado" da Areosa, soluçava contra uns olhos negros, donos do seu coração:

Ai! que dos teus negros olhos
Me vem hoje a perdição...

O petróleo dos candeeiros findava; e o Gago, reclamado para trazer castiçais, surdiu em mangas de camisa, detrás duma cortina de chita, com a sua esperta humildade banhada em riso, lembrando a suas Excelências que passava da uma horazinha da noite... O Administrador, que detestava noitadas, nocivas à sua garganta (de amígdalas loucamente inflamáveis), puxou o relógio com terror. E rapidamente reabotoado na sobrecasaca, de chapéu-coco mais tombado à banda, apressou o lento Tito, porque ambos moravam no alto da vila – ele defronte do

Correio, o outro na viela das Teresas, numa casa onde outrora habitara e aparecera apunhalado o antigo carrasco do Porto.

O Titó porém não se aviava. Com o bengalão debaixo do braço, ainda chamou o Gago ao fundo sombrio da sala estreita, para cochichar sobre o embrulhado negócio duma compra de espingarda, soberba espingarda Winchester, empenhada ao Gago pelo filho do tabelião Guedes de Oliveira. E, quando desceu a escadaria, encontrou à porta da taberna, no estendido luar que orlava a rua adormecida, o Fidalgo da Torre e o João Gouveia, bruscamente engalfinhados na costumada contenda sobre o Governador Civil de Oliveira – o André Cavaleiro!

Era sempre a mesma briga, pessoal, furiosa e vaga. Gonçalo clamando que não aludissem diante dele, pelas cinco chagas de Cristo, a esse bandido, esse sr. Cavaleiro e sobretudo Cavalo, mandão burlesco que desorganizava o Distrito![20] E João Gouveia, muito teso, muito seco, com o coco mais caído na orelha, assegurando a inteligência superior do amigo Cavaleiro, que estabelecera limpeza e ordem, como Hércules, nas cavalariças de Oliveira! O Fidalgo rugia. E Videirinha, com o violão resguardado atrás das costas, suplicava aos amigos que recolhessem à taberna, para não alvorotar a rua...

– Tanto mais que defronte, coitada, a sogra do dr. Venâncio está desde ontem com a pontada!

– Pois então – berrou Gonçalo – não venham com disparates que revoltam! Dizer você, Gouveia, que Oliveira nunca teve Governador Civil como o Cavaleiro!... Não é por meu pai! O papá já lá vai há três anos, infelizmente. Concordo que não fosse boa autoridade. Era frouxo, andava doente... Mas depois tivemos o Visconde de Freixomil. Tivemos o Bernardino. Você serviu com eles. Eram dois homens!... Mas este cavalo deste Cavaleiro! A primeira condição, para a autoridade superior dum Distrito, é não ser burlesca. E o Cavaleiro é de entremez![21] Aquela guedelha[22] de trovador, e a horrenda bigodeira negra, e o olho languinhento a pingar namoro, e o papo empinado, e o *pó-pó-poh*! É de entremez!

A Ilustre Casa de Ramires ❧ 79

E estúpido, duma estupidez fundamental, que lhe começa nas patas, vem subindo, vem crescendo. Oh senhores, que animal!... Sem contar que é malandro.

Teso na sombra do imenso Titó, como uma estaca junto duma torre, o Administrador mordia o charuto. Depois, de dedo espetado, com uma serenidade cortante:

– Você acabou?... Pois, Gonçalinho, agora escute! Em todo o distrito de Oliveira, note bem, em todo ele! não há ninguém, absolutamente ninguém, que de longe, muito de longe, se compare ao Cavaleiro em inteligência, caráter, maneiras, saber, e finura política!

O Fidalgo da Torre emudeceu, varado. Por fim, sacudindo o braço, num desabrido, arrogante desprezo:

– Isso são as opiniões dum subalterno!

– E isso são as expressões dum malcriado! – uivou o outro, crescendo todo, com os olhinhos esbugalhados a fuzilar.

Imediatamente entre os dois, mais grosso que um barrote, avançou o braço do Titó, estendendo uma sombra na calçada:

– Olá! Oh rapazes! Que desconchavo[23] é este? Vocês estão borrachos?...[24] Pois tu, Gonçalo...

Mas já Gonçalo, num desses seus impulsos generosos e amoráveis que tão finamente seduziam, se humilhava, confessava a sua brutalidade, sensibilizado:

– Perdoe você, João Gouveia! Sei perfeitamente que você defende o Cavaleiro por amizade, não por dependência... Mas que quer, homem? Quando me falam nesse Cavalo... Não sei, é por contágio da besta, orneio, atiro coice!

O Gouveia, sem rancor, logo reconciliado (porque admirava carinhosamente o Fidalgo da Torre), deu um puxão forte à sobrecasaca e apenas observou "que o Gonçalinho era uma flor, mas picava..." Depois, aproveitando a emoção submissa de Gonçalo, recomeçou a glorificação do Cavaleiro, mais sóbria. Reconhecia certas fraquezas. Sim, com efeito, aquele modo empertigado...[25] Mas que coração! – E o Gonçalinho devia considerar...

O Fidalgo, de novo revoltado, recuou, espalmando as mãos.

80 ❦❧ EÇA DE QUEIRÓS

– Escute você, oh João Gouveia! Por que é que você lá em cima, à ceia, não comeu a salada de pepino? Estava divina, até o Videirinha a apeteceu! Eu repeti, acabei a travessa... Por que foi? Porque você tem horror fisiológico, horror visceral ao pepino. A sua natureza e o pepino são incompatíveis. Não há raciocínios, não há sutilezas, que o persuadam a admitir lá dentro o pepino. Você não duvida que ele seja excelente, desde que tanta gente de bem o adora; mas você não pode... Pois eu estou para o Cavaleiro como você para o pepino. Não posso! Não há molhos, nem razões, que mo disfarcem. Para mim é ascoroso. Não vai! Vomito!...[26] E agora ouça...

Então Titó, que bocejava, interveio, já farto: – Bem! Parece-me que apanhamos a nossa dose de Cavaleiro, e valente! Somos todos muito boas pessoas e só nos resta debandar. Eu tive senhora, tive tainha... Estou derreado. E não tarda a madrugada, que vergonha!

O Administrador pulou. Oh diabo! E ele, às nove horas da manhã, com comissão de recenseamento!... Para esmagar bem o amuo, cingiu Gonçalo num rijo abraço. E, quando o Fidalgo descia para o Chafariz com o Videirinha (que nestas noites festivas de Vila Clara o acompanhava sempre pela estrada até ao portão da Torre), João Gouveia ainda se voltou, pendurado do braço do Titó no meio da Calçadinha, para lhe lembrar um preceito moral "de não sei que filósofo":

– "Não vale a pena estragar boa ceia por causa de má política..." Creio que é de Aristóteles!

E até Videirinha, que de novo afinava a viola, se preparava para um solto descante ao luar, murmurou respeitosamente por entre abafados harpejos:

– Não vale a pena, sr. Doutor... Realmente não vale a pena, porque em Política hoje é branco, amanhã é negro, e depois, zás, tudo é nada!

O fidalgo encolhera os ombros. A Política! Como se ele pensasse na Autoridade, no sr. Governador Civil de Oliveira – quando injuriava o sr. André Cavaleiro, de Corinde! Não! o que detestava era o homem – o falso homem de olho langoroso![27] Porque entre eles existia um desses fundos agravos que outrora, no tempo dos Tructesindos, armavam um contra o outro, em dura arrancada de lanças, dois bandos senhoriais... – E pela estrada, com a Lua no alto dos outeiros de Valverde, enquanto no violão do Videirinha tremia o choro lento do fado do Vimioso, Gonçalo Mendes recordava, aos pedaços, aquela história que tanto enchera a sua alma desocupada. Ramires e Cavaleiros eram famílias vizinhas, uma com a velha torre em Santa Ireneia, mais velha que o Reino – a outra com quinta bem tratada e rendosa em Corinde. E quando ele, rapaz de dezoito anos, enfiava enfastiadamente os preparatórios do Liceu, André Cavaleiro, então estudante do Terceiro Ano, já o tratava como um amigo sério. Durante as férias, como a mãe lhe dera um cavalo, aparecia todas as tardes na Torre; e muitas vezes, sob os arvoredos da quinta ou passeando pelos arredores de Bravais e Valverde, lhe confiava, como a um espírito maduro, as suas ambições políticas, as suas ideias de vida, que desejava grave e toda votada ao Estado. Gracinha Ramires desabrochava na flor dos seus dezesseis anos; e mesmo em Oliveira lhe chamavam "a flor da Torre". Ainda então vivia a governanta inglesa de Gracinha, a boa *miss* Rhodes – que, como todos na Torre, admirava com entusiasmo André Cavaleiro pela sua amabilidade, a sua ondeada cabeleira romântica, a doçura quebrada dos seus olhos largos, a maneira ardente de recitar Vítor Hugo e João de Deus[28]. E, com essa fraqueza que lhe amolecia a alma e os princípios perante a soberania do Amor, favorecera demoradas conversas de André com Maria da Graça sob as olaias do mirante e mesmo cartinhas trocadas ao escurecer, por sobre o muro baixo da Mãe-d'Água. Todos os domingos o Cavaleiro jantava na Torre: – e o velho procurador Rebelo já preparara, com esforço e resmungando, um conto de réis para o enxoval da "menina". O pai de Gonçalo, Governador Civil de Oliveira, sempre atarefado, enredado em Política e em dívidas, amanhecendo só na Torre aos domingos,

Não! o que detestava era o homem – o falso homem de olho langoroso!

A ILUSTRE CASA DE RAMIRES ❦ 83

aprovava esta colocação de Gracinha, que, meiga e romanesca, sem mãe que a velasse, criava na sua vida, já difícil, um tropeço e um cuidado. Sem representar como ele uma família de imensa crônica, anterior ao Reino, do mais rico sangue de Reis godos, André Cavaleiro era um moço bem nascido, filho de general, neto de desembargador, com brasão legítimo na sua casa apalaçada de Corinde, e terras fartas em redor, de boa semeadura, limpas de hipotecas... Depois, sobrinho de Reis Gomes, um dos Chefes Históricos, já filiado no Partido Histórico (desde o Segundo Ano da Universidade), a sua carreira andava marcada com segurança e brilho na Política e na Administração. E enfim Maria da Graça amava enlevadamente aqueles reluzentes bigodes, os ombros fortes de Hércules bem educado, o porte ufano que lhe encouraçava o peitilho e que impressionava. Ela, em contraste, era pequenina e frágil, com uns olhos tímidos e esverdeados que o sorriso umedecia e enlanguescia, uma transparente pele de porcelana fina, e cabelos magníficos, mais lustrosos e negros que a cauda dum corcel de guerra, que lhe rolavam até aos pés, em que se podia embrulhar toda, assim macia e pequenina. Quando desciam ambos as alamedas da quinta, *miss* Rhodes (que o pai, professor de Literatura Grega em Manchester, recheara de Mitologia) pensava sempre em "Marte cheio de força, amando Psiquê[29] cheia de graça". E mesmo os criados da Torre se maravilhavam do "lindo par!" Só a sra. D. Joaquina Cavaleiro, a mãe de André, senhora obesa e rabugenta, detestava aquela terna assiduidade do filho na Torre, sem motivo pesado, só por "desconfiar da pinta da menina e desejar nora mais comezinha..."[30] Felizmente, quando André Cavaleiro se matriculava no Quinto Ano, a desagradável matrona morreu duma anasarca[31]. O pai de Gonçalo recebeu a chave do caixão; Gracinha tomou luto; e Gonçalo, companheiro de casa do Cavaleiro na Rua de S. João, em Coimbra, enrolou um fumo na manga da batina. Logo em Santa Ireneia se pensou que o esplêndido André, liberto da peca oposição da mamã, pediria a "Flor da Torre" depois do Ato de Formatura. Mas, findo esse desejado Ato, Cavaleiro abalou

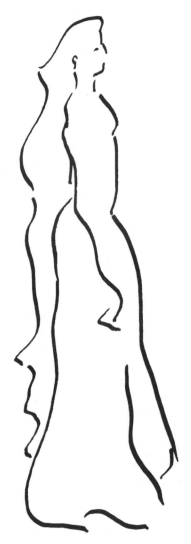

Maria da Graça... uma transparente pele de porcelana fina, e cabelos magníficos, mais lustrosos e negros que a cauda de um corcel de guerra...

A Ilustre Casa de Ramires ❧ 85

para Lisboa – porque se preparavam eleições em Outubro, e ele recebera do tio Reis Gomes, então Ministro da Justiça, a promessa de "ser deputado" por Bragança.

E todo esse Verão o passou na Capital; depois em Sintra, onde o negro langor dos seus olhos úmidos amolecia corações; depois numa jornada quase triunfal a Bragança, com foguetes e "vivas ao sobrinho do sr. Conselheiro Reis Gomes!" Em Outubro, Bragança "confiou ao dr. André Cavaleiro (como escreveu o *Eco de Trás-os-Montes*) o direito de a representar em Cortes, com os seus brilhantes conhecimentos literários e a sua formosíssima presença de orador..." Recolheu então a Corinde; mas nas suas visitas à Torre, onde o pai de Gonçalo convalescia duma febre gástrica, que exacerbara a sua antiga diabetes, André já não arrastava sofregamente Gracinha, como outrora, para as silenciosas sombras da quinta, permanecendo de preferência na sala azul, a conversar sobre Política com Vicente Ramires, que se não movia da poltrona, embrulhado numa manta. E Gracinha, nas suas cartas para Coimbra a Gonçalo, já se carpia de não correrem tão doces nem tão íntimas as visitas do André à Torre, "ocupado, como andava sempre agora, a estudar para deputado..." Depois do Natal o Cavaleiro voltou para Lisboa, para a abertura das Cortes, muito apetrechado, com o seu criado Mateus, uma linda égua que comprara em Vila Clara ao Manuel Duarte, e dois caixotes de livros. E a boa *miss* Rhodes sustentava que Marte, como convinha a um herói, só reclamaria Psiquê depois dum nobre feito, uma estreia nas Câmaras, "num discurso lindo, todo flores..." Quando Gonçalo, nas férias de Páscoa, apareceu na Torre, encontrou Gracinha inquieta e descorada. As cartas do seu André, que se estreara "e num discurso lindo, todo flores...", eram cada semana mais curtas, mais calmas. E a última (que ela lhe mostrou em segredo), datada da Câmara, contava em três linhas mal rabiscadas "que tivera muito que trabalhar em comissões, que o tempo se pusera lindo, que nessa noite era o baile dos condes de Vilaverde, e que ele continuava com muitas saudades, do seu fiel André..." Gonçalo

Mendes Ramires, logo nessa tarde, desabafou com o pai, que definhava na sua poltrona:

– Eu acho que o André se está portando muito mal com a Gracinha... O papá não lhe parece?

Vicente Ramires apenas moveu, num gesto de vencida tristeza, a mão descarnada, de onde a cada momento lhe escorregava o anel de armas.

Por fim em maio a sessão das Câmaras terminou – essa sessão que tanto interessara Gracinha, ansiosa "que eles acabassem de discutir e tivessem férias". E quase imediatamente ela em Santa Ireneia, Gonçalo em Coimbra, souberam pelos jornais que "o talentoso deputado André Cavaleiro partira para Itália e França, numa longa viagem de recreio e de estudo". E nem uma carta à sua escolhida, quase sua noiva!... Era um ultraje, um bruto ultraje, que outrora, no século XII, lançaria todos os Ramires, com homens de cavalo e peonagem, sobre o solar dos Cavaleiros, para deixar cada trave denegrida pela chama, cada servo pendurado duma corda de cânave. Agora Vicente Ramires, apagado e mortal, murmurou simplesmente: "Que traste!" Ele em Coimbra, rugindo, jurou esbofetear um dia o infame! A boa *miss* Rhodes, para se consolar, desembrulhou a sua velha harpa, encheu Santa Ireneia de magoados harpejos. E tudo findou nas lágrimas que Gracinha, durante semanas, tão desconsolada da vida que nem se penteava, escondeu sob as olaias do mirante.

E, ainda depois desses anos, a esta lembrança das lágrimas da irmã, um rancor invadiu Gonçalo, tão redivivo que atirou para o lado, para sobre as sebes da vala, uma bengalada, como se fosse às costas do Cavaleiro! – Caminhavam então junto à ponte da Portela, onde os campos se alargam, e da estrada se avista Vila Clara, que a Lua branqueava toda, desde o Convento de Santa Teresa, rente ao Chafariz, até ao muro novo do cemitério, no alto, com os seus finos ciprestes. Para o fundo do vale, clara também no luar, era a igrejinha de Craquede, Santa Maria de Craquede, resto do antigo mosteiro em que ainda jaziam, nos seus rudes túmulos de

A ILUSTRE CASA DE RAMIRES ❧ 87

granito, as grandes ossadas dos Ramires Afonsinos. Sob o arco, docemente, o riacho lento, arrastando entre os seixos, sussurrava na sombra. E Videirinha, enlevado naquele silêncio e suavidade saudosa, cantava, num gemer surdo de bordões:

Baldadas são tuas queixas,
Escusados são teus ais,
Que é como se eu morto fora,
E não me verás nunca mais!...

E Gonçalo retomara as suas recordações, repassava tristezas que depois caíram sobre a Torre. Vicente Ramires morrera numa tarde de agosto, sem sofrimento, estendido na sua poltrona à varanda, com os olhos cravados na velha Torre, murmurando para o Padre Soeiro: – "Quantos Ramires verá ela ainda, nesta casa, e à sua sombra?..." Todas essas férias as consumiu Gonçalo no escuro cartório, desajudado (porque o procurador, o bom Rebela, também Deus o chamara), revolvendo papéis, apurando o estado da casa – reduzida aos dois contos e trezentos mil-réis que rendiam os foros de Craquede, a herdade de Praga, e as duas quintas históricas, Treixedo e Santa Ireneia. Quando regressou a Coimbra deixou Gracinha em Oliveira, em casa de uma prima, D. Arminda Nunes Viegas, senhora muito abastada, muito bondosa, que habitava no Terreiro da Louça um imenso casarão cheio de retratos de avoengos e de árvores de costado, onde ela, vestida de veludo preto, pousada num canapé de damasco, entre aias que fiavam, perpetuamente relia os seus livros de cavalaria, o *Amadis*, *Leandro o Belo, Tristão e Brancaflor*, as *Crônicas do Imperador Clarimundo...*[32] Foi aí que José Barrolo (senhor de uma das mais ricas casas de Amarante) encontrou Gracinha Ramires, e a amou com uma paixão profunda, quase religiosa – estranha naquele moço indolente, borrudo, de bochechas coradas como uma maçã, e tão escasso de espírito que os amigos lhe chamavam "o José Bacoco". O bom Barrolo residira sempre em Amarante com a mãe, não conhecia o traído romance da "Flor da Torre" – que nunca se espalhara para além dos cerrados arvoredos da quinta. E, sob o enternecido e romanesco patrocínio de D. Arminda, noivado e casamento docemente se apressaram, em três meses, depois duma carta de Barrolo a Gonçalo Mendes Ramires, jurando – "que a afeição pura que sentia pela prima Graça, pelas suas virtudes e outras qualidades respeitáveis, era tão grande que nem achava no Dicionário termos para a explicar..." Houve uma boda luxuosa; e os noivos (por desejo de Gracinha, para se não afastar da querida Torre), depois duma jornada filial a Amarante, "armaram o seu ninho" em Oliveira, à esquina do Largo de El-Rei e da Rua das Tecedeiras, num palacete que o Bacoco herdara, com largas terras, do seu tio Melchior, Deão da Sé. Dois anos correram, mansos e sem história. E Gonçalo Mendes Ramires passava justamente em Oliveira as suas últimas férias de Páscoa, quando André Cavaleiro nomeado Governador Civil do Distrito, tomou posse, estrondosamente, com foguetes, filarmônicas, o Governo Civil e o Paço do Bispo iluminados, as armas dos Cavaleiros em transparentes no café da Arcada e na Recebedoria!... Barrolo conhecia o Cavaleiro quase intimamente, admirava o seu talento, a sua elegância, o seu brilho político. Mas Gonçalo Mendes Ramires, que dominava soberanamente o bom Bacoco, logo o intimou a não visitar o sr. Governador Civil, a não o saudar sequer na rua, e a partilhar, por dever de aliança, os rancores que existiam entre Cavaleiros e Ramires! José Barrolo cedeu, submisso, espantado, sem compreender. Depois uma noite, no quarto, enfiando as chinelas, contou à Gracinha "a esquisitice de Gonçalo":

– E sem motivo sem ofensa, só por causa da Política!... Ora, vê tu! Um belo rapaz como o Cavaleiro!... Podíamos fazer um ranchinho tão agradável!...

Outro sereno ano passou... E nessa Primavera, em Oliveira, onde se demorara para a festa dos anos de Barrolo, eis que Gonçalo suspeita, fareja, descobre uma incomparável infâmia! O empertigado homem da bigodeira negra, o sr. André Cavaleiro, recomeçara com soberba impudência a cortejar Gracinha Ramires, de longe, mudamente, em olhadelas fundas, carregadas de saudade e langor, procurando agora apanhar como amante aquela grande fidalga, aquela Ramires, que desdenhara como esposa![33]

Tão levado ia Gonçalo pela branca estrada, no rolo amargo destes pensamentos, que não reparou no portão da Torre, nem na portinha verde, à esquina da casa, sobre três degraus. E seguia, rente do muro da horta, quando Videirinha, que estacara com os dedos mudos nos bordões do violão, o avisou, rindo:

– Oh, sr. Doutor, então larga assim a estas horas, de corrida para os Bravais?

Gonçalo virou, bruscamente despertado, procurando na algibeira, entre o dinheiro solto, a chavinha do trinco:

– Nem reparava... Que lindamente você tem tocado, Videirinha! Com Lua, depois de ceia, não há companheiro mais poético... Realmente você é o derradeiro trovador português!

Para o ajudante de Farmácia, filho dum padeiro de Oliveira, a familiaridade daquele tamanho Fidalgo, que lhe apertava a mão na botica diante do Pires boticário e em Oliveira diante das autoridades, constituía uma glória, quase uma coroação, e sempre nova, sempre deliciosa. Logo sensibilizado, feriu os bordões rijamente:

– Então, para acabar, lá vai a grande trova, sr. Doutor!

Era a sua famosa cantiga, o *Fado dos Ramires*[34], rosário de heroicas quadras celebrando as lendas da Casa ilustre – que ele desde meses apurava e completava, ajudado na terna tarefa pelo saber do velho Padre Soeiro, capelão e arquivista da Torre.

Gonçalo empurrou a portinha verde. No corredor espirrava uma lamparina mortiça, já sem azeite, junto ao castiçal de prata. E Videirinha, recuando ao meio da estrada, com um "dlindlon" ardente, fitara a Torre, que, por cima dos telhados da vasta casa, mergulhava as ameias, o negro miradouro, no luminoso silêncio do céu de Verão. Depois, para ela e para a Lua, atirou as endechas[35] glorificadoras, na dolente melodia dum fado de Coimbra, rico em *ais:*

Quem te v'rá sem que estremeça,
Torre de Santa Ireneia,
Assim tão negra e calada,
Por noites de Lua cheia...
Ai! Assim calada, tão negra,
Torre de Santa Ireneia!

Ainda suspendeu para agradecer ao Fidalgo, que o convidava a subir e enxugar um cálice de genebra salvadora. Mas retomou logo o descante, ditoso em descantar, como sempre arrebatado pelo sabor dos seus versos, pelo prestígio das lendas, enquanto Gonçalo desaparecia – com folgazãs desculpas ao Trovador "por cerrar a portinha do castelo..."

Ai, aí estás, forte e soberba,
Com uma história em cada ameia,
Torre mais velha que o reino,
Torre de Santa Ireneia!...

E começara a quadra a Múncio Ramires, *Dente de Lobo,* quando em cima uma sala, aberta à frescura da noite, se alumiou – e o Fidalgo da Torre, com o charuto aceso, se debruçou da varanda para receber a serenata. Mais ardente, quase soluçante, vibrou o cantar do Videirinha. Agora era a quadra de Gutierres Ramires, na Palestina, sobre o monte das Oliveiras, à porta da sua tenda, diante dos barões que o aclamavam com as espadas nuas, recusando o Ducado de Galileia e o senhorio das Terras de Além-Jordão. – Que não podia, em verdade, aceitar terra, mesmo Santa, mesmo de Galileia...

Quem já tinha em Portugal.
Terras de Santa Ireneia!

– Boa piada! – murmurou Gonçalo.
Videirinha, entusiasmado, entoou logo outra nova, trabalhada nessa semana – a do saimento[36] de Aldonça Ramires, Santa

A Ilustre Casa de Ramires 🙬 91

Aldonça, trazida do Mosteiro de Arouca ao Solar de Treixedo, sobre o almadraque[37] em que morrera, aos ombros de quatro Reis!

– Bravo! – gritou o Fidalgo pendurado da varanda. – Essa é famosa, oh Videirinha! Mas aí há Reis demais... Quatro Reis!

Enlevado, empinando o braço do violão, o ajudante de Farmácia lançou outra, já antiga – a daquele terrível Lopo Ramires que, morto, se erguera da sua campa no Mosteiro de Craquede, montara um ginete[38] morto, e toda a noite galopara através da Espanha para se bater nas Navas de Tolosa! Pigarreou – e, mais chorosamente, atacou a do *Descabeçado:*

Lá passa a negra figura...

Mas Gonçalo, que abominava aquela lenda, a silenciosa figura degolada, errando por noites de Inverno entre as ameias da Torre com a cabeça nas mãos – despegou da varanda, deteve a crônica imensa:

– Toca a deitar, oh Videirinha, hem? Passa das três horas, é um horror. Olhe! O Titó e o Gouveia jantam cá na Torre, no domingo. Apareça também, com o violão e cantiga nova; mas menos sinistra... *Bona sera!* Que linda noite!

Atirou o charuto, fechou a vidraça da sala – a "sala velha", toda revestida desses denegridos e tristonhos retratos de Ramires, que ele desde pequeno chamava *as carantonhas dos vovós.* E, atravessando o corredor, ainda sentia rolarem ao longe, no silêncio dos campos cobertos de luar, façanhas rimadas dos seus:

Ai! lá na grande batalha...
El-Rei Dom Sebastião...
O mais moço dos Ramires
Que era pajem do guião...

Despido, soprado a vela, depois de um rápido sinal da cruz, o Fidalgo da Torre adormeceu. Mas no quarto, que se povoou de sombras, começou para ele uma noite revolta e pavorosa. André

92 ❦ EÇA DE QUEIRÓS

Cavaleiro e João Gouveia romperam pela parede, revestidos de cotas[39] de malha, montados em horrendas tainhas assadas! E lentamente, piscando o olho mau, arremessavam contra o seu pobre estômago pontoadas de lança, que o faziam gemer e estorcer sobre o leito de pau-preto. Depois era, na Calçadinha de Vila Clara, o medonho Ramires morto, com a ossada a ranger dentro da armadura, e El-Rei D. Afonso II, arreganhando afiados dentes de lobo, que o arrastavam furiosamente para a batalha das Navas. Ele resistia, fincado nas lajes, gritando pela Rosa, por Gracinha, pelo Titó! Mas D. Afonso tão rijo murro lhe despedia aos rins, com o guante de ferro, que o arremessava desde a hospedaria do Gago até à Serra Morena, ao campo da lide, luzente e fremente de pendões e de armas. E imediatamente seu primo de Espanha, Gomes Ramires, Mestre de Calatrava, debruçado do negro ginete, lhe arrancava os derradeiros cabelos, entre a retumbante galhofa de toda a hoste sarracena e os prantos da tia Louredo, trazida como um andor aos ombros de quatro Reis!... – Por fim, moído, sem sossego, já com a madrugada clareando nas fendas das janelas e as andorinhas piando no beiral dos telhados, o Fidalgo da Torre atirou um derradeiro repelão aos lençóis, saltou ao soalho, abriu a vidraça – e respirou deliciosamente o silêncio, a frescura, a verdura, o repouso da quinta. Mas que sede! uma sede desesperada que lhe encortiçava os lábios! Recordou então o famoso *fruit salt* que lhe recomendara o dr. Matos, – arrebatou o frasco, correu à sala de jantar, em camisa. E, a arquejar, deitou duas fartas colheradas num copo de água da Bica Velha, que esvaziou dum trago, na fervura picante.

– Ah! que consolo, que rico consolo!...

Voltou derreadamente à cama; e readormeceu logo, muito longe, sobre as relvas profundas dum prado de África, debaixo de coqueiros sussurrantes, entre o apimentado aroma de radiosas flores, que brotavam através de pedregulhos de oiro. Dessa perfeita beatitude o arrancou o Bento, ao meio-dia, inquieto com "aquele tardar do sr. Doutor".

A ILUSTRE CASA DE RAMIRES 〜 93

– É que passei uma noite horrenda, Bento! Pesadelos, pavores, bulhas, esqueletos... Foram os malditos ovos com chouriço; e o pepino... Sobretudo o pepino! Uma ideia daquele animal do Titó... Depois, de madrugada, tomei o tal *fruit salt*, e estou ótimo homem!... Estou otimíssimo! Até me sinto capaz de trabalhar. Leva para a livraria uma chávena de chá verde, muito forte... Leva também torradas.

E momentos depois, na livraria, com um roupão de flanela sobre a camisa de dormir, sorvendo lentos goles de chá, Gonçalo relia junto da varanda essa derradeira linha da novela, tão rabiscada e mole, em que "os largos raios da Lua se estiravam pela larga sala de armas..." De repente, numa rasgada impressão de claridade, entreviu detalhes expressivos para aquela noite de Castelo e de Verão – as pontas das lanças dos esculcas faiscando silenciosamente pelos adarves da muralha, e o coaxar triste das rãs nas bordas lodosas dos fossos...
– Bons traços!
Achegou devagar a cadeira, consultou ainda no volume do *Bardo* o poemeto do tio Duarte. E, desanuviado, sentindo as imagens e os dizeres surgirem como bolhas duma água represa que rebenta, atacou esse lance do Capítulo I em que o velho Tructesindo Ramires, na sala de armas de Santa Ireneia, conversava com seu filho Lourenço e seu primo D. Garcia Viegas, o *Sabedor,* de aprestos de guerra... Guerra! Por quê? Acaso pelos cerros arraianos corriam, ligeiros entre o arvoredo, almogávares[40] mouros? Não! Mas desgraçadamente, "naquela terra já remida e cristã, em breve se cruzariam, umas contra outras, nobres lanças portuguesas!..."
Louvado Deus! a pena desemperrara! E, atento às páginas marcadas num tomo da *História* de Herculano, esboçou com segurança a época da sua novela[41] – que abria entre as discórdias de Afonso II e de seus irmãos por causa do testamento de El-Rei seu pai, D. Sancho I. Nesse começo do capítulo já os Infantes D. Pedro e D. Fernando, esbulhados, andavam por França e Leão.

Já com eles abandonara o Reino o forte primo dos Ramires, Gonçalo Mendes de Sousa, chefe magnífico da casa dos Sousas. E agora, encerradas nos castelos de Montemor e de Esgueira, as senhoras Infantas, D. Teresa e D. Sancha, negavam a D. Afonso o senhorio real sobre as vilas, fortalezas, herdades e mosteiros, que tão copiosamente lhes doara El-Rei seu pai. Ora, antes de morrer no Alcácer de Coimbra, o senhor D. Sancho suplicara a Tructesindo Mendes Ramires, seu colaço e alferes-mor, por ele armado cavaleiro em Lorvão, que sempre lhe servisse e defendesse a filha amada entre todas, a infanta D. Sancha, senhora de Aveiras. Assim o jurara o leal Rico-Homem[42] junto do leito onde, nos braços do Bispo de Coimbra e do Prior do Hospital sustentando a candeia, agonizava, vestido de burel como um penitente, o vencedor de Silves... Mas eis que rompe a fera contenda entre Afonso II, asperamente cioso da sua autoridade de Rei – e as Infantas, orgulhosas, impelidas à resistência pelos freires do Templo e pelos prelados a quem D. Sancho legara tão vastos pedaços do Reino! Imediatamente Alenquer e os arredores de outros castelos são devastados pela hoste real que recolhia das Navas de Tolosa[43]. Então D. Sancha e D. Teresa apelam para El-Rei de Leão, que entra com seu filho D. Fernando por terras de Portugal, a socorrer as "Donas oprimidas". – E neste lance o tio Duarte, no seu *Castelo de Santa Ireneia,* interpelava com soberbo garbo o alferes-mor de Sancho I:

> Que farás tu, mais velho dos Ramires?
> Se ao pendão leonês juntas o teu
> Trais o preito que deves ao rei vivo!
> Mas se as Infantas deixas indefesas
> Trais a jura que destes ao rei morto!...

Esta dúvida, porém, não angustiara a alma desse Tructesindo rude e leal, que o Fidalgo da Torre rijamente modelava. Nessa noite, apenas recebera pelo irmão do alcaide[44] de Aveiras, disfarçado em beguino, um aflito recado da senhora D. Sancha – ordenava

A Ilustre Casa de Ramires 95

a seu filho Lourenço que, ao primeiro arrebol, com quinze lanças, cinquenta homens de pé da sua mercê e quarenta besteiros, corresse sobre Montemor. Ele, no entanto, daria alarido – e em dois dias entraria a campo com os parentes de solar, um troço[45] mais rijo de cavaleiros acontiados e de frecheiros, para se juntar a seu primo, o *Sousão*, que na vanguarda dos leoneses descia de Alva do Douro.

Depois, logo de madrugada, o pendão dos Ramires, o açor negro em campo escarlate, se plantara diante das barreiras gateadas; e ao lado, no chão, amarrado à haste por uma tira de couro, reluzia o velho emblema senhorial, o sonoro e fundo caldeirão polido. Por todo o castelo se apressavam os serviçais, despendurando as cervilheiras, arrastando com fragor pelas lajes os pesados saios de malhas de ferro. Nos pátios os armeiros aguçavam ascumas, amaciavam a dureza das grevas e coxotes com camadas de estopa. Já o adail[46], na ucharia, arrolara as rações de vianda para os dois quentes dias da arrancada. E por todas as cercanias de Santa Ireneia, na doçura da tarde, os tambores mouriscos, abafados no arvoredo, rataplã! rataplã! ou mais vivos nos cabeços, ratatá! ratatá! convocavam os cavaleiros de soldo e a peonagem da mesnada[47] dos Ramires.

No entanto o irmão do alcaide, sempre disfarçado em beguino, de volta ao castelo de Aveiras com a boa-nova de prestes socorros, transpunha ligeiramente a levadiça da carcova... E aqui, para alegrar tão sombrias vésperas de guerra, o tio Duarte, no seu poemeto, engastara uma sorte galante:

> À moça, que na fonte enchia a bilha,
> O frade rouba um beijo e diz *Amém*!

Mas Gonçalo hesitava em desmanchar com um beijo de clérigo a pompa daquela formosa surtida de armas... E mordia pensativamente a rama da pena – quando a porta da livraria rangeu.

– O correio...

Era o Bento com os jornais e duas cartas. O Fidalgo apenas abriu uma, lacrada com o enorme sinete de armas do Barrolo – repelindo a outra em que reconhecera a letra detestada do seu alfaiate de Lisboa. E imediatamente, com uma palmada na mesa:

– Oh diabo! quantos do mês, hoje? catorze, hem?

O Bento esperava com a mão no fecho da porta.

– É que não tardam os anos da mana Graça! De todo esqueci, esqueço sempre. E sem ter um presentinho engraçado... Que seca, hem?

Mas na véspera o Manuel Duarte, na Assembleia, à mesa do voltarete, anunciara uma fuga a Lisboa por três dias, para tratar do emprego do sobrinho nas Obras Públicas. Pois corria a Vila Clara pedir ao sr. Manuel Duarte, que lhe comprasse em Lisboa um bonito guarda-solinho de seda branca com rendas...

– O sr. Manuel Duarte tem gosto; tem muito gosto! E então o Joaquim que não sele a égua; já não vou ao Sanches Lucena. Oh, senhores, quando pagarei eu esta infame visita? Há três meses!... Enfim, por dois dias mais, a bela D. Ana não envelhece; e o velho Lucena também não morre.

E o Fidalgo da Torre, que decidira arriscar o beijo folgazão, retomou a pena, arredondou o seu final com elegante harmonia:

"A moça, furiosa, gritou: *Fu! Fu! vilão!* E o beguino, assobiando, aligeirou as sandálias pelo córrego, na sombra das altas faias, enquanto que, por todo o fresco vale, até Santa Maria de Craquede, os tambores mouriscos, rataplã! rataplã! convocavam à mesnada dos Ramires, na doçura da tarde..."

III

Durante a Longa Semana, nas horas da calma, o Fidalgo da Torre trabalhou com aferro e proveito. E nessa manhã, depois de repicar a sineta no corredor, duas vezes o Bento empurrara a porta da livraria, avisando o sr. Doutor "que o almocinho, assim à espera, certamente se estragava". Mas de sobre a tira de almaço Gonçalo rosnava "já vou!" – sem despegar a pena, que corria como quilha leve em água mansa[1], na pressa amorosa de terminar, antes do almoço, o seu Capítulo I.

Ah! e que canseira lhe custara, durante esses dias, esse copioso capítulo, tão difícil, com o imenso castelo de Santa Ireneia a erguer; e toda uma idade esfumada da História de Portugal, a condensar em contornos robustos; e a mesnada dos Ramires a apetrechar, sem que faltasse uma ração nos alforjes, ou uma garruncha nos caixotes, sobre o dorso das mulas! Mas felizmente, na véspera, já movera para fora do castelo o troço de Lourenço Ramires, em socorro de Montemor, com um vistoso coriscar de capelos e lanças em torno ao pendão tendido.

E agora, nesse remate do capítulo, era noite, e o sino de recolher tangera, e a almenara luzira na Torre albarrã, e Tructesindo Ramires descera à sala térrea de Alcáçova para cear – quando fora, diante da carcova, com três toques fortes – anunciando filho de algo, uma buzina apressada soou. E, sem que o vílico tomasse permissão do senhor, o alçapão da levadiça rangeu nas correntes de ferro, ribombou cavamente nos apoios de pedra. Quem assim chegava em dura pressa era Mendo Pais, amigo de Afonso II e mordomo da sua cúria, casado com a filha mais velha de Tructesindo, D. Teresa – aquela que, pelo ondeante e alvo pescoço, pelo pisar mais leve que um voo, os Ramires chamavam a *Garça Real*. O senhor de Santa Ireneia correra ao patim para acolher, num abraço, o genro amado – "membrudo cavaleiro, com os cabelos ruivos, a alvíssima pele da raça germânica dos visigodos...". E, de mãos enlaçadas, ambos penetraram nessa sala de abóbada, alumiada por tochas que toscos anéis de ferro seguravam, chumbados aos muros.

Ao meio pousava a maciça mesa de carvalho, rodeada de escanhos até ao topo, onde se erguia, diante dum áspero mantel de linho coberto de pratos de estanho e de pichéis luzidios, a cadeira senhorial com o açor grossamente lavrado nas altas espaldas, e delas suspensa, pelo cinturão tauxiado de prata, a espada de Tructesindo. Por trás negrejava a funda lareira apagada, toda entulhada de ramos de pinheiro, com a prateleira guarnecida de conchas, entre bocais de sanguessugas, sob dois molhos de palmas trazidas da Palestina por Gutierres Ramires, o de *Ultramar*. Rente a um esteio da chaminé, um falcão, ainda emplumado, dormitava na sua alcândora; e ao lado, sobre as lajes, numa camada de juncos, dois alões[2] enormes dormiam também, com o focinho nas patas, as orelhas rojando. Toros de castanheiro sustentavam a um canto um pipo de vinho. Entre duas frestas engradadas de forro, um monge, com a face sumida no capuz, sentado na borda duma arca, lia, à claridade do candil que por cima fumegava, um pergaminho desenrolado... Assim Gonçalo adornara a soturna sala afonsina com alfaias tiradas do tio Duarte, de Walter Scott, de narrativas do *Panorama*. Mas que esforço!...[3] E mesmo, depois de colocar sobre os joelhos do monge um fólio impresso em Mogúncia por Ulrick Zell, desmanchara toda essa linha tão erudita, ao recordar, com um murro na mesa, que ainda a Imprensa se não inventara em tempos de seu avó Tructesindo, e que ao monge letrado apenas competia "um pergaminho de amarelada escrita..."[4]

E caminhando nos ladrilhos sonoros, desde a lareira até ao arco da porta cerrado por uma cortina de couro, Tructesindo, com a branca barba espalhada sobre os braços cruzados, escutava Mendo Pais, que, na confiança de parente e amigo, jornadeara sem homens da sua mercê, cingindo apenas por cima do brial de lã cinzenta uma espada curta e um punhal sarraceno. Açodado e coberto de pó correra Mendo Pais desde Coimbra para suplicar ao sogro, em nome do Rei e dos preitos jurados, que se não bandeasse com os de Leão e com as senhoras Infantas. E já desenrolara ante o velho todos os fundamentos invocados contra elas pelos doutos notários da cúria – as resoluções do Concílio de Toledo! a bula do Apóstolo de Roma, Alexandre! o velho foro dos Visigodos!...[5] De resto, que injúria fizera às senhoras Infantas seu real irmão, para assim chamarem hostes leonesas a terras de Portugal? Nenhuma! Nem regedoria – nem renda dos castelos e vilas da doação de D. Sancho lhes negava o senhor D. Afonso. O Rei de Portugal só queria que nenhum palmo de chão português, baldio ou murado, jazesse fora de seu senhorio real. Escasso e ávido, El-Rei D. Afonso?... Mas não entregara ele à senhora D. Sancha oito mil morabitinos[6] de oiro? E a gratidão da irmã fora o Leonês passando a raia e logo caídos os castelos formosos de Ulgoso, de Contrasta, de Urros e de Lanhoselo! O mais velho da casa dos Sousas, Gonçalo Mendes, não se encontrara ao lado dos cavaleiros da Cruz na jornada das Navas, mas lá andava em recado das Infantas, como mouro, talando terra portuguesa desde Aguiar até Miranda! E já pelos cerros de Além-Douro aparecera o pendão renegado das treze arruelas – e por trás, farejando, a alcateia dos Castros! Carregada ameaça, e de armas cristãs, oprimindo o Reino – quando ainda Moabitas e Agarenos corriam à rédea solta pelos campos do Sul!... E o honrado senhor de Santa Ireneia, que tão rijamente ajudara a fazer o Reino, não o deveria decerto desfazer[7], arrancando dele os pedaços melhores para monges e para donas rebeldes! – Assim, com arremessados passos, exclamara Mendo Pais, tão acalorado do esforço e da emoção, que duas vezes encheu de vinho uma conca de pau e de um trago a despejou. Depois, limpando a boca às costas da mão trêmula:

– Ide por certo a Montemor, senhor Tructesindo Ramires! Mas em recado de paz e boa avença, persuadir vossa senhora D. Sancha e as senhoras Infantas que voltem honradamente a quem hoje contam por seu pai e seu Rei!

O enorme senhor de Santa Ireneia parara, pousando no genro os olhos duros, sob a ruga das sobrancelhas, hirsutas e brancas como sarças em manhã de geada:

– Irei a Montemor, Mendo Pais, mas levar o meu sangue e dos meus para que justiça logre, quem justiça tem.

Então Mendo Pais, amargurado, ante a heroica teima:

– Maior dó, maior dó! Será bom sangue de Ricos-Homens, vertido por más desforras... Senhor Tructesindo Ramires, sabei que em Canta Pedra vos espera Lopo de Baião, o Bastardo, para vos tolher a passagem com cem lanças!

Tructesindo ergueu a vasta face – com um riso tão soberbo e claro que os alões rosnaram torvamente, e, acordando, o falcão esticou a asa lenta:

– Boa-nova e de boa esperança! E, dizei, senhor mordomo-mor da cúria, tão de feição e certa assim ma trazeis para me intimidar?

– Para vos intimidar?... Nem o senhor Arcanjo S. Miguel vos intimidaria, descendo do Céu com toda a sua hoste e a sua espada de lume! De sobra o sei, senhor Tructesindo Ramires. Mas casei na vossa casa. E já que nesta lide não sereis por mim bem ajudado, quero, ao menos, que sejais bem-avisado.

O velho Tructesindo bateu as palmas para chamar os sergentes:

– Bem, bem, a cear, pois! À ceia, Frei Munio!... E vós, Mendo Pais, deixai receios.

– Se deixo! Não vos pode vir dano que me anseie de cem lanças, de duzentas, que vos surjam a caminho.

A Ilustre Casa de Ramires ❦ 101

E, enquanto o monge enrolava o seu pergaminho, se acercava da mesa – Mendo Pais ajuntou com tristeza, desafivelando vagarosamente o cinturão da espada:

– Só um cuidado me pesa. E é que, nesta jornada, senhor meu sogro, ides ficar de mal com o Reino e com o Rei.

– Filho e amigo! De mal ficarei com o Reino e com o Rei, mas de bem com a honra e comigo!

Este grito de fidelidade, tão altivo, não ressoava no poemeto do tio Duarte[8]. E quando o achou, com inesperada inspiração, o Fidalgo da Torre, atirando a pena, esfregou as mãos, exclamou, enlevado:

– Caramba! Aqui há talento!

Rematou logo o capítulo. Estava esfalfado, à banca do trabalho desde as nove horas, a reviver intensamente, e em jejum, as energias magníficas dos seus fortes avós! Numerou as tiras – fechou na gaveta à chave o volume do *Bardo*. Depois à janela, com o colete desabotoado, ainda lançou o brado genial num grave e rouco tom, como o lançaria Tructesindo: – "...de mal com Reino e com o Rei, mas de bem com a honra e comigo!..." E sentia nele realmente toda a alma de um Ramires, como eles eram no século XII, de sublime lealdade, mais presos à sua palavra que um santo ao seu voto, e alegremente desbaratando, para o manter, bens, contentamento e vida!

O Bento, que espalhara outro repique desesperado, escancarou a porta da livraria:

– É o Pereira... Está lá embaixo no pátio o Pereira, que quer falar ao sr. Doutor.

Gonçalo Mendes franziu a testa, com impaciência, assim repuxado daquelas alturas onde respiravam os nobres espíritos da sua raça:

– Que maçada!... O Pereira... Que Pereira?

– O Pereira; o Manuel Pereira, da Riosa; o Pereira Brasileiro.

Era um lavrador, com casal na Riosa, chamado *Brasileiro* por ter herdado vinte contos de um tio, regatão no Pará. Comprara então terras, trazia arrendada a *Cortiga*, a falada propriedade dos condes de Monte Agra, envergava aos domingos uma sobrecasaca de pano fino, e dispunha de sessenta votos na Freguesia.

– Ah! Diz ao Pereira que suba, que conversamos enquanto almoço... E põe outro talher.

A sala de jantar da Torre, que abria por três portas envidraçadas para uma funda varanda alpendrada, conservava, do tempo do avô Damião (o tradutor de Valerius Flaccus), dois formosos panos de Arrás representando a *Expedição dos Argonautas*[9]. Louças da Índia e do Japão, desirmanadas, preciosas, recheavam um imenso armário de mogno. E sobre o mármore dos aparadores rebrilhavam os restos, ainda ricos, das pratas famosas dos Ramires, que o Bento constantemente areava e polia com amor. Mas Gonçalo, sobretudo de verão, sempre almoçava e jantava na varanda luminosa e fresca, bem esteirada, revestida até meio muro por finos azulejos do século XVIII, e oferecendo a um canto, para as preguiças do charuto, um profundo canapé de palhinha com almofadas de damasco.

Quando lá entrou, com os jornais da manhã que não abrira, o Pereira esperava, encostado a um grosso guarda-sol de paninho escarlate, considerando pensativamente a quinta que, dali, se abrangia até aos álamos da ribeira do Couce e aos outeiros suaves de Valverde. Era um velho esgalgado e rijo, todo ossos, com um carão moreno, de olhos miudinhos e azulados, e uma barbicha rala, já branca, entre dois enormes colarinhos presos por botões de oiro. Homem de propriedade, acostumado à Cidade e ao trato das Autoridades, estendeu largamente a mão ao Fidalgo da Torre, e aceitou, sem embaraço, a cadeira que ele lhe empurrara para a mesa – onde dominavam, com os seus ricos lavores, duas altas infusas de cristal antigo, uma cheia de açucenas e a outra de vinho verde.

– Então, que bom vento o traz pela Torre, Pereira amigo? Não o vejo desde Abril!

Pereira. Era um velho esgalgado e rijo, todo ossos, com um carão moreno, de olhos miudinhos e azulados, e uma barbicha rala, já branca...

– É verdade, meu Fidalgo, desde o sábado em que caiu a grande trovoada, na véspera da eleição! – confirmou o Pereira afagando o cabo do guarda-sol, que conservara entre os joelhos.

Gonçalo, numa esfaimada pressa do almoço, repicou a campainha de prata. Depois rindo:

– E os seus votos, Pereira amigo, segundo o costume, lá foram para o eterno Sanches Lucena, direitinhos, como os rios vão para o mar!

O Pereira também riu, com um riso agradado que lhe descobria os maus dentes. Pois o círculo era uma propriedade do sr. Sanches Lucena! Cavalheiro de fortuna, homem de bem, conhecedor, serviçal... E então, quando lhe calhava como em abril o apoio do Governo[10], nem Nosso Senhor Jesus Cristo que voltasse à terra e se propusesse por Vila Clara, desalojava o patrão da *Feitosa!*

O Bento, vagaroso, de jaqueta de lustrina preta sobre o avental resplandecente, entrava com um prato de ovos estrelados, quando o Fidalgo, que desdobrara o guardanapo, o amarrotou, arremessou com nojo:

– Este guardanapo já serviu! Eu estou farto de gritar. Não me importa guardanapo roto, ou com passagens, ou com remendos... Mas branquinho, fresquinho cada manhã, a cheirar a alfazema!

E reparando no Pereira, que discretamente arredava a cadeira:

– O quê! Você não almoça, Pereira?...

Não, agradecia muito ao Fidalgo, mas nessa tarde comia as sopas com o genro nos Bravais, que era festa pelos anos do netinho.

– Bravo! Parabéns, Pereira amigo! Dê lá um beijo meu ao netinho... Mas então ao menos um copo de vinho verde.

– Entre as comidas, meu Fidalgo, nem água nem vinho.

Gonçalo farejara, arredara os ovos. E reclamou o "jantar da família", sempre muito farto e saboroso na Torre, e começando por essas pesadas sopas de pão, presunto e legumes, que ele desde criança adorava e chamava as *palanganas.* Depois, barrando de manteiga uma bolacha:

A Ilustre Casa de Ramires 105

– Pois francamente, Pereira, esse seu Sanches Lucena não faz honra ao círculo! Homem excelente, decerto, respeitável, obsequiador... Mas mudo, Pereira! Inteiramente mudo!

O lavrador roçou vagarosamente pelas ventas cabeludas o lenço vermelho, enrolado em bola:

– Sabe as coisas, pensa com acerto...

– Sim! mas pensamento e acerto não lhe saem de dentro do crânio! Depois está muito velho, Pereira! Que idade terá ele? Sessenta?

– Sessenta e cinco. Mas de gente muito rija, meu Fidalgo. O avô durou até aos cem anos. E ainda o conheci na loja...

– Como, na loja?

Então o Pereira, enrolando mais o lenço, estranhou que o Fidalgo não soubesse a história do Sanches Lucena. Pois o avô, o Manuel Sanches, era um linheiro do Porto, da Rua das Hortas. E casado também com uma moça muito vistosa, muito farfalhuda...

– Bem! – atalhou o Fidalgo. – Isso é honroso para o Sanches Lucena. Gente que engordou, que trepou...[11] E eu concordo, Pereira, o círculo deve mandar a Lisboa um homem como o Sanches Lucena, que tenha nele terra, raízes, interesses, nome... Mas é preciso que seja também homem com talento, com arrojo. Um deputado, que, nas grandes questões, nas crises, se erga, transporte a Câmara!... E depois, Pereira amigo, em Política, quem mais grita mais arranja. Olhe a estrada da Riosa! Ainda em papel, a lápis vermelho... E, se o Sanches Lucena fosse homem de berrar em S. Bento, já o Pereira trazia por lá os seus carros a chiar.

O Pereira abanou a cabeça, com tristeza:

– Aí talvez o Fidalgo acerte... Para essa estradinha da Riosa sempre faltou quem gritasse. Aí talvez o Fidalgo acerte!

Mas o Fidalgo emudecera, embebido na cheirosa sopa, dentro duma caçoila nova, com raminhos de hortelã. E então o Pereira, acercando mais a cadeira, cruzou no rebordo da mesa as mãos, que meio século de trabalho na terra tornara negras e duras como raízes – e declarou que se atrevera a incomodar o Fidalgo, àquelas horas do almocinho, porque nessa semana começava um corte de madeiras para os lados de Sandim, e desejava, antes que surdissem outros arranjos, conversar com S. Exa. sobre o arrendamento da Torre...

Gonçalo reteve a colher, num pasmo risonho:

– Você queria arrendar a Torre, Pereira?

– Queria conversar com V. Exa. Como o Relho está despedido...

– Mas eu já tratei com o Casco, o José Casco dos Bravais! Ficamos meio apalavrados, há dias... Há mais de uma semana.

O Pereira coçou arrastadamente a barba rala. Pois era pena, grande pena... Ele só no sábado se inteirara da desavença com o Relho. E, se o Fidalgo não ressalvava o segredo, por quanto ficara o arrendamento?

– Não ressalvo, não, homem! Novecentos e cinquenta mil-réis.

O Pereira tirou da algibeira do colete a caixa de tartaruga, e sorveu detidamente uma pitada[12], com o carão pendido para a esteira. Pois maior pena, mesmo para o Fidalgo. Enfim! depois de palavra trocada... Mas era pena, porque ele gostava da propriedade; já pelo S. João pensara em abeirar o Fidalgo; e, apesar dos tempos correrem escassos, não andaria longe de oferecer um conto e cinquenta, mesmo um conto cento e cinquenta!

Gonçalo esqueceu a sopa, numa emoção que lhe afogueou a face fina, ante um tal acréscimo de renda – e a excelência de tal rendeiro, homem abastado, com metal no banco, e o mais fino amanhador de terras de todas as cercanias!

– Isso é sério, oh Pereira?

O velho lavrador pousou a caixa de rapé sobre a toalha, com decisão:

– Meu Fidalgo, eu não era homem que entrasse na Torre para caçoar com V. Exa. Proposta a valer, escritura a fazer... Mas se o arrendamento está tratado...

Recolheu a caixa, apoiava a mão larga na mesa para se erguer, quando Gonçalo acudiu, nervoso, empurrando o prato:

– Escute, homem!... Eu não contei por miúdo o caso do Casco. Você compreende, sabe como essas coisas se passam... O Casco

A Ilustre Casa de Ramires 107

veio, conversamos; eu pedi novecentos e cinquenta mil-réis e porco pelo Natal. Primeiramente concordou, que sim; logo adiante, emendou, que não... voltou com o compadre; depois, com a mulher e o compadre, e o afilhado, e o cão! Depois só. Andou aí pela quinta, a medir, a cheirar a terra; acho até que a provou. Aquelas rabulices do Casco!... Por fim, uma tarde, lá gemeu, lá aceitou os novecentos e cinquenta mil-réis, sem porco. Cedi do porco. Aperto de mão, copo de vinho. Ficou de aparecer para combinar, tratar da escritura. Não o avistei mais, há quase duas semanas! Naturalmente já virou, já se arrependeu... Para resumir, não tenho com o Casco contrato firme... Foi uma conversa em que apenas estabelecemos, como base, a renda de novecentos e cinquenta. E eu, que detesto coisas vagas, já andava pensando em encontrar melhor homem!

Mas o Pereira coçava o queixo, desconfiado. Ele, em negócios, gostava de lisura[13]. Sempre se entendera bem com o Casco. Nem por um condado se atravessaria nos arranjos do Casco, homem violento, assomado. De modo que desejava as coisas claras, para não surdir desgosto rijo. Não se lavrara escritura, bem! Mas ficara, ou não, palavra dada entre o Fidalgo e o Casco?[14]

Gonçalo Mendes Ramires, que findara apressadamente a sopa e enchia um copo de vinho verde para se calmar, fitou o lavrador, quase severamente:

– Homem, essa pergunta!... Pois se eu tivesse confirmado ao Casco decisivamente a palavra de Gonçalo Ramires, estava agora aqui a tratar, ou sequer a conversar consigo, Pereira, sobre o arrendamento da Torre?

O Pereira baixou a cabeça. Também era verdade!... Pois, nesse caso, ele abria a sua tenção, claramente. E, como conhecia a propriedade, e apurara o seu cálculo – oferecia ao Fidalgo um conto cento e cinquenta mil-réis, sem porco. Mas não dava para a família nem leite, nem hortaliça, nem fruta. O Fidalgo, homem só, pouco se aproveitava. A Torre, porém, casa antiga, enxameava de gentes e de aderentes. Todos apanhavam, todos abusavam... Enfim, esse era o seu princípio. E de resto, para a mesa do Fidalgo e mesmo dos criados, bastava o pomar e a horta de regalo... Que horta e pomar necessitavam trato mais jeitoso; mas ele, por amor do Fidalgo, e gosto seu, por lá passaria e tudo luziria... Enquanto às outras condições, aceitava as do antigo arrendamento. E escritura assinada para a outra semana, no sábado... Estava feito?

Gonçalo, depois de um momento em que pestanejou nervosa e tremulamente, estendeu a mão aberta ao Pereira[15]:

– Toque! Agora sim! Agora fica palavra dada!

– E Nosso Senhor lhe ponha virtude – concluiu o Pereira, firmado no imenso guarda-sol para se erguer. – Então no sábado, em Oliveira, para a escritura... Assina V. Exa. ou o sr. Padre Soeiro?

Mas o Fidalgo calculava:

– Não, homem, não pode ser! No sábado, com efeito, estou em Oliveira, mas são os anos da mana Maria da Graça...

O Pereira destapou de novo os maus dentes, num riso de estima:

– Ah! e como vai a sra. D. Maria da Graça? Há que idades a não vejo! Desde o ano passado, na procissão de Passos, em Oliveira... Muito boa senhora! Muito dada! E o sr. José Barrolo? Pessoa excelente também, a valer, o sr. José Barrolo... E que terra a dele, a *Ribeirinha!* A melhor propriedade destas vinte léguas em redor! Linda propriedade! A do André Cavaleiro, que lhe está pegada, a *Biscaia*, não se lhe compara – é como cardo[16] ao pé de couve.

O Fidalgo da Torre descascava um pêssego, sorrindo:

– Do André Cavaleiro nada presta, Pereira! Nem terra, nem alma!

O lavrador pareceu surpreendido. Ele imaginava que o Fidalgo e o Cavaleiro continuavam chegados e amigos... Não em Política! Mas particularmente, como cavalheiros...

– O quê? Eu e o Cavaleiro? Nem como cavalheiro nem como político. Que ele nem é cavalheiro nem político. É apenas cavalo, e ressabiado.

O Pereira ficou silencioso, com os olhos na toalha. Depois, resumindo:

A Ilustre Casa de Ramires ᷤ 109

– Então está entendido, no sábado, na cidade. E, se não faz transtorno ao Fidalgo, passamos pelo tabelião Guedes, e fica o feito arrumado. O Fidalgo, naturalmente, vai para a casa da senhora sua mana...

– Sempre. Apareça você às três horas. Lá conversamos com o Padre Soeiro.

– Também há que idades não encontro o sr. Padre Soeiro!

– Oh! esse ingrato, agora, raramente aparece na Torre. Sempre em Oliveira, com a mana Graça, que é a menina dos seus encantos... Então nem um cálice de vinho do Porto, Pereira?... Bem, até sábado. Não esqueça o beijinho para o neto.

– Cá me vai no coração, meu Fidalgo... Ora essa! Pois consentia eu que V. Exa. se levantasse? Sei perfeitamente a escada, e ainda passo pela cozinha para debicar com a tia Rosa. Já desde o tempo do paizinho de V. Exa., que Deus haja, conheço bem a Torre!... E sempre me esperancei de trazer nesta quinta uma lavoura a meu gosto, de consolar!

Durante o café, esquecido dos jornais, Gonçalo gozou a excelência daquele negócio. Duzentos mil-réis mais de renda. E a Torre tratada pelo Pereira, com aquele amor da terra e saber de lavra que transformara o chavascal[17] do Monte Agra numa maravilha de seara, vinha e horta!... Além disso, homem abastado, capaz de um adiantamento. E eis aí mais uma evidência do valor da Torre, esse afinco do Pereira em a arrendar, ele tão apertado, tão seguro... Quase se arrependia de lhe não ter arrancado um conto e duzentos. Enfim, a manhã fora fecunda! E, realmente, nenhum acordo firmado o colava ao Casco. Entre eles apenas se esboçara uma conversa, sobre um arrendamento possível da Torre, a debater depois miudamente, numa base nova de novecentos e cinquenta mil-réis... E que insensatez se ele, por escrupuloso respeito dessa conversa esboçada, recusasse o Pereira, retivesse o Casco, lavrador de rotina – dos que raspam a terra para comer, e a deixam cada ano deperecendo, mais cansada e chupada!...

110 ∾∾ Eça de Queirós

– Bento, traz charutos! E o Joaquim que tenha a égua selada das cinco para as cinco e meia. Sempre vou à *Feitosa*... Hoje é o dia!

Acendeu um charuto, voltou à livraria. E, imediatamente, releu o final magnífico: "De mal com o Reino e com o Rei, mas de bem com a honra e comigo!" – Ah! como ali gritava a alma inteira do velho português, no seu amor religioso da palavra e da honra![18] E, com a tira de almaço entre os dedos, junto da varanda, considerou um momento a Torre, as poeirentas frestas engradadas de ferro, as resistentes ameias, ainda inteiras, onde agora adejava um bando de pombas... Quantas manhãs, às frescas horas de alva, o velho Tructesindo se encostara àquelas ameias, então novas e brancas! Toda a terra em redor, semeada ou bravia, decerto pertencia ao poderoso Rico-Homem. E o Pereira, nesse tempo colono ou servo, só abordava o seu senhor de joelhos e tremendo! Mas não lhe pagava um conto cento e cinquenta mil-réis de sonora moeda do Reino. Também, que diabo, o vovô Tructesindo não precisava... Quando os sacos rareavam nas arcas, e os acostados rosnavam por tardança de soldo, o leal Rico-Homem, para se prover, tinha as tulhas e as adegas dos Concelhos mal defendidos – ou então, numa volta de estrada, o ovençal voltando de recolher as rendas reais, o bufarinheiro genovês com os machos ajoujados de trouxas[19]. Por baixo da Torre (como lhe contara o papá) ainda negrejava a masmorra feudal, meio atulhada, mas com restos de correntes chumbadas aos pilares, e na abóbada a argola de onde pendia a polé, e no lajedo os buracos em que se escorava o potro. E, nessa surda e úmida cova, ovençal, bufarinheiro, clérigos e mesmo burgueses de foro uivavam sob o açoite ou no torniquete, até largarem, agonizando, o derradeiro morabitino. Ah! a romântica Torre, cantada tão meigamente ao luar pelo Videirinha, quantos tormentos abafara!... E de repente, com um berro, Gonçalo agarrou de sobre a mesa um volume de Walter Scott, que atirou sem piedade, como uma pedra, contra o tronco de uma faia. É que descortinara o gato da Rosa cozinheira,

E, nessa surda e úmida cova, ovençal, bufarinheiro, clérigos e mesmo burgueses de foro uivavam sob o açoite ou no torniquete...

trepado, de unhas fincadas num ramo, arqueando a espinha, para assaltar um ninho de melros.

Quando nessa tarde o Fidalgo da Torre, airoso no seu fato novo de montar, polainas de couro polido, luvas de camurça branca, parou a égua ao portão da *Feitosa* – um velho todo esfarrapado, com longos cabelos caídos pelos ombros e imensas barbas espalhadas pelo peito, imediatamente se ergueu do banco de pedra onde comia rodelas de chouriço, bebendo duma cabaça, para o avisar que o sr. Sanches Lucena e a sra. D. Ana andavam por fora, de carruagem. Gonçalo pediu ao velho que puxasse o ferro da sineta. E entregando um cartão ao moço, que entreabrira a rica grade dourada, com um *S* e um *L* entrelaçados sob uma coroa de conde:

– O sr. Sanches Lucena, bem?

– O sr. Conselheiro, agora, um pouquinho melhor...

– O quê? Esteve doente?

– Pois o sr. Conselheiro, aqui há três ou quatro semanas, andou muito agoniado...

– Oh! Sinto muito... Diga ao sr. Conselheiro que sinto muitíssimo!

Chamou o velho que repicara a sineta para o recompensar com um tostão. E, interessado por aquelas barbaças e melenas de mendigo de melodrama:

– Vossemecê pede esmola por estes sítios?

O homem ergueu para ele os olhos sujos, avermelhados da poeira e do sol, mas risonhos, quase contentes:

– Também me chego pela Torre, meu Fidalgo. E, graças a Deus, lá me fazem muito bem.

– Então quando lá voltar diga ao Bento... Você conhece o Bento?

– Se conhecia! E a sra. Rosa...

– Pois diga ao Bento que lhe dê umas calças, homem! Você assim, com essas calças, não anda decente.

A Ilustre Casa de Ramires 〰 113

O velho riu, num riso lento e desdentado, mirando com gosto os sórdidos farrapos que lhe trapejavam nas canelas, mais denegridas e secas que galhos de inverno:

– Rotinhas, rotinhas... Mas o sr. dr. Júlio diz que me ficam assim bem. O sr. dr. Júlio, quando lá passo, sempre me tira o retrato na máquina. Ainda na semana passada... Até com uns pedaços de grilhões dependurados do pulso, e uma espada erguida na mão... Parece que para mostrar ao Governo[20].

Gonçalo, rindo, picou a égua. Pensava agora em alongar por Valverde; depois recolheria por Vila Clara, e tentaria o Gouveia a partilhar na Torre um cabrito assado no espeto de cerejeira, para que ele na véspera, na Assembleia, convidara o Manuel Duarte e o Tító. Mas ao atravessar a "Cruz das Almas", onde a estrada de Corinde, tão linda, com as suas filas de álamos, cruza a ladeira de Valverde, parou – notando ao fundo, para o lado de Corinde, como o confuso esbarro duma carrada de lenha, e uma carriola de açougue, e uma mulher de lenço escarlate bracejando sobre a albarda dum burro, e dois lavradores de enxada às costas. E, de repente, todo o encalhe se despegou – a mulher trotando no seu burrinho, logo sumida numa volta de arvoredo; a carriola solavancando num rolo leve de poeira; o carro avançando para a "Cruz das Almas" a chiar tardamente; os cavadores descendo para uma chã através das leiras de feno... Na estrada só restou, como desamparado, um homem de jaqueta ao ombro, que se arrastava penosamente, coxeando. Gonçalo trotou, com curiosidade:

– Que foi?... Vossemecê que tem?

O homem, com a perna encolhida, levantou para Gonçalo uma face arrepanhada, quase desmaiada, que reluzia sob as camarinhas de suor:

– Nosso Senhor lhe dê muito boas-tardes, meu Fidalgo! Ora o que há de ser? Desgraças desta vida!

E, gemendo, contou a sua história. – Desde meses padecia duma chaga num tornozelo, que não secara, nem com emplastros, nem com pó de murtinhos, nem com benzeduras... E agora andava arriba, na fazenda do sr. dr. Júlio, a consertar um socalco, para ajudar um compadre também doente com maleitas – e, zás, desaba um pedregulho, que topa na ferida, leva a carne, lasca o osso, o deixa naquela lástima!... Até rasgara a fralda para ensopar o sangue e amarrar por cima o lenço.

– Mas assim não pode andar, homem! De onde é vossemecê?

– De Corinde, meu Fidalgo. Manuel Solha, do lugar da Finta. Até lá, sempre me hei de arrastar.

– E então, dessa gente toda, que ai estava há bocado, ninguém o pôde ajudar?... Uma carriola, dois latagões...

Uma rija guinada, no teimoso esforço de firmar a perna, arrancou um grito ao Solha. Mas sorriu, arquejando... Que queria o Fidalgo? Cada um, neste mundo, tem a sua pressa... Enfim, a rapariga do burro prometera passar pela Finta, para avisar. E talvez um dos seus rapazes aparecesse na estrada com uma eguazita que ele comprara pela Páscoa – e que, por desgraça, também mancava!...

Imediatamente, com um salto leve, o Fidalgo da Torre desmontou:

– Bem! Então, égua por égua, já vossemecê tem aqui esta...

O Solha embasbacou para Gonçalo:

– Ora essa! Santo nome de Deus!... Pois eu havia de ir a cavalo, e V. Exa. a pé?

Gonçalo ria:

– Homem, com essas discussões de "eu a pé" e "você a cavalo", e "faz favor" e "não senhor", é que perdemos um tempo precioso. Monte, esteja quieto, e trote para a Finta!

O outro recuava para a valeta da estrada, sacudindo a cabeça, esgazeado, como no espanto de um sacrilégio[21]:

– Isso é que não, meu senhor, isso é que não! Antes eu acabasse aqui à míngua, com a chaga em bolor!

Gonçalo bateu o pé, com autoridade:

– Monte, que mando eu! Vossemecê é um lavrador de enxada, eu sou um Doutor formado em Coimbra, sou eu que sei, sou eu que mando!

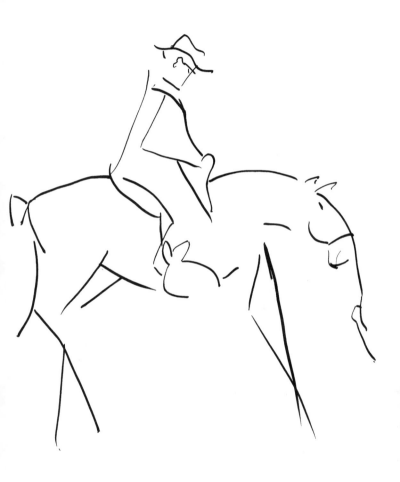

Manuel Solha, do lugar da Finta. Até lá, sempre me hei de arrastar.

116 &&&& Eça de Queirós

E o Solha, logo submisso ante aquela força deslumbrante do Saber superior, agarrou em silêncio a crina da égua, enfiou respeitosamente o estribo, ajudado pelo Fidalgo, que, sem tirar as luvas brancas, lhe amparava o pé entrapado e manchado de sangue.

Depois, quando ele repousou no selim com um *ah!* consolado:
– Então que tal?

O homem só murmurava o nome de Nosso Senhor, na gratidão e no assombro daquela caridade:
– Mas isto é a volta do Mundo... Eu aqui, na égua do Fidalgo! E o Fidalgo, o sr. Gonçalo Ramires, da Torre, a pé pela estrada!

Gonçalo gracejou. E, para entreter a caminhada, perguntou pela quinta do dr. Júlio que, agora, se arrojara a obras e plantações de vinha. Depois, como o Manuel Solha conhecia o Pereira Brasileiro (que pensara em arrendar as terras do dr. Júlio), conversaram sobre esse esperto homem, sobre as grandezas da *Cortiga*. Já sem embaraço, direito no selim, no gosto daquela intimidade com o Fidalgo da Torre, o Solha esquecia a chaga, a dor que adomentara. E à estribeira do Solha, atento e sorrindo, o Fidalgo estugava[22] o passo na poeira branca.

Assim se avizinhavam da *Bica Santa,* um dos sítios decantados daquelas cercanias formosas. Aí a estrada, cortada na encosta dum monte, alarga e forma um arejado terraço, de onde se abrange todo o vale de Corinde, tão rico em casais[23], em arvoredos, em searas, em águas. No pendor do monte, coberto de carvalhos e de fragas musgosas, brota a fonte nomeada, que já em tempos de El-Rei D. João V curava males de entranhas – e que uma devota senhora de Corinde, D. Rosa Miranda Carneiro, mandou encanar desde o alto até a um tanque de mármore, onde agora corre beneficamente, por uma bica de bronze, sob a imagem e patrocínio de Santa Rosa de Lima. De cada lado do tanque se encurvam dois compridos bancos de pedra, que a espalhada ramaria das carvalheiras tolda de sombra e frescura. É um suave retiro onde se apanham violetas, se comem merendas, e senhoras dos arredores se sentam em rancho, nas tardinhas de domingo,

A ILUSTRE CASA DE RAMIRES 〜 117

escutando os melros, gozando a povoada, luminosa e verdejante largueza do vale.

Antes, porém, de desembocar na *Bica Santa*, e perto do lugar do Serdal, a estrada de Corinde quebra numa volta: – e, aí, de repente, a égua pulou, num reparo, que obrigou o Fidalgo da Torre, desconfiado da perícia do Solha, a deitar a mão à caimba do freio. Fora o encontro inesperado duma carruagem – uma caleche forrada de azul, com a parelha coberta de redes brancas contra a mosca, e na almofada, teso, um cocheiro de bigode, farda de gola escarlate e chapéu de tope amarelo. E Gonçalo mantinha ainda a égua pelo freio, como arreeiro serviçal em trilho perigoso – quando avistou, sentado num dos bancos de pedra, junto da Bica, com um xale-manta por cima dos joelhos, o velho Sanches Lucena. Ao lado o trintanário[24], agachado, esfregava com um molho de erva a botina que a bela D. Ana lhe estendia, apanhando o vestido de linho cru, apoiando a outra mão, sem luva, na cinta vergada e fina.

A desconcertada aparição do Fidalgo da Torre, puxando pela rédea a sua égua, onde se escarranchava regaladamente um cavador em mangas de camisa, alvorotou aquele repousado e dormente recanto da *Bica*. Sanches Lucena esbugalhava os olhos, esbugalhava os óculos, num arremesso de curiosidade que o levantara, com o pescoço esticado, o xale-manta escorregado para a relva. D. Ana recolheu bruscamente a botina, logo empertigada, na gravidade condigna da senhora da *Feitosa,* retomando como uma insígnia o cabo de oiro da luneta de oiro, suspensa por um cordão de oiro[25]. E até o trintanário ria pasmadamente para o Solha.

Mas já, com o seu desembaraço elegante, Gonçalo, num relance, saudara D. Ana, apertava com fervor a mão espantada do Sanches Lucena, e, alegremente, se congratulava por aquele encontro ditoso! Pois vinha justamente da *Feitosa!* E aí soubera com desgosto, por um moço da quinta, decerto exagerado, que o sr. Conselheiro, nas últimas semanas, andara doente... E, então como estava? como estava? – Oh! a fisionomia era excelente!

118 ❧ Eça de Queirós

– Pois não é verdade, sra. D. Ana? O aspecto é excelente!

Com um leve requebro da cabeça, um fofo ondear do molho de plumas brancas sobre o chapéu de palha vermelha, ela volveu numa voz rolada, lenta e gorda, que arrepiou Gonçalo:

– O Sanches agora, graças a Deus, desfruta melhor saúde...

– Um pouco melhor, sim, com efeito, muito agradecido a V. Exa., sr. Gonçalo Ramires! – murmurou o descarnado e corcovado homem, repuxando para os joelhos o xale-manta.

E, com os óculos a luzir, cravados em Gonçalo, na curiosidade que o abrasava, quase lhe rosara a face afilada, mais amarela que um círio:

– Mas, com perdão de V. Exa.! como é que V. Exa. anda por aqui, pela estrada de Corinde, neste estado, a pé, trazendo à rédea um lavrador de enxada?...

Rindo, sobretudo para D. Ana, cujos olhos formosamente negros, duma funda refulgência líquida, também esperavam, sérios e reservados, Gonçalo contou o desastre do bom homem, que encontrara no caminho gemendo, arrastando a perna escalavrada...[26]

– De sorte que lhe ofereci a minha égua... E até, se V. Exa. me permite, minha senhora, é necessário que eu combine com ele o resto da jornada...

Rapidamente, voltou ao Solha, que, de novo acanhado ante os senhores da *Feitosa,* com o chapéu na mão, encolhido sobre o selim, como atenuando a sua grandeza, logo se desestribou para desmontar. Mas já Gonçalo lhe ordenava que trotasse para a Finta – e lhe mandasse a égua por um dos seus rapazes, ali à Bica Santa, onde ele se demorava com o sr. Conselheiro. E quando o Solha largou, saudando desabaladamente, torcido, como impelido a seu pesar pelos acenos risonhos com que o Fidalgo o despedia, o assombro do Sanches Lucena recomeçou:

– Ora uma coisa destas! Eu tudo esperaria, tudo, menos o sr. Gonçalo Mendes Ramires a trazer à rédea, pela estrada de Corinde, um cavador de enxada! É a repetição do Bom Samaritano...[27] Mas para melhor!

Gonçalo gracejou, sentado no banco, junto de Sanches Lucena.

– Oh! o Bom Samaritano não merecera uma página tão amável no Evangelho, somente por oferecer o burro a um levita doente: decerto mostrara virtudes mais belas... – E sorrindo para D. Ana, que, do outro lado de Sanches Lucena, espalhava a luneta, com lentidão majestosa, pelas árvores e pela fonte que tão bem conhecia:

– Há dois anos, minha senhora, que eu não tenho a honra...

Mas Sanches Lucena despediu um grito:

– Oh! sr. Gonçalo Ramires! V. Exa. traz sangue na mão!

O Fidalgo reparou, espantado. Sobre a luva de camurça branca, ressaltavam duas manchas arroxeadas:

– Não é sangue meu! foi naturalmente quando o Solha montou, e eu lhe segurei o pé escalavrado...

Arrancou a luva, que arremessou para as ervas bravas, por trás do banco de pedra. E continuando o sorriso:

– Com efeito, não tenho a honra de encontrar a V. Exa., minha senhora, desde o baile do barão das Marges, em Oliveira, o famoso baile de Entrudo... Há mais de dois anos, era eu estudante. E ainda me recordo que V. Exa. estava vestida esplendidamente de Catarina da Rússia...

E, enquanto a envolvia no sorrir dos olhos finos e meigos, pensava: – "Formosa criatura! mas ordinária! e que voz!..." D. Ana também se recordava do baile dos Marges:

– O cavalheiro, porém, está equivocado. Eu não fui de Russa, fui de Imperatriz...

– Sim, de Imperatriz da Rússia, de Grande Catarina... E com um gosto! com um luxo!

Sanches Lucena voltou vagarosamente para Gonçalo os óculos de oiro, apontou um dedo alongado e lívido:

– Pois também eu me lembro que sua mana, e minha senhora, a sra. D. Graça, trazia um traje de lavradeira de Viana...[28] Foi uma luzidíssima festa; nem admira; o nosso Marges é sempre primoroso... E desde essa noite não tornei a encontrar a mana de V. Exa. em intimidade. Apenas de longe, na missa...

120 ҈ ECA DE QUEIRÓS

De resto, pouco residia agora em Oliveira, apesar de conservar a casa montada, criadagem e cocheira – porque, ou culpa do ar ou culpa da água, não se dava bem na cidade.

Gonçalo acalorou mais o seu interesse:

– Mas então, realmente, V. Exa. o que tem tido?

Sanches Lucena sorriu, com amargura. Os médicos, em Lisboa, não se entendiam. Uns atribuíam ao estômago – outros atribuíam ao coração. Portanto, aqui ou ali, víscera essencial atacada. E sofria crises – más crises... Enfim, com a graça de Deus, e regime, e leite, e descanso, ainda esperava arrastar uns anos.

– Oh! com certeza! – exclamou Gonçalo alegremente. E V. Exa. não pensa que a estada em Lisboa, e as Câmaras, e a Política, a terrível Política, o fatiguem, o agitem?...

Não, pelo contrário, Sanches Lucena passava toleravelmente em Lisboa. Melhor mesmo que na *Feitosa!* Depois, gostava daquela distração das Câmaras! E como conservava amigos na Capital, uma roda escolhida, uma roda fina...

– Um desses nossos excelentes amigos, V. Exa. decerto conhece. Ele é parente de V. Exa.... O D. João da Pedrosa.

Gonçalo, alheio ao homem, mesmo ao nome, murmurou polidamente:

– Sim, o D. João, decerto...

E Sanches Lucena, passando pelas suíças brancas a mão magríssima, quase transparente, onde reluzia um enorme anel de armas de safira:

– E não somente o D. João... Outro dos nossos amigos é igualmente parente de V. Exa., e chegado. Muitas vezes temos falado de V. Exa. e da sua casa.. Que ele pertence também à primeira nobreza... É o Arronches Manrique.

– Cavalheiro muito dado, muito divertido! – acrescentou D. Ana, com uma convicção que lhe alteou o peito, a que o corpete justo marcava a força viçosa e a perfeição.

A Gonçalo também nunca chegara esse nome sonoro. Mas não hesitou:

A Ilustre Casa de Ramires 121

– Sim, perfeitamente, o Manrique... De resto, eu tenho tantos parentes em Lisboa, e vou tão pouco a Lisboa! – E V. Exa. sra. D. Ana...

Mas o Sanches Lucena insistia, deliciado naquela conversa de parentescos fidalgos:

– V. Exa., naturalmente, tem em Lisboa toda a sua parentela histórica. Assim eu creio que V. Exa. é primo do Duque de Lourençal... O Duarte Lourençal! Ele não usa o título, por Miguelismo[29], ou antes por hábito; mas enfim é o legítimo Duque de Lourençal. É quem representa a casa de Lourençal.

Gonçalo, sorrindo atentamente, desabotoara o fraque, procurava a sua velha charuteira de couro.

– Sim, com efeito, o Duarte... Somos primos. Diz ele que somos primos. E eu acredito. Entendo tão pouco de árvores de costado!... De fato as casas em Portugal andam muito cruzadas; todos somos parentes, não só pelo lado de Adão, mas pelos Godos... E V. Exa. sra. D. Ana, prefere a estada em Lisboa?

Mas, reparando que escolhera um charuto, distraidamente o trincara:

– Oh! perdão, minha senhora... Ia fumar sem saber se V. Exa....

Ela saudou, descendo as longas pestanas:

– O cavalheiro pode fumar; o Sanches não fuma, mas eu até aprecio o cheiro.

Gonçalo agradeceu, enjoado com aquela voz redonda e gorda, aqueles horrendos *"cavalheiro, o cavalheiro!..."* Mas pensava: – "que linda pele! que bela criatura!..." E Sanches Lucena, inexorável, estendera o dedo agudo:

– Pois eu conheço muito, não o sr. D. Duarte Lourençal, não tenho essa subida honra por ora, mas seu irmão, o sr. D. Filipe. Cavalheiro estimabilíssimo, como V. Exa. decerto sabe... E depois, que talento... Que talento, no cornetim!

– Ah!

– O quê! V. Exa. não ouviu seu primo, o sr. D. Filipe Lourençal, tocar cornetim?

E até a bela D. Ana se animou, com um sorriso lânguido dos beiços cheios, mais vermelhos que cerejas maduras, sobre o fresco rebrilho dos dentes pequeninos:

– Oh! toca ricamente! O Sanches gosta muito de música; eu também... Mas, como V. Exa. compreendia, aqui na aldeia, com a falta de recursos...

Gonçalo, arremessando o fósforo, exclamara logo, num sincero interesse:

– Então, queria que V. Exa. ouvisse um amigo meu, que é verdadeiramente sublime no violão, o Videirinha!...

Sanches Lucena estranhou o nome, a sua vulgaridade. E o Fidalgo, singelamente:

– É um rapaz muito meu amigo, de Vila Clara... O José Videira, ajudante de Farmácia...

Os óculos de Sanches Lucena cresceram de puro espanto:

– Ajudante de Farmácia e amigo do sr. Gonçalo Mendes Ramires![30]

Sim, desde estudante, dos exames do Liceu. Até o Videirinha passava as férias na Torre, com a mãe, antiga costureira da casa. Tão bom rapaz, tão simples... E na realidade, no violão, um gênio!

– Agora tem ele uma cantiga admirável que chamou o *Fado dos Ramires*. A música é com efeito um fado de Coimbra, um fado conhecido. Mas os versos são dele, umas quadras engraçadas sobre coisas da minha Casa, lendas, patranhas...[31] Pois ficou sublime! Ainda há dias na Torre, comigo e com o Tító...

E a este nome, familiar e menineiro, Sanches Lucena mostrou outro reparo:

– O Tító?

O Fidalgo ria:

– É uma velha alcunha de amizade que nós damos ao Antônio Vilalobos.

Então Sanches Lucena atirou ambos os braços, como se alguém muito querido aparecesse na estrada:

– O Antônio Vilalobos! Mas esse é um dos nossos fiéis e bons amigos! Cavalheiro estimabilíssimo! Quase todas as semanas nos faz o favor de aparecer pela *Feitosa*...

E agora era o Fidalgo que pasmava ante essa intimidade a que nunca o Titó aludira, quando no Gago, na Torre, na Assembleia, se berrava, politicando, o nome do Sanches Lucena!

– Ah! V. Exa. conhece...

Mas D. Ana, que se erguera bruscamente do banco[32], e, debruçada, recolhia a luva e a sombrinha – lembrou ao marido o esfriar lento da tarde, a neblina subindo sempre àquela hora do vale aquecido:

– Sabes que nunca te faz bem... E também não faz bem à parelha, assim parada, há tanto tempo.

Imediatamente Sanches Lucena, receoso, puxara da algibeira um espesso lenço de seda branca, para abafar o pescoço. E, receoso também pela parelha, logo se arrancou pesadamente do banco de pedra, com um aceno cansado ao trintanário para apanhar o xale, avisar o cocheiro. Mas ainda atravessou, vergado e arrimado à bengala, para o parapeito que resguarda a estrada sobre o despenhado pendor do monte, dominando o vale. E confessava a Gonçalo que aquele era, nos arredores da *Feitosa,* o seu passeio preferido. Não só pela beleza do sítio, já cantado pelo "nosso mavioso Cunha Torres"; – mas porque do terraço da Bica, sem esforço, sentado no banco, avistava numa largueza terras suas:

– Olhe V. Exa.... Para além daquele souto, até à chã e ao cômoro onde está a casota amarela e por trás o pinhal, tudo é meu... O pinhal ainda é meu... Acolá, do renque de álamos para diante, depois do lameiro, é também meu... Ali, do lado da ermida, pertence ao Monte Agra... Mas, mais para lá, passado o azinhal, pelo monte acima, é tudo meu!

O lívido dedo, o braço escanifrado[33] na manga de casimira preta, cresciam por sobre o vale. – Além os pastos... Adiante os centeios... Depois o bravio... – Tudo dele! E, por trás da magra

124 ꕥ EÇA DE QUEIRÓS

figura alquebrada, de chapéu enterrado na nuca, o abafo de seda subido até às pálidas orelhas quase despegadas, D. Ana, esbelta, clara e sã como um mármore, com um sorriso esquecido nos lábios gulosos, o formoso peito mais cheio, acompanhava a enumeração copiosa, fincava a luneta sobre os pastos, e os pinhais, e os centeios, sentindo já – tudo dela![34]

– E agora acolá, detrás do olival – concluiu Sanches Lucena com respeito – é sítio seu, sr. Gonçalo Mendes Ramires...

– Meu?...

– De V. Exa., quero dizer, ligado à casa de V. Exa. Pois não reconhece?... Além, por trás do moinho, passa a estrada de Santa Maria de Craquede. São os túmulos dos seus antepassados... Passeio que eu também às vezes faço, e com gosto. Ainda há um mês visitamos detidamente as ruínas. E acredite que fiquei impressionado! Aquele bocado de claustro tão antigo, os grandes esquifes de pedra, a espada chumbada à abóbada por cima do túmulo do meio... É de comover! E achei muito bonito, muito filial, da parte de V. Exa., o ter sempre aquela lâmpada de bronze acesa, de noite e de dia...

Gonçalo engrolou um murmúrio risonho – porque não se recordava da espada, nunca recomendara a lâmpada. Mas Sanches Lucena, agora, suplicava um precioso favor ao sr. Gonçalo Mendes Ramires. E era que S. Exa. lhe concedesse a honra de o conduzir na carruagem à Torre... Alvoroçadamente Gonçalo recusou. Nem podia! combinara com o homem da perna dorida esperar ali, na Bica, pela sua égua.

– Mas fica aqui o meu trintanário, que leva a égua de V. Exa. à Torre.

– Não, não, se V. Exa. me permite, eu espero... Depois meto pelo atalho da Crassa, porque tenho às oito horas na Torre, à minha espera para jantar, o Titó.

D. Ana, do meio da estrada, apressou logo o marido sacudidamente, com a ameaça renovada da friagem, do relento... Mas, junto da caleche, Sanches Lucena ainda emperrou para afirmar a Gonçalo, com a descarnada mão sobre o encovado peito, que aquela tarde lhe ficava célebre...

– Porque vi uma coisa que poucas vezes se terá visto: o maior fidalgo de Portugal, a pé pela estrada de Corinde, levando à rédea no seu próprio cavalo um cavador de enxada!

Ajudado por Gonçalo, trepou enfim pesadamente ao estribo. D. Ana já se enterrara nas almofadas, alçando entre as mãos, como uma insígnia, o cabo rebrilhante da luneta de oiro. O trintanário também se entesou, cruzou os braços; e a caleche aparatosa, com as manchas brancas das redes dos cavalos, mergulhou no silêncio e na penumbra da estrada, sob a espalhada ramaria das faias.

"Que maçada!" – exclamou Gonçalo. E não se consolava de tarde tão linda assim desperdiçada... Intolerável, esse Sanches Lucena, com o sr. D. Fulano e o sr. D. Sicrano, e a sua gula de "roda fina", e "tudo dele" por colina e vale! A mulher, esplêndida peça de carne, como filha de carniceiro – mas sem migalha de graça ou alma. E que voz, Jesus, que voz! Gente pedante e sabuja...[35] – E agora só desejava recuperar a sua égua, galopar para a Torre, e desabafar com o Titó, familiar da *Feitosa!* o seu asco por toda aquela Sancharia.

A égua não tardou, a trote largo, montada pelo filho do Solha, que, ao avistar o Fidalgo, saltou à estrada, de chapéu na mão, encouchado e encarnado, balbuciando que o pai chegara bem, pedia a Nosso Senhor lhe pagasse a caridade...

– Bem, bem! Recados a teu pai. Que estimo as melhoras. Lá mandarei saber.

Num pulo montara – galopava pelo fácil atalho da Crassa. Mas, diante do portão da Torre, encontrou um moço do Gago, com um bilhete do Titó, anunciando que não podia jantar na Torre, porque partia nessa semana para Oliveira!

– Que disparate! Para Oliveira também eu parto; mas janto hoje! Até combinávamos, o levava na carruagem... Ele que ficou a fazer, o sr. D. Antônio?

O rapaz coçou pensativamente a cabeça:

126   EÇA DE QUEIRÓS

– O sr. D. Antônio passou lá por casa para eu trazer o bilhete ao Fidalgo... Depois, creio que tem festa, porque entrou defronte no tio Cosme fogueteiro, a comprar bichas de rabear...[36]

Aquelas inesperadas bichas de rabear causaram logo ao Fidalgo uma imensa inveja:

– E onde é a festa, sabes?

– Eu não sei, meu Fidalgo... Mas parece que é coisa rija, porque o sr. João Gouveia encomendou lá ao patrão dois grandes pratos de bolos de bacalhau.

Bolos de bacalhau! Gonçalo sentiu como a amargura de uma traição:

– Oh! que animais!

E de repente ideou uma vingança alegre:

– Pois se vires hoje o sr. D. Antônio ou o sr. João Gouveia, não te esqueças de lhes dizer que sinto muito... Que eu também cá tinha à noite na Torre uma festa. E havia senhoras. Vinha a sra. D. Ana Lucena... Não te esqueças, hem?

Gonçalo galgou as escadas rindo da sua invenção. Mas, nessa noite, às nove horas, depois do arrastado e atochado jantar com o Manuel Duarte, entrou na sala grande dos retratos, apenas alumiada pelo lampião dourado do corredor, para buscar uma caixa de charutos. E casualmente, através da janela aberta, reparou num homem que, embaixo, rente da sombra dos álamos, rondava, espreitava... Mais atento, imaginou reconhecer os poderosos ombros, o andar bovino do Titó. Mas não, com certeza! o homem trazia jaqueta e carapuço de lã. Curioso, abafando os passos, ainda se abeirou da varanda. O vulto porém descera da estrada, logo sumido sob as árvores duma quelha que contorna o casal do Miranda, e desemboca adiante, na Portela, junto das primeiras casas de Vila Clara.

IV

O Palacete dos Barrolos em Oliveira (conhecido desde o começo do século pela Casa dos *Cunhais*), erguia a sua fidalga fachada de doze varandas do Largo de El-Rei, entre uma solitária viela que conduz ao quartel e a Rua das Tecedeiras, velha rua mal empedrada, ladeirenta, oprimida pelo comprido terraço do jardim, e pelo muro fronteiriço da antiga cerca das Mônicas. E nessa manhã, justamente quando Gonçalo, na caleche da Torre puxada pela parelha do Torto, desembocava no Largo de El-Rei, subia pela Rua das Tecedeiras, dobrando a esquina dos Cunhais, num cavalo negro de fartas clinas, que feria as lajes com soberba e garbo, o Governador Civil, o André Cavaleiro, de colete branco e chapéu de palha. Num relance, do fundo da caleche, o Fidalgo ainda o surpreendeu levantando os pestanudos olhos negros para as varandas de ferro do palacete. E pulou, com um murro no joelho, rugindo surdamente – "que biltre!"[1] Ao apear no portão (um portão baixo, como esmagado pelo imenso escudo de armas dos Sás), tão sufocada indignação o impelia, que não reparou nas efusões do porteiro, o velho Joaquim da Porta, e esqueceu dentro da caleche os presentes para Gracinha, a caixa com o guarda-solinho e um cesto de flores da Torre coberto de papel de seda. Depois em cima, na sala de espera, onde José Barrolo correra, ao sentir nas lajes do Largo silencioso o estrépito do calhambeque, desabafou logo, arrebatadamente, atirando o guarda-pó para uma cadeira de couro:

– Oh, senhores! Que eu não possa vir à cidade, sem encontrar de cara este animal do Cavaleiro! E sempre no Largo, defronte da casa! É sorte!... Esse bigodeira não achará outro lugar para onde vá caracolar com a pileca?[2]

José Barrolo, um moço gordo, de cabelo ruivo e crespo, com um buço claro numa face mais redonda e corada que uma bela maçã, acudiu, ingenuamente:

– Pileca?!... Oh, menino, tem agora um cavalo lindo! Um cavalo lindo, que comprou ao Marges!

– Pois bem! É um burro feio em cima dum cavalo bonito. Que fiquem ambos na cavalariça. Ou que vão ambos pastar para as Devesas!

O Barrolo escancarou a boca larga e fresca, de soberbos dentes, num lento pasmo. E de repente, com uma patada no soalho, vergado pela cinta, rompeu numa risada que o sufocava, lhe inchava as veias:

– Essa é de arromba! Não, essa é para contar no Clube... Um burro feio em cima dum cavalo bonito! E ambos a pastarem!... Tu vens hoje rico, menino! Olha que essa! Ambos a pastarem, com os focinhos na erva, o Governador Civil e o cavalo... É de arromba!

Rebolava pela sala, com palmadas radiantes sobre a coxa obesa. E Gonçalo, adoçado por aquela ovação que celebrava a sua facécia:

– Bem. Dá cá esses ossos, ou antes esses untos[3]. E como vai a família? A Gracinha?... Oh! viva a linda flor!

Era ela, com a sua ligeireza airosa e menineira, os magníficos cabelos soltos sobre um penteador de rendas, correndo alvoroçada para o irmão, que a envolveu num abraço e em dois beijos sonoros. E imediatamente, recuando, a declarou mais bonita, mais gorda:

– Positivamente, estás mais gorda, até mais alta... É sobrinho?... Não? nada, por ora?

[…] num cavalo negro de fartas clinas, que feria as lajes com soberba e garbo, o Governador Civil, o André Cavaleiro…

130 ❦❦ Eça de Queirós

Gracinha corou, com aquele seu lânguido sorriso que mais lhe umedecia e lhe enternecia a doçura dos olhos esverdeados.

– Se ela não quer, ela não quer! – gritava o José Barrolo, gingando, com as mãos enterradas nos bolsos do jaquetão, que lhe desenhava as ancas roliças. – A culpa não é cá do patrão... Mas ela não se decide!

O Fidalgo da Torre repreendeu a irmã:

– Pois é necessário um menino. Eu por mim não caso, não tenho jeito: e lá se vão desta feita Barrolos e Ramires! A extinção dos Barrolos é uma limpeza. Mas, acabados os Ramires, acaba Portugal. Portanto, sra. D. Graça Ramires, depressa, em nome da Nação, um morgado! Um morgado muito gordo, que eu pretendo que se chame Tructesindo!

Barrolo protestou, aterrado:

– O quê? Tructesindo? Não! para tal sorte não o fabrico eu!

Mas Gracinha deteve aqueles gracejos picantes, desejosa de saber da Torre, e do Bento, e da Rosa cozinheira, e da horta, e dos pavões... Conversando, penetraram na outra sala, guarnecida de contadores da Índia, de pesados cadeirões dourados de damasco azul, com três varandas sobre o Largo de El-Rei. Barrolo enrolou um cigarro, reclamou a história do Relho, da grande desordem. Também ele arranjara uma "pega"[4] com o rendeiro da *Ribeirinha,* por causa dum corte de pinhal. Essa do Relho, porém, fora tremenda...

E Gonçalo, enterrado ao canto do fundo canapé azul, desabotoando preguiçosamente o jaquetão de cheviote claro:

– Não! foi muito simples. Já há meses esse Relho andava bêbedo, sem despegar... Uma noite berrou, ameaçou a Rosa, agarrou numa espingarda. Eu desci, e num instante a Torre ficou desembaraçada de Relhos e de barulhos.

– Mas veio o Regedor, com cabos! – acudiu o Barrolo.

Gonçalo sacudiu os ombros, impaciente:

– Veio o Regedor? Veio depois, para legalizar! Já o homem abalara, corrido. E como resultado arrendei a Torre ao Pereira, ao Pereira da Riosa...

A ILUSTRE CASA DE RAMIRES ෨෨ 131

Contou esse negócio excelente, tratado na varanda, ao almoço, entre dois copos de vinho verde. Barrolo admirou a renda – gabou o rendeiro. Assim Gonçalo descortinasse outro Pereira para a quinta de Treixedo, terra tão generosa, tão mal amanhada!

À borda do canapé, coberta pelos belos cabelos que lavara nessa manhã e que cheiravam a alecrim, Gracinha contemplava o irmão com ternura:

– E do estômago, andas melhor? Continuam as ceias com o Titó?

– Oh! esse animal! – exclamou Gonçalo. – Há dias prometeu jantar na Torre, até a Rosa assou um cabrito no espeto, magnífico... Depois falhou: creio que teve uma orgia infame, com bichas de rabear. Ele vem esta semana a Oliveira... E é verdade! vocês sabiam da intimidade do Titó com o Sanches Lucena?

Historiou então, com exagero alegre, o encontro da Bica Santa, o horror que lhe causara a bela D. Ana, a descoberta inesperada dessa familiaridade do Titó na *Feitosa*.

Barrolo recordou que uma tarde, antes do S. João, avistara o Titó, diante do portão da *Feitosa*, a passear pela trela[5] um cãozinho branco de regaço...

– Mas o que eu não compreendo, menino, é esse teu "horror" pela D. Ana... Caramba! Mulher soberba ! Um quebrado de quadris, uns olhões, um peitoril...

– Cale essa boca impura, devasso! – gritou Gonçalo. – Pois aqui ao lado da sua mulher, que é a flor das Graças, ousa louvar semelhante peça de carne!

Gracinha rindo, sem ciúmes, compreendia "a admiração do José". Realmente, a Ana Lucena, que vistosa, que bela!...

– Sim – concedeu Gonçalo – bela como uma bela égua... Mas aquela voz gorda, papuda... E a luneta, os modos... E "o cavalheiro pode fumar, o cavalheiro está enganado..." Oh! senhores, pavorosa!

Barrolo gingava, diante do sofá, com as mãos nos bolsos da rabona:

– Uvas verdes, sr. D. Gonçalo, uvas verdes![6]

O Fidalgo dardejou sobre o cunhado uns olhos ferozes:

– Nem que ela se me oferecesse, de joelhos, em camisa, com os duzentos contos do Sanches; numa salva de oiro![7]

Sorrindo, vermelha como uma peônia, com um "oh" escandalizado, Gracinha bateu no ombro de Gonçalo – que puxou por ela, galhofeiramente:

– Venha lá essa bochecha, e outra beijoca, para purificar! Com efeito, só pensar na D. Ana, arrasta a gente às imagens brutais... Dizias então do estômago... Sim, filha, combalido. E há dias mais pesado, desde o tal cabrito no espeto e da companhia beberrona do Manuel Duarte. Tu tens cá água de Vidago?... Então, Barrolinho, sê angélico. Manda trazer já uma garrafinha bem fresca. E olha! pergunta se subiram um açafate e uma caixa de papelão que eu deixei na caleche? Que ponham no meu quarto. E não desembrulhes, que é surpresa... Escuta! Que me levem água bem quente. Preciso mudar toda a roupa... Estava uma poeirada por esse caminho!

E quando o Barrolo abalou, a rebolar e a assobiar, Gonçalo, esfregando as mãos:

– Pois vocês ambos estão esplêndidos! E na harmonia que convém. Tu positivamente mais forte, mais cheia. Até pensei que fosse sobrinho. E o Barrolo mais delgado, mais leve...

– Oh, agora o José passeia, monta a cavalo, já não adormece tanto depois de jantar...

– E a outra família? A tia Arminda, o rancho Mendonça? Bem?... Padre Soeiro, que é feito desse santo?

– Teve um ataquezito de reumatismo, muito ligeiro. Agora bom, sempre no Paço do Bispo, na Biblioteca... Parece que se entretém a fazer um livro sobre os Bispos.

– Bem sei, a História da Sé de Oliveira... Pois eu também tenho trabalhado muito, Gracinha! Ando a escrever um romance.

– Ah!

– Um romance pequeno, uma novela, para os ANAIS DE LITERATURA E DE HISTÓRIA, uma revista que fundou um rapaz meu amigo, o Castanheiro... É sobre um fato histórico da nossa gente... Sobre um avô nosso, muito antigo, Tructesindo.

– Tem graça, que fez ele?

– Horrores. Mas é pitoresco... E depois o Paço de Santa Ireneia, no século XII, em todo o seu esplendor! Enfim, uma bela reconstrução do velho Portugal e sobretudo dos velhos Ramires. Hás de gostar... Não há amores, tudo guerras. Apenas, muito remotamente, uma das nossas antepassadas, uma D. Menda, que eu nem sei se realmente existiu. Tem seu chique, hem?... E tu compreendes, como eu desejo tentar a Política, preciso primeiramente aparecer, espalhar o meu nome...

Gracinha sorria docemente para o irmão, no costumado enlevo:

– E agora tens alguma ideia? A tia Arminda lá continua sempre com a teima que devias entrar na Diplomacia. Ainda há dias... "Ai, o Gonçalinho, assim galante, e com aquele nome, só numa grande embaixada!"

Gonçalo despegara lentamente do vasto canapé, reabotoando o jaquetão claro:

– Com efeito ando com uma ideia, há dias... Talvez me viesse dum romance inglês, muito interessante, e que te recomendo, sobre as antigas minas de Ofir, *King Salomon's Mines*...[8] Ando com ideias de ir para a África.

– Oh Gonçalo, credo! Para a África?

O escudeiro entrara com duas garrafas de água de Vidago, ambas desarrolhadas, numa salva. Precipitadamente, para aproveitar o "piquezinho", Gonçalo encheu um copo enorme de cristal lavrado. – Ah! que delícia de água! – E como o Barrolo voltava, anunciando que cumprira as ordens de S. Exa.:

– Bem! então logo conversamos ao almoço, Gracinha! Agora lavar, mudar de roupa, que não paro com estas infames comichões...

Barrolo acompanhou o cunhado ao quarto, um dos mais espaçosos e alegres do palacete, forrado de cretones cor de canário com uma varanda para o jardim, e duas janelas de peitoril sobre a Rua das Tecedeiras e os velhos arvoredos do Convento das Mônicas. Gonçalo impaciente despiu logo o casaco, sacudiu para longe o colete:

— Pois tu estás esplêndido, Barrolo! Deves ter perdido três ou quatro quilos. São naturalmente os quilos que Gracinha ganhou... Vocês, se assim se equilibram, ficam perfeitos.

Diante do espelho Barrolo acariciava a cinta, com um risinho deleitado:

— Realmente, parece que adelgacei... Até sinto nas calças...

Gonçalo abrira o gavetão da rica cômoda de ferragens douradas, onde conservava sempre roupa (até duas casacas), para evitar o transporte de malas entre os Cunhais e a Torre. E ria, aconselhava o bom Barrolo a "adelgaçar" sem descanso, para beleza da futura raça Barrólica – quando embaixo, na silenciosa Rua das Tecedeiras, as patas de um cavalo de luxo feriram as lajes em cadência lenta.

Logo desconfiado, Gonçalo correu à janela, ainda com a camisa que desdobrava. E era *ele*! Era o André Cavaleiro, que descia ladeando, sopeando[9] a rédea, para escarvar com garbo e fragor a rampa mal empedrada. Gonçalo virou para o Barrolo a face chamejante de furor:

— Isto é uma provocação! Se este descarado deste Cavaleiro passa outra vez na maldita pileca, por debaixo das janelas, apanha com um balde de água suja!...

Barrolo, inquieto, espreitou:

— Naturalmente vai para casa das Lousadas... Anda agora muito íntimo das Lousadas... Sempre por aqui o vejo... E é para as Lousadas.

— Que seja para o inferno! Pois, em toda a cidade, não há outro caminho para casa das Lousadas? Duas vezes em meia hora! Grande insolente! Tem uma chapada de água de sabão, pela grenha[10] e pela bigodeira, tão certo como eu ser Ramires, filho de meu pai Ramires!

A Ilustre Casa de Ramires 🙡🙟 135

Barrolo beliscava a pele do pescoço, constrangido ante aqueles rancores ruidosos que desmanchavam o seu sossego. Já, por imposição de Gonçalo, rompera desconsoladamente com o Cavaleiro. E agora antevia sempre uma bulha, um escândalo que o indisporia com os amigos do Cavaleiro, lhe vedaria o Clube e as doçuras da Arcada, lhe tornaria Oliveira mais enfadonha que a sua quinta da Ribeirinha ou da *Murtosa*, solidões detestadas. Não se conteve, arriscou o costumado reparo:

– Ó Gonçalinho, olha que também todo esse espalhafato só por causa da Política...

Gonçalo quase quebrou o jarro, na fúria com que o pousou sobre o mármore do lavatório:

– Política! Aí vens tu com a Política! Por Política não se atira água suja aos Governadores Civis. Que ele não é político, é só malandro! Além disso...[11]

Mas terminou por encolher os ombros, emudecer, diante do pobre bacoco de bochechas pasmadas, que, naquelas rondas do Cavaleiro pelos Cunhais, só notava o "lindo cavalo" ou "o caminho mais curto para as Lousadas!..."

– Bem! – resumiu. – Agora larga, que me quero vestir... Do bigodeira me encarrego eu.

– Então, até logo... Mas se ele passar nada de asneiras, hem?

– Só justiça, aos baldes!

E bateu com a porta nas costas resignadas do bom Barrolo, que, pelo corredor, suspirando, lamentava o assomado gênio do Gonçalinho, as cóleras desproporcionadas em que o lançava "a Política".

Enquanto se ensaboava com veemência, depois se vestia numa pressa irada, Gonçalo ruminou aquele intolerável escândalo. Fatalmente, apenas se apeava em Oliveira, encontrava o homem da grande guedelha, caracolando por sob as janelas do palacete, na pileca de grandes clinas! E o que o desolava era perceber no coração de Gracinha, pobre coração meigo e sem fortaleza, uma teimosa raiz de ternura pelo Cavaleiro, bem enterrada, ainda vivaz, fácil de reflorir... E nenhum outro sentimento forte que a defendesse, naquela ociosidade de Oliveira – nem superioridade do marido, nem encanto dum filho no seu berço[12]. Só a amparava o orgulho, certo respeito religioso pelo nome de Ramires, o medo da pequena terra espreitadeira e mexeriqueira. A sua salvação seria o abandono da cidade, o encerrado retiro numa das quintas do Barrolo, a *Ribeirinha*, sobretudo a *Murtosa*, com a linda mata, os musgosos muros de convento, a aldeia em redor para ela se ocupar como castelã benéfica. Mas quê! Nunca o Barrolo consentiria em perder o seu voltarete no Clube, e a cavaqueira da tabacaria "Elegante", e as chalaças do Major Ribas!

Afogueado pelo calor, pela emoção, Gonçalo abriu a varanda. Embaixo, no curto terraço ladrilhado, orlado de vasos de louça, precedendo o jardim, Gracinha, ainda soltos os cabelos por cima do penteador, conversava com outra senhora, muito alta, muito magra, de chapéu-marujo enfeitado de papoulas, que segurava entre os braços um repolhudo molho de rosas.

Era a "prima" Maria Mendonça, mulher de José Mendonça, condiscípulo[13] do Barrolo em Amarante, agora capitão do Regimento de Cavalaria estacionado em Oliveira. Filha dum certo D. Antônio, senhor (hoje Visconde) dos Paços de Severim, devorada pela preocupação de parentescos fidalgos, de origens fidalgas, ligava sempre sorrateiramente o vago solar de Severim a todas as casas nobres de Portugal – sobretudo, mais gulosamente, à grande casa de Ramires; e, desde que o regimento se aquartelara em Oliveira, tratara logo Gracinha por "tu" e Gonçalo por "primo", com a intimidade especial, que convém a sangues superiores. Todavia mantinha amizades muito seguidas e ativas com brasileiras ricas de Oliveira – até com a viúva Pinho, dona da loja de panos, que (segundo se murmurava) lhe fornecia os dois filhos, ainda pequenos, de calções e de jalecas. Também convivia intimamente, já na cidade, já na *Feitosa*, com D. Ana Lucena. Gonçalo gostava da sua graça, da sua agudeza, da vivacidade maliciosa que a agitava numa linda crepitação de galho, ardendo com alegria. E quando,

A ILUSTRE CASA DE RAMIRES 137

ao rumor da janela perra, ela levantou os olhos luzidios e espertos, foi em ambos uma surpresa carinhosa:

– Oh prima Maria! Que felicidade, logo que chego e que abro a janela...

– E para mim, primo Gonçalo, que o não via desde a sua volta de Lisboa!... Pois está mais lindo, assim de bigode...

– Dizem que estou lindíssimo, absolutamente irresistível! Até aconselho à prima Maria que se não aproxime muito de mim, para se não incendiar.

Ela deixou pender desoladamente nos braços o seu pesado molho de rosas:

– Ai Jesus, então estou perdida, que ainda agora prometi à prima Graça jantar cá esta tarde!... Oh Gracinha, por quem és, põe um biombo entre os dois!

Gonçalo gritou, pendurado da varanda, já deliciado com os chistes da prima Maria:

– Não! enfio eu um *abat-jour* pela cabeça para atenuar o meu brilho!... E o maridinho, os pequenos? Como vai o nobre rancho?

– Vivendo, com algum pão e muita graça de Deus... Então até logo, primo Gonçalo! E seja misericordioso!

E ainda ele ria, encantado – já a prima Maria, depois de cochichar e de estalar dois beijos apressados na face de Gracinha, desaparecera pela porta envidraçada da sala com a sua elegância esgalgada. Gracinha, lentamente, subiu os três degraus de mármore do jardim. Da varanda, Gonçalo ainda avistou através da ramaria leve, entre as sebes de buxo, o penteador branco, os fartos cabelos caídos, reluzindo no sol como uma cascata de azeviche. Depois o negro brilho, as claras rendas, desapareceram sob os loureiros da rua que conduzia ao mirante.

Mas Gonçalo não se arredou de entre as janelas, limando vagamente as unhas, espreitando pelas cortinas, numa desconfiança, quase num terror que o Cavaleiro de novo surgisse na pileca – agora que Gracinha se embrenhara para os lados desse cômodo mirante, construção do século XVIII, imitando um templozinho do Amor, que rematava o longo terraço do jardim, e dominava a Rua das Tecedeiras. Mas a calçada permanecia silenciosa, sob as derramadas sombras de arvoredo do palacete e do convento. E por fim decidiu descer, envergonhado da espionagem – certo que a irmã não se mostraria ao Cavaleiro na varandinha do mirante, assim com os cabelos em desalinho, por cima dum penteador.

E cerrava a porta, quando se encontrou diante dos braços do Padre Soeiro, que o prenderam pela cinta com afago e respeito.

– Oh! meu ingratíssimo Padre Soeiro! – exclamava Gonçalo, batendo ternamente nas gordas costas do capelão. – Então que feia ação foi esta? Mais de um mês sem aparecer na Torre! Agora para o sr. Padre Soeiro já não há Gonçalinho, há só Gracinha...

Enternecido, quase com uma lágrima a bailar nos mansos olhos miúdos, que mais negrejavam entre a frescura rósea, da face roliça e a cabecinha branca como algodão – Padre Soeiro sorria, fechando as mãos sobre o peito da batina de alpaca, de onde surdia a ponta de um lenço de quadrados vermelhos. E não lhe escasseara certamente o desejo de ir à Torre. Mas aquele trabalhinho na Biblioteca do Paço do Bispo... Depois o seu reumatismozito... Enfim a sra. D. Graça sempre esperando S. Exa., um dia, outro dia...

– Bem, bem! – acudiu alegremente Gonçalo – contanto que o coração não se esquecesse da Torre...

– Ah! esse! – murmurou Padre Soeiro com comovida gravidade.

E pelo corredor de paredes azuis, adornadas com gravuras coloridas das batalhas de Napoleão, Gonçalo resumiu as novidades da Torre:

– Como o Padre Soeiro sabe, rebentou aquele escândalo do Relho... E ainda bem, porque concluí um negócio esplêndido. Imagine! Arrendei há dias a quinta ao Pereira Brasileiro, ao Pereira da Riosa, por um conto cento e cinquenta mil-réis...

– Como o Padre Soeiro sabe, rebentou aquele escândalo do Relho...

O capelão suspendeu a pitada, que colhera numa caixa de prata dourada, pasmado para o Fidalgo:

– Ora aí está como as coisas se inventam! Pois por cá constou que V. Exa. tratara com o José Casco, o José Casco dos Bravais. Até no domingo, ao almoço, a sra. D. Graça...

– Sim – interrompeu o Fidalgo com uma fugidia cor na face fina[14]. – Efetivamente o Casco veio à Torre, conversamos. Primeiramente quis, depois não quis. Aquelas coisas do Casco! Enfim, uma maçada... Não ficou nada decidido. E quando o Pereira, uma bela manhã, me apareceu com a proposta, eu, inteiramente desligado, aceitei, e com que alvoroço!... Imagine! Um aumento soberbo de renda, o Pereira como rendeiro... O Padre Soeiro conhece bem o Pereira...

– Homem entendido – concordou o capelão, coçando embaraçadamente o queixo. – Não há dúvida. É homem de bem... Depois não havendo palavra dada ao Cas...

– Pois o Pereira para a semana vem à cidade – atalhou apressadamente Gonçalo. – O Padre Soeiro previne o tabelião Guedes, e assinamos essa bela escritura. São as condições costumadas. Creio que há uma reserva a respeito da hortaliça e do porco... Enfim o Padre Soeiro deve receber carta do Pereira.

E imediatamente, descendo a escada, passando o lenço perfumado pelo bigode, gracejou com o capelão sobre o famoso *Fado dos Ramires*, em que ele colaborava com o Videirinha. Oh! Padre Soeiro fornecera lendas sublimes! Mas aquela de Santa Aldonça, realmente, fora ataviada com exageração... Quatro Reis a levarem a Santa aos ombros!

– São Reis demais, Padre Soeiro!

O bom capelão protestou, logo interessado e sério, no amor daquela obra que glorificava a Casa:

– Ora essa! Com perdão de V. Exa... Perfeitissimamente exato. Lá o conta o Padre Guedes do Amaral, nas suas *Damas da Corte do Céu*, livro precioso, livro raríssimo, que o sr. José Barrolo tem na livraria. Não especifica os Reis, mas diz quatro...

"Aos ombros de quatro Reis e com acompanhamento de muitos Condes." Mas o nosso José Videira declarou que não podia meter os Condes por causa da rima.

O Fidalgo ria, dependurando num cabide, ao fundo da escada, o chapéu de palha com que descera:

– Por causa da rima, pobres Condes... Mas o fado está lindo. Eu trago uma cópia para a Gracinha cantar ao piano... E agora outra coisa, Padre Soeiro. O que se conta por aí do Governador Civil, desse sr. André Cavaleiro?...

O capelão encolheu os ombros, desdobrando cautelosamente o seu vasto lenço de quadrados vermelhos:

– Eu, como V. Exa. sabe, não entendo de Política. Depois também não frequento os cafés, os sítios onde se questiona Política... Mas parece que gostam.

No corredor um escudeiro gordo, de opulentas suíças ruivas, que Gonçalo não conhecia, badalou a sineta do almoço. Gonçalo reparou, avisou o homem que a sra. D. Maria da Graça andava para o fundo do jardim...

– Entrou agora, sr. D. Gonçalo! – acudiu o escudeiro. – E até manda perguntar se V. Exa. deseja para o almoço vinho verde de Amarante, de *Vidainhos.*

Sim, com certeza, vinho de *Vidainhos.* Depois sorrindo:

– Oh Padre Soeiro, previna este escudeiro novo que eu não tenho *Dom.* Sou simplesmente Gonçalo, graças a Deus!

O capelão murmurou que todavia, em documentos da Primeira Dinastia, apareciam Ramires com *Dom.* E, como Gonçalo parara diante do reposteiro corrido da sala, logo o bom velho se curvou, com as suas escrupulosas, reverentes cerimônias, para o Fidalgo passar.

– Então, Padre Soeiro, por quem é!

Mas ele, com apegado respeito:

– Depois de V. Exa., meu senhor...

Gonçalo afastou o reposteiro, empurrou docemente o capelão:

– Padre Soeiro, já nos documentos da Primeira Dinastia se estabeleceu que os Santos nunca andam atrás dos Pecadores!

– V. Exa. manda, e sempre com que graça.

Depois dos anos de Gracinha, uma tarde, pelas três horas, Gonçalo, recolhendo com Padre Soeiro duma visita à Biblioteca do Paço do Bispo, sentiu logo da antecâmara o vozeirão do Titó, que rolava na sala azul em trovão lento. Franziu vivamente o reposteiro – e sacudiu o punho para o imenso homem que enchia um dos cadeirões dourados, estirando por sobre as flores do tapete umas botas novas de grossas tachas reluzentes:

– Oh infame!... Então noutro dia assim me larga, sem escrúpulo, depois de eu lhe preparar um cabrito estupendo, assado num espeto de cerejeira? E para quê?... Para uma orgia reles, com bolinhos de bacalhau e bichinhas de rabear!

Titó não desmanchou a sua conchegada beatitude:

– Impossibilíssimo. De tarde encontrei o João Gouveia no Chafariz. E só então nos lembramos de que eram os anos da D. Casimira. Dia sagrado!

Aquelas ceias de Vila Clara, as tresnoitadas "pândegas"[15] com violão, impressionavam sempre Barrolo, que as apetecia. E com o olho aguçado, do canto da mesa onde esfarelava cuidadosamente pacotes de tabaco dentro de uma terrina do Japão:

– Quem é a D. Casimira? Vocês em Vila Clara descobrem uns tipos... Conta lá!

– Um monstro! – declarou Gonçalo. – Uma matronaça bojuda como uma pipa, com um pelo nojento no queixo. Vive ao pé do cemitério, num cacifro que tresanda a petróleo, onde este senhor e as autoridades vão jogar o quino[16], e derriçar com umas sirigaitas de casabeque vermelho e de farripas...[17] Nem se pode decentemente contar diante do sr. Padre Soeiro!

O capelão, que sem rumor se esbatera numa sombra discreta, entre os franjados cetins duma cortina e um pesado contador da Índia, moveu os ombros num consentimento risonho, como

– Quem é a D. Casimira? Vocês em Vila Clara descobrem uns tipos... Conta lá!

acostumado a todas as fealdades do Pecado. E, com pachorra, o Tito emendava o esboço burlesco do Fidalgo:

– A D. Casimira é gorda, mas muito asseada. Até me pediu para eu lhe comprar hoje, na cidade, uma bacia nova de assento. A casa não cheira a petróleo e fica por trás do Convento de Santa Teresa. As sirigaitas são simplesmente as sobrinhas, duas raparigas alegres que gostam de rir e de troçar... E o sr. Padre Soeiro podia, sem medo...

– Bem, hem! – atalhou Gonçalo. – Gente deliciosa! Deixemos a D. Casimira, que tem bacia nova para os seus semicúpios...[18] Vamos à outra infâmia do sr. Antônio Vilalobos!

Mas Barrolo insistia, curioso:

– Não, não, conta lá, Tito... Noite de anos, patuscada rija, hem?

– Ceia pacata – contou o Tito com a seriedade que lhe merecia a festa das suas amigas. – A D. Casimira tinha uma bela frangalhada com ervilhas. O João Gouveia trouxe do Gago uma travessa de bolos de bacalhau que calharam... Depois, fogo de vistas na horta. O Videirinha tocou, as pequenas cantaram... Não se passou mal.

Gonçalo esperava – irresistivelmente interessado pela ceia das Casimiras:

– Acabou, hem?... Agora a outra infâmia mais grave! Então o sr. Antônio Vilalobos é íntimo do Sanches Lucena, frequenta todas as semanas a *Feitosa*, toma chá e torradas com a bela D. Ana, e esconde tenebrosamente dos seus amigos estes privilégios gloriosos?...

– Sem contar – gritou o Barrolo deliciosamente divertido – que lhe passeia à trela os cãezinhos felpudos!

– Sem contar que lhe passeia à trela os cãezinhos felpudos! – ecoou cavamente Gonçalo. – Responda, meu ilustre amigo!

O Tito remexeu o vasto corpo dentro do cadeirão, recolheu as botas de tachas luzentes, afagou lentamente a face barbuda, que uma vermelhidão aquecera[19]. E depois de encarar Gonçalo,

A ILUSTRE CASA DE RAMIRES 145

intensamente, com um esforço de sagacidade que mais o afogueou:

– Tu já alguma vez, por curiosidade, me perguntaste se eu conhecia o Sanches Lucena? Nunca me perguntaste...

O Fidalgo protestou. Não! Mas constantemente na Assembleia, no Gago, na Torre, eles berravam, em questões de Política, o nome do Sanches Lucena! Nada mais natural, até mais prudente, do que aludir o sr. Titó à sua intimidade ilustre! Ao menos para evitar que ele, ou os amigos, diante do sr. Titó que comia as torradas da *Feitosa*, tratassem os Sanches Lucena como um trapo!

O Titó despegou do cadeirão. E afundando as mãos nos bolsos da quinzena de alpaca, sacudindo desinteressadamente os ombros:

– Cada um tem sobre o Sanches a sua opinião... Eu apenas o conheço há quatro ou cinco meses, mas acho que é sério, que sabe as coisas... Agora, lá nas Câmaras...

Gonçalo, indignado, bradava que se não discutiam os méritos do sr. Sanches Lucena – mas os segredos do sr. Titó Vilalobos! E o escudeiro novo, avançando as suíças ruivas por uma fenda do reposteiro, anunciou que o sr. Administrador de Vila Clara procurava Suas Exas...

Barrolo largou logo a terrina de tabaco:

– O sr. João Gouveia! Que entre! Bravo! temos cá toda a rapaziada de Vila Clara!

O Titó, da janela onde se refugiara, lançou o vozeirão, mais troante, abafando a importuna conversa do Sanches e da *Feitosa*:

– Viemos ambos! Por sinal numa traquitana infame... Até se nos desferrou uma das pilecas e tivemos de parar na Vendinha. Não se perdeu tempo, que há agora lá um vinhinho branco que é daqui da ponta fina!...

Beliscava a orelha. Aconselhava ruidosamente Barrolo e Gonçalo a passarem na Vendinha, para provar a pinga celeste.

– Até aqui o sr. Padre Soeiro lhe atiçava uma caneca valente, apesar do pecado!

146 ✖✖✖ EÇA DE QUEIRÓS

Mas João Gouveia entrou, encalmado, empoeirado, com um vinco vermelho na testa, do chapéu e do calor – e abotoado na sobrecasaca preta, de calças pretas, de luvas pretas. Sem fôlego, apertou silenciosamente pela sala as mãos amigas que o acolhiam. E desabou sobre o canapé, implorando ao amigo Barrolo a caridade duma bebidinha fresca!

– Estive para entrar no Café Mônaco. Mas refleti que nesta grandiosa casa dos Barrolos as bebidas são de mais confiança.

– Ainda bem! Você que quer? Orchata? Sangria? Limonada?

– Sangria.

E, limpando o pescoço e a testa, amaldiçoou o indecente calor de Oliveira:

– Mas há gente que gosta! Lá o meu chefe, o sr. Governador Civil, escolhe sempre a hora do calor para passear a cavalo. Ainda hoje... Na repartição até ao meio-dia; depois, cavalo à porta; e larga até à estrada de Ramilde, que é uma África... Não sei como lhe não fervem os miolos!

– Oh! – acudiu Gonçalo – é muito simples. Se ele os não tem!

O Administrador saudou gravemente:

– Já cá faltava com a sua ferroadazinha, o sr. Gonçalo Mendes Ramires! Não comecemos, não comecemos... Este seu cunhado, Barrolo, é bicho indomesticável! Sempre reponta!

O bom Barrolo gaguejou, constrangido, que Gonçalinho em Política não dispensava a piada...

– Pois olhe! – declarou o Administrador, sacudindo o dedo para Gonçalo. – Esse sr. André Cavaleiro, que não tem miolos, ainda esta manhã na repartição gabou com imensa simpatia os miolos do sr. Gonçalo Mendes Ramires!...[20]

E Gonçalo, muito sério:

– Também não faltava mais nada! Para esse Governador Civil, ser perfeitamente absurdo, só lhe restava que me considerasse um asno!

– Perdão! – gritou o Administrador, que se erguera, desabotoando logo a sobrecasaca, para comodidade da contenda.

A Ilustre Casa de Ramires 147

Barrolo acudiu, aflito, carregando nos ombros do Gouveia – para o sossegar e o repor no canapé:

– Não, meninos, não! Política, não! E então essa maçada do Cavaleiro... Vamos ao que importa. Você janta conosco, João Gouveia?

– Não, obrigado. Já prometi jantar com o Cavaleiro. Temos lá o Inácio Vilhena. Vai ler um artigo que escreveu para o *Boletim de Guimarães*, sobre umas formas de fabricar ossos de mártires, descobertas nas obras do Convento de S. Bento. Estou com curiosidade... E a sra. D. Graça, bem? Quem eu não avistava havia meses era o sr. Padre Soeiro. Nunca aparece agora pela Torre!... Mas sempre rijo, sempre viçoso. Oh, sr. Padre Soeiro, qual é o seu segredo para toda essa meninice?

Do seu canto, o capelão sorriu timidamente. O segredo? Poupar a vida – não a consumindo nem com ambições nem com decepções. Ora para ele, louvado Deus, a vida corria muito simples e muito pequenina. E fora o seu reumatismo...

Depois, corando de acanhamento, através das sentenças evangélicas que lhe escapavam:

– Mas mesmo o reumatismo não é mal perdido. Deus, que o manda, sabe por que o manda... Sofrer edifica. Porque enfim o que nós sofremos, nos leva a pensar no que os outros sofrem...

– Pois olhe – volveu com alegre incredulidade o Administrador – eu, quando tenho os meus ataques de garganta, não penso na garganta dos outros! Penso só na minha, que me dá bastante cuidado. E agora a vou regalar naquela bela sangria...

O escudeiro vergava, com a luzente bandeja de prata, carregada de copos de sangria, onde boiavam rodelinhas de limão. E todos se tentaram, todos beberam, até Padre Soeiro, para mostrar ao sr. Antônio Vilalobos que não desdenhava o vinho, dádiva amável de Deus – pois como ensina Tíbulo[21] com verdade, apesar de gentílico, *vinus facit dites animos, mollia corda dat*, enrija a alma e adoça o coração.

148 ∽∾∽ Eça de Queirós

João Gouveia, depois dum suspiro consolado, pousou na bandeja o copo que esvaziara dum trago e interpelou Gonçalo:

– Vamos a saber! Então noutro dia que história fantástica foi essa duma festa na Torre, com senhoras, com a D. Ana Lucena?... Eu não acreditei, quando o pequeno do Gago me encontrou, me deu o recado. Depois...

Mas de entre as cortinas da janela, onde acabava a sangria, Titó novamente ribombou, interpelando também o Fidalgo:

– Oh sô Gonçalo! E o que me contou há pouco o Barrolo?... Que andavas com ideias de abalar para a África?

Ao espanto de João Gouveia quase se misturou terror. Para a África?... O quê? Com um emprego para a África?...

– Não! plantar cocos! plantar cacau! plantar café! – exclamava o Barrolo, com divertidas palmadas na coxa.

Pois Titó aprovava a ideia! Também ele, se arranjasse um capital, dez ou quinze contos, tentava a África, a traficar com o preto... E também se fosse mais pequeno, mais seco. Que homens do seu corpanzil, necessitando muita comezaina, e muita vinhaça, não aguentam a África, rebentam!

– O Gonçalo sim! É chupado, é rijo; não carrega na aguardente; está na conta para africanista... E sempre te digo! Carreira bem mais decente que essa outra porque tens mania, de deputado! Para quê? Para palmilhar na Arcada, para bajular Conselheiros.

Barrolo concordou, com alarido. Também não compreendia a teima de Gonçalo em ser deputado! Que maçada! Eram logo as intrigas, e as desandas nos jornais, e os enxovalhos[22]. E sobretudo aturar os eleitores.

– Eu, nem que me nomeassem depois Governador Civil, com um título e uma grã-cruz a tiracolo, como o Freixomil!

Gonçalo escutara, num silêncio risonho e superior, enrolando laboriosamente um cigarro com o tabaco do Barrolo:

– Vocês não compreendem... Vocês não conhecem a orga-nização de Portugal. Perguntem aí ao Gouveia... Portugal é uma fazenda, uma bela fazenda, possuída por uma parceria[23]. Como vocês sabem há parcerias comerciais e parcerias rurais. Esta de Lisboa é uma *parceria política*, que governa a herdade chamada Portugal... Nós os Portugueses pertencemos todos a duas classes: uns cinco a seis milhões que trabalham na fazenda, ou vivem nela a olhar, como o Barrolo, e que pagam; e uns trinta sujeitos em cima, em Lisboa, que formam a *parceria*, que recebem e que governam. Ora eu, por gosto, por necessidade, por hábito de família, desejo mandar na fazenda. Mas, para entrar na *parceria política*, o cidadão português precisa uma habilitação – ser deputado. Exatamente como, quando pretende entrar na magistratura, necessita uma habilitação – ser bacharel. Por isso procuro começar como deputado, para acabar como parceiro e governar... Não é verdade, João Gouveia?

O Administrador voltara à bandeja das sangrias, de que saboreava outro copo, agora lentamente, aos goles:

– Sim, com efeito, essa é a carreira... Candidato, Deputado, Político, Conselheiro, Ministro, Mandarim[24]. É a carreira... E melhor que a de África. Por fim na Arcada, em Lisboa, também cresce cacau e há mais sombra!

Barrolo, no entanto, abraçara o ombro possante do Titó, com quem mergulhou no vão da janela, numa confraternidade de ideias, gracejando:

– Pois eu, sem ser dos tais parceiros, também mando nos bocados de Portugal que mais me interessam, porque me pertencem!... E sempre queria ver que esse S. Fulgêncio, ou o Brás Vitorino, ou lá os políticos do Terreiro do Paço, se metessem a dispor nas minhas terras, na *Ribeirinha*, ou na *Murtosa*... Era a tiro!

Encostado à vidraça, Titó coçava a barba, impressionado:

– Pois sim, Barrolo! Mas você na *Ribeirinha* e na *Murtosa* tem de pagar as contribuições que eles mandarem. E nesses concelhos tem de aguentar as autoridades que eles nomearem. E goza para lá de estradas se eles lhas fizerem. E vende o carro de pão e a pipa de vinho com mais ou menos proveito, segundo as leis que eles votarem... E assim tudo. O Gonçalo não deixa de acertar. É o diabo! Quem manda é quem lucra... Olhe! o maroto do meu senhorio em Vila Clara, agora para o S. Miguel, aumenta a renda da casa em que eu moro, um cochicho que ninguém quer, porque mataram lá o carrasco, que ainda lá aparece... E o Cavaleiro, esse, como *parceiro*, vive de graça neste belo palácio de S. Domingos, com cocheira, com jardim, com horta...

Barrolo atirou um chuta, de mão espalmada, abafando o vozeirão do Titó, com medo que as regalias do Cavaleiro, assim proclamadas, renovassem as fúrias de Gonçalo. Mas o Fidalgo não percebera, atento ao João Gouveia, que, enterrado no canapé depois da sangria, novamente contava o seu assombro, ao encontrar no Chafariz, em Vila Clara, o rapazola do Gago, com o recado da grande festa na Torre:

– E cheguei a desconfiar que realmente você desse festa, quando bateram as nove, depois as nove e meia, e o Titó sem chegar para a ceia da D. Casimira!... Bem, pensei, também recebeu recado e abalou para a Torre! Por fim, apenas ele apareceu, de carapuço e de jaqueta, percebi que fora troça do sr. D. Gonçalo...

Então o Fidalgo pasmou com uma inesperada, estranha suspeita:

– De carapuço e jaqueta? O Titó andava nessa noite de carapuço e de jaqueta?...[25]

Mas bruscamente Barrolo, da funda janela, lançou para dentro, para a sala, um brado de pavor.

– Oh! rapazes! Santo Deus! Aí vêm as Lousadas!

João Gouveia saltou do canapé, como num perigo, reabotoando arrebatadamente a sobrecasaca; Gonçalo, atarantado, esbarrou com o Titó e o Barrolo que recuavam, no terror de serem apercebidos através dos vidros largos; até Padre Soeiro, prudente, abandonou o seu recanto, onde corria os óculos pela *Gazeta do Porto*. E todos, de entre a fenda das cortinas, como soldados na fresta de uma cidadela, espreitavam o Largo, que o sol das quatro

A ILUSTRE CASA DE RAMIRES ❧ 151

horas dourava, por sobre os telhados musgosos da cordoaria. Do lado da Rua das Pegas, as duas Lousadas, muito esgalgadas, muito sacudidas, ambas com manteletes curtos de seda preta e vidrilhos, ambas com guarda-sóis de xadrezinho desbotado, avançavam, estirando pelo largo empedrado duas sombras agudas.

As duas manas Lousadas! Secas, escuras e gárrulas[26] como cigarras, desde longos anos, em Oliveira, eram elas as esquadrinhadoras de todas as vidas, as espelhadoras de todas as maledicências, as tecedeiras de todas as intrigas. E na desditosa cidade não existia nódoa, pecha, bule rachado, coração dorido, algibeira arrasada, janela entreaberta, poeira a um canto, vulto a uma esquina, chapéu estreado na missa, bolo encomendado nas Matildes, que os seus quatro olhinhos furantes de azeviche sujo não descortinassem – e que a sua solta língua, entre os dentes ralos, não comentasse com malícia estridente! Delas surdiam todas as cartas anônimas que infestavam o Distrito; as pessoas devotas consideravam como penitências essas visitas, em que elas durante horas galravam, abanando os braços escanifrados; e sempre, por onde elas passassem, ficava latejando um sulco de desconfiança e receio. Mas quem ousaria rechaçar as duas manas Lousadas? Eram filhas do decrépito e venerando general Lousada; eram parentas do Bispo; eram poderosas na poderosa confraria do Senhor dos Passos da Penha. E depois duma castidade tão rígida, tão antiga e tão ressequida, e por elas tão espaventosamente alardeada – que o Marcolino do *Independente* as alcunhara de *Duas Mil Virgens*.

– Não vêm para cá! – trovejou o Titó, com imenso alívio.

Com efeito no meio do Largo, rente à grade que circunda o antigo relógio de sol, as duas manas, paradas, erguiam o bico escuro, farejando e espiando a igrejinha de S. Mateus, onde o sino lançara um repique de batizado.

– Oh, com os diabos, que é para cá!

As Lousadas, decididas, investiam contra o portão dos Cunhais! Então foi um pânico! As gordas pernas do Barrolo,

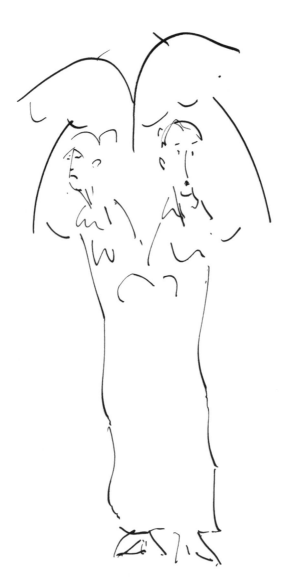

As duas manas Lousadas!...

A ILUSTRE CASA DE RAMIRES 153

fugindo, abalaram, quase derrubaram sobre os contadores, os potes bojudos da Índia. Gonçalo bradava que se escondessem no pomar. Desconcertado, o Gouveia rebuscava com desespero o seu chapéu-coco. Só o Titó, que as abominava e a quem elas chamavam o *Polifemo*[27], retirou com serenidade, abrigando o Padre Soeiro sob o seu braço forte. E já o bando espavorido se arremessara sobre o reposteiro – quando Gracinha apareceu, com um fresco vestido de sedinha cor de morango, sorrindo, pasmada, para o tropel que rolava:

– Que foi? Que foi?...

Um clamor abafado envolveu a doce senhora ameaçada:

– As Lousadas!

– Oh!

Fugidiamente o Titó e João Gouveia apertaram a mão que ela lhes abandonou, esmorecida. A sineta do portão tilintara, temerosa! E a fila acavalada, onde Padre Soeiro rebolava a reboque, enfiou para a livraria que o Barrolo aferrolhou, gritando ainda a Gracinha, com uma inspiração:

– Esconde as sangrias!

Pobre Gracinha! Atarantada, sem tempo de chamar o escudeiro, carregou ela para uma banqueta do corredor, num esforço desesperado, a pesada salva – com que as Lousadas, se a descortinassem, edificariam por sobre a cidade, e mais alta que a Torre de S. Mateus, uma história pavorosa de "vinhaça e bebedeira". Depois, ofegando, relanceou no espelho o penteado. E direita como numa arena, com a temeridade simples e risonha dos antigos Ramires, esperou a arremetida das manas terríveis.

No outro domingo, depois do almoço, Gonçalo acompanhou a irmã a casa da tia Arminda Vilegas, que na véspera, ao tomar (como costumava todos os sábados) o seu banho aos pés, se escaldara e recolhera à cama, apavorada, reclamando uma junta dos cinco cirurgiões de Oliveira. Depois acabou o charuto sob as acácias do Terreiro da Louça, pensando na sua novela abandonada

154 ❧ EÇA DE QUEIRÓS

na Torre durante essas semanas, e no lance famoso do Capítulo II que o tentava e que o assustava – o encontro de Lourenço Ramires com Lopo de Baião, o *Bastardo*, no vale fatal de Canta Pedra. E recolhia aos Cunhais (porque prometera ao Barrolo uma trotada a cavalo, até ao Pinhal de Estevinha, para aproveitar a doçura do domingo enevoado), quando, na rua das Velas, avistou o tabelião Guedes, que saía da confeitaria das Matildes com um grosso embrulho de pastéis. Ligeiramente, o Fidalgo atravessou logo a rua – enquanto o Guedes, da borda do passeio, pesado e barrigudo, na ponta dos botins miudinhos gaspeados de verniz, descobria, numa cortesia imensa, a calva, emplumada ao meio pelo famoso tufo de cabelo grisalho, que lhe valera a alcunha de "Guedes Popa":

– Por quem é, meu caro Guedes, ponha o chapéu! Como está? Sempre fero e moço. Ainda bem!... Falou com o meu Padre Soeiro? O Pereira da Riosa, por fim, só vem à cidade na quarta-feira...

Sim! Sim! O sr. Padre Soeiro passara pelo cartório, para avisar – e ele apresentava os parabéns a Sua Exa. pelo seu novo rendeiro...

– Homem muito competente, o Pereira! Já há vinte anos que o conheço... E olhe V. Exa. a propriedade do Conde de Monte Agra! Ainda me lembro dela, um chavascal; hoje que primor! Só a vinha que ele tem plantado! Homem muito competente... E V. Exa. com demora?

– Dois a três dias... Não se atura este calor de Oliveira. Hoje, felizmente, refrescou. E que há de novo? Como vai a política? O amigo Guedes sempre bom regenerador[28], leal e ardente, hem?

Subitamente o tabelião, com o seu embrulho de doces conchegado ao colete de seda preta, agitou o braço gordo e curto, numa indignação que lhe esbraseou de sangue o pescoço, as orelhas cabeludas, a face rapada, toda a testa até às abas do chapéu branco orlado de fumo negro:

– E quem o não há de ser, sr. Gonçalo Mendes Ramires? Quem o não há de ser?... Pois este último escândalo!

Os risonhos olhos de Gonçalo logo se alargaram, sérios:

O tabelião Guedes... pesado e barrigudo, [...] descobria, numa cortesia imensa, a calva, emplumada ao meio pelo famoso tufo de cabelo grisalho, que lhe valera a alcunha de "Guedes Popa".

156 ∾∾ EÇA DE QUEIRÓS

– Que escândalo?

O tabelião recuou. Pois S. Exa. não sabia da última prepotência do Governador Civil, do sr. André Cavaleiro?

– O quê, caro amigo?...

O Guedes cresceu todo sobre o bico dos botins pequeninos, e bojou, e inchou, para exclamar:

– A transferência do Noronha!... A transferência do desgraçado Noronha!

Mas uma senhora, também obesa, de buço carregado, toda a estalar em ricas e rugidoras sedas de missa, arrastando severamente pela mão um menino que rabujava, parou, fitou o Guedes – porque o digno homem com o seu ventre, o seu embrulho, a sua indignação, atravancava a entrada das Matildes. Apressadamente, o Fidalgo levantou, para ela entrar, o fecho da porta envidraçada. Depois, num alvoroço:

– O amigo Guedes naturalmente vai para casa. É o meu caminho. Andamos e conversamos... Ora essa! Mas o Noronha... Que Noronha?

– O Ricardo Noronha... V. Exa. conhece. O pagador das Obras Públicas!

– Ah! sim, sim... Então transferido? Transferido arbitrariamente?

Na Rua das Brocas por onde desciam, no silêncio e solidão das lojas cerradas, a cólera do Guedes ressoou, mais solta:

– Infamemente, sr. Gonçalo Mendes Ramires, infamissimamente! E para Almodôvar, para os confins do Alentejo! Para uma terra sem recursos, sem distrações, sem famílias!...

Parara, com os doces contra o coração, os olhinhos esbugalhados para o Fidalgo, coriscando. O Noronha! Um empregado trabalhador, honradíssimo! E sem política, absolutamente sem política. Nem dos Históricos, nem dos Regeneradores. Só da família, das três irmãs que sustentava, três flores... E homem estimadíssimo na cidade, cheio de prendas! Um talento imenso para a música!... Ah! o sr. Gonçalo Ramires não sabia? Pois compunha

A Ilustre Casa de Ramires 157

ao piano coisas lindas! Depois precioso para reuniões, para anos. Era ele quem organizava sempre em Oliveira as representações de curiosos...

– Porque, como ensaiador, creia V. Exa. que não há outro, mesmo na capital!... Não há outro! E, zás, de repente, para Almodôvar, para o Inferno, com as irmãs, com os tarecos! Só o piano!... Veja V. Exa. só o transporte do piano!

Gonçalo resplandecia:

– É um belo escândalo. Ora que felicidade esta de o ter encontrado, meu caro Guedes!... E não se sabe o motivo?

De novo caminhavam demoradamente pelo passeio estreito. E o tabelião encolhia os ombros, com amargura. O motivo! Publicamente, como sempre nestas prepotências, o motivo era a conveniência do serviço...

– Mas todos os amigos do Noronha, por toda a cidade, conhecem o verdadeiro motivo... O íntimo, o secreto, o medonho!

– Então?

Guedes relanceou a rua, com prudência. Uma velha atravessava, coxeando, segurando uma bilha. E o tabelião segredou cavamente, junto à face deslumbrada do fidalgo. – É que o sr. André Cavaleiro, esse infame, se encantara com a mais velha das irmãs Noronhas, a D. Adelina, formosíssima rapariga, alta e morena, uma estátua!... E repelido (porque a menina, cheia de juízo, uma pérola, percebera a intenção vilíssima) em quem se vinga, por despeito, o sr. Governador Civil? No pagador! Para Almodôvar com as meninas, com os tarecos!... Era o pagador quem pagava!

– É uma bela maroteira! – murmurou Gonçalo, banhado de gosto e riso.

– E note V. Exa.! – exclamava o Guedes, com a mão gorda a tremer por cima do chapéu. – Note V. Exa. que o pobre Noronha, na sua inocência, tão bom homem, gostando sempre de agradar aos seus chefes, ainda há semanas dedicara ao Cavaleiro uma valsa linda!... A *Mariposa*, uma valsa linda!

Gonçalo não se conteve, esfregou as mãos num triunfo:

– Mas que preciosa maroteira!... E não se tem falado? Esse jornal de oposição, o *Clarim de Oliveira*, nem uma denúncia, nem uma alusão?...

O Guedes pendeu a cabeça, descoroçoado. O sr. Gonçalo Ramires conhecia bem essa gente do *Clarim*... Estilo – e estilo brincado, opulento... Mas para assoalhar, assim num caso gravíssimo como o do Noronha, a verdade bem nua – pouco nervo, nenhuma valentia. E depois o Biscainho, o redator principal, andava a passar sorrateiramente para os Históricos. Ah! O sr. Gonçalo Mendes Ramires não se inteirara? Pois esse torpíssimo Biscainho bolinava. Decerto o Cavaleiro lhe acenara com posta... Além disso, como provar a infâmia? Coisas íntimas, coisas de família. Não se podia apresentar a declaração da D. Adelina, menina virtuosíssima – e com uns olhos!... Ah! se fosse no tempo do Manuel Justino e da *Aurora de Oliveira*!... Esse era homem para estampar logo na primeira página, em letra graúda: "Alerta! que a autoridade superior do Distrito tentou levar a desonra ao seio da família Noronha!..."

– Esse era um homem! Coitado, lá está no cemitério de S. Miguel... E agora, sr. Gonçalo Ramires, o despotismo campeia, desenfreado!

Bufava, arfava, esfalfado daquele fogoso desabafo. Dobraram calados a esquina das Brocas para a bela rua, novamente calçada, da Princesa D. Amélia. E logo na segunda porta, parando, tirando da algibeira o trinco, o Guedes, que ainda resfolegava, ofereceu a S. Exa. para descansar.

– Não, não, obrigado, meu caro amigo. Tive imenso, imenso prazer, em o encontrar... Essa história do Noronha é tremenda!... Mas nada me espanta do sr. Governador Civil. Só me espanta que o não tenham corrido de Oliveira, como ele merece, com pancada e assuada... Enfim, nem toda a gente boa jaz no cemitério de S. Miguel... Até amanhã, meu Guedes. E obrigado!

Da Rua da Princesa D. Amélia até o Largo de El-Rei, Gonçalo correu com o deslumbramento de quem descobrisse um

A Ilustre Casa de Ramires 〰 159

tesouro e o levasse debaixo da capa! E aí levava com efeito o "escândalo, o rico escândalo", que tanto farejara, porque tanto almejara, para desmantelar o sr. Governador Civil na sua fiel cidade de Oliveira, que lhe levantava arcos de buxo! E, por uma mercê de Deus, o "rico escândalo" demoliria também o homem no coração de Gracinha, onde, apesar do antigo ultraje, ele permanecia como um bicho num fruto, esburacando e estragando... E não duvidava da eficácia do escândalo! Toda a cidade se revoltaria contra a autoridade femeeira[29], que oprime, desterra um funcionário admirável – porque a irmã do pobre senhor se recusou à baba dos seus beijos. E Gracinha?...[30] Como resistiria Gracinha àquele desengano – o seu antigo André abrasado pela menina Noronha e por ela repelido com nojo e com mofa? Oh! o escândalo era soberbo! Só restava que estalasse, bem ruidoso, sobre os telhados de Oliveira e sobre o peito de Gracinha, como trovão benéfico que limpa ares corrompidos. E desse trovão, rolando por todo o Norte, se encarregava ele com delícia. Libertava a cidade dum Governador detestável, Gracinha dum sonho errado. E assim, com uma certeira penada, trabalhava *pro patria et pro domo*![31]

Nos Cunhais correu ao quarto do Barrolo, que se vestia trauteando o *Fado dos Ramires*, e gritou através da porta com uma decisão flamejante:

– Não te posso acompanhar à Estevinha. Tenho que escrever urgentemente. E não subas, não me perturbes. Necessito sossego!

Nem atendeu aos protestos desolados com que o Barrolo acudira ao corredor, em ceroulas. Galgou a escada. No seu quarto, depois de despir rapidamente o casaco, de excitar a testa com um borrifo de água-de-colónia, abancou à mesa – onde Gracinha colocava sempre entre flores, para ele trabalhar, o monumental tinteiro de prata que pertencera ao tio Melchior. E sem emperrar, sem rascunhar, num desses soltos fluxos de prosa que brotam da paixão, improvisou uma correspondência rancorosa para a *Gazeta do Porto* contra o sr. Governador Civil. Logo o título fulminava – *Monstruoso atentado*! Sem desvendar o nome da família Noronha, contava miudamente, como um ato certo e por ele testemunhado, "a tentativa viloa e baixa da primeira autoridade do Distrito contra a pudicícia[32], a paz do coração, a honra de uma doce rapariga de dezesseis primaveras!" Depois era a resistência desdenhosa – "que a nobre criança opusera ao D. João[33] administrativo, cujos belos bigodes são o espanto dos povos!" Por fim vinha – "a desforra torpe e sem nome que S. Exa. tomara sobre o zeloso empregado (que é também um talentoso artista), obtendo deste nefasto Governo que fosse transferido, ou antes arrojado, cruelmente exilado, com a família de três delicadas senhoras, para os confins do Reino, para a mais árida e escassa das nossas províncias, por o não poder empacotar para a África no porão sórdido duma fragata!" Lançava ainda alguns rugidos sobre "a agonia política de Portugal". Com pavor triste, recordava os piores tempos do Absolutismo, a inocência soterrada nas masmorras, o prazer desordenado do Príncipe, sendo a expressão única da Lei! E terminava perguntando ao Governo se cobriria este seu agente – "este grotesco Nero que, como outrora o outro, o grande, em Roma, tentava levar a sedução ao seio das famílias melhores, e cometia esses abusos de poder, motivados por lascívias de temperamento, que foram sempre, em todos os séculos e todas as civilizações, a execração do justo!" – E assinava *Juvenal*.

Eram quase seis horas quando desceu à sala, ligeiro e resplandecente. Gracinha martelava o piano, estudando o *Fado dos Ramires*. E Barrolo (que não se arriscara a um passeio solitário) folheava, estendido no canapé, uma famosa *História dos Crimes da Inquisição*, que começara ainda em solteiro.

– Estou a trabalhar desde as duas horas! – exclamou logo Gonçalo, escancarando a janela. – Fiquei derreado. Mas, louvado seja Deus, fiz obra de Justiça... Desta vez o sr. André Cavaleiro vai abaixo do seu cavalo!

A ILUSTRE CASA DE RAMIRES 〜〜 161

Barrolo fechou imediatamente o livro, com o cotovelo nas almofadas, inquieto:

– Houve alguma coisa?

E Gonçalo, plantado diante dele, com um risinho suave, um risinho feroz, remexendo na algibeira o dinheiro e as chaves:

– Oh! quase nada. Uma bagatela. Apenas uma infâmia... Mas para o nosso Governador Civil, infâmias são bagatelas.

Sob os dedos de Gracinha o *Fado dos Ramires* esmoreceu[34], apenas roçado, num murmúrio incerto.

O Barrolo esperava, esgazeado:

– Desembucha!

E Gonçalo desabafou, com estrondo:

– Pois uma maroteira imensa, homem! O Noronha, o pobre Noronha, perseguido, espezinhado, expulso! Com a família... Para o inferno, para o Algarve!

– O Noronha pagador?

– O Noronha pagador. Foi o infeliz pagador que pagou!

E, regaladamente, desenrolou a história lamentável. O sr. André Cavaleiro namoradíssimo, todo em chamas pela irmã mais velha do Noronha. E atacando a rapariga com ramos, cartas, versos, estrupidos cada manhã por diante da janela, a ladear na pileca! Até lhe soltara, ao que parece, uma velha marafona, uma alcoviteira... E a rapariga, um anjo cheio de dignidade, impassível. Nem se revoltava, apenas se ria. Era uma troça em casa das Noronhas, ao chá, com a leitura da versalhada ardente em que ele a tratava de "Ninfa, de estrela da tarde...". Enfim, uma sordidez funambulesca![35]

O pobre *Fado dos Ramires* debandou pelo teclado, num tumulto de gemidos desconcertados e ásperos.

– E eu não ter ouvido nada! – murmurava o Barrolo, assombrado. – Nem no Clube, nem na Arcada...

– Pois, meu amiguinho, quem ouviu, e um famoso estampido, foi o pobre Noronha. Arremessado para o fundo do Alentejo, para um sítio doentio, coalhado de pântanos. É a morte... É uma condenação à morte!

162 ✤ EÇA DE QUEIRÓS

A esta aparição da Morte, surdindo dos pântanos, Barrolo atirou uma palmada ao joelho, desconfiado:

– Mas quem diabo te contou tudo isso?

O Fidalgo da Torre encarou o cunhado com desdém, com piedade:

– Quem me contou!? E quem me contou que D. Sebastião morreu em Alcácer Quibir?... São os fatos. É a História. Toda Oliveira sabe. Por acaso ainda esta manhã o Guedes e eu conversamos sobre o caso. Mas eu já sabia!... E tenho tido pena. Que diabo! Não há crime em se estar apaixonado como o pobre André. Louco, perdido! Até a chorar na Repartição, diante do Secretário-Geral. E a rapariga às gargalhadas!... Agora onde há crime, e horrendo, é na perseguição ao irmão, ao pagador, empregado excelente, dum talento raro... E o dever de todo o homem de bem, que preze a dignidade da Administração e a dignidade dos costumes, é denunciar a infâmia... Eu, pela minha parte, cumpri esse bom dever. E com certo brilho, louvado Deus!

– Que fizeste?

– Enterrei na ilharga do sr. Governador Civil a minha boa pena de Toledo, até à rama!

O Barrolo, impressionado, beliscava a pele do pescoço. O piano emudecera: mas Gracinha não se movia do mocho, com os dedos entorpecidos nas teclas, como esquecida diante da larga folha onde se enfileiravam, na letra apurada do Videirinha, as quadras triunfais dos Ramires. E subitamente Gonçalo sentiu, naquela imobilidade sufocada, o despeito que a trespassava. Sensibilizado, para a libertar, lhe poupar algum soluço, escapando irresistivelmente, correu ao piano, bateu com carinho nos pobres ombros vergados que estremeceram:

– Tu não dás conta desse lindo fado, rapariga! Deixa, que eu cantarolo uma quadra, à boa moda do Videirinha... Mas primeiramente sê um anjo... Grita aí no corredor que me tragam um copo de água bem fresca do Poço Velho.

Ensaiou as teclas, entoou versos, ao acaso, num esforço esganiçado:

Ora na grande batalha,
Quatro Ramires valentes...

Gracinha desaparecera por uma fenda do reposteiro, sem rumor. Então o bom Barrolo, que diante da sua terrina da Índia enrolava um cigarro com pensativo cuidado, correu, desafogou, debruçado sobre Gonçalo, da certeza que lentamente o invadira:

– Pois, menino, sempre te digo... Essa irmã do Noronha é um mulherão soberbo! Mas o que eu não acredito é que ela se fizesse arisca. Com o Cavaleiro, bonito rapaz, Governador Civil?... Não acredito. O Cavaleiro saboreou![36]

E com as bochechas luzidias de admiração:

– Aquele velhaco! Para cavalos e para mulheres, não há outro em Oliveira!

V

A *Gazeta do Porto*, com a correspondência vingadora, devia desabar sobre Oliveira na quarta-feira de manhã, dia dos anos da prima Maria Mendonça. Mas Gonçalo, ainda que não temesse (ressalvado pelo seu pseudônimo de *Juvenal*) uma briga grosseira com o Cavaleiro nas ruas da cidade, nem mesmo com algum dos seus partidários servis e façanhudos, como o Marcolino do *Independente* – recolheu discretamente a Santa Ireneia na terça-feira, a cavalo, acompanhado pelo Barrolo até à Vendinha, onde ambos provaram o vinho branco celebrado pelo Titó. Depois, para recordar os lugares memoráveis em que na sua novela se encontravam, com desastrado choque de armas, Lourenço Ramires e o Bastardo de Baião – tomou o caminho que, atravessando os pomares da espalhada aldeia de Canta Pedra, entronca na estrada dos Bravais.

Num trote folgado passara à Fábrica de Vidros, depois o Cruzeiro sempre coberto pelas pombas que esvoaçam do pombal da fábrica. E entrava no lugar de Nacejas – quando, à janela duma casinha muito limpa, rodeada de parreiras, apareceu uma linda rapariga, morena e fina, com jaquê de pano azul e lenço de cambraieta bordada sobre fartos bandós ondeados. Gonçalo, sopeando a égua, saudou, sorriu suavemente:

– Perdão, minha menina... Vou bem por aqui, para Canta Pedra?

– Vai, sim senhor. Embaixo, à ponte, mete para a direita, para os álamos. E é sempre a seguir...

Gonçalo suspirou, gracejando:

– Antes desejava ficar!

A moça corou. E o Fidalgo ainda se torceu no selim para gozar a fina face morena, entre os dois craveiros da janelinha, na casa tão bem caiada.

Nesse momento, ao lado, duma quelha enramada, desembocava um caçador do campo, de jaleca e barrete[1] vermelho, com a espingarda atravessada nas costas, seguido por dois perdigueiros. Era um latagão[2] airoso, que todo ele, no bater dos sapatões brancos, no menear da cinta enfaixada em seda, no levantar da face clara de suíças louras, transbordava de presunção e pimponice. Num relance surpreendeu o sorriso, a atenção galante do Fidalgo. E estacou, pregando sobre ele, com lenta arrogância, os belos olhos pestanudos. Depois passou desdenhosamente, sem se arredar da égua na ladeira estreita, quase raspando pela perna do Fidalgo o cano da caçadeira. Mas adiante ainda atirou uma tossidela seca e de chasco[3] – com um bater mais petulante dos tacões.

Gonçalo picou a égua, colhido logo por aquele desgraçado temor, aquele desmaiado arrepio da carne, que sempre, ante qualquer risco, qualquer ameaça, o forçava irresistivelmente a encolher, a recuar, a abalar. Embaixo, na ponte, desesperado contra a sua timidez, deteve o trote, espreitou para trás, para a branca casa florida. O mocetão parara, encostado à espingarda, sob a janela onde a rapariga morena se debruçava entre os dois vasos de cravos. E assim, encostado, depois de rir para a moça, acenou ao Fidalgo, num desafio largo, com a cabeça alta, a borla do barrete toda espetada como uma crista flamante.

Gonçalo Mendes Ramires meteu a galope pelo copado caminho de álamos, que acompanha o riacho das Donas. Em Canta

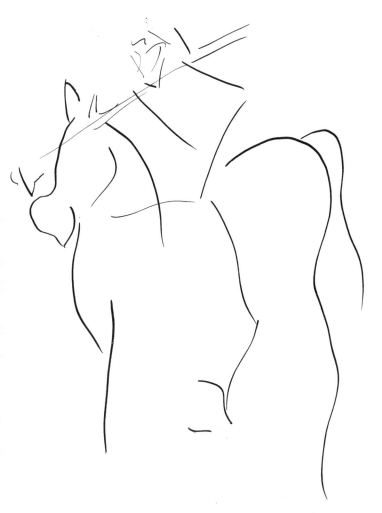

Era um latagão airoso, que todo ele, no bater dos sapatões brancos, no menear da cinta enfaixada em seda, no levantar da face clara de suíças louras, transbordava de presunção e pimponice.

168 ❧❧ EÇA DE QUEIRÓS

Pedra nem se demorou a estudar (como tencionava para proveito da sua novela) o vale, a ribeira espraiada, as ruínas do Mosteiro de Recadães sobre a colina, e no cabeço fronteiro o moinho que assenta sobre as denegridas pedras da antiga e tão falada Honra de Avelãs. De resto o céu, cinzento e abafado desde manhã, entenebrecia para os lados de Craquede e de Vila Clara. Um bafo morno remexeu a folhagem sedenta. E já gotas pesadas se esmagavam na poeira – quando ele, sempre galopando, entrou na estrada dos Bravais.

Na Torre encontrou uma carta do Castanheiro. O Patriota ansiava por saber "se essa *Torre de D. Ramires* se erguia enfim para honra das letras, como a outra, a genuína, se erguera outrora, em séculos mais ditosos, para orgulho das armas..." E acrescentava num pós-escrito – "Planeio imensos cartazes, pregados a cada esquina de cada cidade de Portugal, anunciando em letras de côvado a aparição salvadora dos ANAIS! E, como tenciono prometer neles aos povos a sua preciosa novelazinha, desejo que o amigo Gonçalo me informe se ela tem, à moda de 1830[4], um saboroso subtítulo, como *Episódios do Século XII,* ou *Crônica do Reinado de Afonso II,* ou *Cenas da Meia-Idade Portuguesa...* Eu voto pelo subtítulo. Como o subsolo num edifício, o subtítulo num livro alteia e dá solidez. À obra, pois, meu Ramires, com essa sua imaginação feracíssima!... "

Esta invenção de imensos cartazes, com o seu nome e o título de sua novela em letras de cores estridentes, enchendo cada esquina de Portugal, deleitou o fidalgo[5]. E logo nessa noite, ao rumor da chuva densa que estalava na folhagem dos limoeiros, retomou o seu manuscrito, parado nas primeiras linhas, amplas e sonoras, do Capítulo II...

Através delas, e na frescura da madrugada, Lourenço Mendes Ramires, com o troço de cavaleiros e peonagem da sua mercê, corria sobre Montemor em socorro das senhoras Infantas. Mas, ao penetrar no vale de Canta Pedra, eis que o esforçado filho de Tructesindo avista a mesnada do Bastardo de Baião,

Lourenço Mendes Ramires, com o troço de cavaleiros e peonagem da sua mercê, corria sobre Montemor em socorro das senhoras Infantas.

esperando desde alva (como anunciara Mendo Pais) para tolher a passagem. – E então, nesta sombria novela de sangue e homizios[6], brotava inesperadamente, como uma rosa na fenda dum bastião, um lance de amor, que o tio Duarte cantara no *Bardo* com dolente elegância.

Lopo de Baião, cuja beleza loura de fidalgo godo era tão celebrada por toda a terra de Entre Minho e Douro, que lhe chamavam o *Claro Sol*, amara arrebatadamente D. Violante, a filha mais nova de Tructesindo Ramires. Em dia de S. João, no solar de Lanhoso, onde se celebravam lides de touros e jogos de tavolagem, conhecera ele a donzela esplêndida, que o tio Duarte, no seu poemeto, louvava com deslumbrado encanto:

> Que líquido fulgor dos negros olhos!
> Que fartas tranças de lustroso ébano!

E ela, certamente, rendera também o coração àquele moço resplandecente de cor de oiro, que, nessa tarde de festa, arremessando o rojão contra os touros, ganhara duas faixas bordadas pela nobre Dona de Lanhoso – e à noite, no sarau, se requebrara com tão repicado garbo, na dança dos Marchatins... Mas Lopo era bastardo[7], dessa raça de Baião, inimiga dos Ramires por velhíssimas brigas de terras e precedências desde o conde D. Henrique[8] – ainda assanhadas depois, durante as contendas de D. Teresa e de Afonso Henriques, quando na cúria dos Barões, em Guimarães, Mendo de Baião, bandeado com o Conde de Trava, e Ramires o *Cortador*, colaço do moço Infante, se arrojaram às faces os guantes ferrados. E, fiel ao ódio secular, Tructesindo Ramires recusara com áspera arrogância a mão de Violante ao mais velho dos de Baião, um dos valentes de Silves, que pelo Natal, na Alcáçova de Santa Ireneia, lha pedira para Lopo, seu sobrinho, o *Claro Sol*, oferecendo avenças quase submissas de aliança e doce paz. Este ultraje revoltara o solar de Baião – que se honrava em Lopo, apesar de bastardo, pelo lustre da sua bravura e graça

A Ilustre Casa de Ramires 171

galante. E então Lopo, ferido doridamente no seu coração, mais furiosamente no seu orgulho, para fartar o esfaimado desejo, para infamar o claro nome dos Ramires – tentou raptar D. Violante. Era na primavera, com todas as veigas do Mondego já verdes. A donosa senhora, entre alguns escudeiros da Honra e parentes, jornadeava de Treixedo ao Mosteiro de Lorvão, onde sua tia D. Branca era abadessa... Languidamente, no *Bardo,* descantara o tio Duarte o romântico lance:

> Junto à fonte mourisca, entre os ulmeiros,
> A cavalgadura para...

E junto aos ulmeiros[9] da fonte surgira o *Claro Sol* – que, com os seus, espreitava dum cabeço! Mas, logo no começo da curta briga, um primo de D. Violante, o agigantado senhor dos Paços de Avelim, o desarmou, o manteve um momento ajoelhado sob o lampejo e gume da sua adaga. E com vida perdoada, rugindo de surda raiva, o Bastardo abalou entre os poucos solarengos que o acompanhavam nesta afoita arremetida. Desde então mais fero ardera o rancor entre os de Baião e os Ramires. E eis agora, nesse começo da Guerra das Infantas, os dois inimigos rosto a rosto no vale estreito de Canta Pedra! Lopo, com um bando de trinta lanças e mais de cem besteiros da hoste real. Lourenço Mendes Ramires com quinze cavaleiros e noventa homens de pé do seu pendão.

Agosto findava: e o demorado estio amarelecera toda a relva, as pastagens famosas do vale, até a folhagem de amieiros e freixos pela beira do riacho das Donas que se arrastava entre as pedras lustrosas, em fios escassos, com dormido murmúrio. Sobre um outeiro, dos lados de Ramilde, avultava, entre possantes ruínas eriçadas de sarças, a denegrida *Torre Redonda,* resto da velha Honra de Avelãs, incendiada durante as cruas rixas dos de Salzedas e dos de Landim, e agora habitada pela alma gemente de Guiomar de Landim, a *Mal-casada.* No cabeço fronteiro e

172 ∞∞ ECA DE QUEIRÓS

mais alto, dominando o vale, o Mosteiro de Recadães estendia as suas cantarias novas, com o forte torreão, asseteado como o duma fortaleza – de onde os monges se debruçavam, espreitando, inquietos com aquele coriscar de armas que desde alva enchia o vale. E o mesmo temor acossara as aldeias chegadas – porque, sobre a crista das colinas, se apressavam para o santo e murado refúgio do convento gentes com trouxas, carros toldados, magras filas de gados.

Ao avistar tão rijo troço de cavaleiros e peões, espalhado até à beira do riacho por entre a sombra dos freixos, Lourenço Ramires sofreou, susteve a leva, junto dum montão de pedras onde apodrecia, encravada, uma tosca cruz de pau. E o seu esculca[10], que largara rédeas soltas, estirado sob o escudo de couro, para reconhecer a mesnada – logo voltou, sem que frecha ou pedra de funda o colhessem, gritando:

– São homens de Baião e da hoste real!

Tolhida pois a passagem! E em que desigualado recontro! Mas o denodado[11] Ramires não duvidou avançar, travar peleja. Sozinho que assomasse ao vale, com uma quebradiça lança de monte, arremeteria contra todo o arraial do Bastardo... – No entanto já o adail de Baião se adiantara, curveteando no rosilho magro, com a espada atravessadia por cima do morrião que penas de garça emplumavam. E pregoava, atroava o vale com o rouco pregão:

– Deter, deter! que não há passagem! E o nobre senhor de Baião, em recado de El-Rei e por mercê de Sua Senhoria, vos guarda vidas salvas se volverdes costas sem rumor e tardança!

Lourenço Ramires gritou:

– A ele, besteiros!

Os virotes[12] assobiaram. Toda a curta ala dos cavaleiros de Santa Ireneia tropeou para dentro do vale, de lanças ristadas. E o filho de Tructesindo, erguido nos estribões de ferro, debaixo do pano solto do seu pendão que apressadamente o alferes sacara da funda, descerrou a viseira do casco para que lhe mirassem bem a face destemida, e lançou ao Bastardo injúrias de furioso orgulho:

– Chama outros tantos dos vilões que te seguem que, por sobre eles e por sobre ti, chegarei esta noite a Montemor!

E o Bastardo, no seu fouveiro[13], que uma rede de malha cobria, toda acairelada de oiro, atirava a mão calçada de ferro, clamava:

– Para trás, de onde vieste, voltarás, burlão traidor, se eu por mercê mandar a teu pai o teu corpo numas andas![14]

Estes feros desafios rolavam em versos serenamente compassados no poemeto do tio Duarte. E depois de os reforçar, Gonçalo Mendes Ramires (sentindo a alma enfunada pelo heroísmo da sua raça, como por um vento que sopra de funda campina) arrojou um contra o outro os dois bandos valorosos. Grande briga, grande grita...

– Ala! Ala!

– Rompe! Rompe!

– Cerra por Baião!

– Casca pelos Ramires!

Através da grossa poeirada e do alevanto zunem os garruchões, as rudes balas de barro despedidas das fundas. Almogavres de Santa Ireneia, almogavres da hoste real, em turmas ligeiras, carregam, topam, com baralhado arremesso de ascumas que se partem, de dardos que se cravam; e ambas logo refogem, refluem – enquanto, no chão revolto, algum malferido estrebucha aos urros, e os atordoados cambaleando buscam, sob o abrigo do arvoredo, a fresquidão do riacho. Ao meio, no embate mais nobre da peleja, por cima dos corcéis que se empinam, arfando ao peso das coberturas de malha, as lisas pranchas dos montantes lampejam, retinem, embebidas nas chapas de broquéis[15]: – e já, dos altos arções de couro vermelho, desaba algum hirto e chapeado senhor, com um baque de ferragens sobre a terra mole. Cavaleiros e infanções, porém, como num torneio, apenas terçam lanças para se derribarem, abolados os arneses[16], com clamores de excitada ufania; e sobre a vilanagem contrária, em quem cevam o furor da matança, se abatem os seus espadões, se despenham as suas achas, esmigalhando os cascos de ferro como bilhas de greda.

Por entre a peonagem de Baião e da hoste real, Lourenço Ramires avança mais levemente que ceifeiro apressado entre erva tenra. A cada arranque do seu rijo morzelo, alagado de espuma, que sacode furiosamente a testeira rastrada – sempre, entre pragas ou gritos por *Jesus*! um peito verga trespassado, braços se retorcem em agonia. Todo o seu afã era chocar armas com Lopo. Mas o Bastardo, tão arremessado e afrontador em combate, não se arredara nessa manhã da lomba do outeiro, onde uma fila de lanças o guardava, como uma estacada; e com brados, não com golpes, aquentava a lide! No ardor desesperado de romper a viva cerca, Lourenço gastava as forças, berrando roucamente pelo Bastardo, com os duros ultrajes de *churdo!* e *marrano!*[17] Já de entre a trama falseada do camalho lhe borbulhavam do ombro, pela loriga, fios lentos de sangue. Um lanço de virotão, que lhe partira as charneiras da greva esquerda, fendera a perna de onde mais sangue brotava, ensopando o forro de estopa[18]. Depois, varado por uma frecha na anca, o seu grande ginete abateu, rolou, estalando no escoucear as cilhas pregueadas. E, desembrulhado dos loros com um salto, Lourenço Ramires encontrou em roda uma sebe eriçada de espadas e chuços, que o cerraram – enquanto do outeiro, debruçado na sela, o Bastardo bramava:

– Tende! tende! para que o colhais às mãos!

Trepando por cima de corpos, que se estorcem sob os seus sapatos de ferro, o valente moço arremete, a golpes arquejados, contra as pontas luzentes que recuam, se furtam... E, triunfantes, redobram os gritos de Lopo de Baião:

– Vivo, vivo! tomade-lo vivo!

– Não, se me restar alma, vilão! – rugia Lourenço.

E mais raivosamente investia, quando um calhau[19] agudo lhe acertou no braço – que logo amorteceu, pendeu, com a espada arrastando, presa ainda ao punho pelo grilhão, mas sem mais servir que uma roca. Num relance ficou agarrado por peões que

A Ilustre Casa de Ramires 175

lhe filavam a gorja[20], enquanto outros com varadas de ascuma lhe vergavam as pernas retesadas. Tombou por fim direito como um madeiro; – e nas cordas com que logo o amarraram, jazeu hirto, sem elmo, sem cervilheira, os olhos duramente cerrados, os cabelos presos numa pasta de poeira e de sangue.

Eis pois cativo Lourenço Ramires! E, diante das andas feitas de ramos e franças de faias em que o estenderam, depois de o borrifarem à pressa com a água fresca do riacho, – o Bastardo, limpando às costas da mão o suor que lhe escorria pela face formosa, pelas barbas douradas, murmurava, comovido:

– Ah! Lourenço, Lourenço, grande dor, que bem pudéramos ser irmãos e amigos!

Assim, ajudado pelo tio Duarte, por Walter Scott, por notícias do *Panorama,* compusera Gonçalo a mal-aventurada lide de Canta Pedra. E com este desabafo de Lopo, onde perpassava a mágoa do amor vedado, fechou o Capítulo II, sobre que labutara três dias – tão embrenhadamente que em torno o Mundo como que se calara e se fundira em penumbra.

Uma girândola de foguetes estourou, ao longe, para o lado dos Bravais, onde no domingo se fazia a romaria celebrada da Senhora das Candeias. Depois da chuva daqueles três dias, uma frescura descia do céu, amaciado e lavado sobre os campos mais verdes. E como ainda restava meia hora farta antes de jantar, o Fidalgo agarrou o chapéu, e mesmo na sua velha quinzena de trabalho, com uma bengalinha de cana, desceu à estrada, tomou pelo caminho que se estreita entre o muro da Torre e as terras de centeio onde assentavam no século XII as barbacãs da Honra de Santa Ireneia.

Pela silenciosa vereda, ainda úmida, Gonçalo pensava nos seus avós formidáveis. Como eles ressurgiam, na sua novela, sólidos e ressoantes! E realmente uma compreensão tão segura daquelas almas Afonsinas mostrava que a sua alma conservava o mesmo quilate e saíra do mesmo rico bloco de oiro. Porque um coração mole, ou degenerado, não saberia narrar corações tão fortes, de eras tão fortes: – e nunca o bom Manuel Duarte ou o Barrolo excelente entenderiam, bastante para lhes reconstruir os altos espíritos, Martim de Freitas ou Afonso de Albuquerque... Nesta fina verdade desejaria ele que os críticos insistissem ao estudar depois a *Torre de D. Ramires* – pois que o Castanheiro lhe assegurara artigos consideráveis nas *Novidades* e na *Manhã*. Sim! eis o que convinha marcar com relevo (e ele o lembraria ao Castanheiro!) – que os Ricos-Homens de Santa Ireneia reviviam no seu neto, senão pela continuação heroica das mesmas façanhas, pela mesma alevantada compreensão do heroísmo...[21] Que diabo! sob o reinado do horrendo S. Fulgêncio, ele não podia desmantelar o solar de Baião, desmantelado há seiscentos anos por seu avô Leonel Ramires – nem retomar aos Mouros essa torreada Monforte, onde o Antoninho Moreno era o lânguido Governador Civil! Mas sentia a grandeza e o préstimo histórico desse arrojo, que outrora impelia os seus a arrasar solares rivais, a escalar vilas mouriscas; ressuscitava pelo Saber e pela Arte, arrojava para a vida ambiente, esses varões temerosos, com os seus corações, os seus trajes, as suas imensas cutiladas, as suas bravatas sublimes; dentro do espírito e das expressões do seu século era pois um bom Ramires – um Ramires de nobres energias, não façanhudas, mas intelectuais[22], como competia numa idade de intelectual descanso. E os jornais, que tanto motejam a decadência dos fidalgos de Portugal, deveriam em justiça afirmar (e ele o lembraria ao Castanheiro!): – "Eis aí um, e o maior, que, com as formas e os modos do seu tempo, continua e honra a sua raça!"

Através destes pensamentos, que mais lhe enrijavam as passadas sobre chão tão calcado pelos seus – o Fidalgo da Torre chegara à esquina do muro da quinta, onde uma ladeirenta e apertada azinhaga[23] a divide do pinheiral e da mata. Do portão nobre, que outrora se erguera nesse recanto com lavores e brasão de armas, restam apenas os dois umbrais de granito, amarelados de musgo, cerrados contra o gado por uma cancela de tábuas mal pregadas, carcomidas da chuva e dos anos. E nesse momento, da azinhaga funda, apagada em sombra, subia chiando, carregado de mato, um carro de bois, que uma linda boieirinha guiava.

– Nosso Senhor lhe dê muito boas-tardes!

– Boas-tardes, florzinha!

O carro lento passou. E logo atrás surdiu um homem, esgrouviado e escuro, trazendo ao ombro o cajado, de onde pendia um molho de cordas.

O Fidalgo da Torre reconheceu o José Casco dos Bravais. E seguia, como desatento, pela orla do pinheiral, assobiando, raspando com a bengalinha as silvas floridas do valado. O outro, porém, estugou[24] o passo esgalgado, lançou duramente, no silêncio do arvoredo e da tarde, o nome do Fidalgo. Então, com um pulo do coração, Gonçalo Mendes Ramires parou, forçando um sorriso afável:

– Olá! É você, José! Então que temos?

O Casco engasgara, com as costelas a arfar sob a encardida camisa de trabalho. Por fim, desenfiando das cordas o marmeleiro que cravou no chão pela choupa:

– Temos que eu falei sempre claro com o Fidalgo, e não era para que depois me faltasse à palavra!

Gonçalo Ramires levantou a cabeça com uma dignidade lenta e custosa – como se levantasse uma maça[25] de ferro:

– Que está você a dizer, Casco? Faltar à palavra! em que lhe faltei eu à palavra?... Por causa do arrendamento da Torre? Essa é nova! Então houve por acaso escritura assinada entre nós? Você não voltou, não apareceu...

O Casco emudecera, assombrado. Depois, com uma cólera em que lhe tremiam os beiços brancos, lhe tremiam as secas mãos cabeludas, fincadas ao cabo do varapau:

– Se houvesse papel assinado, o Fidalgo não podia recuar! ... Mas era como se houvesse, para gente de bem!... Até V. Sa. disse, quando eu aceitei: "viva! está tratado!..." O Fidalgo deu a sua palavra!

Gonçalo, enfiado, aparentou a paciência dum senhor benévolo:

– Escute, José Casco. Aqui não é lugar, na estrada. Se quer conversar comigo, apareça na Torre. Eu lá estou sempre, como você sabe, de manhã... Vá amanhã, não me incomoda.

E endireitava para o pinhal, com as pernas moles, um suor arrepiado na espinha – quando o Casco, num rodeio, num salto leve, atrevidamente se lhe plantou diante, atravessando o cajado:

– O Fidalgo há de dizer aqui mesmo! O Fidalgo deu a sua palavra!... A mim não se me fazem dessas desfeitas... O Fidalgo deu a sua palavra!

Gonçalo relanceou esgazeadamente em redor, na ânsia dum socorro. Só o cercava solidão, arvoredo cerrado. Na estrada, apenas clara sob um resto de tarde, o carro de lenha, ao longe, chiava, mais vago. As ramas altas dos pinheiros gemiam com um gemer dormente e remoto. Entre os troncos já se adensava sombra e névoa. Então, estarrecido, Gonçalo tentou um refúgio na ideia de Justiça e de Lei, que aterra os homens do campo. E como amigo que aconselha um amigo, com brandura, os beiços ressequidos e trêmulos:

– Escute, Casco, escute, homem! As coisas não se arranjam assim, a gritar. Pode haver desgosto, aparecer o regedor. Depois é o tribunal, é a cadeia. E você tem mulher, tem filhos pequenos... Escute! Se descobriu motivo para se queixar, vá à Torre, conversamos. Pacatamente tudo se esclarece, homem... Com berros, não! Vem o cabo, vem a enxovia...[26]

Então de repente o Casco cresceu todo, no solitário caminho, negro e alto como um pinheiro, num furor que lhe esbugalhava os olhos esbraseados, quase sangrentos:

– Pois o Fidalgo ainda me ameaça com a justiça!... Pois ainda por cima de me fazer a maroteira, me ameaça com a cadeia!... Então, com os diabos! primeiro que entre na cadeia lhe hei de eu esmigalhar esses ossos!...

– Escute, José Casco. Aqui não é lugar, na estrada. Se quer conversar comigo, apareça na Torre...

180 ᴄᴇᴏ EÇA DE QUEIRÓS

Erguera o cajado... – Mas, num lampejo de razão e respeito, ainda gritou, com a cabeça a tremer para trás, através dos dentes cerrados:

– Fuja, Fidalgo, que me perco!... Fuja que o mato e me perco!

Gonçalo Mendes Ramires correu à cancela entalada nos velhos umbrais de granito, pulou por sobre as tábuas mal pregadas, enfiou pela latada que orla o muro, numa carreira furiosa de lebre acossada![27] Ao fim da vinha, junto aos milheirais, uma figueira brava, densa em folha, alastrara dentro dum espigueiro de granito destelhado e desusado. Nesse esconderijo de rama e pedra se alapou o Fidalgo da Torre, arquejando. O crepúsculo descera sobre os campos – e com ele uma serenidade em que adormeciam frondes e relvas. Afoitado pelo silêncio, pelo sossego, Gonçalo abandonou o cerrado abrigo, recomeçou a correr, num correr manso, na ponta das botas brancas, sobre o chão mole das chuvadas, até ao muro da Mãe-d'Água. De novo estacou, esfalfado. E julgando entrever, longe, à orla do arvoredo, uma mancha clara, algum jornaleiro em mangas de camisa, atirou um berro ansioso: – "Oh! Ricardo! Oh! Manuel! Eh lá! alguém! Vai aí alguém?..." – A mancha indecisa fundira na indecisa folhagem. Uma rã pinchou num regueiro. Estremecendo, Gonçalo retomou a carreira até ao canto do pomar – onde encontrou fechada uma porta, velha porta mal segura, que abanava nos gonzos ferrugentos. Furioso, atirou contra ela os ombros, que o terror enrijara como trancas. Duas tábuas cederam, ele furou através, esgaçando a quinzena num prego. – E respirou enfim no agasalho do pomar murado, diante das varandas da casa abertas à frescura da tarde, junto da Torre, da sua Torre, negra e de mil anos, mais negra e como mais carregada de anos contra a macia claridade da lua nova que subia.

Com o chapéu na mão, enxugando o suor, entrou na horta, costeou o feijoal. E agora subitamente sentia uma cólera amarga pelo desamparo em que se encontrara, numa quinta tão povoada, enxameando de gentes e dependentes! Nem um caseiro, nem um

A ILUSTRE CASA DE RAMIRES 181

jornaleiro, quando ele gritara, tão aflito, da borda da Mãe-d'Água! De cinco criados nenhum acudira, – e ele perdido, ali, a uma pedrada da eira e da abegoaria![28] Pois que dois homens corressem com paus ou enxadas – e ainda colhiam o Casco na estrada, o malhavam como uma espiga.

Ao pé do galinheiro, sentindo uma risada fina de rapariga, atravessou o pátio para a porta alumiada da cozinha. Dois moços da horta, a filha da Crispola, Rosa, tagarelavam, regaladamente sentados num banco de pedra, sob a fresca escuridão da latada. Dentro o lume estralejava – e a panela do caldo, fervendo, rescendia. Toda a cólera do Fidalgo rompeu:

– Então, que sarau é este? Vocês não me ouviram chamar?... Pois encontrei lá embaixo, ao pé do pinheiral, um bêbedo, que me não conheceu, veio para mim *com uma foice!*...[29] Felizmente levava a bengala. E chamo, grito... Qual! Tudo aqui de palestra, e a ceia a cozer! Que desaforo! Outra vez que suceda, todos para a rua... E quem resmungar, a cacete!

A sua face chamejava, alta e valente. A pequena da Crispola logo se escapulira, encolhida, para o recanto da cozinha, para trás da masseira. Os dois moços, erguidos, vergavam como duas espigas sob um grande vento. E enquanto a Rosa, aterrada, se benzia, se derretia em lamentações sobre "desgraças que assim se armam!" – Gonçalo, deleitado pela submissão dos dois homens, ambos tão rijos, com tão grossos varapaus encostados à parede, amansava:

– Realmente! sois todos surdos, nesta pobre casa!... Além disso a porta do pomar fechada! Tive de lhe atirar um empurrão. Ficou em pedaços.

Então um dos moços, o mais alentado, ruivo, com um queixo de cavalo, pensando que o Fidalgo censurava a frouxidão da porta pouco cuidada, coçou a cabeça, numa desculpa:

– Pois, com perdão do Fidalgo!... Mas já depois da saída do Relho se lhe pôs uma travessa e fechadura nova... E valente!

– Qual fechadura! – gritou o Fidalgo soberbamente. – Despedacei a fechadura, despedacei a travessa... Tudo em estilhas!

182 EÇA DE QUEIRÓS

O outro moço, mais desembaraçado e esperto, riu, para agradar:

– Santo nome de Deus!... Então, é que o Fidalgo lhe atirou com força!

E o companheiro, convencido, espetando o queixo enorme:

– Mas que força! a matar! Que a porta era rija... E fechadura nova, já depois do Relho!

A certeza da sua força, louvada por aqueles fortes, reconfortou inteiramente o Fidalgo da Torre, já brando, quase paternal:

– Graças a Deus, para arrombar uma porta, mesmo nova, não me falta força. O que eu não podia, por decência, era arrastar aí por essas estradas um bêbedo com uma foice até casa do Regedor... Foi para isso que chamei, que gritei. Para que vocês o agarrassem, o levassem ao Regedor!... Bem, acabou. Oh! Rosa, dê a estes rapazes, para a ceia, mais uma caneca de vinho... A ver se para a outra vez se afoitam, se aparecem...

Era agora como um antigo senhor, um Ramires de outros séculos, justo e avisado, que repreende uma fraqueza dos seus solarengos – e logo perdoa por conta e amor das façanhas próximas. Depois, com a bengala ao ombro, como uma lança, subiu pela lôbrega escada da cozinha. E em cima, no quarto, apenas o Bento entrara para o vestir, recomeçou a sua epopeia, mais carregada, mais terrífica – assombrando o sensível homem, estacado rente da cômoda, sem mesmo pousar a infusa de água quente, as botas envernizadas, a braçada de toalhas que o ajoujavam... O Casco! O José Casco dos Bravais, bêbedo, rompendo para ele, sem o conhecer, com uma foice enorme, a berrar – "Morra, que é marrão!..." E ele na estrada, diante do bruto, de bengalinha! Mas atira um salto, a foiçada resvala sobre um tronco de pinheiro... Então arremete desabaladamente, brandindo a bengala, gritando pelo Ricardo e pelo Manuel, como se ambos o escoltassem – e ataranta o Casco, que recua, se some pela azinhaga, a cambalear, a grunhir...

– Hem, que te parece? Se não é a minha audácia, o homem positivamente me ferra um *tiro de espingarda*![30]

O Bento, que quase se babava, com o jarro esquecido a pingar no tapete, pestanejou, confuso, mais atônito:

– Mas o sr. Doutor disse que era uma foice!

Gonçalo bateu o pé, impaciente:

– Correu para mim com uma foice. Mas vinha atrás do carro... E no carro trazia uma espingarda. O Casco é caçador, anda sempre de espingarda... Enfim estou aqui vivo, na Torre, por mercê de Deus. E também porque, felizmente, nestes casos, não me falta decisão!

E apressou o Bento – porque, com o abalo, o esforço, positivamente lhe tremiam as pernas de cansaço e de fome... Além da sede!

– Sobretudo sede! Esse vinho que venha bem fresco... Do verde e do alvarelhão, para misturar.

O Bento, com um trêmulo suspiro da emoção atravessada, enchera a bacia, estendia as toalhas. Depois, gravemente:

– Pois, sr. Doutor, temos esse andaço nos sítios! Foi o mesmo que sucedeu ao sr. Sanches Lucena, na *Feitosa*...

– Como, ao sr. Sanches Lucena?

O Bento desenrolou então uma tremenda história trazida à Torre, durante a estada do sr. Doutor em Oliveira, pelo cunhado da Crispola, o Rui carpinteiro, que trabalhava nas obras da *Feitosa*. O sr. Sanches Lucena descera uma tarde, ao lusco-fusco, à porta do mirante, quando passam na estrada dois jornaleiros, bêbedos ou facínoras, que implicam com o excelente senhor. E chufas, risinhos, momices... O sr. Sanches, com paciência, aconselhou os homens que seguissem, não se desmandassem. De repente um deles, um rapazola, sacode a jaqueta do ombro, ergue o cajado! Felizmente o companheiro, que se afirmara, ainda gritou: – "Ai! rapaz, que ele é o nosso deputado". O rapazola abalou, espavorido. O outro até se atirou de joelhos diante do sr. Sanches Lucena... Mas o pobre senhor, com o abalo, recolheu à cama!

Gonçalo acompanhara a história, secando vagarosamente as mãos à toalha, impressionado:

184 **EÇA DE QUEIRÓS**

– Quando foi isso?

– Pois disse ao sr. Doutor... Quando o sr. Doutor estava em Oliveira. Um dia antes ou um dia depois dos anos da sra. D. Graça.

O Fidalgo arremessou a toalha, limpou pensativamente as unhas. Depois com um risinho incerto e leve:

– Enfim, sempre serviu de alguma coisa ao Sanches Lucena ser deputado por Vila Clara...

E já vestido, abastecendo a charuteira (porque resolvera passar a noite na vila, a desabafar com o Gouveia) – de novo se voltou para o Bento, que arrumava a roupa:

– Então o bêbedo, quando o outro lhe gritou "Ai, que é o nosso deputado", caiu em si, fugiu, hem?... Ora vê tu! Ainda vale ser deputado! Ainda inspira respeito, homem! Pelo menos inspira mais respeito que descender dos reis de Leão!... Paciência, toca a jantar.

Durante o jantar, misturando copiosamente o verde e o alvarelhão, Gonçalo não cessou de ruminar a ousadia do Casco. Pela primeira vez, na história de Santa Ireneia, um lavrador daquelas aldeias, crescidas à sombra da Casa ilustre, por tantos séculos senhora em monte e vale, ultrajava um Ramires! E brutalmente, alçando o cajado, diante dos muros da quinta histórica!... Contava seu pai que, em vida do bisavô Inácio, ainda desde Ramilde até Corinde, os homens dobravam o joelho nos caminhos quando passava o senhor da Torre. E agora levantavam a foice!... E por quê? Porque ele não se desfalcara submissamente das suas rendas, em proveito dum façanhudo! – Em tempos do avô Tructesindo, vilão de tal atentado assaria, como porco-montês, numa ruidosa fogueira, diante das barbacãs da Honra. Ainda em dias do bisavô Inácio apodreceria numa masmorra. E o Casco não podia escapar sem castigo. A impunidade só lhe incharia a audácia; e assomado, rancoroso, noutro encontro, sem mais falas, desfechava a caçadeira. Oh! não lhe desejava um mal durável, coitado, com dois filhos pequeninos – um que mamava. Mas que o arrastassem à

A ILUSTRE CASA DE RAMIRES ❧ 185

Administração, algemado, entre dois cabos-de-polícia – e que na triste saleta, de onde se avistam as grades da cadeia, apanhasse uma repreensão tremenda do Gouveia, do Gouveia muito seco, muito esticado na sobrecasaca negra... Assim se devia resguardar, por meios tortuosos – pois que não era deputado, e que, com o seu talento, o seu nome, essa espantosa linhagem de avós que edificara o Reino carecia o prestígio dum Sanches Lucena, o precioso prestígio que suspende no ar os varapaus atrevidos!

Apenas findou o café, mandou pelo Bento avisar os dois moços da horta, o Ricardo e o outro de queixo de cavalo, que o esperassem no pátio, armados. Porque na Torre ainda sobrevivia uma "sala de armas" – cacifro[31] tenebroso, junto ao arquivo, onde se amontoavam peças aboladas de armaduras, um lorigão de malha, um broquel mourisco, alabardas, espadões, polvorinhos, bacamartes de 1820, e entre esta poeirenta ferralhagem negra três espingardas limpas com que os moços da quinta, na romaria de S. Gonçalo, atiravam descargas em louvor do Santo.

Depois, ele, encafuou o revólver na algibeira, desenterrou do armário do corredor um velho bengalão de cabo de chumbo entrançado, agarrou um apito. E assim precavido, aquecido pelo verde e pelo alvarelhão, com os dois criados de caçadeira ao ombro, importantes e tesos, partiu para Vila Clara, procurar o sr. Administrador do Concelho. A noite envolvia os campos em sossego e frescura. A lua nova, que limpara o tempo, roçava a crista dos outeiros de Valverde, como a roda lustrosa dum carro de oiro. No silêncio os rijos sapatões pregueados dos dois jornaleiros ressoavam em cadência. E Gonçalo adiante, de charuto flamante, gozava aquela marcha, em que de novo um Ramires trilhava os caminhos de Santa Ireneia, com homens da sua mercê e solarengos[32] armados.

Ao começo da vila, porém, recolheu discretamente a escolta na taberna da Serena; e ele cortou para o Mercado da Erva, para a Tabacaria do Simões, onde o Gouveia, àquela hora, antes da partida da Assembleia, costumava pousar, comprar uma caixa de fósforos, considerar pensativamente na vidraça as cautelas da lotaria. Mas

186 EÇA DE QUEIRÓS

nessa noite o sr. Administrador faltara ao Simões costumado. Largou então para a Assembleia; e logo embaixo, no bilhar, um sujeito calvo, que contemplava as carambolas solitárias do marcador, espapado na bancada, de colete desabotoado, mascando um palito – informou o Fidalgo da doença do amigo Gouveia:

– Coisa leve, inflamação de garganta... V. Exa. decerto o encontra em casa. Não arreda do quarto desde domingo.

Outro cavalheiro, porém, que remexia o seu café à esquina duma mesa atulhada de garrafas de licor, afiançou que o sr. Administrador já espairecera nessa tarde. Ainda pelas cinco horas ele o encontrara na Amoreira, com o pescoço atabafado numa manta de lã.

Gonçalo, impaciente, abalou para a Calçadinha. E atravessava o Largo do Chafariz, quando descortinou o desejado Gouveia, à porta muito alumiada da loja de panos do Ramos, conversando com um homenzarrão de forte barba retinta e de guarda-pó alvadio.

E foi o Gouveia, que, de dedo espetado, investiu para Gonçalo:

– Então, já sabe?

– O quê?

– Pois não sabe, homem?... Lucena!

– O quê?

– Morreu!

O Fidalgo embasbacou para o Administrador, depois para o outro cavalheiro, que repuxava na mão enorme, com um esforço inchado, uma luva preta apertada e curta.

– Santo Deus!... Quando?

– Esta madrugada. De repente. "Angina pectoris"[33], não sei quê no coração... De repente, na cama.

E ambos se consideraram, em silêncio, no espanto renovado daquela morte que impressionava Vila Clara. Por fim Gonçalo:

– E eu ainda há bocado, na Torre, a falar dele! E, coitado, como sempre, com pouca admiração...

– E eu! – exclamou o Gouveia. – Eu, que ainda ontem lhe escrevi!... E uma carta comprida, por causa dum empenho do Manuel Duarte... – Foi o cadáver que recebeu a carta.

– Boa piada! – rosnou o sujeito obeso, que se debatia ferrenhamente contra a luva. – O cadáver recebeu a carta... Boa piada!

O Fidalgo torcia o bigode, pensativo:

– Ora, ora... E que idade tinha ele?

O Gouveia sempre o imaginara um completo velho, de setenta invernos. Pois não! apenas sessenta, em dezembro. Mas consumido, arrasado. Casara tarde, com fêmea forte...

– E aí temos a bela D. Ana, viúva aos vinte e oito anos, sem filhos, naturalmente herdeira, com o seu mealheiro[34] de duzentos contos... Talvez mais!

– Boa maquia![35] – roncou de novo o opado homem que enfiara a luva, e agora gemia, com as veias túmidas, para lhe apertar o colchete.

Aquele cavalheiro constrangia o Fidalgo – ansioso por desafogar com o Gouveia sobre "a vacatura política", assim inesperadamente aberta, no círculo de Vila Clara, pela brusca desaparição do chefe tradicional. E não se conteve, puxou o Administrador, pelo botão da sobrecasaca, para a sombra favorável da parede:

– Oh! Gouveia! então agora, hem?... Temos eleição suplementar... Quem virá pelo círculo?[36]

E o Administrador, muito simplesmente, sem se resguardar do homenzarrão de guarda-pó, que, enfim enluvado, acendera o charuto, se acercava com familiaridade – deduziu os fatos:

– Agora, meu amigo, com o tio do Cavaleiro ministro da Justiça e o José Ernesto ministro do Reino, vai deputado pelo círculo quem o André Cavaleiro mandar. É claro... O Sanches Lucena manteve sempre o seu lugar em S. Bento, por uma indicação natural do partido. Era aqui o primeiro homem, o grande homem dos Históricos... Bem! Hoje, para decidir o Governo, como falta a indicação natural do partido, que resta? O desejo pessoal do Cavaleiro. Você sabe como o Cavaleiro é regionalista. Pelo círculo pois, logicamente, sai quem se apresente ao Cavaleiro como um bom continuador do Lucena, pela influência e pela estabilidade territorial... Noutro círculo ainda se podia encaixar à pressa um deputado fabricado em Lisboa, nas secretarias. Aqui não! O deputado tem de ser local e Cavaleirista. E o próprio Cavaleiro, acredite você, está a esta hora embaraçado.

O gordalhufo murmurou com importância, através do imenso charuto que mamava:

– Amanhã já estou com ele, já sei...

Mas o Administrador emudecera, coçava o queixo, cravando em Gonçalo os olhos espertos, que rebrilhavam, como se uma ditosa ideia, quase uma inspiração, o iluminasse. E de repente, para o outro, que cofiava a barba retinta:

– Pois, meu caro senhor, até além de amanhã. Ficamos entendidos. Eu remeto o cestinho dos queijos diretamente ao sr. Conselheiro.

Tomou o braço de Gonçalo, que apertou com impaciência. E sem atender mais ao homenzarrão, que saudava rasgadamente, arrastou o Fidalgo para a Calçadinha silenciosa:

– Oh, Gonçalo, ouça lá... Você agora tinha uma ocasião soberba! Você, se quisesse, dentro de poucos dias, estava deputado por Vila Clara!

O Fidalgo da Torre estacara – como se uma estrela de repente se despenhasse na rua mal alumiada.

– Ora escute! – exclamou o Administrador, largando o braço de Gonçalo, para desenrolar mais livremente a sua ideia. – Você não tem compromissos sérios com os Regeneradores. Você deixou Coimbra há um ano, tenta agora a vida pública, nunca fez ato definitivo de partidário. Lá uma ou outra correspondência para os jornais, histórias!...

– Mas...

– Escute, homem! Você quer entrar na Política? Quer. Então, pelos Históricos ou pelos Regeneradores, pouco importa[37]. Ambos são constitucionais, ambos são cristãos... A questão é entrar, é furar. Ora você, agora, inesperadamente, encontra uma porta

A ILUSTRE CASA DE RAMIRES 189

aberta. O que o pode embaraçar? As suas inimizades particulares com o Cavaleiro? Tolices!

Atirou um gesto, largo e seco, como se varresse essas puerilidades:

– Tolices! Entre vocês não há morte de homem. Nem vocês, no fundo, são inimigos. O Cavaleiro é rapaz de talento, rapaz de gosto... Não vejo outro, aqui no distrito, com quem você tenha mais conformidade de espírito, de educação, de maneiras, de tradições... Numa terra pequena, mais dia menos dia, fatalmente, se impunha a reconciliação. Então seja agora, quando a reconciliação o leva às Câmaras!... E repito. Pelo círculo de Vila Clara sai deputado quem o Cavaleiro mandar!

O Fidalgo da Torre respirou, com esforço, na emoção que o sufocava. E depois dum silêncio em que tirara o chapéu, abanara com ele, pensativamente, a face descaída:

– Mas o Cavaleiro, como você disse, é todo local, todo regional... Não quererá impor senão um homem como o Lucena, com fortuna, com influência...

O outro parou, alargou os braços:

– E então você?... Que diabo! Você tem aqui propriedade. Tem a Torre, tem Treixedo. Sua irmã hoje é rica, mais rica que o Lucena. E depois o nome, a família... Vocês, os Ramires, estão estabelecidos, com solar em Santa Ireneia, há mais de duzentos anos.

O Fidalgo da Torre ergueu com viveza a cabeça:

– Duzentos?... Há mil, há quase mil!

– Ora aí tem! Há mil anos. Uma casa anterior à monarquia. Pelo menos coeva[38]. Você é portanto mais fidalgo que o Rei! E então, isso não é uma situação muito superior à do Lucena? Sem contar a inteligência... Oh! diabo!

– Que foi?

– A garganta... Uma picadita na garganta. Ainda não estou consolidado.

E decidiu logo recolher, gargarejar, porque o dr. Macedo proibira as noitadas festivas. Mas Gonçalo acompanhava até à porta o amigo Gouveia. E, conchegando o abafo de lã, o Administrador resumiu a sua ideia.

– Pelo círculo de Vila Clara, Gonçalinho, sai quem o Cavaleiro mandar. Ora o Cavaleiro, creia você, tem imenso empenho de o eleger, de o lançar na Política. Se você portanto estender a mão ao Cavaleiro, o círculo é seu. O Cavaleiro tem o maior, o maioríssimo empenho, Gonçalinho!

– Isso é que eu não sei, João Gouveia...

– Sei eu!

E em confidência, na solidão da Calçadinha, João Gouveia revelou ao Fidalgo que o Cavaleiro ansiava pela ocasião de reatar a velha fraternidade com o seu velho Gonçalo! Ainda na semana passada o Cavaleiro lhe afirmara (palavras textuais): – "Entre os rapazes desta geração, nenhum com mais seguro e mais largo futuro na Política que o Gonçalo. Tem tudo! grande nome, grande talento, a sedução, a eloquência... Tem tudo! E eu, que conservo pelo Gonçalo todo o carinho antigo, gostava ardentemente, ardentissimamente, de o levar às Câmaras".

– Palavras textuais, meu amigo!... Ainda há seis ou sete dias, em Oliveira, depois do jantar, a tomarmos ambos café no quintal.

A face de Gonçalo ardia na sombra, devorando as revelações do Administrador. Depois, com lentidão, como descobrindo candidamente todos os recantos da sua alma:

– Eu, na realidade, também conservo a antiga simpatia pelo Cavaleiro. E certas questões íntimas, adeus!... Envelheceram, caducaram, tão obsoletas hoje como os agravos dos Horácios e dos Curiácios...[39] Como você lembrou há pouco, com razão, nunca se ergueu entre nós morte de homem. Que diabo! Eu fui educado com o Cavaleiro, éramos como irmãos... E acredite você, Gouveia! Sempre que o vejo, sinto um apetite doido, mas doido, de correr para ele, de lhe gritar: "Oh! André! nuvens passadas não voltam, atira para cá esses ossos!" Creia você, não o faço por timidez... É timidez... Oh! não, lá por mim, estou pronto à reconciliação,

A Ilustre Casa de Ramires 191

todo o coração ma pede! Mas ele?... Porque, enfim, Gouveia, eu, nas minhas correspondências para a *Gazeta do Porto*, tenho sido feroz com o Cavaleiro!

João Gouveia parou, de bengala ao ombro, considerando o Fidalgo com um sorriso divertido:

– Nas correspondências? Que lhe tem você dito nas correspondências? Que o sr. Governador Civil é um déspota e um D. João?... Meu caro amigo, todo o homem gosta que, por oposição política, lhe chamem déspota e D. João. Você imagina que ele se afligiu? Ficou simplesmente babado!

O Fidalgo murmurou, inquieto:

– Sim! Mas as alusões à bigodeira, à guedelha...

– Oh! Gonçalinho! Belos cabelos anelados, belos bigodes torcidos, não são defeitos de que um macho se envergonhe... Pelo contrário! Todas as mulheres admiram. Você pensa que ridicularizou o Cavaleiro? Não! anunciou simplesmente às madamas e meninas, que leem a *Gazeta do Porto*, a existência dum mocetão esplêndido que é Governador Civil de Oliveira.

E parando de novo (porque defronte, na esquina, luziam as duas janelas abertas da sua casa), o Administrador estendeu o dedo firme para um conselho supremo:

– Gonçalo Mendes Ramires, você amanhã manda buscar a parelha[40] do Torto, salta para a sua caleche, corre à cidade, entra pelo Governo Civil de braços abertos, e grita sem outro prólogo: – "André, o que lá vai, lá vai, venham essas costelas! E como o círculo está vago, venha também esse círculo!" – E você, dentro de cinco ou seis semanas, é o sr. Deputado por Vila Clara, com todos os sinos a repicar... Quer tomar chá?

– Não, obrigado.

– Bem, então viva! Tipoia amanhã e Governo Civil. Está claro, é necessário arranjar um pretexto...

O Fidalgo acudiu, com alvoroço:

– Eu tenho um pretexto! Não!...[41] Quero dizer, tenho necessidade real, absoluta, de falar com o Cavaleiro ou com o Secretário-

192 EÇA DE QUEIRÓS

-geral. É uma questão de caseiro... Até por causa dessa infeliz trapalhada o procurava eu hoje a você, Gouveia!

E aldravou a aventura do Casco, com traços mais pesados que a enegreciam. Durante semanas, aferradamente, esse fatal Casco o torturara para lhe arrendar a Torre. Mas ele tratara com o Pereira, o Pereira Brasileiro, por uma renda esplendidamente superior à que o Casco oferecia a gemer. Desde então o Casco rugia, ameaçava, por todas as tabernas da freguesia. E, nessa tarde, surde duma azinhaga, rompe para ele, de varapau erguido! Mercê de Deus, lá se defendera, lá sacudira o bruto, com a bengala. Mas agora, sobre o seu sossego, sobre a sua vida, pairava a afronta daquele cajado. E, se o assalto se renovasse, ele varava o Casco com uma bala, como um bicho montês... Urgia, pois, que o amigo Gouveia chamasse o homem, o repreendesse rijamente, o entaipasse mesmo por algumas horas na cadeia...

O Administrador, que escutara palpando a garganta, atalhou logo, com a mão espalmada:

– Governo Civil, caro amigo, Governo Civil! Esses casos de prisão preventiva pertencem ao Governo Civil. Repreensão não basta, com tal fera!... Só cadeia, um dia de cadeia, a meia ração... O Governo Civil que me mande um ofício ou telegrama. Você realmente corre perigo. Nem um instante a perder!... Amanhã tipoia e Governo Civil. Mesmo por amor da Ordem Pública!

E Gonçalo, compenetrado, com os ombros vergados, cedeu ante esta soberana razão da Ordem Pública:

– Bem, João Gouveia, bem!... Com efeito é uma questão de Ordem Pública[42]. Vou amanhã ao Governo Civil.

– Perfeitamente – concluiu o Administrador puxando o cordão da campainha. – Dê recados meus ao Cavaleiro. E só lhe digo que havemos de arranjar uma votação tremenda, e foguetório, e vivas, e ceia magna no Gago... Você não quer tomar chá, não? Então, boas-noites... E olhe! Daqui a dois anos, quando você for ministro, Gonçalo Mendes Ramires, recorde esta nossa conversa, à noite, na Calçadinha de Vila Clara!

A Ilustre Casa de Ramires 193

Gonçalo seguiu pensativamente por defronte do Correio; torneou a branca escadaria da Igreja de S. Bento; meteu, alheado e sem reparar, pela estrada plantada de acácias que conduz ao cemitério. E, naquele alto da vila, de onde, ao desembocar da Calçadinha, se abrange a largueza rica dos campos desde Valverde a Craquede – sentiu que também na sua vida, apertada e solitária como a Calçadinha, se alargara um arejado espaço cheio de interessante bulício e de abundância. Era o muro, em que sempre se imaginara irreparavelmente cerrado, que de repente rachava. Eis a fenda facilitadora! Para além reluziam todas as belas realidades, que desde Coimbra apetecera! Mas... – Mas no atravessar da fenda fragosa decerto se rasgaria a sua dignidade ou se rasgaria o seu orgulho. Que fazer?...

Sim! seguramente! Estendendo os braços ao animal do Cavaleiro, conquistava a sua eleição. O círculo, enfeudado aos Históricos, elegeria submissamente o deputado que o chefe histórico ordenasse com indolente aceno. Mas essa reconciliação importava a entrada triunfal do Cavaleiro na quieta casa de Barrolo... Ele vendia, pois, o sossego da irmã, por uma cadeira em S. Bento! Não! não podia por amor de Gracinha! – E Gonçalo suspirou, com ruidoso suspiro, no luminoso silêncio da estrada.

Agora, porém, durante três, quatro anos, os Regeneradores não trepavam ao Governo. E ele, ali, através desses anos, no buraco rural, jogando voltaretes sonolentos na Assembleia da vila, fumando cigarros calaceiros nas varandas dos Cunhais, sem carreira, parado e mudo na vida, a ganhar musgo, com a sua caduca, inútil Torre! Caramba! era faltar covardemente a deveres muito santos para consigo e para com o seu nome!... Em breve os seus camaradas de Coimbra penetrariam nos altos empregos, nas ricas companhias; muitos nas Câmaras por vacaturas abençoadas, como a do Sanches; um ou outro mesmo, mais audaz ou servil, no Ministério. Só ele, com talentos superiores, um tal brilho histórico, jazeria esquecido e resmungando como um coxo numa estrada, quando passa a romaria. E por quê? Pelo receio pueril de pôr a bigodeira atrevida, do Cavaleiro, muito perto dos fracos lábios de Gracinha... E por fim esse receio constituía uma injúria, uma nojenta injúria, à seriedade da irmã. Porque Portugal não se honrava com mulher mais rigidamente séria, de mais grave e puro pensar! Aquele corpinho ligeiro, que o vento levava, continha uma alma heroica. O Cavaleiro?... Podia S. Exa. sacudir a guedelha com graça fatal, jorrar dos olhos pestanudos a languidez às ondas – que Gracinha permaneceria tão inacessível e sólida na sua virtude, como se fosse insexual e de mármore. Oh, realmente, por Gracinha, ele abriria ao Cavaleiro todas as portas dos Cunhais – mesmo a porta do quarto dela, e bem larga, como uma solidão bem preparada!... E depois não se cuidava de uma donzela, mas de uma viúva. Na casa do Largo de El-Rei governava, Mercê de Deus, marido brioso, marido rijo. A esse, só a esse, competia escolher as intimidades do seu lar – e nele manter quietação e recato. Não! esse receio de uma imaginável fragilidade de Gracinha, da sua honrada, altiva Gracinha – esse receio, perverso e louco, certamente o devia varrer, com o coração desafogado e sorrindo. – E, na clara solidão da estrada, Gonçalo Mendes Ramires atirou um gesto decidido e terminante que varria.

Restava, porém, a sua própria humilhação. Desde anos, ruidosamente, conversando e escrevendo, em Coimbra, em Vila Clara, em Oliveira, na *Gazeta do Porto* – ele demolira o Cavaleiro! E subiria agora, de espinhaço vergado, as escadarias do Governo Civil, murmurando o seu – *peccavi, mea culpa, mea maxima culpa?*...[43] Que escândalo na cidade! – "O Fidalgo da Torre lá precisou e lá veio..." Era o transbordante triunfo do Cavaleiro. O único homem que no Distrito se conservava erguido, pelejando, trovejando as verdades – desarmava, emudecia, e encolhidamente se enfileirava no séquito louvaminheiro[44] de S. Exa.! Bem duro!... Mas, que diabo, havia superiormente o interesse do país! – E, tão admirável lhe apareceu esta razão, que a bradou com ardor na mudez da estrada: – "Há o País!"[45]

Sim, o País! Quantas reformas a proclamar, a realizar! Em Coimbra, no Quinto Ano, já se ocupara da Instrução Pública – duma remodelação do Ensino, todo industrial, todo colonial, sem latim, sem ociosas belas-letras, criando um povo formigueiro de Produtores e de Exploradores... E os camaradas, nos sonhos ondeantes de Futuro, quando repartiam os Ministérios, concordavam sempre: – "O Gonçalo para a Instrução Pública!" Por essas ideias poderosas, pelo saber acumulado, todo ele se devia à Nação – como outrora pela força, os grandes Ramires armados. E pela Nação cumpria que o seu orgulho de homem cedesse ante a sua tarefa de cidadão...

Depois, quem sabe? Entre o Cavaleiro e ele afogadamente se enroscava todo um passado de camaradagem, apenas entorpecido – que talvez revivesse nesse encontro, os enlaçasse logo num abraço penetrante, onde os antigos agravos se sumiriam como um pó sacudido... Mas para que imaginar, remoer? Uma necessidade se sobrepunha, ineludível – a de comparecer logo de manhã em Oliveira, no Governo Civil, requerendo a supressão do Casco. Dessa pressa dependia o seu sossego de vida e de inteligência. Nunca ele lograria trabalhar na novela, trilhar folgadamente a estrada de Vila Clara, sabendo que em torno o outro, pelas quelhas e sombras, rondava com a espingarda. E para não regressar aos costumes bravios dos seus avós, circulando através do Concelho entre as carabinas dos criados, necessitava o Casco domado, imobilizado. Era pois inadiável correr ao Governo Civil, para bem da Ordem. E depois, quando ele se encontrasse no gabinete do Cavaleiro, diante da mesa do Cavaleiro – a Providência decidiria... – "A Providência decidirá!"

E ancorado nesta resolução, o Fidalgo da Torre parou, olhou. Levado pela quente rajada de pensamentos, chegara à grade do cemitério da vila, que o luar branqueava como um lençol estendido. Ao fundo da alameda que o divide, clara na claridade triste, o escarnado Cristo chagado e lívido, sobre a sua alta cruz negra, pendia, mais dolorido e lívido no silêncio e na solidão, com uma tristíssima lâmpada aos pés esmorecendo. Em torno eram ciprestes, sombras de ciprestes, brancuras de lápides, as cruzes rasteiras das campas pobres, uma paz morta pesando sobre os mortos; e no alto a lua amarela e parada. Então o Fidalgo sentiu um arrepiado medo do Cristo, das lousas, dos defuntos, da lua, da solidão. E despediu numa carreira até avistar as casas da Calçadinha, por onde descambou como uma pedra solta. Quando se deteve no Largo do Chafariz, um mocho piava na torre da Câmara, melancolizando o repouso de Vila Clara apagada e adormecida. Mais impressionado, Gonçalo correu à taberna da Serena, recolheu os criados que esperavam jogando a bisca lambida. E com eles atravessou de novo a vila até à cocheira do Torto – para recomendar que lhe mandassem à Torre, às nove horas da manhã, a parelha ruça.

Através do postigo, que se abrira com cautela no portão chapeado, a mulher do Torto gemeu, indecisa:

– Ai, meu Deus, não sei se poderá... Ele às nove tem um serviço... Pois não faria mais conta ao Fidalgo aí pela volta das onze?

– Às nove! – berrou Gonçalo.

Desejava apear cedo ao portão do Governo Civil, para evitar a curiosidade daqueles cavalheiros de Oliveira – que, depois do meio-dia, se juntavam na Praça, vadiando por debaixo da Arcada.

Mas às nove e meia Gonçalo, que até ao luzir da madrugada se agitara pelo quarto, num tumulto de esperanças e receios – ainda se barbeava, em camisa, diante do vasto espelho de colunas douradas. Depois aproveitou a caleche para deixar na *Feitosa* os seus bilhetes de pêsames à bela viúva, à D. Ana. Ao meio-dia, esfaimado, almoçou na Vendinha, enquanto a parelha resfolega-va. E batia à meia depois das duas, quando enfim se apeou em Oliveira diante do portão do antigo Convento de S. Domingos, ao fundo da Praça, onde seu pai, quando chefe do Distrito, instalara faustosamente as repartições do Governo Civil.

A ILUSTRE CASA DE RAMIRES ❧ 197

Àquela hora, já na frescura e sombra da Arcada, que orla um lado da Praça (outrora *Praça da Prataria,* hoje *Praça da Liberdade*), os cavalheiros de Oliveira mais desocupados, os "rapazes", preguiçavam, em cadeiras de verga, à porta da Tabacaria Elegante e da loja de Leão. Gonçalo, cautelosamente, baixara as cortinas verdes da caleche. Mas no pátio do Governo Civil, ainda guarnecido de bancos monumentais do tempo dos frades, esbarrou com o primo José Mendonça, que descia a escadaria, fardado. Foi um assombro para o alegre capitão, moço esbelto, de bigode curto, picado levemente de bexigas[46].

– Tu por aqui, Gonçalinho! E de chapéu alto! Caramba, deve ser coisa gorda!

O Fidalgo da Torre confessou, corajosamente. Chegava nesse instante de Santa Ireneia para falar ao André Cavaleiro...

– Está ele cá, esse ilustre senhor?

O outro recuou, quase aterrado:

– Ao Cavaleiro?! É ao Cavaleiro que vens falar?!... Santíssima Virgem! Então desabou Troia!

Gonçalo gracejou, corando. Não! não se passara desgraça épica como a de Troia... De resto podia revelar, ao amigo Mendonça, o caso que o arrastava à presença augusta de S. Exa. o sr. Governador Civil. Era um homem dos Bravais, um Casco, que, furioso por não conseguir o arrendamento da Torre, o ameaçara, rondava agora a estrada de Vila Clara de noite, à espreita, com uma espingarda. E ele, não ousando "fazer alta e boa justiça" pelas mãos dos seus criados, como os Ramires feudais – reclamava modestamente da autoridade superior uma ordem para que o Gouveia mantivesse, dentro da legalidade e dos Mandamentos de Deus, o façanhudo dos Bravais...

– Só isto, uma pequenina questão de paz pública... E então o grande homem está lá em cima? Bem, até logo, Zezinho... A prima, de saúde? Eu naturalmente janto nos Cunhais. Aparece!

Mas o capitão não despegava do degrau de pedra, abrindo pachorrentamente a cigarreira de couro:

– E que me dizes tu à novidade? O pobre Sanches Lucena?...

Sim, Gonçalo soubera na Assembleia. Um ataque, hem? – Mendonça acendeu, chupou o cigarro:

– De repente, com um aneurisma, a ler o *Notícias*! Pois ainda há três dias a Maricas e eu jantamos na *Feitosa*. Até eu toquei a duas mãos, com a D. Ana, o quarteto do *Rigoleto*. E ele bem, conversando, tomando a sua aguardentezinha de cana....

Gonçalo esboçou um gesto de piedade e tristeza:

– Coitado... Também há semanas o encontrei na Bica Santa. Bom homem, bem educado... E aí temos agora a bela D. Ana vaga.

– E o círculo!

– Oh, o círculo! – murmurou o Fidalgo da Torre com risonho desdém. – A mim antes me convinha a viúva. É Vênus com duzentos contos! Infelizmente tem uma voz medonha...

O primo Mendonça acudiu, com interesse, uma convicção dedicada:

– Não! não! na intimidade, perde aquele tom empapado... Não imaginas! até um timbre natural, agradável ... E depois, menino, que corpo! que pele!

– Deve ficar esplêndida agora com o luto! – concluiu Gonçalo. – Bem, adeusinho! Aparece nos Cunhais... Eu corro ao Cavaleiro, para que S. Exa. me salve com o seu braço forte!

Sacudiu a mão do Mendonça, galgou a escadaria de pedra.

Mas o capitão, que metera para a travessa de S. Domingos, desconfiou daquela história de ameaças, de espingardas... "Qual! Aqui anda política!" E quando, passada uma hora lenta, repenetrou na Praça e avistou a caleche da Torre ainda encalhada à porta do Governo Civil – correu à Arcada, desabafou logo com os dois Vila-Velhas, ambos pensativamente encostados aos dois umbrais da Tabacaria Elegante:

– Vocês sabem quem está no Governo Civil?... O Gonçalo Ramires!... Com o Cavaleiro!

Todos em roda se mexeram, como acordando, nas gastas cadeiras de verga – onde os estendera sonolentamente o silêncio e

A Ilustre Casa de Ramires 🙠 199

a ociosidade da arrastada tarde de verão. E o Mendonça, excitado, contou que desde as duas horas e meia Gonçalo Mendes Ramires, "em carne e osso", se conservava fechado com o Cavaleiro, no Governo Civil, numa conferência magna! O espanto e a curiosidade foram tão ardentes, que todos se ergueram, se arremessaram para fora dos Arcos, a espiar a bojuda varanda do convento, sobre o portão – que era a do gabinete de Sua Excelência.

Precisamente, nesse momento, José Barrolo, a cavalo, de calça branca, de rosa branca na quinzena de alpaca, dobrava a esquina da Rua das Vendas. E o interesse todo daqueles cavalheiros se precipitou para ele, na esperança duma revelação:

– Oh Barrolo!

– Oh Barrolinho, chega cá!

– Depressa, homem, que é caso rijo!

Barrolo, ladeando, abeirou da Arcada; e os amigos imediatamente lhe atiraram a nova formidável, apertados em volta da água. O Gonçalo e o Cavaleiro cochichando secretamente, toda a manhã! A caleche da Torre à espera, com a parelha adormecida! E já começavam a repicar os sinos da Sé!

Barrolo, num pulo, desmontou. E enquanto um garoto lhe passeava a égua – estacou entre os amigos, com o chicote detrás das costas, pasmando também para a varanda de pedra do Governo Civil.

– Pois eu não sei nada! O Gonçalo a mim não me disse nada! – afirmava ele, assombrado. – Também já há dias não vem à cidade... Mas não me disse nada! E da última vez que cá esteve, nos anos da Graça, ainda destemperou contra o Cavaleiro!

A todos o caso parecia "de estrondo!" E subitamente um silêncio esmagou a Arcada, trespassada de emoção. Na varanda, entre as vidraças abertas vagarosamente, aparecera o Cavaleiro com o Fidalgo da Torre, conversando, risonhos, de charutos acesos. Os largos olhos do Cavaleiro pousaram logo, com malícia, sobre os "rapazes" apinhados em pasmo à borda dos Arcos. Mas foi um lampejar de visão. S. Exa. remergulhara no gabinete – o Fidalgo também, depois de se debruçar da varanda, espreitar a caleche da Torre. Entre os amigos rompeu um clamor:

– Viva! Reconciliação!

– Acabou a Guerra das Rosas![47]

– E as correspondências da *Gazeta do Porto*?...

– É que houve peripécia tremenda!

– Temos o Gonçalinho administrador de Oliveira!

– Upa, Exmo. Senhor, upa!

Mas de novo emudeceram. O Cavaleiro e o Fidalgo reapareciam, numa enfronhada conversa, que os deteve um momento esquecidos, na evidência da varanda escancarada. Depois o Cavaleiro, com uma familiaridade carinhosa, bateu nas costas de Gonçalo – como se publicasse a sua reconciliação diante da Praça maravilhada. E outra vez se sumiram, nesse passear conversado e íntimo, que os trazia da sombra do gabinete para a claridade da janela, roçando as mangas, misturando o fumo leve dos charutos. Embaixo o bando crescia, mais excitado. Passara o Melo Aboim, o Barão das Marges, o dr. Delegado; e, chamados com ânsia, cada um correra, devorara esgazeadamente a novidade, embasbacara para o velho balcão de pedra que o sol dourava. Os grossos ponteiros do relógio do Governo Civil já se acercavam das quatro horas. Os dois Vila-Velhas, outros "rapazes", estafados, retrocederam às cadeiras de verga da Tabacaria. O dr. Delegado, que jantava às quatro e sofria do estômago, despegou desconsoladamente dos Arcos, suplicando ao Pestana seu vizinho "que aparecesse ao café, para contar o resto..." Melo Alboim, esse, enfiara para casa, defronte do Governo Civil, na esquina do Largo; e da janela, disfarçado por trás da mulher e da cunhada, ambas de chambres brancos e de papelotes, sondava o gabinete de S. Exa. com um binóculo. Por fim bateram, com estendida pancada, as quatro horas. Então o Barão das Marges, na sua impaciência borbulhante, decidiu subir ao Governo Civil, "para farejar!..."

Mas nesse momento André Cavaleiro assomava de novo à varanda – sozinho, com as mãos enterradas no jaquetão de flanela azul. E quase imediatamente a caleche da Torre largou da porta do Governo Civil, atravessou a Praça, com os estores verdes meio corridos, descobrindo apenas, àqueles cavalheiros ávidos, as calças claras do Fidalgo.

– Vai para os Cunhais!

Lá o apanhava pois o Barrolo! E todos apressaram o bom Barrolo a que montasse, recolhesse, para ouvir do cunhado os motivos e os lances daquela paz histórica! O Barão das Marges até lhe segurou o estribo. Barrolo, alvoroçadamente, trotou para o Largo de El-Rei.

Mas Gonçalo Mendes Ramires, sem parar nos Cunhais, seguia para a Vendinha, onde decidira jantar, dando um descanso à parelha esfalfada. E logo depois das últimas casas da cidade subiu os estores, respirou deliciosamente, com o chapéu sobre os joelhos, a luminosa frescura da tarde – mais fresca e de uma claridade mais consoladora que todas as tardes da sua vida... Voltava de Oliveira vencedor! Furara enfim através da fenda, através do muro! E sem que a sua honra ou o seu orgulho se esgarçassem nas asperezas estreitas da fenda!... Abençoado Gouveia, esperto Gouveia! E abençoada a esperta conversa, na véspera, pela Calçadinha de Vila Clara!...

Sim, decerto, fora custoso aquele mudo momento em que se sentara secamente, hirtamente, à borda da poltrona, junto da pesada mesa administrativa de S. Exa. Mas mantivera muita dignidade e muita simplicidade... – "Sou forçado (dissera) a dirigir-me ao Governador Civil, à autoridade, por um motivo de ordem pública..." E a primeira avença[48] partira logo do Cavaleiro, que torcia a bigodeira, pálido: – "Sinto profundamente que não seja ao homem, ao velho amigo, que Gonçalo Mendes Ramires se dirija..." Ele ainda se conservara retraído, resistente, murmurando com uma frieza triste: – "As culpas não são decerto minhas..." E então o Cavaleiro, depois de um silêncio em que lhe tremera o beiço: – "Ao cabo de tantos anos, Gonçalo, seria mais caridoso não aludir a culpas, lembrar somente a antiga amizade, que, pelo menos em mim, se conservou a mesma, leal e séria". A esta sensibilizada invocação, ele volvera, com doçura, com indulgência: – "Se o meu antigo amigo André recorda a nossa antiga amizade, eu não posso negar que em mim também ela nunca inteiramente se apagou..." Ambos balbuciaram ainda alguns confusos lamentos sobre os desacordos da vida. E quase insensivelmente se trataram por *tu*! Ele contou ao Cavaleiro a torpe ousadia do Casco. E o Cavaleiro, indignado como amigo, mais como autoridade, telegrafara logo ao Gouveia um mandado forte para inutilizar o valentão dos Bravais... Depois conversaram da morte do Sanches Lucena, que impressionava o Distrito. Ambos louvaram a beleza da viúva, os seus duzentos contos. O Cavaleiro recordou a manhã, na *Feitosa*, em que entrando pela porta pequena do jardim, a surpreendera, dentro dum caramanchão de rosas, a apertar a liga. Uma perna divina! Ambos se recusaram, rindo, a casar com a D. Ana, apesar dos duzentos contos e da divina perna... – Já entre eles se restabelecera a antiga familiaridade de Coimbra. Era "tu Gonçalo, tu André, oh menino, oh filho!"

E fora André, naturalmente, que aludira à desaparição do deputado do Governo, à surpresa do círculo vago... Ele então, com indiferença, estirado na poltrona, rufando com os dedos na borda da mesa, murmurara:

– Sim, com efeito... Vocês agora devem estar embaraçados, assim de repente...

Mais nada! apenas estas indolentes palavras, murmuradas através do rufo. E o Cavaleiro, logo, sem preparação, apressadamente, empenhadamente, lhe oferecera o círculo! – Pousara os olhos nele com lentidão, como para o penetrar, o escutar... Depois, insinuante e grave:

– Se tu quisesses, Gonçalo, não estávamos embaraçados...

Ele ainda exclamara, com surpresa e riso:

– Como, se eu quisesse?

E o André, sempre com os olhos nele cravados, os largos olhos lustrosos, tão persuasivos:

A ILUSTRE CASA DE RAMIRES 203

– Se tu quisesses servir o País, ser deputado por Vila Clara, já não estávamos embaraçados, Gonçalo!

Se tu quisesses... E perante esta insistência que rogava, tão sincera e comovida, em nome do País, ele consentira, vergara os ombros:

– Se te posso ser útil, e ao País, estou às vossas ordens.

E eis a fenda transposta, a áspera fenda, sem rasgão no seu orgulho ou na sua dignidade! Depois conversaram desafogadamente, passeando pelo gabinete, desde a estante carregada de papéis até à varanda – que André abrira, por causa dum cheiro persistente de petróleo entornado na véspera. André tencionava partir nessa noite para Lisboa – para conferenciar com o Governo, depois daquela inesperada desaparição do Lucena. E, agora em Lisboa, imporia o querido Gonçalo como único deputado, depois do Sanches de Lucena, seguro e substancial – pelo nome, pelo talento, pela influência, pela lealdade. E eis a eleição consumada! De resto (declarara o Cavaleiro, rindo) aquele círculo de Vila Clara constituía uma propriedade sua – tão sua como Corinde. Livremente, poderia eleger o servente da Repartição, que era gago e bêbedo. Prestava pois um serviço esplêndido ao Governo, à Nação, apresentando um moço de tão alta origem e de tão fina inteligência... Depois acrescentara:

– Não tens a pensar mais na eleição. Vais para a Torre. Não contas a ninguém, a não ser ao Gouveia. Esperas lá, muito quietinho, telegrama meu de Lisboa. E, recebido ele, estás deputado por Vila Clara, anuncias a teu cunhado, aos amigos... Depois, no domingo, vens almoçar comigo a Corinde, às onze.

Então ambos se apertaram num abraço que fundiu de novo, e para sempre, as duas almas apartadas. Depois, ao cimo da escadaria de pedra onde o acompanhara, André, repenetrando timidamente no passado, murmurou com um riso pensativo: – "Que tens tu feito ultimamente, nessa querida Torre?" E, ao saber da novela para os ANAIS, suspirou com saudade dos tempos de Imaginação e de Arte em Coimbra, quando ele amorosamente

204 ❧ Eça de Queirós

lapidava o primeiro canto dum poema heroico, o *Fronteiro de Ceuta*. Enfim outro abraço – e ali voltava deputado por Vila Clara.

Todos esses campos, esses povoados que avistava da portinhola da caleche, era ele que os representava em Cortes, ele, Gonçalo Mendes Ramires... E superiormente os representaria, mercê de Deus! Porque já as ideias o invadiam, viçosas e férteis. Na Vendinha, enquanto esperava que lhe frigissem um chouriço com ovos e duas postas de sável, meditou, para a Resposta ao Discurso da Coroa, um esboço sombrio e áspero da Nossa Administração na África. E lançaria então um brado à Nação, que a despertasse, lhe arrastasse as energias para essa África portentosa, onde cumpria, como glória suprema e suprema riqueza, edificar de costa a costa um Portugal maior!...[49] A noite cerrara, ainda outras ideias o revolviam, vastas e vagas – quando o trote esfalfado da parelha estacou no portão da Torre.

Ao outro dia (terça-feira) às dez horas, o Bento entrou no quarto do Fidalgo com um telegrama, que chegara à vila de madrugada. Gonçalo pensou com um deslumbrado pulo do coração: – "É do Governo!" – Era do Pinheiro[50], gritando pela novela. Gonçalo amarrotou o telegrama. A novela! Como poderia labutar na novela, agora, todo na impaciência e no esforço da sua eleição?... Nem almoçou sossegadamente – retendo, através dos pratos que arredava, um desejo desesperado de "contar ao Bento". E, sorvido o café num sorvo impaciente, atirou para Vila Clara, a desafogar com o Gouveia. O pobre Administrador jazia de novo no canapé de palhinha, com papas na garganta. E toda a tarde, na estreita sala forrada de papel verde-gaio, Gonçalo exaltou os talentos do André, "homem de governo e de ideias, Gouveia!" – celebrou o Ministério Histórico, "o único capaz de salvar esta choldra[51], Gouveia!" – desenrolou vistosos projetos de Lei que meditava sobre a África, "a nossa esperança magnífica, Gouveia!" – Enquanto o Gouveia, estirado, só rompia a mudez e a imobilidade, para murmurar chochamente, apalpando o calor das papas:

– E a quem deve você tudo isso, Gonçalinho? Cá ao "meco"![52]

Na quarta-feira, ao acordar, tarde, o seu pensamento saltou logo sofregamente para o André Cavaleiro, que a essa hora, em Lisboa, almoçava no Hotel Central (sempre, desde rapaz, André se conservara fiel ao Hotel Central). E todo o dia, fumando cigarros insaciavelmente através do silêncio da casa e da quinta, seguiu o Cavaleiro nos seus giros de chefe de Distrito, pela Baixa, pela Arcada, pelos Ministérios... Naturalmente jantaria com o tio Reis Gomes, Ministro da Justiça. Outro convidado certamente seria o José Ernesto, Ministro do Reino, condiscípulo do Cavaleiro, seu confidente político... Nessa noite, pois, tudo se decidia!

– Amanhã, pelas dez horas, tenho cá telegrama do André.

Nenhuma notícia chegou à Torre: – e o Fidalgo passou a lenta quinta-feira à janela, vigiando a estrada poeirenta por onde surdiria o moço do telégrafo, um rapaz gordo que ele conhecia pelo boné de oleado e pela perna manca. À noitinha, intoleravelmente inquieto, mandou um moço a Vila Clara. Talvez o telegrama arrastasse, esquecido, pela mesa daquele "besta do Nunes do Telégrafo!" Não havia telegrama para o Fidalgo. Então ficou certo de surgirem em Lisboa dificuldades! E toda a noite, sem sossego, numa indignação que rolava e crescia, imaginou o Cavaleiro cedendo molemente a outras exigências do Ministro – aceitando com servilismo para Vila Clara a candidatura de algum imbecil da Arcada, de algum chulo escrevinhador do Partido!

Pela manhã injuriou o Bento, por lhe trazer tão tarde os jornais e o chá:

– E não há telegrama, nem carta?

– Não há nada.

Bem, fora traído! Pois nunca, nunca, aquele infame Cavaleiro transporia a porta dos Cunhais! De resto, que lhe importava a burlesca eleição?[53] Mercê de Deus que lhe sobravam outros meios de provar soberbamente o seu valor – e bem superiores a uma ensebada cadeira em S. Bento! Que miséria, na verdade, curvar o seu espírito e o seu nome ao rasteiro serviço do S. Fulgêncio, o obeso e horrendo careca! E resolveu logo regressar aos cimos

206 ɴɴ ECA DE QUEIRÓS

puros da Arte, ocupar altivamente todo o dia no nobre e elegante trabalho da sua novela.

Depois de almoço ainda abancou, com esforço, remexeu nervosamente as tiras de papel. E de repente agarrou o chapéu, abalou para Vila Clara, para o telégrafo. O Nunes não recebera nada para S. Exa.! – Correu, coberto de suor e pó, à Administração do Concelho. O sr. Administrador partira para Oliveira!... Positivamente vencera outra combinação – eis a sua confiança burlada! E recolheu à Torre, decidido a tomar um desforço tremendo do Cavaleiro por tanta injúria amontoada sobre o seu nome, sobre a sua dignidade! Toda a abafada e enevoada sexta-feira a consumiu amargamente meditando esta vingança, que queria bem pública e bem sangrenta. A mais saborosa, mais simples, seria rasgar a bigodeira do infame com chicotadas, na escadaria da Sé, um domingo, à saída da missa! Ao escurecer, depois do jantar que mal debicara, naquele despeito e humilhação que o pungiam, envergou o casaco para voltar a Vila Clara. Não entraria no Telégrafo – já com vergonha do Nunes. Mas gastaria a noite na Assembleia, jogando o bilhar, tomando um alegre chá, lendo risonhamente os jornais Regeneradores, para que todos recordassem a sua indiferença[54] – se por acaso, mais tarde, conhecessem a trama em que resvalara.

Desceu ao pátio, onde as árvores adensavam a sombra do crepúsculo, carregado de fuscas nuvens. E abria o portão, quando esbarrou com um rapaz que se esbaforia sobre a perna manca e gritava: – "É um telegrama!" Com que voracidade lho arrancou das mãos! Correu à cozinha, ralhou desabridamente à Rosa pela falta da luz tardia! E, com um fósforo a arder nos dedos, devorou, num lampejo, as linhas benditas: – *"Ministro aceita, tudo arranjado..."*. O resto era o Cavaleiro lembrando que no domingo o esperava em Corinde, às onze, para almoçarem e conversarem...

Gonçalo Mendes Ramires deu cinco tostões ao moço do telégrafo – galgou as escadas. Na livraria, à claridade mais segura do candeeiro, releu o telegrama delicioso. *Ministro aceita, tudo arranjado!...* Na sua transbordante gratidão pelo Cavaleiro, ideou logo um jantar soberbo, oferecido nos Cunhais pelo Barrolo, cimentando para sempre a reconciliação das duas Casas. E recomendaria a Gracinha que, para mais honrar a doce festa, se decotasse, pusesse o seu colar magnífico de brilhantes, a derradeira joia histórica dos Ramires.

– Aquele André! que flor, que rapaz!

O relógio de charão, no corredor, rouquejou as nove horas. E só então Gonçalo percebeu a densa chuva que alagava a quinta, e a que ele, embebido na sua glória, passeando pela livraria num luminoso rolo de imaginações, não sentira o rumor sobre a pedra da varanda, nem sobre a folhagem dos limoeiros.

Para se calmar, ocupar a noite encerrada, deliberou trabalhar na novela. E realmente agora convinha que terminasse essa *Torre de D. Ramires* antes do afã da eleição – para que em janeiro, ao abrir das Cortes, surgisse na Política com o seu velho nome aureolado pela Erudição e pela Arte. Envergou o roupão de flanela. E à banca, com o costumado bule de chá inspirador, repassou lentamente o começo do Capítulo II – que o não contentava.

Era no castelo de Santa Ireneia, naquele dia de agosto em que Lourenço Ramires caíra no vale de Canta Pedra, malferido e cativo do Bastardo de Baião. Pelo Almocadém[55] dos peões, que, com o braço varado por uma chuçada, voltara em desesperada carreira ao castelo, já Tructesindo Ramires conhecia o desventuroso desfecho da lide. – E neste lance o tio Duarte, no seu poemeto do *Bardo,* com um lirismo mole, mostrava o enorme Rico-Homem gemendo derramadamente através da sala de armas, na saudade desse filho, flor dos Cavaleiros de Riba Cávado, derrubado, amarrado numas andas, à mercê da gente de Baião...

Lágrimas irrepresas lhe rebentam,
Arfa o arnês[56] c'o soluçar ardente!...

208 &^&^& Eça de Queirós

Ora, levado no harmonioso sulco do tio Duarte, também ele, nas linhas primeiras do capítulo, esboçara o velho abatido sobre um escanho, com lágrimas reluzentes sobre as barbas brancas, as duras mãos descaídas como as de lânguida Dona – enquanto que nas lajes, batendo a cauda os seus dois lebréus[57] o contemplam numa simpatia ansiada e quase humana. Mas, agora, este choroso desalento não lhe parecia coerente com a alma tão indomavelmente violenta do avô Tructesindo. O tio Duarte, da casa das Balsas, não era um Ramires, não sentia hereditariamente a fortaleza da raça: – e, romântico plangente de 1848, inundara logo de prantos românticos a face férrea de um lidador do século XII, dum companheiro de Sancho I! Ele, porém, devia restabelecer os espíritos do senhor de Santa Ireneia, dentro da realidade épica. E, riscando logo esse descorado e falso começo de capítulo, retomou o lance mais vigorosamente, enchendo todo o Castelo de Santa Ireneia duma irada e rija alarma. Na sua lealdade sublime e simples Tructesindo não cuida do filho – adia a desforra do amargo ultraje. E o seu esforço todo se comete a apressar os aprestos da mesnada, para correr ele sobre Montemor, e levar às senhoras Infantas os socorros de que as privara a emboscada de Canta Pedra! Mas quando o impetuoso Rico-Homem com o adail, na sala de armas, regia a ordem de arrancada – eis que os esculcas, abrigados do calor de agosto nos miradouros, enxergam ao longe, para além do arvoredo da Ribeira, coriscos de armas, uma cavalgada subindo para Santa Ireneia. O vílico, o gordo e azafamado Ordonho, galga arquejando aos eirados da torre albarrã – e reconhece o pendão de Lopo de Baião, o seu toque de trompas à mourisca, arrastado e triste no silêncio dos campos. Então arqueia as cabeludas mãos na boca, atira o alarido:

– Armas, armas! que é gente de Baião!... Besteiros, às quadrelas! Homens em chusma às levadiças da carcova!

E Gonçalo, coçando a testa com a rama da pena, rebuscava ainda outros verídicos brados, de bravo som afonsino – quando a porta da livraria abriu cautelosamente, através daquele perro rangido que o desesperava. Era o Bento, em mangas de camisa:

– O sr. Doutor não poderia descer cá abaixo à cozinha?

Gonçalo embasbacou para o Bento, pestanejando, sem compreender:

– À cozinha?...

– É que está lá a mulher do Casco a levantar uma celeuma. Parece que lhe prenderam o homem esta tarde... Apareceu aí por baixo de água, com os pequenos, até um de mama. Quer por força falar com o sr. Doutor. E não se cala, lavada em lágrimas, de joelhos com os filhos, que é mesmo uma Inês de Castro![58]

Gonçalo murmurou – "que maçada!" E que contrariedade! A mulher, numa agonia, entre gritos, arrastando os filhos suplicantes até ao portão da Torre! E ele, nas vésperas da sua eleição, aparecendo a todas as freguesias enternecidas como um fidalgo desumano!... – Atirou a pena furiosamente:

– Que maçada! Diz à criatura que me deixe, que se não aflija... O sr. Administrador amanhã manda soltar o Casco. Eu mesmo vou a Vila Clara, antes de almoço, para pedir. Que se não aflija, que não aterre os pequenos... Corre, diz, homem!

Mas o Bento não despegava da porta:

– Pois a Rosa e eu já lhe dissemos... Mas a mulherzinha não acredita, quer pedir ao sr. Doutor! Veio por baixo de água. Até um dos pequenitos está bem doentinho, ainda não fez senão tremer...

Então Gonçalo, sensibilizado, atirou à mesa um murro que tresmalhou as tiras da novela:

– Ora se uma coisa destas se atura! Um homem que me quis matar! E agora, por cima, é sobre mim que desabam as lágrimas, e as cenas, e a criança doente! Não se pode viver nesta terra! Um dia vendo casa e quinta, emigro para Moçambique, para o Transval[59], para onde não haja maçadas... Bem, diz à mulher que já desço.

O Bento aprovou, com efusão:

– Pois se o sr. Doutor lhe não custa... E como é para dar uma boa-nova... Sempre consola a pobre mulherzinha!...

– É que está lá a mulher do Casco a levantar uma celeuma. Parece que lhe prenderam o homem esta tarde... Apareceu aí por baixo de água, com os pequenos, até um de mama.

A Ilustre Casa de Ramires 211

– Lá vou, homem, lá vou! Não me maces também... Impossível trabalhar nesta casa! Outra noite perdida!

Enfiou violentamente para o quarto, atirando as portas – com a ideia de meter na algibeira do roupão duas notas de dez tostões que consolariam os pequenos. Mais, diante da gaveta, recuou, vexado. Que brutalidade, compensar com dinheiro criancinhas – a quem ele arrancara o pai, algemado, para o trancar numa enxovia! Agarrou simplesmente numa boceta de alperces[60] secos – dos famosos alperces do Convento de Santa Brígida de Oliveira, que na véspera lhe mandara Gracinha. E, cerrando lentamente o quarto, já se arrependia da sua severidade, tão estouvada, que assim desmanchava a quietação de um casal. Depois no corredor, ante a chuva clamorosa que dos telhados se despenhava nas lajes do pátio, ainda mais doridamente se impressionou, com a imagem da pobre mulher, tresloucada pela negra estrada, puxando os filhinhos encharcados, moídos, contra a tormenta solta. E ao penetrar no corredor da cozinha – tremia como um culpado.

Através da porta envidraçada sentiu logo a Rosa e o Bento consolando a mulher, com palradora confiança, quase risonhos. Mas os "ais" dela, os ruidosos lamentos pelo "seu rico homem", ressoavam, mais agudos, como a rebater e a abafar toda a consolação. E apenas Gonçalo empurrou timidamente a porta – quase acuou no espanto e medo daquela aflição estridente que se arremessava para ele e para a sua misericórdia! De rojos nas lajes, torcendo as magras mãos sobre a cabeça, toda de negro, parecendo mais negra e dolorosa contra a vermelhidão do lençol estendido que secava ao lume forte da lareira – a criatura estalara num tumulto de súplicas e gritos:

– Ai, meu rico senhor, tenha compaixão! Ai, que me prenderam o meu homem, que mo vão mandar para a África degredado! Jesus, meus filhinhos da minha alma que ficam sem pai! Ai, pelas suas almas, meu senhor, e por toda a sua felicidade!... Eu sei que ele teve culpa! Aquilo foi perdição que lhe deu! Mas tenha piedade destas criancinhas! Ai, o meu pobre homem que está a ferros! Ai, meu rico senhor, por quem é!

Com as pálpebras umedecidas, agarrando desesperadamente a boceta de alperces, Gonçalo balbuciava, através da emoção que o estrangulara:

– Oh mulher, sossegue, já o vão soltar! Sossegue! Já dei ordem! Já o vão soltar!

E dum lado a Rosa, debruçada sobre a escura criatura que gemia, recomeçava docemente: – "Pois foi o que lhe dissemos, tia Maria! Logo pela manhã, o vão soltar!" – E do outro o Bento, batendo na coxa, com impaciência: – "Oh mulher, acabe com esse escarcéu! Pois se o sr. Doutor prometeu! Logo pela manhã o vão soltar!"

Mas ela não se calmava, com o lenço da cabeça desmanchado, uma trança desprendida, soluçando e clamando através dos soluços:

– Ai que eu morro, se o não vejo solto! Ai perdão, meu rico senhor da minha alma!...

Então Gonçalo, que aquele infindável e obtuso queixume torturava, como um ferro cravado e recravado, bateu o chinelo nas lajes, berrou:

– Escute, mulher! E olhe para mim! Mas de pé, de pé!... E olhe bem, olhe direita!

Hirtamente erguida, atirando as mãos para as costas como a escapar de algemas que também a ameaçassem – ela arregalou para o Fidalgo os olhos espavoridos, fundos olhos pretos, de fundas olheiras tristes, que lhe enchiam a face rechupada e morena.

– Bem, perfeitamente! – exclamava Gonçalo. – E agora diga! Acha que tenho bojo de lhe mentir, quando vossemecê está nessa aflição? Pois então sossegue, acabe com os gritos, que, sob minha palavra, amanhã cedo, o seu homem está solto!

E a Rosa e o Bento, ambos triunfando:

– Pois que lhe dizia a gente, criatura de Deus? Se o sr. Doutor tinha prometido... Amanhã lá tem o homem!

A Ilustre Casa de Ramires 213

Lentamente ela limpava as lágrimas, já silenciosas, à ponta do avental negro. Mas ainda desconfiada, com os tenebrosos olhos mais arregalados, devorando Gonçalo. E o Fidalgo mandava com certeza a ordem, cedinho, de madrugada?... – Foi o Bento que a convenceu, com violência:

– Oh mulher, você até parece atrevida! Ora essa! Pois duvida da palavra do sr. Doutor?

Ela soltou o avental, baixou a cabeça, suspirou simplesmente:

– Ai, então muito obrigada, seja pela felicidade de todos...

E agora a curiosidade de Gonçalo procurava os pequenos que ela acarretara desde os Bravais através da chuva cerrada. A pequenina de mama dormia com beatitude sobre a tampa de uma arca, onde a boa Rosa a aconchegara entre mantas e fronhas. Mas o pequeno, de sete anos, encolhido numa cadeira diante do lume, rente ao lençol que secava, secando também, com a carinha afogueada de febre, tossia despedaçadamente, num cabecear de sono e cansaço, a arquejar, a gemer contra a tosse que o esfalfava. Gonçalo pousou a boceta de alperces na arca, palpou a mão com que ele, sem cessar, raspava pela abertura da camisa encardida o peito ainda mais encardido.

– Mas esta criança tem febre!... E você, com uma noite destas, traz o pequeno assim desde os Bravais, mulher?

Da cadeirinha baixa, onde se sentara prostrada, ela murmurou, sem erguer a magra face, torcendo a ponta do avental:

– Ai! era para que eles também pedissem, que estavam sem pai, coitadinhos!

– Vossemecê é doida, mulher! E pretende talvez voltar para os Bravais, debaixo de água, com as crianças?

Ela suspirou:

– Ai! volto, volto... Não posso deixar sozinha a mãe do meu homem, que tem oitenta anos e está entrevada...

Então o Fidalgo cruzou descoroçoadamente os braços – no embaraço daquela aventura, em que, por culpa da sua ferocidade, se arriscavam duas crianças. Mas a Rosa entendia que a pequenina, a de mama, não sofreria com a caminhada, bem chegadinha – ao colo da mãe, debaixo de uma manta grossa. Agora o outro, com a tosse, com a febre...

– Esse fica cá! – exclamou logo Gonçalo, decidido. – Como se chama ele? Manuel... Bem! O Manuel fica cá. E vá descansada, que a sra. Rosa toma cuidado. Precisa uma boa gemada, depois um bom suadouro. Um destes dias lá lhe aparece nos Bravais, curado e mais gordo... Vá sossegada!

De novo a mulher suspirou, no cansaço imenso que a invadira, e amolecia. E sem resistir, no seu longo e abatido hábito de submissão:

– Pois sim senhor, se o Fidalgo manda, está muito bem...

O Bento, entreabrindo a porta do pátio, anunciava uma "aberta", o negrume a levantar. Gonçalo imediatamente apressou a volta aos Bravais:

– E não tenha medo, mulher. Vai um moço da quinta com uma lanterna, e um guarda-chuva para abrigar a pequena... Escute! Vossemecê até podia levar uma capa de borracha!... Oh Bento, corre, desce a minha capa de borracha. A nova, a que comprei em Lisboa...

E quando o Bento trouxe o "impermeável" de longa romeira, o lançou por sobre os ombros da mulher, que o estofo rico intimidava, com o seu ruge-ruge de seda – foi na cozinha uma divertida risada. O pranto passara, como a chuva. Agora era uma visita amorável, findando num arranjo alegre de agasalhos. A Rosa apertava as mãos, banhada de gosto:

– Assim é que vossemecê fica uma bonita madama, hem!... Se fosse de dia, olhe que se juntava gente!

A mulher sorria enfim, descoradamente, sem interesse:

– Ai! nem sei que pareço... Que avantesma![61]

Através do pátio, onde as acácias gotejavam docemente, Gonçalo acompanhou o rancho até à porta do pomar, gritando ainda – "Agasalhem bem a pequena!" – quando já a lanterna do moço se fundia na úmida espessura da noite acalmada. Depois, na cozinha, batendo contra as lajes as solas dos chinelos molhados, apalpou novamente o Manuelzinho, que adormecera num sono rouquejado, torcido sobre as costas da cadeira.

– Tem pouca febre... Mas precisa um suadouro forte. E, antes de o cobrirem bem, um leite quente, quase a ferver, com conhaque... O que ele precisava, também, era ser esfregado a coco... Que porcaria de gente! Enfim fica para mais tarde, quando se curar... E agora, oh Rosa, mande acima alguma coisa para eu cear, coisa sólida, que não jantei, e o sarau foi tremendo!

Na livraria, depois de mudar os chinelos, descansar, Gonçalo escreveu ao Gouveia uma carta, reclamando com comovida urgência a liberdade do Casco. E acrescentava: – "É o primeiro pedido que lhe faz o deputado por Vila Clara (cumprimente!), porque acabo de receber telegrama do nosso André, anunciando que *tudo feito, ministro concorda* etc." De sorte que precisamos comunicar! Queira pois vossa mercê vir jantar amanhã a esta sua Torre, à sombra do Titó e com acompanhamento de Videirinha. Estes dois beneméritos são indispensáveis para que haja apetite e harmonia. E rogo, Gouveia amigo, que os avise do festim, para me evitar a remessa de circulares eloquentes..."

Lacrada a carta, retomou languidamente o manuscrito da novela. E, trincando a rama da pena, ainda procurou vozes, de bom sabor medieval, para aquele lance em que o vílico e as roldas enxergaram a cavalgada do Bastardo, pela encosta da Ribeira, com refulgidos de armas, sob o rijo sol de agosto...

Mas a sua imaginação, desde a carta escrita ao Gouveia pelo "Deputado de Vila Clara", escapava desassossegadamente da velha Honra de Santa Ireneia – esvoaçava teimosamente para os lados de Lisboa, da Lisboa do S. Fulgêncio. E o eirado da torre albarrã, onde o gordo Ordonho gritava esbaforido – incessantemente se desfazia como névoa mole, para sobre ele surgir, apetitoso e mais interessante, um quarto do Hotel Bragança com varanda sobre o Tejo... Foi um alívio quando o Bento o apressou para a ceia. E à mesa espalhou livremente a imaginação por Lisboa, pelos corredores de S. Carlos, por sob as árvores da Avenida, através dos antiquados palácios dos seus parentes em S. Vicente e na Graça, através das salas mais modernas de cultos e alegres amigos – parando às vezes diante de visões que considerava com um riso deleitado e mudo. Alugaria aos meses, certamente, uma carruagem da Companhia. E para as sessões de S. Bento sempre luvas cor de pérola, uma flor no peito. Por comodidade levava o Bento, bem apurado, com casaca nova...

O Bento entrou com a garrafa do conhaque numa salva. Dera a carta ao Joaquim da Horta, com a recomendação de correr logo às seis horas a casa do sr. Administrador, de se demorar na vila por diante da cadeia até soltarem o Casco.

– E já deitamos o pequeno no quarto verde. Fica perto de mim, que tenho o sono leve, se ele berrar... Mas já dorme regaladamente.

– Está sossegado, hem? – acudiu Gonçalo, sorvendo à pressa o cálice de conhaque. – Vamos ver esse cavalheiro!

E tomou um castiçal, subiu ao quarto verde com o Bento, sorrindo, abafando os passos pela estreita escada. No corredor, junto da porta, num desbotado canapé de damasco verde, a Rosa dobrara carinhosamente a roupa trapalhona do pequeno, o colete esgaçado, as calças enormes, só com um botão. Dentro o leito de pau-preto, vasto leito de cerimônia atravancava a parede forrada dum velho papel aveludado de ramagens verdes. Ao lado dos dois postes torneados, à cabeceira, pendiam dois painéis, retratos de antigos Ramires, um Bispo obeso folheando um fólio, um formoso cavaleiro de Malta, de barba ruiva, apoiado à espada, com um laçarote de rendas sobre a couraça polida. E nos altos colchões o Manuelzinho ressonava, sem tosse, quieto, abafado pela grossura dos cobertores, umedecido por um suor fresco e sereno.

Gonçalo, caminhando sempre de leve, repuxou cuidadosamente a dobra do lençol. Desconfiado das janelas decrépitas, experimentou que não entrasse traiçoeiro ar pelas gretas. Mandou

A Ilustre Casa de Ramires ❧ 217

pelo Bento buscar uma lamparina, que arranjou sobre o lavatório, com a luz esbatida por trás duma vasilha. Ainda atentamente relanceou os olhos lentos pelo quarto, para se assegurar do sossego, do silêncio, da penumbra, do conforto[62]. E saiu, sempre na ponta dos pés, sorrindo, deixando o filho do Casco velado pelos dois nobres Ramires – o Bispo com o seu Tratado, o cavaleiro de Malta com a sua pura espada.

Recolhendo do Tanque Velho, do fundo da quinta, onde passara a calma, depois do almoço, na frescura do arvoredo, entre sussurros de águas correntes, a folhear um volume do *Panorama* – Gonçalo encontrou sobre a mesa da livraria, com o correio de Oliveira, uma carta que o surpreendeu, enorme, em papel almaço, fechada por uma obreia. E dentro a assinatura, desenhada a tinta azul, era um coração chamejante.

Num relance devorou as linhas, pautadas a lápis, duma letra gorda, arredondada com esmero:

Caro e Exmo. sr. Gonçalo Ramires:

O galante Governador Civil do Distrito, o nosso atiradiço André Cavaleiro, passeava agora constantemente por diante dos Cunhais, olhando com ternura para as janelas e para o honrado brasão dos Barrolos. Como não era natural que andasse a estudar a arquitetura do palacete (que nada tem de notável), concluiu a gente séria que o digno Chefe do Distrito esperava que V. Exa. aparecesse a alguma das janelas do Largo, ou das que deitam para a Rua das Tecedeiras, ou sobretudo no mirante do jardim, para reatar com V. Exa. a antiga e quebrada amizade. Por isso mui acertadamente procedeu V. Exa. em correr pessoalmente ao Governo Civil, e propor a reconciliação, e abrir os braços generosos ao velho amigo evitando assim que a primeira autoridade do Distrito continuasse a esbanjar um tempo precioso naqueles passeios, de olhos pregados no palacete dos

218 ⁕ EÇA DE QUEIRÓS

fidalguíssimos Barrolos. Enviamos portanto a V. Exa. os nossos sinceros parabéns por esse acertado passo, que deve calmar as impaciências do fogoso Cavaleiro e redondar em benefício dos serviços públicos!

Revirando o papel nas mãos, Gonçalo pensou:

– É das Lousadas!

Ainda estudou a letra, as expressões, descortinando que *redundar* fora escrito com um O, *arquitectura* sem C. E rasgou furiosamente a grossa folha, rosnando no silêncio da livraria:

– Aquelas bêbedas!

Sim, era delas, das odiosas Lousadas! E essa origem mais o aterrava – porque maledicência lançada por tão ardentes espalhadoras de maledicências, já certamente penetrara em todas as casas de Oliveira, mesmo na cadeia, mesmo no hospital! E agora a cidade divertida, lambendo o escândalo, relacionava perfidamente os rodeios do André pelos Cunhais com essa sua visita ao Governo Civil, que assombrara a Arcada. Na ideia, pois, de Oliveira, e sob a inspiração das Lousadas – fora ele, ele, Gonçalo Mendes Ramires, que arrancara o Cavaleiro à sua Repartição, o conduzira serviçalmente ao Largo de El-Rei, lhe escancara as portas do palacete até aí rondadas e miradas sem proveito, e com sereno descaro alcovitara[63] os amores da irmã! Se tais desavergonhadas não mereciam que lhes arregaçassem as sujas saias no meio da Praça, em manhã de missa, e lhes fustigassem as nádegas meladas, furiosamente, até que o sangue ensopasse as lajes!...

E, para maior dano, as aparências todas se combinavam contra ele, traidoramente! Essa insistência de André, cocando Gracinha, estrondeando a calçada em torno do palacete, crescera, impressionava, justamente agora, neste Agosto, nas vésperas dessa sua aparição à janela do Governo Civil, que Oliveira comentava como um mistério histórico. Que inoportunamente morrera o animal do Sanches de Lucena! Meses antes, nem mesmo a malícia das Lousadas ligaria a sua reconciliação com André a um cerco amoroso

A Ilustre Casa de Ramires ❧ 219

que não começara, ou não andava tão murmurado. Três ou quatro meses depois, André, sem esperança ante o palacete inacessível, certamente findaria os seus giros pelo Largo, de rosa ao peito! Mas não! infelizmente, quando esse André, com maior estrépito, ronda a porta almejada – é que ele acode, e abraça o rondador, e lhe facilita a porta! E assim a maledicência das Lousadas encontrava uma base, a que todos na cidade podiam palpar a substância e a solidez, e sobre ela se erigia como Verdade Pública! Infames Lousadas!

Mas agora! O quê! manter rigidamente as suas relações com o Cavaleiro dentro da Política, evitando escorregadias intimidades que o tornassem logo nos Cunhais, como outrora na Torre, o convida desejado? Como poderia? Desde que ele se reconciliava com André, logo e tão naturalmente como a sombra segue a inclinação do ramo, se reconciliava também o Barrolo, seu cunhado e sua sombra... Mas como impor ao Barrolo que a sua renovada familiaridade, com o Cavaleiro, se realizasse unicamente dentro da Política, como dentro dum lazareto?[64] – "Eu sou outra vez o velho amigo do André, tu, Barrolo, também – mas nunca o convides para a tua mesa, nem lhe abras a tua porta!" – imposição desconcertada, de dura impertinência – e que, na pequena Oliveira, logo os fáceis encontros, a simplicidade hospitaleira do Barrolo, quebrariam como um barbante puído... E depois que grotesca atitude a sua, hirto diante do portão do palacete, como um Arcanjo S. Miguel, de bengala de fogo na mão, para sustar a intrusão de Satanás, chefe do Distrito! Mas também que toda a cidade largasse a cochichar pelos cantos o nome de Gracinha embrulhado ao nome de André, com o nome dele, Gonçalo, emaranhado através como o fio favorável que os atara – era horrível.

E na impaciência desta dificuldade, de malhas tão ásperas, que tanto o feriam, terminou por esmurrar a mesa, revoltado:

– Irra, que maçada! São tudo maçadas, nestas terras pequenas e coscuvilheiras...[65]

220 ∞∞ EÇA DE QUEIRÓS

Em Lisboa quem se importaria que o sr. Governador Civil passeasse num certo Largo – e que certo Fidalgo da Torre se reconciliasse com o sr. Governador Civil?... Pois acabou! Romperia soberbamente para diante, como se habitasse Lisboa, desafogado de mexericos e de malignos olhinhos a cocar. Era Gonçalo Mendes Ramires, da casa de Ramires! Mil anos de nome e de solar! Dominava bem acima de Oliveira, de todas as suas Lousadas. E não só pelo nome, louvado Deus, mas pelo espírito... O André era seu amigo, entrava em casa de sua irmã – e Oliveira que estourasse!

E nem consentiu que a suja carta das Lousadas desmanchasse a quieta manhã de trabalho, para que se preparara desde o almoço, relendo trechos do poemeto do tio Duarte, folheando artigos do *Panorama* sobre as guerras de muralhas no século XII. Com um esforço de atenção erudita abancou, mergulhou a pena no tinteiro de latão que servira a três gerações de Ramires. E enquanto repassava as tiras trabalhadas, nunca o Castelo de Santa Ireneia lhe parecera tão heroico[66], de tão soberana estatura, sobre tamanha colina de história, sobranceando o Reino, que em torno dele se alargava, se cobria de vilas e messes, pelo esforço dos seus castelões!

Temerosa, com efeito, se erguia a antiga Honra de Santa Ireneia, nessa afonsina manhã de Agosto e rijo sol, em que o pendão do Bastardo surgira, entre fúlgidos de armas, para além dos arvoredos da Ribeira! Já por todas as ameias se apinhavam os besteiros, espiando, encurvadas as bestas. Das torres e adarves subia o fumo grosso do breu, fervendo nas cubas, para despejar sobre os homens de Baião, que tentassem a escalada. O adail corria pelas quadrelas, relembrando as traças de defesa, revistando os feixes de virotões, os pedregulhos de arremesso. E no imenso terreiro, por entre os alpendres colmados, surdiam velhos solarengos, servos do forno, servos da abegoaria, que se benziam com terror, puxavam pelo saião de algum apressado homem de rolda, para saberem da hoste que avançava. No entanto a cavalgada passara a Ribeira sobre a rude ponte de pau – já, por entre os álamos, serenamente se acercava do Cruzeiro de granito, outrora erguido nos confins da Honra por Gonçalo Ramires, o *Cortador*. E, no sossego da manhã abrasada, mais fundamente ressoaram as buzinas do Bastardo, e o seu toque lento e triste à mourisca...

Mas quando Gonçalo, enlevado no trabalho, tentava reproduzir, com termos bem sonoros, avidamente rebuscados no *Dicionário dos Sinônimos,* o toar arrastado das buzinas de Baião – sentiu realmente, do lado da Torre, um gemer de sons graves que crescia através dos limoeiros. Deteve a pena – e eis que o *Fado dos Ramires* se eleva ofertadamente da horta, em serenada, para a varanda florida de madressilva:

> Ora, quem te vê solitária,
> Torre de Santa Ireneia...

O Videirinha! – Correu alvoroçadamente à janela. Um chapéu-coco tremulou entre os ramos, um brado estrugiu, aclamador:

– Viva o deputado por Vila Clara! Viva o ilustre deputado Gonçalo Ramires!

No violão rompera triunfalmente o Hino da Carta. Videirinha, alçado na biqueira das botas gaspeadas de verniz, gritava: – "Viva!" E por baixo do chapéu-coco, sacudido com delírio, João Gouveia, sem poupar a garganta, urrava – "Viva o ilustre deputado por Vila Clara! Viva!"

Majestosamente, Gonçalo, alagado de riso, estendeu da varanda o braço eloquente:

– Obrigado, meus queridos concidadãos! Obrigado!... A honra que me fazeis, vindo assim, nesse formoso grupo, o chefe glorioso da Administração, o inspirado farmacêutico, o...

Mas reparou... E o Titó?

– O Titó não veio?... Oh João Gouveia, você não avisou o Titó?

222 &ew ECA DE QUEIRÓS

Repondo sobre a orelha o chapéu-coco, o Administrador, que arvorava uma gravata de cetim escarlate, declarou o Titó "um animal":

– Estava combinado virmos todos três. Até ele devia trazer uma dúzia de foguetes, para estalar aqui com o Hino... A reunião era ao pé da ponte... Mas o animal não apareceu. Em todo o caso ficou avisado, avisadíssimo... E se não vier, é traidor.

– Bem, subam vocês! – gritou Gonçalo. – Eu num instante me visto. E, para aguçar o apetite, proponho um vermute, depois uma volta pela quinta até ao pinhal!...

Imediatamente Videirinha, teso, empinando o violão, meteu pela rua larga da horta, recoberta de parreira; e atrás João Gouveia atirava os passos em cadência nobre, alçando o guarda-sol como um pendão. Quando Gonçalo entrou no quarto, berrando pelo Bento e por água quente – o *Fado dos Ramires* soava, em trinados heroicos, através do feijoal, por sob a janela aberta onde secava o lençol do banho. E eram as quadras preferidas do Fidalgo, as quadras em que o grande avô Rui Ramires, sulcando os mares de Mascate numa urca, encontra três fortes naus inglesas, e, do alto do seu castelo de proa, vestido de grã vermelha, com a mão no cinto de anta tauxiado de oiro e pedras, soberbamente as intima a que se rendam...

Todo alegre, e a mão no cinto,
Junto da Signa Real,
Gritando às naus – "Amainai
Por El-Rei de Portugal!..."[67]

Gonçalo abotoava à pressa os suspensórios, retomara o canto glorificador – Todo *alegre, e a mão no cinto... Junto da Signa Real...* – E, através do esforço esganiçado, pensava que, com tal linha de avós, bem podia desprezar Oliveira e as suas Lousadas horrendas. Mas o trovão lento de Titó retumbou no corredor:

– Então esse deputado de Vila Clara?... Já está a vestir a farda?

Videirinha, Titó e João Gouveia

Gonçalo correu à porta do quarto, radiante:

– Entra, Titó! Os deputados já não usam farda, homem! Mas se a tivesse, com os diabos, ia hoje farda, e espadim e chapéu armado, para honrar hóspedes tão ilustres!

O outro avançara vagarosamente, com as mãos nas algibeiras da rabona de veludo cor de azeitona, o vasto chapéu braguês atirado para a nuca, desafogando a honesta face barbuda, vermelha de saúde e sol:

– Eu, por farda, queria dizer libré... Libré de lacaio[68].

– Ora essa!?

E o outro mais retumbante:

– Pois o que vais tu ser, homem, senão um sujeito às ordens do S. Fulgêncio, *do horrendo careca?* Não lhe serves o chá, quando ele te mandar; mas, quando ele te mandar votar, votas! Ali, direitinho, às ordens! "Oh Ramires, vote lá!" E Ramires, zás, vota... É de escudeiro, homem, é de escudeiro de libré...

Gonçalo sacudiu os ombros, impaciente:

– Tu és uma criatura das selvas, lacustre, quase pré-histórica... Não entendes nada das realidades sociais!... Na sociedade não há princípios absolutos!...

Mas o Titó, imperturbável:

– E esse Cavaleiro? Também já é rapaz de talento? Também já governa bem o Distrito?[69]

Então Gonçalo protestou, picado, com uma roseta forte na face. E quando negara ele ao André talento ou jeito de governar? Nunca! Só rira, gracejando, da sua pompa, da bigodeira lustrosa... E de resto, o serviço do país exigia que, por vezes, se aliassem homens que nem partilhavam os mesmos gostos, nem procuravam os mesmos interesses!

– E enfim o sr. Antônio Vilalobos vem hoje um moralista muito terrível, um Catão[70] com quem se não pode jantar!... Ora foi sempre o costume dos Filósofos muito ríspidos fugir da sala do banquete, onde triunfa o devasso, e protestar comendo na cozinha!

A Ilustre Casa de Ramires   225

Titó, serenamente, virou as costas majestosas.

– Onde vais, ó Titó?

– Para a cozinha!

E, como Gonçalo ria, Titó, junto da porta, girando como uma torre que gira, encarou o seu amigo:

– Sério, sério, Gonçalo! Eleição, reconciliação, submissão, e tu em Lisboa às cortesias ao S. Fulgêncio, e em Oliveira de braço dado com o André, tudo isso parece que destoa... Mas enfim se a Rosa hoje se apurou, não aludamos mais a coisas tristes!

E Gonçalo bracejava, de novo protestava – quando o violão ressoou no corredor, com as patadas bem marchadas do Gouveia, e o *Fado* recomeçou, mais meigo, mais glorificador:

– Velha casa de Ramires,
Honra e flor de Portugal!

VI

❦

A Casa do Cavaleiro em Corinde era uma edificação dos fins do século XVIII, sem elegância e sem arte, pintada de amarelo, lisa e vasta, com catorze janelas de frente, quase ao meio duma quinta chã, toda de terras lavradas. Mas uma avenida de castanheiros conduzia, com alinhada nobreza, ao pátio da frente, ornado por dois tanques de mármore. Os jardins conservavam a abundância esplêndida de rosas que os tornara famosos – e lhes merecera em tempos do avô de André, o Desembargador Martinho, uma visita da sra. D. Maria II[1]. E dentro todas as salas reluziam de asseio e ordem, pelos cuidados da velha governanta, uma parenta pobre do Cavaleiro, a sra. D. Jesuína Rolim.

Quando Gonçalo, que viera da Torre na égua, atravessou a antessala, ainda reconheceu um dos painéis da parede, fumarento combate de galeões, que ele uma tarde rasgara jogando o espadão com André. Sob esse painel, à borda do canapé de palhinha, esperava melancolicamente um amanuense[2] do Governo Civil, com a sua pasta vermelha sobre os joelhos. E duma porta remota, ao fundo do corredor, André, avisado pelo criado, o fiel Mateus, gritou alegremente:

– Oh Gonçalo, entra para cá, para o quarto! Saí da tina... Ainda estou em ceroulas!

228 ～～ Eça de Queirós

E em ceroulas o abraçou, num generoso abraço de parabéns. Depois, enquanto se vestia, por entre as cadeiras atravancadas com o recheio das malas – gravatas, peúgas[3] de seda, garrafas de perfumes – conversaram do calor, da jornada enfadonha, de Lisboa despovoada...

– Um horror! – exclamava o Cavaleiro, aquecendo um ferro de frisar à lâmpada de álcool. – Todas as ruas da Baixa em obras, cobertas de caliça, de poeirada. O Central infestado de mosquitos. Muito mulato. Uma Tunes, Lisboa!... Mas enfim, lá combatemos bravamente o bom combate!

Gonçalo sorria, do canto do divã onde se acomodara, entre uma pilha de camisas de cor e outra de ceroulas com monograma flamante:

– E então, Andrezinho, tudo arranjado, hem?

O Cavaleiro, diante do toucador, frisava com enlevado esmero as pontas grossas do bigode. E só depois de o ensopar em brilhantina, de acamar as ondas da cabeleira rebelde, de se mirar, de se requebrar, assegurou a Gonçalo, já inquieto, que a eleição ficara sólida...

– Mas imagina tu! Quando apareci em Lisboa, no Ministério do Reino, encontrei o círculo prometido ao Pita, ao Teotônio Pita, o grande homem da *Verdade*...

O Fidalgo pulou, despenhando a ruma de camisas:

– E então?...

– E então ele mostrara muito asperamente, ao José Ernesto, a inconveniência de dispor do círculo como dum charuto, sem o consultar, a ele, Governador Civil – e dono do círculo... E como o José Ernesto se arrebitava, aludia à conveniência superior do Governo, ele logo, estendendo o dedo firme: – "Pois Zezinho, flor, ou trago o Ramires por Vila Clara, ou me demito, e arde Troia!..." Espantos, escarcéus, berreiros – mas o José Ernesto cedera, e tudo findou jantando ambos em Algés com o tio Reis Gomes, onde à noite, ao *bluff*[4], as senhoras lhe arrancaram catorze mil-réis.

– Em resumo, Gonçalinho, precisamos conservar os olhos atentos[5]. O José Ernesto é rapaz leal, meu velho amigo. E depois conhece o meu gênio... Mas há os compromissos, as pressões... E agora a novidade pitoresca. Sabes quem se propõe contra ti, pelos Regeneradores?... Adivinha... O Julinho!

– Que Julinho?... O Júlio das fotografias?[6]

– O Júlio das fotografias.

– Diabo!

O Cavaleiro encolheu os ombros, com piedade:

– Arranja dez votos à porta da quinta, tira o retrato a todos os taberneiros do círculo em mangas de camisa, e continua a ser o Julinho... Não! só Lisboa me inquieta, a canalha política de Lisboa!

Gonçalo torcia o bigode, desconsolado:

– Imaginei tudo mais sólido, mais inabalável... Assim com todas essas intrigas, ainda surde trapalhada... Ainda lá não vou!

O Cavaleiro, ao espelho, esticava o fraque – que experimentara abotoado, depois repuxadamente aberto sobre o colete de fustão cor de azeitona, onde, no trespasse largo, tufava a gravata de sedinha clara, prendida por uma safira. Por fim, encharcando o lenço com essência de feno:

– Nós estamos bem aliados, bem congraçados, não é verdade? Então, meu caro Gonçalo, sossega, e almocemos regaladamente!... Creio que este fraque do nosso Amieiro assenta com certa graça, hem?

– Magnífico! – afirmou Gonçalo.

– Bem. Então agora desçamos ao jardim, para tu reveres os velhos pousos e te florires com uma rosa de Corinde.

E logo no corredor, ornado de jarrões da Índia, de arcas de charão, enlaçando o braço de Gonçalo, do seu recuperado Gonçalo:

– Pois, meu filho, aqui pisamos ambos de novo os nobres soalhos de Corinde, como há cinco anos... E nada mudou, nem um criado, nem uma cortina! Agora, um destes dias, preciso visitar a Torre.

230 ~~ EÇA DE QUEIRÓS

Gonçalo acudiu ingenuamente:

– Oh! a Torre está muito mudada... Muito mudada!

E um embaraçado silêncio pesou – como se entre eles surgisse a imagem entristecida da antiga quinta, no tempo dos amores e das esperanças, quando André e Gracinha procuravam as últimas violetas de abril, sob o sorriso tutelar de *miss* Rhodes, rente aos úmidos muros da Mãe-d'Água. Ainda em silêncio desceram a escada de caracol – por onde ambos outrora se despenhavam cavalgando o corrimão. E embaixo, numa sala abobadada, rodeada de bancos de madeira com as armas dos Cavaleiros nas espaldas, André quedou diante da porta envidraçada do jardim, ondeou um gesto desconsolado e lânguido:

– Eu também, agora, pouco apareço em Corinde. E, compreendes bem, que não me retêm em Oliveira os cuidados da Administração... Mas este casarão arrefeceu, alargou, desde a morte da mamã. Ando aqui como perdido. E acredita, quando cá me demoro, são uns passeios tristonhos por esses jardins, pela Rua Grande... Ainda te lembras da Rua Grande?... Vou envelhecendo muito solitariamente, meu Gonçalo!

Gonçalo murmurou, por concordância, simpatia renovada:

– Eu também me aborreço na Torre...

– Mas tens outro gênio! E eu realmente sou um elegíaco[7].

Correu, com um esforço, o fecho perro da porta envidraçada. E limpando os dedos ao lenço perfumado:

– Eu creio que Corinde, agora, só me encantava com grandes cerros escalvados, grandes rochedos agrestes... Às vezes, cá dentro da alma, necessito o ermo de S. Bruno...

Gonçalo sorria daquele apetite ascético, murmurado com preciosidade, através da bigodeira torcida a ferro, resplandecente de brilhantina. E no terraço, junto à balaustrada de pedra enramada de hera, galhofou, louvando o areado alinho, o reluzente viço do jardim:

– Com efeito, para um discípulo de S. Bruno, que escândalo, todo este asseio! Mas para um pecador como eu, que delícia!... O jardim da Torre anda um chavascal.

A Ilustre Casa de Ramires 231

– A prima Jesuína gosta de flores. Tu não conheces a prima Jesuína? Uma velha parenta da mamã, que governa agora a casa. Coitada! e com um escrúpulo, com um amor... Se não fosse a santa criatura, os porcos foçavam nos canteiros... Meu filho, onde não há saia, não há ordem!

Desceram a escadaria redonda, por entre os vasos de louça azul que trasbordavam de gerânios, de sécias, de canas-da-índia. Gonçalo recordou a véspera de S. João em que rolara por aqueles degraus, num trambolhão tremendo, com os braços carregados de foguetes. E lentamente, através do jardim, evocavam memórias da camaradagem antiga. Lá se conservava o trapézio, dos tempos em que ambos cultivavam a religião heroica da força, da ginástica, do banho frio... Naquele banco, sob a magnólia, lera uma tarde André o primeiro canto do seu poema, o *Fronteiro de Arzila*. E o alvo? O alvo onde se exerciam à pistola, para os futuros duelos, inevitáveis na campanha que ambos meditavam contra o velho Sindicato Constitucional?... – Oh! toda essa parte do muro, que pegava com o lavadouro, fora derrubada depois da morte de mamã, para alargar a estufa...

– De resto o alvo era inútil! – acrescentou o Cavaleiro. – Eu logo por esse tempo entrei também no Sindicato... E agora entras tu, pela porta que eu te abro!

Então Gonçalo, que colhera e esmagava entre os dedos, para lhe sorver o perfume, folhas de lúcia-lima – acudiu com uma franqueza, que aquele desenterrar de recordações tornava mais penetrante e sentida:

– E eu desejo entrar, e ardentemente, bem sabes. Mas tu afianças a eleição, com segurança? Não surgirá dificuldade, Andrezinho?... Esse Pita é um hábil!

O Cavaleiro murmurou apenas, mergulhando os dedos nas cavas do colete:

– Da habilidade dos Pitas se ri a força dos Cavaleiros...

Por três degraus de tijolo baixaram ao outro jardim, desafogado de arvoredo e sombra, onde desabrochava desde maio, com esplendor, o tão celebrado bosque de roseiras, orgulho da quinta de Corinde, que deleitara uma Rainha. Aquele fácil desdém pelo Pita confirmava a segurança da eleição. Gonçalo, caminhando respeitosamente como num Museu, regou de louvores deslumbrados as rosas do Cavaleiro:

– Uma beleza, André, uma maravilha! Tens aqui rosas sublimes... Aquelas repolhudas, além, que luxo! E estas amarelas? Deliciosas!... Olha este encanto! O ruborzinho a surdir, a raiar, do fundo das pétalas brancas... Oh, que escarlate! Oh, que divino escarlate!

O Cavaleiro cruzara os braços, com gracejadora melancolia:

– Pois vê tu! Tal é a minha solidão social e sentimental que, com todas estas rosas abertas, não tenho a quem mandar um ramo!... Estou reduzido a florir as Lousadas!

Um escarlate, mais vivo do que as rosas que gabava, cobriu as faces do Fidalgo:

– As Lousadas! Oh, que desavergonhadas!

André atirou ao seu amigo os lustrosos olhos, num inquieto reparo de curiosidade:

– Por quê?... Desavergonhadas, por quê?

– Por quê? Porque o são! Pela sua natureza, e pela vontade de Deus!... São desavergonhadas como estas rosas são vermelhas.

E o Cavaleiro, tranquilizado:

– Ah, genericamente... Com efeito têm imensa peçonha. Por isso eu as cubro de rosas. E em Oliveira, todas as semanas, meu filho, tomo com elas um chá respeitoso!

– Pois não as amansas – rosnou o Fidalgo.

Mas o Mateus aparecera nos degraus de tijolo com o guardanapo na mão, a calva rebrilhando ao sol. Era o almoço. O Cavaleiro colheu para Gonçalo uma "rosa triunfal" – e para si um "botão inocente..." E, enflorados, subiam para o terraço entre o brilho e o perfume de outras roseiras – quando o Cavaleiro parou com uma ideia:

– A que horas vais tu para Oliveira, Gonçalinho?

O Fidalgo hesitou. Para Oliveira?... Não tencionava aparecer em Oliveira, toda essa semana...

– Por quê? É urgente que vá a Oliveira?

– Pois certamente, filho! Amanhã mesmo precisamos conversar com o Barrolo, combinarmos, por causa dos votos da Murtosa!... Meu querido Gonçalo, não podemos adormecer. Não é pelo Júlio, é pelo Pita!

– Bem! bem! – acudiu logo Gonçalo, assustado. – Parto para Oliveira.

– Porque então – continuava André – vamos ambos logo, a cavalo. É um bonito passeio pelos Freixos, sempre com sombra... Tens talvez de mandar à Torre, por causa de roupa...

Não! Gonçalo, para evitar a importunidade de malas, conservava nos Cunhais um bragal[8] inteiro, desde a chinela, até à casaca. E entrava em Oliveira como o filósofo Bias em Atenas – com uma simples bengala e paciência infinita...

– Delicioso! – declarou André. – Fazemos então logo a nossa entrada oficial em Oliveira. É o começo da campanha.

O Fidalgo torcia o bigode, consternado, pensando nos risinhos perversos das Lousadas, de toda a cidade, perante uma entrada tão aparatosamente fraternal. E, quando o Cavaleiro recomendou ao Mateus que mandasse aprontar o *Rossilho* e a égua do Fidalgo para as quatro horas e meia, Gonçalo exagerou o seu receio do calor, da poeira. Antes partissem às sete, pela fresca! (Assim esperava penetrar em Oliveira desapercebidamente, esbatido no crepúsculo.) Mas André protestou:

– Não, é uma seca, chegamos à noite. Precisamos entrar com solenidade, à hora da música no Terreiro... Às cinco, hem?

E Gonçalo, vergando os ombros sob a fatalidade:

– Pois sim, às cinco.

Na sala de jantar, esteirada, com denegridos painéis de flores e frutas sobre um papel vermelho imitando damasco, André ocupou a veneranda cadeira de braços do avô Martinho. O brilho das pratas, a frescura das rosas numa floreira de Saxe, revelavam os desvelos da prima Jesuína – que, com dor de entranhas nessa manhã, não se vestira, almoçava no quarto. Gonçalo louvou aquela elegante ordem, tão rara numa casa de solteirão, lamentando a falta de uma prima Jesuína na Torre... E André sorria deliciadamente, desdobrando o guardanapo, com a esperança que Gonçalo contasse aos Barrolos o confortável luxo de Corinde. Depois, picando com o garfo uma azeitona:

– Pois é verdade, meu querido Gonçalo, lá estive nessa grande Capital, depois um dia em Sintra...

O Mateus entreabriu a porta para recordar a S. Exa. o amanuense do Governo Civil, que esperava.

– Pois que espere! – gritou S. Exa.

Gonçalo lembrou que talvez o digno homem se impacientasse, com fome...

– Pois que almoce! – gritou S. Exa.

Aquele seco desprezo de André pelo pobre empregado, esquecido no banco de entrada, com a sua pasta sobre os joelhos – constrangia o Fidalgo. E espetando também uma azeitona:

– Dizias então, Sintra...

– Sensabor – resumiu André. – Poeirada horrenda, femeaço[9] medíocre... E já me esquecia. Sabes quem lá encontrei, na estrada de Colares? O Castanheiro, o nosso Castanheiro, o dos *Anais*, de chapéu alto. Ergueu logo os braços ao céu, desolado: – "E então esse Gonçalo Mendes Ramires não me manda o romance?" Parece que o primeiro número da revista sai em dezembro, e ele precisa o original em começos de outubro... Lá me suplicou que te sacudisse, que te recordasse a glória dos Ramires. E tu devias acabar a novela... Até convém que, antes de entrares na Câmara, apareça um trabalho teu, um trabalho sério, de erudição forte, bem português...

– Pois convém! – concordou vivamente Gonçalo. – E à novela só falta o capítulo quarto. Mas esse justamente demanda mais preparação, mais pesquisas... Para o acabar precisava o espírito bem sossegado, a certeza desta infernal eleição... Não é o animal do Júlio que me inquieta. Mas a canalha intrigante de Lisboa... Que te parece?

Cavaleiro riu, estendendo de novo o garfo para as azeitonas:

– Que me parece, Gonçalinho? Que estás como uma criança pequena, aflita, com medo que te não chegue o prato de arroz doce. Sossega, menino, apanhas o teu arroz doce!... Mas com efeito, encontrei o José Ernesto muito teimoso. Já existiam compromissos antigos com o Pita. A *Verdade* tem sido furiosamente ministerial... E esse Pita, agora quando souber que lhe tapei Vila Clara, arde em furor contra mim. O que me é soberanamente indiferente; colerazinhas ou piadinhas do Pita não me tiram o apetite... Mas o José Ernesto admira o Pita, necessita do Pita, está empenhado em pagar ao Pita com um círculo... Ainda no último dia me disse na Secretaria, até lhe achei graça: – "Eu vejo que os deputados por Vila Clara morrem; ora se, por esse bom costume, o teu Ramires morrer em breve, então entra o Pita".

Gonçalo recuou a cadeira:

– Se eu morrer!... Que animal!

– Oh, se morreres para o círculo! – atalhou o Cavaleiro rindo. – Por exemplo, se nos zangássemos, se amanhã entre nós surgisse uma dissidência... Enfim o impossível!

O Mateus entrava com a terrina do caldo de galinha, que rescendia.

– A ele! – exclamou André. – E não se fale mais de círculos, nem de Pitas, nem de Júlios, nem da negregada política!... Conta antes o enredo da tua novela... Histórica, hem?... Meia-idade? D. João V?... Eu, se tentasse agora um romance, escolhia uma época deliciosa, Portugal sob os Filipes...[10]

Os três quartos, depois das seis, batiam no relógio sempre adiantado da Igreja de S. Cristóvão, em Oliveira, quando André Cavaleiro e Gonçalo, descendo da rua Velha, penetraram no Terreiro da Louça (agora *Largo do Conselheiro Costa Barroso*).

[…] quando André Cavaleiro e Gonçalo, descendo da rua Velha, penetraram no Terreiro da Louça […]

A ILUSTRE CASA DE RAMIRES ❧ 237

Todos os domingos, tocando num coreto que o Conselheiro, quando Presidente da Câmara, mandara construir sobre o velho pelourinho demolido, a charanga do regimento ou a filarmônica *Lealdade,* tornavam aquele largo o centro mais sociável da quieta e caseira cidade. Nessa tarde, porém, como começara no Convento de Santa Brígida o bazar patrocinado pelo Bispo, as senhoras rareavam nos bancos de pedra e nas cadeiras do asilo espalhadas por sob as acácias. As Lousadas faltavam no seu pouso reservado, superiormente escolhido para espiarem todo o Terreiro, as casas que o cerram do lado de S. Cristóvão e do lado das Trinas, a rua Velha e a rua das Velas, a barraca da limonada, e até outro retiro pudicamente disfarçado por uma caniçada de heras. E o único rancho conhecido, D. Maria Mendonça, a Baronesa das Marges, as duas Alboins, conversavam com as costas para o Terreiro, junto da grade de ferro que o limita sobre a antiga muralha – de onde se dominam campos, a cerca do Seminário Novo, todo o pinhal da Estevinha e as voltas lustrosas da ribeira de Crede.

Mas entre os cavalheiros que trilhavam vagarosamente a álea do Largo denominado o " Picadeiro", gozando a *Marcha do Profeta,* o espanto reviveu (apesar de todos conhecerem a reconciliação famosa do Governo Civil), quando os dois amigos apareceram, ambos de chapéu de palha, ambos de polainas altas, ao passo solene das duas éguas – a de Gonçalo airosa e baia de cauda curta à inglesa, a do Cavaleiro pesada e preta, de pescoço arqueado, a cauda farta rolando as lajes. Melo Alboim, o Barão das Marges, o dr. Delegado, pararam numa fila pasmada, a que se juntou um dos Vila Velhas, depois o morgado Pestana, depois o gordo major Ribas com a farda desabotoada, rebolando e galhofando sobre "aquela amigação..." O tabelião Guedes, o Guedes *popa,* derrubou a cadeira no alvoroço com que se ergueu, indignado mas respeitoso, descobrindo a calva numa cortesia imensa, em que o chapéu branco lhe tremia. E o velho Cerqueira, o advogado, que saía do retiro encaniçado de hera e se abotoava, embasbacou,

238 EÇA DE QUEIRÓS

com os óculos na ponta do nariz alçado, os dedos esquecidos nos botões das calças.

No entanto os dois amigos, gravemente, seguiam pela correnteza de casas que o palacete de D. Arminda Vilegas domina, com o pesado brasão dos Vilegas na cimalha, as suas dez nobres varandas de ferro opulentadas por cortinas de damasco amarelo. Na varanda de esquina, o Barrolo e José Mendonça fumavam, sentados em mochos de palhinha. E ao sentir as patas lentas das éguas, ao avistar tão inesperadamente o cunhado – o bom Barrolo quase se despenhou da varanda:

– Oh Gonçalo! Oh Gonçalo!... Vais lá para casa ?

E nem esperou uma certeza, berrou de novo, bracejando:

– Nós já vamos! jantamos cá esta tarde. A Gracinha está lá em cima, com a tia Arminda. Vamos já também! É um momento!

O Cavaleiro acenou risonhamente ao capitão Mendonça. Já Barrolo mergulhara com entusiasmo para dentro dos damascos amarelos. E os dois amigos, deixando pelo Terreiro aquele sulco de espanto, penetraram na rua das Velas, onde um polícia se perfilou com a mão no boné – o que foi agradável ao Fidalgo da Torre[11].

O Cavaleiro acompanhou Gonçalo ao Largo de El-Rei. Diante do palacete um homem de boina vermelha remoía no seu realejo o coro nupcial da *Lúcia*, espiando as janelas desertas. O Joaquim da Porta correu do pátio a segurar a égua do Fidalgo. Com um mudo sorriso, o tocador estendera a boina. E depois de lhe atirar um punhado de cobre – Gonçalo hesitou, murmurou enfim, com embaraço e corando:

– Não queres entrar e descansar, André?...

– Não, obrigado... Então amanhã às duas no Governo Civil, com o Barrolo, para combinarmos sobre os votos da Murtosa... Adeus, minha flor! Demos um belo passeio e espantamos os povos!

E S. Exa., envolvendo o palacete num demorado olhar, desceu pela Rua das Tecedeiras.

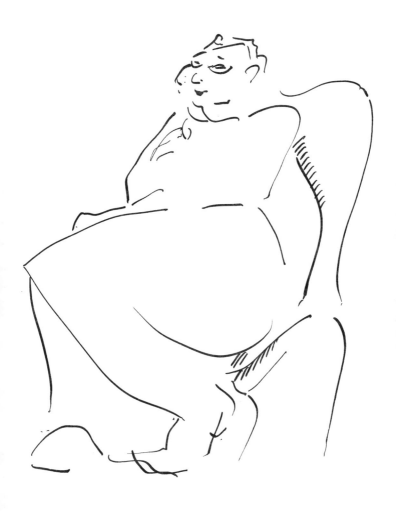

E ao sentir as patas lentas das éguas, ao avistar tão inesperadamente o cunhado – o bom Barrolo quase se despenhou da varanda:

No seu quarto (sempre preparado, com a cama feita) Gonçalo acabava de se lavar, de se escovar, quando Barrolo se precipitou pelo corredor, esbofado, sôfrego – e atrás dele Gracinha, ofegante também, desapertando nervosamente as fitas escarlates do chapéu. Desde a tarde em que Barrolo "presenciara com os olhos bem acordados!" a palestra de Gonçalo e de André na varanda do Governo Civil – fervera nele e em Gracinha uma impaciência desesperada por penetrar os motivos, a encoberta história daquela reconciliação surpreendente. Depois a fuga de Gonçalo na caleche para a Torre, sem parar nos Cunhais; a repentina jornada do Cavaleiro a Lisboa, o silêncio que sobre aquele caso se abatera mais pesado que uma tampa de ferro – quase os aterrou. Gracinha à noite, no oratório, murmurava através das rezas distraídas: – "Oh, minha rica Nossa Senhora, que será?" – Barrolo não ousara correr à Torre; mas até sonhava com a varanda do Governo Civil, que lhe aparecia enorme, crescendo, atravancando Oliveira, roçando já as janelas dos Cunhais, de onde ele a repelia com o cabo duma vassoura... E eis agora Gonçalo e André que entram na cidade a cavalo, muito serenamente, ambos de chapéu de palha, como companheiros constantes recolhendo dum passeio!

Logo à porta do quarto, Barrolo atirou os braços, rompeu aos brados:

– Então que tem sido tudo isto?... Não se fala noutra coisa!... Tu com o André!

Gracinha, arfando, tão vermelha como as fitas do chapéu, só balbuciava:

– E não vens, nem escreves... Nós com tanto cuidado...

E mesmo rente da porta aberta, sem se sentarem, o Fidalgo aclarou o "mistério", com a toalha ainda nas mãos:

– Uma coisa muito inesperada, mas muito natural. O Sanches Lucena morreu, como vocês sabem. Ficou vago o círculo de Vila Clara. É um círculo por onde só pode sair um homem da terra, com propriedade, com influência. O Governo imediatamente me

A Ilustre Casa de Ramires ❧ 241

mandou perguntar, pelo telégrafo, se eu me desejava propor...[12]
Ora eu, no fundo, estou de bem com os Históricos, sou amigo do
José Ernesto... Estimava entrar na Câmara... Aceitei.

O Barrolo esmagou a coxa com uma palmada triunfal:

– Então era certo, caramba!

O Fidalgo continuava, enxugando interminavelmente as mãos:

– Aceitei, está claro, com condições; e muito fortes. Mas
aceitei... Neste caso, como vocês sabem, convém que o candidato
se entenda com o Governador Civil. Eu, ao princípio, não queria
renovar relações. Instado, porém, muito instado de Lisboa, e por
considerações superiores de política, consenti nesse sacrifício.
Nas dificuldades em que se encontra o país, todos devem fazer
sacrifícios. Eu fiz esse... O André, de resto, foi muito amável,
muito afetuoso. De sorte que estamos outra vez amigos. Amigos
políticos: mas muito bem, muito lealmente... Almocei hoje com
ele em Corinde, viemos juntos pelos Freixos. Uma tarde linda!...
Enfim renasceu a antiga harmonia. E a eleição está segura.

– Venham de lá esses ossos! – berrou o Barrolo, transpor-
tado.

Gracinha terminara por se sentar à borda do leito, com o
chapéu no regaço, enlevada para o irmão, num silencioso enternecimento em que os seus doces olhos se umedeciam e riam.
O Fidalgo, que se desprendera do abraço do Barrolo, dobrava a
toalha com um vagar distraído:

– A eleição está segura, mas precisamos trabalhar. Tu, Barrolo, tens de conversar também com o Cavaleiro. Já combinei.
Amanhã no Governo Civil, às duas horas. É necessário que vocês
se entendam, por causa dos votos da Murtosa...

– Pronto, menino! o que vocês quiserem! Votos, dinheiro...

E Gonçalo, borrifando vagamente o jaquetão com água-de-
-colônia que pingava no soalho:

– Desde o momento em que eu me reconciliei com o André,
tudo acabou. Tu, Barrolo, imediatamente te reconcilias também...

Barrolo quase pulou, no seu deslumbramento:

– Pois está claro! E ainda bem, que eu gosto imensamente do Cavaleiro! Até sempre teimava com Gracinha... "Oh senhores, esta tolice, por causa da política!..."

– Bem! – concluiu o Fidalgo. – A política nos separou, a política nos reúne... É o que se chama a inconstância dos tempos e dos impérios.

E agarrou Gracinha pelos ombros, com um beijo brincalhão, estalado em cada face:

– A tia Arminda? Boa, da escaldadela? Já voltou às façanhas de *Leandro, o Belo*?

Gracinha resplandecia, com o lento sorriso que se não desfizera, a envolvia toda em claridade e doçura:

– A tia Arminda está melhor, já anda. Perguntou por ti... Mas, oh Gonçalo, tu decerto queres jantar!

– Não, almocei tremendamente em Corinde... Vocês, como jantaram à hora antiga da tia Arminda, ceiam, hem? Então logo ceio... Agora apenas uma chávena de chá, muito forte!

Gracinha correu, no alvoroço de servir o herói querido. E pela escada, descendo com Barrolo que o contemplava, o Fidalgo da Torre lamentou os seus sacrifícios:

– É verdade, menino, é uma maçada... Mas que diabo! todos devemos concorrer para tirar o país do atoleiro!

Barrolo, maravilhado, murmurava:

– E sem dizeres nada... Assim à capucha! Assim à capucha!...[13]

– E agora outra coisa, Barrolo. Amanhã, no Governo Civil, deves convidar o André a jantar...

– Com certeza! – gritou o Barrolo. – Jantar de estrondo?

– Não, homem! Jantar muito quieto, muito íntimo. Unicamente o André e o João Gouveia. Telegrafas ao João Gouveia. Também podes convidar os Mendonças... Mas jantar muito discreto, só para conversarmos, para firmar a reconciliação dum modo mais sociável, mais elegante.

Ao outro dia, no Governo Civil, Barrolo e o Cavaleiro apertaram as mãos com tanta singeleza, como se ambos, ainda na

Gracinha resplandecia, com o lento sorriso que se não desfizera...

véspera, andassem jogando o bilhar e caturrando no clube da rua das Pegas. De resto conversaram sumariamente sobre a eleição. Apenas o Cavaleiro aludira com indolência aos votos de Murtosa – o bom Barrolo quase se engasgou, na ânsia de os oferecer:

– E o que vocês quiserem... Votos, dinheiro. O que vocês quiserem!... Vocês digam! Eu vou para a Murtosa, e é comezaina[14], e pipa de vinho aberta, e a freguesia inteira a votar no meio de foguetório...

O Cavaleiro, rindo, amansou aquele fervor faustoso[15]:

– Não, meu caro Barrolo, não! Nós preparamos uma eleição muito sóbria, muito sossegada. Vila Clara elege Gonçalo Mendes Ramires deputado, naturalmente, como o seu melhor homem. Não há combate, o Julinho é uma sombra. Portanto...

O Barrolo persistia, radiante, gingando:

– Perdão, André, perdão! Lá isso vinhaça, e vivório[16], e foguetório, e festança magna...

Mas Gonçalo, embaraçado, ansioso por suster a garrulice[17] do Barrolo, as palmadas carinhosas com que ele se atufava na intimidade do Cavaleiro, apontou para a mesa de S. Exa.:

– Tu tens que fazer, André. Vejo aí uma papelada pavorosa... Não roubemos mais tempo ao chefe ilustre do Distrito! Ao trabalho!

> Trabalhar, meu irmão, que o trabalho
> É André, é virtude, é valor!...

Agarrara o chapéu, acenando ao cunhado. Então Barrolo, com as bochechas a estalar de gosto, balbuciou o convite que firmaria a reconciliação dum modo sociável e elegante:

– Cavaleiro, para conversarmos melhor, se você nos quiser dar o gosto de vir jantar... Quinta-feira, às seis e meia... Nós, quando cá está o Gonçalo, jantamos sempre mais tarde.

O Cavaleiro, que corara, agradeceu com discreta cerimônia:

– É para mim um imenso prazer, uma imensa honra...

E à porta da antessala onde os acompanhara, segurando o pesado reposteiro de baeta escarlate com as armas reais bordadas – suplicou ao Barrolo que pusesse os seus respeitos aos pés da sra. D. Graça...

Barrolo, descendo a larga escadaria de pedra, limpava a testa, o pescoço, umedecidos pela emoção. E no pátio desabafou:

– Muito simpático este André! Rapaz franco, de quem sempre gostei... Realmente estava morto que acabassem estas histórias... E mesmo lá para os Cunhais, para a companhia, para o cavaco[18], que bela aquisição!

Quinta-feira de manhã depois do almoço, no terraço do jardim onde tomavam café, Gonçalo recomendou ao Barrolo que "para acentuar mais completamente a intimidade simples do jantar, não pusesse casaca..."

– E tu, Gracinha, vestido afogado. Mas vestidinho claro, alegre...

Gracinha sorriu, indecisamente, continuando a folhear um *Almanaque de Lembranças* estendida numa cadeira de verga, com um gatinho branco no regaço.

Depois do alvoroço e pasmo de domingo, ela aparentava agora um desinteresse silencioso pela reconciliação que ainda abalava Oliveira, pela eleição, pelo jantar. Mas nesses dias não sossegara – tão impaciente e sensível que o bom Barrolo, incessantemente, lhe aconselhava o grande remédio da manhã contra os nervos, "flores de alecrim, cozidas em vinho branco".

Gonçalo percebia claramente a perturbação em que a lançava aquela entrada triunfal de André, do antigo André, na sua casa de casada, nos Cunhais. E para se tranquilizar evocava (como na estrada do cemitério em Vila Clara) a seriedade de Gracinha, o seu rígido e puro pensar, a altivez da sua almazinha heroica[19]. Nessa manhã mesmo, todo no fresco e sôfrego cuidado da sua eleição, só receava que Gracinha, por embaraço ou cautela, acolhesse secamente o Cavaleiro, o esfriasse no seu renovado

246 ❧❧ EÇA DE QUEIRÓS

fervor pela casa de Ramires, no seu patrocinato político. E insistiu, gracejando:

– Ouviste, Gracinha? Um vestido branco. Um vestidinho alegre, que sorria aos hóspedes...

Ela murmurou, mergulhada no seu *Almanaque*:

– Sim, realmente, com este calor...

Mas[20] Barrolo bateu uma palmada na coxa. Que pena! que pena não ter em Oliveira, "para o brinde de reconciliação", um famoso vinho do Porto, da garrafeira da mamã, preciosíssimo, velhíssimo, do tempo de D. João II...

– D. João II?– rosnou Gonçalo. – Está estragado!

Barrolo hesitou:

– D. João II ou D. João VI... Um desses reis. Enfim um vinho único, do século passado! Só restam à mamã oito ou dez garrafas... E hoje, era dia para uma, hem?

O Fidalgo deu um sorvo lento ao café:

– O André, antigamente, também gostava muito de ovos queimados...

Bruscamente Gracinha fechou o *Almanaque* – e, com uma fuga e um silêncio que emudeceram Gonçalo, sacudiu do colo o gato dorminhoco, atravessou o terraço, desapareceu entre os teixos altos do jardim.

Mas à tarde, quando o Fidalgo ocupou o seu lugar na mesa oval, junto da prima Maria Mendonça – logo notou, entre duas compoteiras, uma travessa de ovos queimados. Apesar de jantar tão íntimo serviam, com a louça da China, os famosos talheres dourados da baixela do tio Melchior. E duas jarras de Saxe transbordavam de cravos brancos e amarelos, cores heráldicas[21] dos Ramires.

D. Maria, que não encontrara o querido primo desde os anos de Gracinha, murmurou com um sorriso, uma grave cortesia, naquele cerimonioso silêncio em que se desdobravam os guardanapos:

– Ainda lhe não dei os parabéns, primo Gonçalo...

A ILUSTRE CASA DE RAMIRES 247

Ele acudiu, mexendo nervosamente nos copos:

– Psiu! prima, psiu! Hoje aqui, já está decidido, não se alude sequer a política... Está muito calor para política.

Ela suspirou de leve, como desfalecida: Ai, o calor... Que horrível calor! Desde que entrara nos Cunhais com aquele vestido preto que "era o seu pálio[22] rico" – ainda não cessara de invejar a frescura do vestido branco de Gracinha...

– Que bem que lhe fica! Está hoje linda!

Era um vestido liso de "crépon" branco, que aclarava, remoçava a sua graça quase virginal. E nunca realmente tanto prendera, assim clara e fina, com os verdes olhos refulgindo como esmeraldas lavadas, uma ondulação mais lustrosa nos pesados cabelos, um macio rubor transparente, todo um fresco brilho de flor regada, de flor revivida, apesar do acanhamento que lhe imobilizava os dedos ao erguer a colher de prata dourada. E ao lado, superiormente robusto e largo, com o peitilho arqueado como uma couraça e cravejado de duas safiras, uma rosa branca desabrochada na lapela, André Cavaleiro, que recusara a sopa (oh, no verão nunca comia sopa!) dominava a mesa, levemente comovido também, passando sobre o reluzente bigode um lenço tão perfumado que afogava o perfume dos cravos. Mas foi ele que encadeou a animação com risonhos queixumes sobre o calor – o escandaloso calor de Oliveira... Ah! que Purgatório abrasado – depois dos seus dois dias de Paraíso, na frescura deliciosa de Sintra!

D. Maria Mendonça adoçou os espertos olhos para o sr. Governador Civil. – E então Sintra? Animada? Muitos ranchos à tarde, em Seteais? Encontrara a Condessa de Chelas – a prima Chelas?...

Sim, na Pena, na sua visita à rainha, Cavaleiro conversara durante um momento com a sra. Condessa de Chelas...

– Ah! e a rainha?...

– Oh, sempre encantadora...

– A sra. Condessa de Chelas, essa, um pouco magra. Mas tão

amável, tão inteligente, tão verdadeiramente *grande dame* – não é verdade? E, como se inclinara para Gracinha, com uma doçura infinita no simples mover da cabeça – ela, perturbada, mais vermelha, balbuciou que não conhecia a Condessa de Chelas... – D. Maria Mendonça acusou logo a inércia dos primos Barrolos, sempre encafurnados nos Cunhais, sem nunca se aventurarem a Lisboa no inverno, para conviver, para conhecer os parentes...

– E a culpa é do primo José, que detesta Lisboa...

Oh, não! Barrolo não detestava Lisboa! Se pudesse acarretar para Lisboa as suas comodidades, o seu quarto, a sua cocheira, a boa água do pomar, a rica varanda sobre o jardim – até se regalava!

– Mas entalado naqueles quartinhos do Bragança... E depois a má comida, o barulho... A Gracinha em Lisboa nunca dorme... E a maçada das manhãs?... Não há nada que fazer em Lisboa, de manhã!

O Cavaleiro sorria para o Barrolo, como enlevado na sua graça e razão. Depois confessou que ele, apesar de habitar também (mercê do Estado!) um palacete confortável, e gozar também uma água excelente, a finíssima água do Poço de S. Domingos, lamentava que os deveres de política, a disciplina de partido o amarrassem a Oliveira. E toda a sua esperança era a queda do Ministério, para se libertar, passar três meses divinos em Itália...

Do outro lado de Gracinha, João Gouveia (sempre acanhado e mudo diante de senhoras) exclamou, num impulso de amizade, de convicção:

– Pois, Andrezinho, vai perdendo a esperança! O S. Fulgêncio não arreia! Ainda cá te apanhamos uns três ou quatro anos!

E insistiu, debruçado sobre Gracinha, num esforço de amabilidade que o esbraseava:

– O S. Fulgêncio não arreia. Ainda cá temos o nosso André mais três ou quatro anos.

André protestava, com um requebro, as espessas pestanas quase cerradas:

A Ilustre Casa de Ramires 〜〜 249

– Oh meu João! não me queiras mal, não me queiras mal!...

E teimava. Ah, com certeza! ainda que desertasse o seu partido (e que importa em hoste poderosa uma lança ferrugenta?)[23] esses meses de Itália no inverno já os sonhara, já os preparava... – E a sra. D. Graça não permitia que ele a servisse dum pouco de vinho branco?[24]

Barrolo estendeu o braço, com efusão:

– Oh Cavaleiro, eu tenho empenho em que você prove esse vinho com cuidado... É da minha propriedade do Corvelo... Faço muito gosto nele. Mas prove com atenção!

S. Exa. provou com devoção, como se comungasse. E com uma cortesia compenetrada para Barrolo que reluzia de gosto:

– Uma delícia, uma verdadeira delícia!

– Hem? Não é verdade? Eu, para mim, prefiro este vinho do Corvelo a todos os vinhos franceses, os mais finos... Até ali o nosso amigo Padre Soeiro, que é um santo, o aprecia!

Silencioso, esbatido por trás duma das altas jarras de cravos, Padre Soeiro corou, sorriu:

– Com muita água, infelizmente, sr. José Barrolo... O gosto pede, mas o reumatismo não consente.

Pois José Mendonça, que não temia reumatismos, atacava sempre bravamente aquele bendito Corvelo...

– Que lhe parece a você, João Gouveia?

Oh! João Gouveia já o conhecia, louvado Deus! E certamente nunca encontrara em Portugal, como vinho branco, nenhum comparável pela frescura, pelo aroma, pela seiva...

– E cá lhe vou atiçando com fervor, Barrolo amigo! Esta bela garrafa de cristal vai de vencida!

Barrolo exultava. O seu desgosto era que Gonçalo nunca honrasse "aquele néctar". – Não! Gonçalo não tolerava vinhos brancos...

– E então hoje estou com uma destas sedes que só me satisfaz vinho verde, assim um pouco espumante, e com gelo... Que este de Vidainhos também é do Barrolo. Oh, eu não desprezo os vinhos da família... Este Vidainhos sinceramente o considero sublime.

Então Cavaleiro desejou provar esse sublime vinho verde da quinta de Vidainhos, em Amarante. O escudeiro, a um aceno entusiasmado do Barrolo, apresentou a S. Exa. um copo esguio, especial para aquele vinho que espumava. Mas o Cavaleiro, acariciando o fresco copo sem o erguer, repisou a ideia de férias, de viagens, como acentuando o seu cansaço e fastio de Oliveira. – E sabia a sra. D. Graça para onde ele seguiria, depois da Itália, nesse inverno, se por caridade de Deus o Ministério caísse?... Para a Ásia Menor.

– E era uma viagem para que eu, com certeza, tentava o nosso Gonçalo... Tão fácil, agora, com os caminhos de ferro!...[25] De Veneza a Constantinopla um mero passeio. Depois, de Constantinopla a Esmirna, um dia; dois dias, num vapor excelente. E daí numa boa caravana, por Trípoli, pela antiga Sidónia, penetrávamos em Galileia... Galileia! Hem, Gonçalo? Que beleza!

Padre Soeiro, suspendendo o garfo, lembrou timidamente – que em Galileia o sr. Gonçalo Ramires pisaria terra que outrora, por pouco, pertencera à sua Casa:

– Um dos antepassados de V. Exa., Gutierres Ramires, companheiro de Tancredo na primeira Cruzada, recusou o ducado de Galileia e de Além-Jordão...

– Fez pessimamente! – gritou Gonçalo, rindo. – Oh, esse avô Gutierres andou pessimamente! Porque não existia agora, neste mundo, disparate mais divertido do que eu Duque de Galileia! O sr. Gonçalo Mendes Ramires, Duque de Galileia e de Além--Jordão!... Era simplesmente de rebentar!

Cavaleiro protestou, com simpatia:

– Ora essa! Por quê?

– Não acredite! – acudiu, com os olhos coruscantes, D. Maria Mendonça. – O primo Gonçalo, com todas estas graças, no fundo, é muitíssimo aristocrata... Mas terrivelmente aristocrata!

O Fidalgo da Torre pousou o copo de Vidainhos, depois dum trago saboreado e fundo:

A ILUSTRE CASA DE RAMIRES 251

– Aristocrata... Está claro que sou aristocrata. Sentiria com efeito certo desgosto em ter nascido, como uma erva, de outras ervas vagas. Gosto de saber que nasci de meu pai Vicente, que nasceu de seu pai Damião, que nasceu de seu pai Inácio, e assim sempre até não sei que rei suevo...[26]

– Recesvinto! – informou respeitosamente Padre Soeiro.

– Pois até esse Recesvinto. O pior é que o sangue de todos esses pais não difere, realmente, do sangue dos pais do Joaquim da Porta[27]. E que depois do Recesvinto, para trás, até Adão, não tenho mais pais!

E, enquanto todos riam, D. Maria Mendonça, debruçada para ele, por trás do leque largamente aberto, murmurou:

– O primo está com esses desprezos... Pois eu sei duma senhora que tem a maior admiração pela casa de Ramires e pelo seu representante.

Gonçalo enchia de novo o copo, com amor, atento à espuma:

– Bravo! Mas "convém distinguir", como diz o Manuel Duarte. Por quem tem ela a verdadeira admiração, por mim ou pelo suevo, pelo Recesvinto?[28]

– Por ambos.

– Diabo!

Depois, pousando a garrafa, mais sério:

– Quem é?

Oh! ela não podia confessar. Não era ainda bastante velha para andar com recadinhos de sentimento. Mas Gonçalo dispensava o nome – só desejava as qualidades... Nova? Bonita?

– Bonita? – exclamou D. Maria. – É uma das mulheres mais formosas de Portugal!

Espantado, Gonçalo lançou o nome:

– A D. Ana Lucena!

– Por quê?

– Porque mulher assim tão formosa, e vivendo nestes sítios, e tão conhecida da prima que lhe faz confidências, só a D. Ana.

D. Maria, ajeitando as duas rosas que lhe alegravam o corpete de seda preta, sorria:

– Talvez seja, talvez seja...

– Pois estou imensamente lisonjeado. Mas ainda distingo, como o Manuel Duarte. Se, da parte dela, essa simpatia toda é para o bom fim[29], não! Não, Santo Deus, não!... Mas se é para o mau fim[30], então, prima, cumprirei honradamente o meu dever, dentro das minhas forças...

D. Maria escondeu a face no leque, escandalizada. Depois, espreitando, com os agudos olhos a faiscar:

– Oh primo, mas o bom fim é que convinha, porque a coisa é a mesma e são duzentos contos a mais!

Gonçalo gritou de admiração:

– Oh! esta prima Maria! Não há em toda a Europa ninguém mais esperto!

Todos curiosamente ansiaram por saber a nova graça da sra. D. Maria. Mas Gonçalo deteve as curiosidades:

– Não se pode contar. É casamento.

Então José Mendonça recordou a novidade picante, que desde a véspera remexia Oliveira:

– Por casamento!... Que me dizem ao casamento da D. Rosa Alcoforado?

Barrolo, depois o Gouveia, até Gracinha, todos o proclamaram "um horror". Aquela perfeita rapariga, de pele tão cor-de-rosa, de cabelo tão cor de oiro, amarrada ao Teixeira de Carredes, um patriarca carregado de netos... Que desastre!

Pois ao Cavaleiro o casamento não parecia assim "desastrado". O Teixeira de Carredes, além de muito fino, de muito inteligente, era um velho verdejante, quase sem rugas – até bonito com aquele contraste do bigode escuro e da grenha riçada e branca. E na sra. D. Rosa, com todas as rosas da sua pele e todo o oiro dos seus cabelos, dominava "um não sei quê" de amolentado e de sorvado...[31] Depois pouco esperta. E pouco cuidadosa – sempre mal penteada, sempre mal pregada...

A Ilustre Casa de Ramires 253

– Enfim, V. Exas. perdoem... Mas quem faz um casamento muito desenxabido, é o pobre Teixeira de Carredes.

D. Maria Mendonça considerava o Governador Civil com um espanto amável:

– Pois se o sr. Cavaleiro não admira a Rosinha Alcoforado, não sei então que rapariga admire dentro do seu Distrito...

Ele, logo, com galante rasgo:

– Mas, além de V. Exas., não admiro ninguém! Realmente eu governo, em Portugal, o Distrito mais desprovido de beleza...

Todos protestaram. E a Maria Marges? E a pequena Reriz, da Riosa? E a Melozinho Alboim, com aqueles olhos?... Mas o Cavaleiro não consentia, a todas demolia com um sarcasmo leve, ou pela pele sem frescura, ou pelo pisar desairoso, ou pelo provincianismo de gosto e modos, sempre pela carência das belezas e graças que ornavam Gracinha – lançando assim disfarçadamente, aos pés de Gracinha, um rolo de senhoras vencidas e amarfanhadas. Ela percebera a sutil adulação, os seus olhos alumiaram com um fulgor mais enternecido o rubor que a afogueava. Desejou repartir incenso tão acumulado – lembrou timidamente outra beleza de que se orgulhava o Distrito:

– A filha do Visconde de Rio Manso, a Rosinha Rio Manso.. É linda!

O Cavaleiro triunfou com facilidade:

– Mas tem doze anos, minha senhora! Nem é rosinha, é botãozinho de rosa!...

Quase humildemente, Gracinha recordou a Luísa Moreira, filha dum lojista, muito admirada aos domingos na missa da Sé e no Terreiro da Louça:

– É uma bela rapariga... Sobretudo a figura...

Cavaleiro triunfou ainda, com requebrada segurança:

– Sim, mas os dentes tortos, sra. D. Graça! Os dentes acavalados! V. Exa. nunca reparou... Oh! uma boca muito desagradável! E, além dos dentes, o irmão, o Evaristo, com aquela cara mais chata que a alma, e a caspa, e a porcaria, e o jacobinismo... Não há mulher bonita com irmão tão feio!

Mendonça estendera o braço, com outra curiosidade que ocupava Oliveira:

– E por Evaristo!... Ele sempre funda o novo jornal republicano, o *Rebate*?

O sr. Governador Civil encolheu os ombros com uma ignorância superior e risonha. Mas João Gouveia, vermelho e luzidio depois da sua garrafa de Corvelo e da sua garrafa de Douro, afiançou que o *Rebate* aparecia em novembro. Até ele conhecia o patriota que esportulava[32] a "massa". E a campanha do *Rebate* começava com cinco artigos esmagadores, sobre a tomada da Bastilha[33].

O espanto de Gonçalo era como o republicanismo alastrara em Portugal – até na velhota, na devota Oliveira...

– Quando eu andava em preparatórios existiam simplesmente dois republicanos em Oliveira, o velho Salema, lente de Retórica, e eu. Agora há partido, há comitê, há dois jornais... E há mesmo o Barão das Marges com a *Voz Pública* na mão, debaixo da Arcada...

Mendonça não receava a República, gracejava:

– Ainda vem longe, muito longe... Ainda nos dá tempo de comermos estes belos ovos queimados.

– Deliciosos – murmurou o Cavaleiro.

Sim – concordou Gonçalo – ainda temos tempo para os ovos... Mas que rebente uma revolução em Espanha, ou que morra o reizinho na sua menoridade, que naturalmente morre...

– Credo! Coitadinho! Pobre mãe! – murmurou Gracinha sensibilizada.

Imediatamente o Cavaleiro a tranquilizou. Por quê, morrer o reizinho de Espanha? Os republicanos espalhavam boatos sombrios sobre os males da excelente criança. Mas ele conhecia a realidade – assegurava à sra. D. Graça que, felizmente para a Espanha, ainda reinaria um Afonso XIII e mesmo um Afonso

A Ilustre Casa de Ramires 255

XIV. Enquanto aos nossos republicanos, esses... Meu Deus! mera questão de guarda municipal! Portugal, nas suas massas profundas, permanecia monárquico, de raiz. Apenas ao de cima, na burguesia e nas escolas, flutuava uma escuma ligeira, e bastante suja, que se limpava facilmente com um sabre...

– V. Exa. sra. D. Graça, que é uma dona de casa perfeita, conhece esta operação que se faz à panela do caldo... Escumar a panela. É com uma colher. Aqui é com um sabre. Pois assim, com toda a simplicidade, se clarifica Portugal. E foi isto que ainda ultimamente eu declarei a El-Rei.

Alteara a cabeça – o seu peitilho resplandecia, mais largo, como couraça bastante rija para defender toda a Monarquia. E, no compenetrado silêncio que se alargou, duas rolhas de champanhe estalaram, por trás do biombo, na copa.

Apenas o escudeiro, apressado, enchera as taças – o Fidalgo da Torre, com uma gravidade que o sorriso adoçava:

– André, à tua saúde. Não é ao Governador Civil, é ao amigo!

Todos os copos se ergueram num sussurro acariciador. João Gouveia agitou o seu, com especial efusão, gritando: – "Andre-zinho, meu velho!" S. Exa. apenas tocou de leve no cálice de Gracinha. Padre Soeiro murmurou as "graças". E Barrolo, atirando o guardanapo:

– Café aqui ou na sala?... Na sala estamos mais frescos.

Na sala grande, a sala dos veludos vermelhos, o lustre re-brilhava, solitariamente; pelas três janelas abertas penetrava a serenidade da noite quente, o recolhido silêncio de Oliveira; e embaixo, no Largo, alguns sujeitos, mesmo duas senhoras de manta de lã branca pela cabeça, pasmavam para aquela claridade de festa que jorrava dos Cunhais. O Cavaleiro e Gonçalo acenderam os charutos na varanda, respirando a frescura escassa. E o Cavaleiro, com beatitude:

– Pois sempre te digo, Gonçalinho, que se janta sublimemente em casa de teu cunhado!...

Gonçalo desejou que, no domingo, ele jantasse na Torre. Ainda restavam umas garrafas de Madeira, do tempo do avô Damião – a que se daria, com socorro do Gouveia e do Titó, um assalto heroico.

O Cavaleiro prometeu, já deliciado – tomando da pesada bandeja de prata, que derreava o escudeiro, a sua chávena de café, sem açúcar.

– E tu, com efeito, Gonçalo, agora não deves arredar da Torre. O teu papel é todo de presença na localidade. O Fidalgo da Torre está no meio das suas terras, por onde vai ser eleito para as Cortes. É o teu papel...

O Barrolo, com um riso enlevado, surdiu entre os dois amigos, que enlaçou ternamente pela cinta:

– E nós cá ficamos, ambos a trabalhar, o Cavaleiro e eu!...

Mas D. Maria, do canapé onde se enterrara, reclamou o primo Gonçalo "para negócios". Junto duma console, João Gouveia e Padre Soeiro, remexendo o seu café, concordavam na necessidade dum governo forte. E Gracinha, com o primo Mendonça, revolvia as músicas sobre a tampa do piano, procurando o *Fado dos Ramires.* Mendonça tocava com corredio brilho, compusera valsas, um hino ao coronel Trancoso, o herói de Machumba[34] – e mesmo o primeiro ato duma ópera, A *Pegureira.* E como não descortinavam o *Fado* com as quadras do Videirinha – foi justamente uma das suas valsas, a *Pérola,* duma cadência amorosa e cansada lembrando a valsa do Fausto, que ele atacou, sem largar o charuto.

Então André Cavaleiro, que repenetrara vagarosamente na sala, repuxou o colete, afagou o bigode, e avançando para Gracinha, com um modo meio grave, meio folgazão:

– Se V. Exa. me quer dar a grande honra?...

Oferecia, abria os braços. E Gracinha, toda escarlate, cedeu, levada logo nos largos passos deslizados que o Cavaleiro lançou sobre o tapete. Barrolo e João Gouveia correram a afastar as poltronas, clareando um espaço, onde a valsa se desenrolou com o suave sulco branco do vestido de Gracinha. Pequenina e leve,

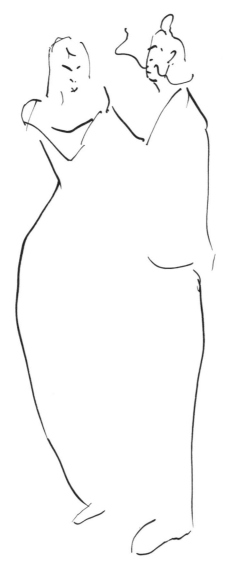

– Se V. Exa. me quer dar a grande honra?...

toda ela se perdia, como se fundia, na força máscula do Cavaleiro, que a arrebatava em giros lentos, com a face pendida, respirando os seus cabelos magníficos.

Da borda do canapé, com os finos olhos a fuzilar, D. Maria Mendonça pasmava:

– Mas que bem que valsa, que bem que valsa o sr. Governador Civil!...

Ao lado Gonçalo torcia nervosamente o bigode, na surpresa daquela familiaridade, assim renovada pelo Cavaleiro com tão serena confiança, por Gracinha com tanto abandono... Eles torneavam, enlaçados35. Dos lábios do Cavaleiro escorregava um sorriso, um murmúrio. Gracinha arfava, os seus sapatos de verniz reluziam sob a saia que se enrolava nas calças do Cavaleiro. E Barrolo, em êxtase, quando eles o roçavam, atirava palmas carinhosas, bradava:

– Bravo! Bravo! Lindamente!... Bravíssimo!

VII

Gonçalo Recolhia para o Almoço depois dum passeio no pomar percorrendo a *Gazeta do Porto*, quando avistou no banco de pedra, rente à porta da cozinha, onde a Rosa mudava o painço na gaiola do seu canário, o Casco, o José Casco dos Bravais, que esperava, pensativo e abatido, com o chapéu sobre os joelhos. Vivamente, para se esquivar, remergulhou no jornal. Mas percebeu a esgalgada magreza do homem, que surdia da sombra da latada, avançava na claridade faiscante do pátio, hesitando, como assustado... E, animado pela vizinhança da Rosa, parou, forçando um sorriso – enquanto o Casco enrolava nas mãos trêmulas a aba dura do chapéu, balbuciava:

– Se o Fidalgo me fizesse a esmola de uma palavra...

– Ah! é você, Casco! Homem, não o conheci... E então?

Dobrou o jornal, tranquilizado – gozando mesmo a submissão daquele valente que tanto o apavorara, erguido e negro como um pinheiro, na solidão do pinheiral. E o Casco, engasgado, repuxava, esticava o pescoço de dentro dos grossos colarinhos bordados – até que atirou toda a alma numa súplica soluçada, retendo as lágrimas que marejavam:

260 ❧ EÇA DE QUEIRÓS

– Ai, meu Fidalgo, perdoe por quem é! Perdoe, que eu nem lhe sei pedir perdão!

Gonçalo atalhou o homem, com generosidade e doçura. Ele bem o avisara! Nada se emenda, a gritar, com o pau alçado...

– E olhe, Casco! Quando você me saiu ao pinhal, eu levava um revólver na algibeira... Trago sempre um revólver. Desde que uma noite em Coimbra, no Choupal, dois bêbados me assaltaram, ando sempre à cautela com o revólver... Pense você agora que desgraça se tiro o revólver, se desfecho!... Que desgraça, hem?... Felizmente, num relance, pensei que me perdia, que o matava, e fugi. Foi por isso que fugi, para não desfechar o revólver... Enfim tudo passou. E eu não sou homem de rancores, já esqueci. Contanto que você, agora sossegado e no seu juízo, esqueça também.

O Casco amassava as abas do chapéu, com a cabeça derrubada. E sem a erguer, sem ousar, rouco dos soluços que o entalavam:

– Pois agora é que eu me lembro, meu Fidalgo! Agora é que me ralo por aquela doidice! Agora! depois do que o Fidalgo fez pela mulher e pelo pequeno!...

Gonçalo sorriu, encolheu os ombros:

– Que tolice, Casco!... Pois a sua mulher aparece aí numa noite de água... E o pequenito doente, coitadito, com febre... Como vai ele, o Manelzinho?

O Casco murmurou do fundo da sua humildade:

– Louvado seja Deus, meu senhor, muito sãozinho, muito rijinho.

– Ainda bem... Ponha o chapéu. Ponha o chapéu, homem! E adeus!... Você não tem que agradecer, Casco... E olhe! Traga cá um dia o pequeno. Eu gostei do pequeno. É espertinho.

Mas o Casco não se arredava, pregado às lajes. Por fim, num soluço que rebentou:

– É que eu não sei como hei de dizer, meu Fidalgo... Lá o dia de cadeia, acabou! Tenho gênio, fiz a asneira, com o corpo a paguei. E pouco paguei, graças ao Fidalgo... Mas depois quando saí,

 E o Casco, engasgado, repuxava, esticava o pescoço de dentro dos grossos colarinhos bordados...
 – Ai, meu Fidalgo, perdoe por quem é! Perdoe, que eu nem lhe sei pedir perdão!

quando soube que a mulher viera de noite à Torre, e que o Fidalgo até a embrulhara numa capa, e que não deixara sair o pequeno...

Estacou, afogado pela emoção. E como Gonçalo, também comovido, lhe batia risonhamente no ombro, "para acabar, não se falar mais nessas bagatelas..." – o Casco rompeu, numa grande voz dolorosa e quebrada:

– Mas é que o Fidalgo não sabe o que é para mim aquele pequeno!... Desde que Deus mo mandou tem sido uma paixão cá por dentro, que até parece mentira!... Olhe que na noite que passei na cadeia da vila não dormi... E Deus me perdoe, não pensei na mulher, nem na pobre da velha, nem na pouquita terra que amanho, tudo ao desamparo. Toda a noite se foi a gemer: – "ai o meu querido filhinho! ai o meu querido filhinho!..." Depois quando a mulher, logo pela estrada, me diz que o Fidalgo ficara com ele na Torre, e o deitara na melhor cama, e mandara recado ao médico... E depois, quando soube pelo sr. Bento que o Fidalgo de noite subia a ver se ele estava bem coberto, e lhe entalava a roupa, coitadinho...

E arrebatadamente, num choro solto, gritando: – "Ai meu Fidalgo! meu Fidalgo!..." – o Casco agarrou as mãos de Gonçalo, que beijava, rebeijava, alagava de grossas lágrimas.

– Então, Casco! Que tolice!... Deixe, homem!

Pálido, Gonçalo sacudia aquela gratidão furiosa – até que ambos se encararam, o Fidalgo com as pestanas molhadas e trêmulas[1], o lavrador dos Bravais soluçando, numa confusão. E foi ele por fim que, recalcando um derradeiro soluço, se recobrou, desabafou da ideia que o trouxera, que decerto fundamente o trabalhara e que, agora, lhe enrijava a face e o gesto numa determinação que nunca vergaria:

– Meu Fidalgo, eu não sei falar, não sei dizer... Mas se de hoje em diante, seja para que for, o Fidalgo necessitar da vida dum homem, tem aqui a minha!

Gonçalo estendeu a mão ao lavrador, muito simplesmente – como um Ramires de outrora recebendo a preitezia[2] dum vassalo.

A ILUSTRE CASA DE RAMIRES ⚭ 263

– Obrigado, José Casco.

– Entendido, meu Fidalgo, e que Deus Nosso Senhor o abençoe!

Gonçalo, perturbado, galgou pela escadinha da varanda – enquanto o Casco atravessava o pátio vagarosamente, com a cabeça bem erguida, como homem que devera e que pagara.

E em cima, na livraria, Gonçalo pensava com espanto: – "Aí está como neste mundo sentimental se ganham dedicações gratuitamente!..." Porque enfim! Quem não impediria que uma criancinha com febre afrontasse de noite uma estrada negra, sob a chuva e o vendaval? Quem a não deitaria, não lhe adoçaria um grogue[3], não lhe entalaria os cobertores para a conservar bem abafada? E por esse grogue e por essa cama – corre o pai, tremendo e chorando, a oferecer a sua vida! Ah! como era fácil ser rei – e ser rei popular!

E esta certeza mais o animava a obedecer às recomendações do Cavaleiro – a começar imediatamente as suas visitas aos influentes eleitorais, essas aduladoras visitas que assegurariam à eleição uma unanimidade arrogante. Logo ao fim do almoço, mesmo sobre a toalha arredando os pratos, copiou a lista desses magnates – por um rascunho anotado que lhe fornecera o João Gouveia. Era o Dr. Alexandrino; o velho Gramilde, de Ramilde; o Padre José Vicente, da Finta; outros menores; – e o Gouveia marcara com uma cruz, como o mais poderoso e mais difícil, o Visconde de Rio Manso, que dispunha da imensa freguesia de Canta Pedra. Gonçalo conhecia esses senhores, homens de propriedade e de dinheiro (com todos outrora o papá andara endividado) – mas nunca encontrara o Visconde de Rio Manso, um velho brasileiro, dono da quinta da *Varandinha,* onde vivia solitariamente com uma neta de onze anos, essa linda Rosinha que chamavam o "botão de Rosa", a herdeira mais rica de toda a Província. E logo nessa tarde, em Vila Clara, reclamou ao João Gouveia uma carta de apresentação para o Rio Manso.

O administrador hesitou:

– Você não precisa carta... Que diabo! Você é o Fidalgo da Torre! Chega, entra, conversa... Além disso na eleição passada o Rio Manso ajudou os Regeneradores; de modo que estamos um pouco secos. O Rio Manso é um casmurro... Mas com efeito, Gonçalinho, convém começar essa caça à popularidade!

Nessa noite, na Assembleia, o Fidalgo, encetando[4] a "caça à popularidade", aceitou um convite do Comendador Romão Barros (do maçador, do burlesco Barros) para o bródio faustoso[5] com que ele celebrava, na sua quinta da *Roqueira,* a festa de S. Romão. E essa semana inteira, depois outra, as gastou assim por Vila Clara, amimando eleitores – a ponto de comprar horrendas camisas de chita na loja do Ramos, de encomendar um saco de café na mercearia do Telo, de oferecer o braço no Largo do Chafariz à nojenta mulher do bebedíssimo Marques Rosendo, e de frequentar, de chapéu para a nuca, o bilhar da rua das Pretas. João Gouveia não aprovava estes excessos – aconselhando antes "boas visitas, com todo o chique, aos influentes sérios". Mas Gonçalo bocejava, adiava, na insuperável preguiça de afrontar a maledicência rabugenta do velho Gramilde, ou a solenidade forense do dr. Alexandrino.

Agosto findava: – e por vezes, na livraria, Gonçalo, coçando desconsoladamente a cabeça, considerava as brancas tiras de almaço, o Capítulo III da *Torre de D. Ramires* encalhado... Mas quê! não podia, com aquele calor, com o afã da eleição, remergulhar nas eras afonsinas!

Quando refrescavam as tardes lentas, montava, alongava o passeio pelas freguesias, não se descuidando das recomendações do Cavaleiro – enchendo sempre o bolso de rebuçados[6] de avenca para atirar às crianças. Mas, numa carta ao querido André, já confessara que

a sua popularidade não crescia, não enfunava... – Não! positivamente, velho amigo, não tenho o dom! Sei apenas palestrar familiarmente com os homens, cumprimentar pelo seu nome as velhas às soleiras das portas, gracejar com a pequenada, e se encontro uma boieirinha[7] de saiazita rota, dar cinco tostões à boieirinha para uma saiazita nova... Ora todas estas coisas tão naturais sempre as fiz naturalmente, desde rapaz, sem que me conquistassem influência sensível... Necessito portanto que essa querida autoridade me empurre com o seu braço possante e destro...

Todavia já uma tarde, encontrando junto da Torre o velho Cosme de Nacejas, e depois, num domingo, cruzando às *ave--marias* na Bica Santa o Adrião Pinto do lugar da Levada, ambos lavradores considerados e remexedores de eleições – lhes pedira os votos, desprendidamente e rindo. E quase se assombrara da prontidão, do fervor, com que ambos se ofereceram. – "Para o Fidalgo? Pois isso está entendido! Ainda que se votasse contra o Governo, que é pai!" – E em Vila Clara, com o Gouveia, Gonçalo deduzia destas ofertas tão acaloradas "a inteligência política da gente do campo":

– Está claro que não é pelos meus lindos olhos! Mas sabem que eu sou homem para falar, para lutar pelos interesses da terra... O Sanches Lucena não passava dum Conselheiro muito rico e muito mudo! Esta gente quer deputado que grite, que lide, que imponha... Votam por mim porque sou uma inteligência.

E o Gouveia volvia, contemplando pensativamente o Fidalgo:

– Homem! quem sabe? – Você nunca experimentou, Gonçalo Mendes Ramires. Talvez seja realmente pelos seus lindos olhos!

Num desses passeios, numa abrasada sexta-feira, com o sol ainda alto, Gonçalo atravessava o lugarejo da Veleda, no caminho de Canta Pedra. Ao fim dos casebres que se apertam à orla da estrada alveja, muito caiada, num terreiro defronte da igreja, a taberna famosa "do Pintainho", onde os caramanchões do quintal e a nomeada do coelho guisado atraem vasto povo nos dias da

266 ❦ EÇA DE QUEIRÓS

feira da Veleda. Nessa manhã o Titó, depois duma madrugada às perdizes, em Valverde, aparecera na Torre para almoçar, urrando, de esfomeado. Era sexta-feira – a Rosa preparara uma pescada com tomates, depois um bacalhau assado, formidáveis. E Gonçalo, toda a tarde torturado com sede, mais ressequido pela poeira da estrada, parou avidamente diante do portão da venda, gritou pelo Pintainho.

– Oh meu Fidalgo!...

– Oh Pintainho! depressa! Uma sangria! Uma grande sangria bem fresca, que morro...

O Pintainho, velhote roliço de cabelo amarelo, não tardou com o copo apetitoso e fundo onde boiava, na espumazinha do açúcar, uma rodela de limão. E Gonçalo saboreava a sangria com inefável delícia – quando da janela térrea da venda partiu um assobio lento, fino e trinado, como os dos arreeiros que animam as bestas a beber nos riachos. Gonçalo deteve o copo, varado. À janela assomara um latagão[8] airoso, de face clara e suíças louras, que, com os punhos sobre o peitoril e a cabeça levantada, num descarado modo de pimponice e desafio, o fitava atrevidamente. E num lampejo o Fidalgo reconheceu aquele caçador que já uma tarde, no lugar de Nacejas, ao pé da fábrica de vidros, o mirara com arrogância, lhe raspara a espingarda pela perna, e ainda depois, parado sob a varanda duma rapariga de jaquê azul, lhe acenara chasqueando enquanto ele descia a ladeira... Era esse! Como se não percebesse o ultraje – Gonçalo bebeu apressadamente a sangria, atirou uma placa ao pobre Pintainho enfiado, e picou a fina égua. Mas então da janela rolou uma risadinha, cacarejada e troçante, que o colheu pelas costas como o estalo de uma vergasta. Gonçalo soltou a galope. E adiante, sopeando a égua no refúgio duma azinhaga, pensava, ainda trêmulo: – "Quem será o desavergonhado?... E que lhe fiz eu, Santo Deus? que lhe fiz eu?..." Ao mesmo tempo todo o seu ser se desesperava contra aquele desgraçado *medo,* encolhimento da carne, arrepio da pele, que sempre, ante um perigo, uma ameaça, um vulto surdindo duma

A Ilustre Casa de Ramires 267

sombra, o estonteava, o impelia furiosamente a abalar, a escapar! Porque à sua alma, Deus louvado, não faltava arrojo! Mas era o corpo, o traiçoeiro corpo, que num arrepio, num espanto, fugia, se safava, arrastando a alma – enquanto dentro a alma bravejava![9]

Entrou na Torre, mortificado, invejando a afoiteza dos seus moços da quinta, remoendo um rancor soturno contra aquele bruto de suíças louras, que certamente denunciaria ao Cavaleiro e enterraria numa enxovia! – Mas, logo no corredor, o Bento lhe debandou os pensamentos, aparecendo com uma carta "que trouxera um moço da *Feitosa*..."

– Da *Feitosa*?

– Sim, senhor, da quinta do sr. Sanches Lucena, que Deus haja. Diz que vinha de mandado das senhoras...

– Das senhoras!... Que senhoras?

Sem tarja de luto, a carta não era da bela D. Ana... Mas era de D. Maria Mendonça, que assinava – "prima muito amiga, Maria Severim". Num relance a leu, colhido logo por esta surpresa nova, distraído da venda do Pintainho e da afronta:

Meu querido Primo:

Estou há três dias aqui com a minha amiga Anica, e como passou o mês inteiro do nojo[10] e ela já pode sair (e até precisa porque tem andado fraca) eu aproveito a ocasião para percorrer estes arredores que dizem tão bonitos, e pouco conheço. Tencionamos no domingo visitar Santa Maria de Craquede, onde estão os túmulos dos antigos tios Ramires. Que impressão me vai fazer!... Mas, ao que parece, além dos túmulos do claustro, há outros, ainda mais antigos, que foram arrombados no tempo dos Franceses, e que ficam num subterrâneo, onde se não pode entrar sem licença e sem que tragam a chave. Peço pois, querido Primo, que dê as suas ordens para que no domingo possamos descer ao subterrâneo, que todos afiançam muito interessante, porque ainda lá restam ossos e armas. Se na Torre houvesse uma senhora, eu mesma iria, para lhe fazer este pedido... Mas não se pode visitar um solteirão tão perigoso. Case depressa!... De Oliveira boas notícias. Creia-me sempre etc.

Gonçalo encarou o Bento – que esperava, interessado com aquele assombro do sr. Doutor:

– Tu sabes se em Santa Maria de Craquede há outros túmulos, num subterrâneo?

O assombro então saltou para o Bento:

– Num subterrâneo?... Túmulos?

– Sim, homem! Além dos que estão no claustro parece que há outros, mais antigos, debaixo da terra... Eu nunca vi, não me lembro. Também há que anos não entro em Santa Maria de Craquede. Desde pequeno!... Tu não sabes?

O Bento encolheu os ombros.

– E a Rosa não saberá?

O Bento abanou a cabeça, duvidando.

– Também vocês nunca sabem nada! Bem! Amanhã cedo corre a Santa Maria de Craquede e pergunta na igreja, ao sacristão, se existe esse subterrâneo. Se existir que o mostre no domingo a umas senhoras, à sra. D. Ana Lucena, e à sra. D. Maria Mendonça, minha prima Maria... E que tenha tudo varrido, tudo decente!

Mas, repassando a carta, reparou num pós-escrito em letra mais miudinha, ao canto da folha: – " No domingo, não se esqueça, a visita será *entre as cinco e cinco e meia da tarde!*"

Gonçalo pensou: – "Será uma entrevista?" E na livraria, atirando para uma cadeira o chapéu e o chicote, assentou que era uma entrevista bem clara, bem marcada! E talvez nem existisse esse subterrâneo – e Maria Mendonça, com a sua tortuosa esperteza, o inventasse, como natural motivo de lhe escrever, de lhe anunciar que no domingo, às cinco e meia, a bela D. Ana e os seus duzentos contos o esperavam em Santa Maria de Craquede. Mas então a prima Maria não gracejara, em Oliveira? Gostava dele, realmente, essa D. Ana?... E uma emoção, uma curiosidade voluptuosa atravessaram

A Ilustre Casa de Ramires 269

Gonçalo à ideia de que tão formosa mulher o desejava. – Ah! mas certamente o desejava para marido, porque se o apetecesse para amante não se socorria dos serviços da D. Maria Mendonça – nem a prima Maria, apesar de tão sabuja[11] com as amigas ricas, os prestaria assim descaradamente como uma alcoviteira de comédia! E caramba! casar com a D. Ana – não!

E subitamente ansiou por conhecer a vida da D. Ana! Aturara ela tantos anos, em severa fidelidade, o velho Sanches? Sim, talvez, na *Feitosa*, na solidão dos grandes muros da *Feitosa* – porque nunca sobre ela esvoaçara um rumor, em terriolas tão gulosas de rumores malignos. Mas em Lisboa?... Esses "amigos estimabilíssimos" de que se ufanava[12] o pobre Sanches; o D. João não sei quê, o pomposo Arronches Manrique, o Filipe Lourençal com o seu cornetim?... Algum decerto a atacara – talvez o D. João, por dever tradicional do nome. E ela?... Quem o informaria sobre a história sentimental da D. Ana?

Depois, ao jantar, de repente pensou no Gouveia. Uma irmã do Gouveia, casada em Lisboa com certo Cerqueira (arranjador de mágicas e empregado na Misericórdia), costumava mandar ao mano administrador relatórios íntimos sobre todas as pessoas conhecidas de Oliveira, de Vila Clara, que se demoravam em Lisboa – e que interessavam o mano ou por política, ou por mexeriquice. E decerto, pela irmã Cerqueira, o querido Gouveia conhecia miudamente os anais da D. Ana, durante os seus invernos de Lisboa, nas delícias da sua "roda fina".

Nessa noite, porém, o Administrador não aparecera na Assembleia. E Gonçalo, desconsolado, recolhia à Torre – quando no Largo do Chafariz o encontrou com o Videirinha, ambos sentados num banco, sob as olaias escuras.

– Chegou lindamente! – exclamou o Gouveia. – Estávamos mesmo a marchar para minha casa, tomar chá. Quer você, também?... Você costuma gostar das minhas torradinhas.

O Fidalgo aceitou – apesar de cansado. E logo pela Calçadinha, enlaçando o braço do Administrador, contou que recebera uma carta de Lisboa, dum amigo, com uma nova estupenda... O quê? – O casamento de D. Ana Lucena.

O Gouveia parou, assombrado, atirando o coco para a nuca:

– Com quem?!

Gonçalo, que inventara a carta – inventou o noivo:

– Com um vago parente meu, ao que parece, um D. João Pedroso ou da Pedrosa. Muitas vezes o Sanches Lucena me falou nele... Conviviam muito em Lisboa...

Gouveia bateu com a ponta da bengala nas pedras:

– Não pode ser!... Que disparate! A D. Ana não ajustava casamento sete semanas depois de lhe morrer o marido... Olhe que o Lucena morreu no meado de julho, homem! Ainda nem teve tempo de se acostumar à sepultura!

– Sim, com efeito! – murmurou Gonçalo.

E sorria, sob uma doce baforada de vaidade – pensando que, sete semanas depois de viúva, ela, sem resistir, calcando decência e luto, lhe oferecia a ele uma entrevista nas ruínas de Craquede.

A mentira de resto, apesar de disparatada, aproveitara – porque, depois de subirem à saleta verde do Administrador, o espanto recomeçou. Videirinha esfregava as mãos, divertido:

– Oh sr. Doutor, olhe que tinha graça!... Se a sra. D. Ana, depois de apanhar os duzentos contos do velhote, logo passadas semanas, zás, se engancha com um rapazote novo...

Não, não!... Gonçalo agora, reparando, também considerava despropositada a notícia do casamento, assim com o pobre Sanches ainda morno...

– Naturalmente entre ela e esse D. João havia namorico, olha-dela... Por isso imaginaram. Com efeito, alguém me contou, há tempos, que o tal D. João se atirava valentemente, como cumpre a um D. João, e que ela...

– Mentira! – atalhou o Administrador, debruçado sobre a chaminé do candeeiro para acender o cigarro. – Mentira! Sei perfeitamente, e por excelente canal... Enfim, sei por minha irmã! Nunca, em Lisboa, a D. Ana deu azo[13] a que se rosnasse. Muito

A ILUSTRE CASA DE RAMIRES 271

séria, muitíssimo séria. Está claro, não faltou por lá maganão que lhe arrastasse a asa lânguida... Talvez esse D. João, ou outro amigo do marido, segundo a boa lei natural. Mas ela, nada! Nem olho de lado! Esposa romana[14], meu amigo, e dos bons tempos romanos!

Gonçalo, enterrado no canapé, torcia lentamente o bigode, regalado, recolhendo as revelações. E o Gouveia, no meio da sala, com um gesto convencido e superior:

– Nem admira! Estas mulheres muito formosas são insensíveis. Belos mármores, mas frios mármores... Não, Gonçalinho, lá para o sentimento, e para a alma, e mesmo para o resto, venham as mulheres pequeninas, magrinhas, escurinhas! Essas sim!... Mas os grandes mulherões brancos, do gênero Vênus, são para vista, só para museu.

Videirinha arriscou uma dúvida:

– Uma senhora tão bonita como a sra. D. Ana, e com aquele sangue, assim casada com um velhote...

– Há mulheres que gostam de velhotes porque elas mesmas têm sentimentos velhotes! – declarou o Gouveia, de dedo erguido, com imensa autoridade e imensa filosofia.

Mas a curiosidade de Gonçalo não se contentava. E na *Feitosa*? Nunca se rosnara de alguma aventura escondida? Parece que com o Dr. Júlio...

De novo o Fidalgo inventava. De novo Gouveia repeliu a "mentira":

– Nem na *Feitosa*, nem em Oliveira, nem em Lisboa... De resto, é o que lhe digo, Gonçalo Mendes. Mulher de mármore!

Depois, saudando, em submissa admiração:

– Mas, como mármore... Vocês, meninos, não imaginam a beleza daquela mulher decotada!

Gonçalo pasmou:

– E onde a viu você decotada?

– Onde a vi decotada? Em Lisboa, num baile do Paço... Até foi justamente o Lucena que me arranjou o convite para o Paço. Lá me espanejei, de calção... Uma sensaboria. E mesmo uma

272 ◈◈ EÇA DE QUEIRÓS

vergonha, toda aquela turba acavalada por cima dos bufetes, aos berros, a agarrar furiosamente pedaços de peru...

– Mas então, a D. Ana?

– Pois a D. Ana uma beleza! Vocês não imaginam!... Santo nome de Deus! que ombros! que braços! que peito! E a brancura, a perfeição... De endoidecer! Ao princípio, como havia muita gente, e ela estava para um canto, acanhadota, não fez sensação. Mas depois lá a descobriram. E eram correrias, magotes[15] embasbacados... E "quem será?" E "que encanto!" Todo o mundo perdidinho, até o rei!

E um momento os três homens emudeceram na impressão do formoso corpo evocado, que entre eles surgia, quase despido, inundado com o esplendor da sua brancura a modesta sala mal alumiada. Por fim Videirinha acercou a cadeira, em confidência, para fornecer também a sua informação:

– Pois, por mim, o que posso afirmar é que a sra. D. Ana é uma mulher muito asseada, muito lavada...

E como os outros se espantavam, rindo, de uma certeza tão íntima – Videirinha contou que todas as semanas aparecia um moço da *Feitosa*, na botica do Pires, a comprar três e quatro garrafas de água-de-colônia portuguesa, da receita do Pires.

– Até o Pires dizia sempre, a esfregar as mãos, que na *Feitosa* regavam as terras com água-de-colônia. Depois é que soubemos pela criada... A sra. D. Ana toma todos os dias um grande banho, que não é só para lavar, mas para prazer. Fica uma hora dentro da tina. Até lê o jornal dentro da tina. E em cada banho, zás, meia garrafa de água-de-colônia... Já é luxo!

Então Gonçalo sentiu como um aborrecimento de todas aquelas revelações do administrador, do ajudante de farmácia, sobre os decotes e as lavagens da linda mulher que o esperava entre os túmulos dos Ramires seculares. Sacudiu o jornal com que se abanava, exclamou:

– Bem! E passando a cantiga mais séria... Oh Gouveia, você que tem sabido do Dr. Júlio? O homem trabalha na eleição?

A sra. D. Ana toma todos os dias um grande banho, que não é só para lavar, mas para prazer.

274 ❧ Eça de Queirós

A criada entrara com a bandeja do chá. E em torno da mesa, trincando as torradas famosas, conversaram sobre a eleição, sobre os informes dos regedores, sobre a reserva do Rio Manso – e sobre o Dr. Júlio, que Videirinha encontrara nos Bravais pedinchando votos pelas portas, acompanhado por um moço com a máquina fotográfica às costas.

Depois do chá, Gonçalo, cansado e já provido "de revelações", acendeu o charuto para recolher à Torre.

– Você não acompanha, Videirinha?

– Hoje, sr. Doutor, não posso. Parto de madrugada para Oliveira, na diligência.

– Que diabo vai você fazer a Oliveira?

– Por causa duns sapatos de praia e dum fato de banho lá da minha patroa, da D. Josefa Pires... Tenho de os trocar nos Emílios, levar as medidas.

Gonçalo ergueu os braços, desolado:

– Ora vejam este país! Um grande artista, como o Videirinha, a carregar para Oliveira com os sapatos de banho da patroa Pires!... Oh Gouveia! quando eu for deputado precisamos arranjar um bom lugar para o Videirinha, no Governo Civil. Um lugar fácil e com vagares, para ele não esquecer o violão!

Videirinha corou de gosto e de esperança – correndo a despendurar do cabide o chapéu do Fidalgo.

Pela estrada da Torre, os pensamentos de Gonçalo esvoaçaram logo, com irresistida tentação, para D. Ana – para os seus decotes, para os lânguidos banhos em que se esquecia lendo o jornal. Por fim, que diabo!... Essa D. Ana assim tão honesta, tão perfumada, tão esplendidamente bela, só apresentava, mesmo como esposa, um feio *senão* – o papá carniceiro. E a voz também – a voz que tanto o arrepiara na Bica Santa... Mas o Mendonça assegurava que aquele timbre rolante e gordo, na intimidade, se abatia, liso e quase doce... Depois, meses de convivência habituam às vozes mais desagradáveis – e ele mesmo, agora, nem percebia quanto o Manuel Duarte era fanhoso! Não! mancha teimosa, realmente,

A Ilustre Casa de Ramires 〜 275

só o pai carniceiro. Mas nesta humanidade nascida toda dum só homem, quem, entre os seus milhares de avós até Adão, não tem algum avô carniceiro?[16] Ele, bom fidalgo, duma casa de reis de onde dinastias irradiavam, certamente, escarafunchando o passado, toparia com o Ramires carniceiro. E que o carniceiro avultasse logo na primeira geração, num talho ainda afreguesado, ou que apenas se esfumasse, através de espessos séculos, entre os trigésimos avós – lá estava, com a faca, e o cepo, e as postas de carne, e as nódoas de sangue no braço suado!...

E este pensamento não o abandonou até à Torre – nem ainda depois, à janela do quarto, acabando o charuto, escutando o cantar dos galos. Já mesmo se deitara, e as pestanas lhe adormeciam, e ainda sentia que os seus passos impacientes se embrenhavam para trás, para o escuro passado da sua Casa, por entre a emaranhada história, procurando o carniceiro... Era já para além dos confins do Império Visigodo, onde reinava, com um globo de oiro na mão, o seu barbudo avô Recesvinto. Esfalfado, arquejando, transpusera as cidades cultas, povoadas de homens cultos – penetrara nas florestas que o mastodonte ainda sulcava. Entre a úmida espessura já cruzara vagos Ramires, que carregavam, grunhindo, reses mortas, molhos de lenha. Outros surdiam de tocas fumarentas, arreganhando agudos dentes esverdeados para sorrir ao neto que passava. Depois, por tristes ermos, sob tristes silêncios, chegara a uma lagoa enevoada. E à beira da água limosa, entre os canaviais, um homem monstruoso, peludo como uma fera, agachado no lodo, partia a rijos golpes, com um machado de pedra, postas de carne humana. Era um Ramires. No céu cinzento voava o açor[17] negro. E logo, de entre a neblina da lagoa, ele acenava para Santa Maria de Craquede, para a formosa e perfumada D. Ana, bradando por cima dos impérios e dos tempos: – "Achei o meu avô carniceiro!"

No domingo, Gonçalo acordou com uma "esperta ideia!" Não correria a Santa Maria de Craquede com uma pontualidade

276 ❧ EÇA DE QUEIRÓS

sôfrega, às cinco horas (as cinco horas marcadas no pós-escrito da prima Maria) – mostrando o seu alvoroço em encontrar a tão bela e tão rica D. Ana Lucena! Mas às seis horas, quando findasse a romaria das senhoras aos túmulos, apareceria ele indolentemente, como se, recolhendo dum passeio pelas frescas cercanias, se recordasse, parasse nas ruínas para conversar com a prima Maria.

Logo às quatro horas porém se começou a vestir com tantos esmeros, que o Bento, cansado das gravatas que o sr. Doutor experimentava e arremessava amarfanhadas para o divã, não se conteve:

– Ponha a de sedinha branca, sr. Doutor! Ponha a branca, que lhe fica melhor! E refresca mais, com este calor.

Na escolha dum ramo para o casaco ainda requintou, juntando as cores heráldicas dos Ramires, um cravo amarelo com um cravo branco. Ao portão, apenas montara na égua, temeu que as senhoras (não o encontrando no claustro) encurtassem a visita, estugou[18] o trote pelo atalho da Portela. Depois adiante, ao desembocar na antiga estrada real, soltou num galope impaciente, que o branqueou de poeira.

Só retomou um passo indiferente, ao acercar da linha do caminho de ferro, onde um carro de lenha e dois homens esperavam diante da cancela, que se fechara para a lenta passagem dum trem carregado de pipas. Um desses homens, de alforje aos ombros, era o Mendigo – o vistoso Mendigo, que passeava por aquelas aldeias a rendosa majestade das suas barbaças de deus fluvial. Erguendo gravemente o chapéu de vastas abas, desejou ao Fidalgo a companhia de Nosso Senhor.

– Então hoje a ganhar a rica vida por Craquede?...

– Cá me arrasto às vezes para a passagem do comboio de Oliveira, meu Fidalgo. Os passageiros gostam de me ver de pé no talude, correm sempre às janelas...

Gonçalo, rindo, recordou que o encontro daquele ancião precedia sempre um encontro seu com a bela D. Ana. – "Quem sabe? pensou. É talvez o Destino! Os antigos pintavam assim o

– Cá me arrasto às vezes para a passagem do comboio de Oliveira, meu Fidalgo. Os passageiros gostam de me ver de pé no talude, correm sempre às janelas...

278 &&& EÇA DE QUEIRÓS

Destino, com longas barbas e longas guedelhas, e o alforje às costas contendo as sortes humanas..." – E com efeito ao cabo do pinheiral silencioso, que estiradas réstias de sol docemente douravam – avistou a caleche da *Feitosa*, parada sob uma carvalha, com o cocheiro fardado de negro dormitando na almofada. A estrada real de Oliveira costeia aí o antigo adro[19] do mosteiro de Craquede, queimado pelo fogo do céu, naquela irada tempestade que chamam de *S. Sebastião*, e que aterrou Portugal em 1616. Uma erva agora alfombra o chão, crescida e verde, entre os poderosos troncos dos castanheiros velhíssimos. A igrejinha nova alveja, bem caiada, ao fundo da ramaria; e, ligada a ela por um muro esbrechado que densa hera veste, tomando todo o lado nascente do Terreiro – sobe, enche ainda magnificamente o céu lustroso, a fachada da igreja do vetusto mosteiro, suavemente amarelecida e brunida[20] pelos tempos, com o seu imenso portal sem portas, a rosácea[21] desmantelada, e esvaziados os nichos[22] de enterramento, onde outrora se estiraçavam as imagens dos fundadores, Froilas Ramires e a sua mulher Estevaninha, condessa de Orgaz, por alcunha a *Queixa-perra*. Duas casas térreas povoam o lado fronteiro do adro – uma limpa, com as ombreiras das janelas pintadas de azul estridente, a outra deserta, quase sem telhado, afogada na verdura dum quinteiro bravo, onde girassóis resplandecem. Um pensativo silêncio envolvia o arvoredo, as altivas ruínas. E nem o quebrava, antes serenamente o embalava, o sussurro duma fonte, que a estiagem adelgaçara em fio lento, e mal enchia o seu tanque de pedra, toldada pela pálida e rala folhagem dum chorão muito alto.

O trintanário da *Feitosa*, ao enxergar o Fidalgo, saltou risonhamente da borda do tanque onde picava tabaco, para segurar a égua. E Gonçalo, que desde pequeno não penetrava nas ruínas de Craquede, seguia por um carreirinho cortado na relva, atentamente, encantado com aquela romântica solidão de lenda e verso, quando, sob o arco do portal, apareceram as duas senhoras voltando do velho claustro. D. Maria Mendonça, com a sua sacudida vivacidade, agitou logo o guarda-sol de xadrezinho, semelhante

A ILUSTRE CASA DE RAMIRES 🙥 279

ao vestido, cujas mangas, tufando desmedidamente nos ombros, lhe vincavam mais a elegância esgalgada. E ao lado, na claridade, D. Ana era uma silenciosa e esbelta forma negra, de lã negra e de escumilha negra, apenas transparecia, suavizada sob o véu negro, a brancura esplêndida da sua face sensual e séria.

Gonçalo correra, erguendo o chapéu de palha, balbuciando o seu "prazer por aquele encontro..." Mas já D. Maria o repreendia, sem lhe consentir a fábula do "encontro":

– O primo não é nada amável, nada amável...

– Oh prima!...

– Pois sabia que vínhamos, pela minha carta! E nem está à hora aprazada, para fazer as honras, como devia...

Ele, rindo, com o seu desembaraço airoso, negou esse dever! Aquela casa não era sua, mas do Bom Deus! Ao Bom Deus competia "fazer as honras" – acolher tão doces romeiras com algum milagre amável...

– E então, gostaram? V. Exa., sra. D. Ana, gostou das ruínas?... Muito interessantes, não é verdade?

Através do véu, com uma lentidão que a espessa renda negra tornava mais grave, ela murmurou:

– Eu já conhecia... Vim cá uma tarde, com o pobre Sanches que Deus haja.

– Ah...

Àquela evocação do pobre morto, Gonçalo sumira todo o sorriso, com polida tristeza. Mas D. Maria Mendonça acudiu, atirando um dos seus magros gestos, como para arredar a sombra importuna.

– Ai! não imagina o que gostei, primo! É de apetite todo o claustro... Logo aquela espada enferrujada, chumbada por cima do túmulo... Não há nada que impressione como estas coisas antigas... Oh primo, e pensar que estão ali antepassados nossos!

O sorriso de Gonçalo de novo lampejou, alegre e acolhedor, como sempre que Maria se empurrava com desesperada gula para dentro da Casa de Ramires. E gracejou, afavelmente. Oh,

– O primo não é nada amável, nada amável...
– Oh prima!...

A Ilustre Casa de Ramires ❦❦ 281

antepassados... Simples punhados de cinza vã! – Pois não era verdade, sra. D. Ana?... Realmente! quem conceberia que a prima Maria, tão viva, tão sociável, tão engraçada, descendesse duma poeira tristonha guardada dentro duma pia de pedra? Não! não se podia ligar tanto *ser* a tanto *não-ser*... – E como D. Ana sorria, numa vaga concordância, encostando as duas mãos fortes e muito apertadas na pelica negra ao alto cabo de aljôfar[23] da sombrinha, ele atalhou com interesse:

– V. Exa. está talvez cansada, sra. D. Ana?

– Não, não estou cansada... Ainda vamos mesmo entrar na capela, um bocadinho... Eu nunca me canso.

E pareceu a Gonçalo que a voz da formosa criatura não rolava do papo, tão grossa e gorda – mas que se afinara, adoçada e velada pelo luto de escomilha e lã, como esses grossos e rolantes rumores que a noite e o arvoredo adelgaçam. Mas D. Maria confessou o seu imenso cansaço! Nada a esfalfava como visitar curiosidades... E além disso a emoção, a ideia de heróis tão antigos!

– Se nos sentássemos naquele banco, hem? É muito cedo para recolhermos, não é verdade, Anica? E está tão agradável neste sossego, nesta frescura...

Era um banco de pedra, rente ao muro esbrechado que a hera afogava. Em torno a relva crescia, mais silvestre e florida com os derradeiros malmequeres e botões-de-oiro que o sol de agosto poupara. Um aromazinho fino, de algum jasmineiro emaranhado na hera, errava, adocicava a serena tarde. E na rama dum álamo, defronte do portão da capela, duas vezes um melro cantara. Gonçalo sacudiu todo o banco cuidadosamente, com o lenço. E sentado na ponta, junto de D. Maria, louvou também a frescura, o recolhimento daquele cantinho de Craquede... E ele que nunca se aproveitara de refúgio tão santo, e quase seu, nem mesmo para um almoço bucólico! Pois agora certamente voltaria a fumar um charuto, revolver ideias de paz sob a paz das carvalheiras, na vizinhança dos vovós mortos... Depois, com uma curiosidade:

– É verdade, prima! E o subterrâneo?

Oh! não existia subterrâneo!... Sim, existia – mas entulhado, sem sepulturas, sem antiguidades. E o sacristão logo lhes afiançara que "não valia a pena sujarem as saias..."

– É verdade, oh Anica, deste alguma coisa ao sacristão?

– Oh filha, dei cinco tostões... Não sei se foi bastante.

Gonçalo assegurou que se pagara suntuosamente ao sacristão. E, se prevesse tamanha generosidade da sra. D. Ana, agarrava ele um molho de chaves, até enfiava uma opa[24] preta, para mostrar – e para embolsar...

– Pois é o que devia ter feito! – exclamou D. Maria, com um corisco nos espertos olhos. – E decerto se lhe davam os cinco tostões! Porque sempre seria mais instrutivo que o homenzinho, que mascava, não sabia nada!... Semelhante morcão! E eu com tanta curiosidade por aquele túmulo aberto, com a tampa rachada... O mono só soube resmungar que "eram histórias muito antigas lá do Fidalgo da Torre..."

Gonçalo ria:

– Pois essa história por acaso sei eu, prima Maria! Sei agora pelo *Fado dos Ramires*, o fado do Videirinha...

D. Maria Mendonça levantou as compridas mãos aos céus, revoltada com aquela indiferença pelas tradições heroicas da Casa. Conhecer somente os seus anais, desde que eles andavam repicados num fado!... O primo Gonçalo não se envergonhava?

– Mas por quê, prima, por quê? O fado do Videirinha está fundado em documentos autênticos que o Padre Soeiro estudou. Todo o recheio histórico foi fornecido pelo Padre Soeiro. O Videirinha só pôs as rimas. Além disso antigamente, prima, a História era perpetuada em verso e cantada ao som da lira...[25] Enfim quer saber esse caso do túmulo aberto, segundo as quadras do Videirinha? Eu sempre conto! Mas só para a sra. D. Ana, que não sofre desses escrúpulos...

– Não! – acudiu D. Maria. – Se o Videirinha tem essa autoridade histórica, então conte também para mim, que sou da Casa!

Gonçalo, por gracejo, tossiu, passou o lenço pelos beiços:

– Pois eis o caso! Nesse túmulo habitava, naturalmente morto, um dos meus avós... Não me lembro o nome, Gutierres ou Lopo. Creio que Gutierres... Enfim, lá jazia quando foi da batalha das Navas de Tolosa...[26] A prima Maria conhece a batalha das Navas, os cinco reis mouros etc. ... Como o tal Gutierres soube da batalha, não contam os versos do Videirinha. Mas, apenas lá dentro lhe cheirou a carnificina, arromba o túmulo, sai por este pátio como um desesperado, desenterra o seu cavalo que fora enterrado no adro onde agora crescem estes carvalhos, monta nele todo armado, e, cavaleiro morto sobre cavalo morto, larga à galope através da Espanha, chega às Navas, arranca a espada, e destroça os mouros... Que lhe parece, sra. D. Ana?

Dedicara a história a D. Ana, procurando nos seus belos olhos a atenção e o interesse. E ela, que a furto, através do decoro melancólico a que se esforçava, adoçara o sorriso, atraída e levada, murmurou apenas: – "Tem graça!" – D. Maria, porém, quase esvoaçou sobre o banco de pedra, num êxtase: – "Lindo! Lindo! Que poesia!... Oh! uma lenda de todo o apetite!" – E, para que Gonçalo desenrolasse ainda a graça do seu dizer, outras maravilhas da sua crônica:

– Conte, primo, conte... E voltou para Craquede esse tio Ramires?

– Quem, prima, o Gutierres?... Ou fosse ele tolo! Apenas se apanhou livre da maçada da sepultura, não apareceu mais em Santa Maria de Craquede. O túmulo vazio, como está, e ele por Espanha numa pândega heroica!... Imagine! um defunto que por milagre se safa do seu jazigo, daquela postura eterna, tão apertada, tão esticada!...

Subitamente emudeceu, lembrando o Sanches Lucena, também esticado no seu caixote de chumbo, sob o seu vistoso jazigo de Oliveira... – D. Ana baixara a face, mais sumida no véu, esfuracando a erva com a ponta da sombrinha. E a esperta D. Maria, para desfazer a sombra impertinente que de novo os roçara, rompeu noutra curiosidade, que ainda se encadeava na nobreza dos Ramires:

284 ᖇᖇᖇ EÇA DE QUEIRÓS

– É verdade! Sempre me esquece de lhe perguntar. O primo ainda tem muitos parentes em França... Talvez também não saiba?

Sim! Gonçalo, casualmente, conhecia essa história dos seus parentes de França – apesar de que o Videirinha os não cantara no fado!

– Então conte! Mas que seja história alegre!

Oh, não era prodigiosamente divertida! Um avô Ramires, Garcia Ramires, acompanhara nas suas famosas jornadas o Infante D. Pedro[27], o filho de El-Rei D. João I... A prima Maria sabia – o Infante D. Pedro, o que correu as Sete Partidas do mundo... Pois o Infante D. Pedro e os seus fidalgos, de volta da Palestina, pousaram um ano inteiro na Flandres, com o Duque de Borgonha. Até se celebraram então festas maravilhosas, com um banquete que durou sete dias, e que anda nos compêndios da História de França. Onde há danças há amores. Ao avô Ramires sobejava imaginação e arrojo... Fora ele que diante de Jerusalém, no vale de Josafat, lembrara que se erguesse um sinal para que o Infante e os seus companheiros de romagem se reconhecessem no grande Dia de Juízo. Depois, naturalmente, belo mocetão, de barba negra e cerrada à portuguesa... Enfim casara com uma irmã do Duque de Cleves, uma tremenda senhora, sobrinha do Duque de Borgonha e Brabante. Mais tarde, através dessas ligações, uma avó Ramires, já viúva, casou também em França com o Conde de Tancarville. Esses Tancarvilles, Grão-Mestres de França, possuíam o mais formidável castelo da Europa, e...

D. Maria bateu as palmas, rindo:

– Bravo! lindamente! Sim, senhor!... Então o primo que se gaba de não saber nada de fidalguias... Olhe como conhece pelo miúdo a história desses grandes casamentos! Hem, Anica?... É uma crônica viva!

Gonçalo vergou os ombros, confessou que se ocupara de toda essa heráldica histórica por um motivo bem rasteiro – por miséria!...

A ILUSTRE CASA DE RAMIRES ❧ 285

– Por miséria?

– Sim, prima Maria, por penúria de moeda, de cobres...

– Conte! conte! Olhe, a Anica está ansiosa...

– Quer saber, sra. D. Ana? Pois foi em Coimbra, no meu segundo ano de Coimbra. Os companheiros e eu chegamos a não juntar entre todos um vintém. Nem para cigarros! Nem para o sagrado decilitro de carrascão[28] e as três azeitonas do dever... Um deles então, rapaz muito engraçado, de Melgaço, surdiu com a ideia estupenda de que eu escrevesse aos meus parentes de França, a esses Cleves, a esses Tancarvilles, senhores decerto imensamente ricos, e solicitasse com desembaraço, um emprestimozinho de trezentos francos.

D. Ana não conteve um riso, sinceramente divertido:

– Ai! tem muita graça!

– Mas não teve resultado, minha senhora... Já não existem Cleves, nem Tancarvilles! Todas essas grandes famílias feudais findaram, se fundiram noutras casas, até na Casa de França. E o meu Padre Soeiro, apesar de todo o seu saber genealógico, nunca conseguiu descobrir quem as representava com bastante afinidade para me emprestar, a mim parente pobre de Portugal, esses trezentos francos.

Aquela penúria de Gonçalo, de tamanho fidalgo, quase enternecera D. Ana:

– Ora estarem assim sem vintém! Quem soubesse... Mas tem graça! Essas histórias de Coimbra têm sempre muita graça. O D. João da Pedrosa, em Lisboa, também contava muitas...

D. Maria Mendonça, porém, através dessa facécia de estudantes, descortinara outra prova inesperada da grandeza dos Ramires. E imediatamente a estendeu diante de D. Ana com habilidade:

– Ora vejam!... Todas essas grandes casas de França, tão ricas, tão poderosas, acabaram, desapareceram. E cá no nosso Portugalzinho ainda dura a casa de Ramires!

Gonçalo acudiu:

286 ∺ EÇA DE QUEIRÓS

– Acaba agora, prima!... Não olhe para mim assim espantada. Acaba agora... Pois se eu não caso!

Então D. Maria recuou o magro peito – como se esse casamento do primo dependesse de doces influências, que convinha se trocassem bem chegadamente, sem Marias Mendonças, de permeio no estreito banco, com mangas bufantes, tolhendo as correntes de eflúvio. E sorria, quase languidamente:

– Ora não casa... Mas por quê, primo, por quê?

– Porque não tenho jeito, prima. O casamento é uma arte muito delicada que necessita vocação, gênio especial. As Fadas não me concederam esse gênio. E se me dedicasse a semelhante obra, ai de mim! com certeza a estragava.

D. Ana, como se outra ideia a ocupasse, puxara lentamente do cinto o relógio preso por uma fita de cabelo. E D. Maria insistia, recusava os motivos do Fidalgo:

– São tolices. O primo que gosta tanto de crianças...

– Gosto, gosto muito de crianças, até de criancinhas de mama. As crianças são os únicos seres divinos que a nossa pobre humanidade conhece. Os outros anjos, os de asas, nunca aparecem. Os santos, depois de santos, ficam na Bem-Aventurança a preguiçar, ninguém mais os enxerga. E, para concebermos uma ideia das coisas do Céu, só temos realmente as criancinhas... Sim, com efeito, prima, gosto muito de crianças. Mas, também gosto de flores, e não sou jardineiro, nem tenho jeito para a jardinagem[29].

E D. Maria com uma faísca no olhar prometedor:

– Sossegue, que ainda vem a aprender!

Depois, para D. Ana que se esquecera na contemplação do relógio:

– Achas que vão sendo horas? Então, se queres, entramos na capela... Oh primo, veja se está aberta.

Gonçalo correu, empurrou a porta da capela. Depois acompanhou as duas senhoras pela pequenina nave soalhada, entre delgados pilares recobertos de uma cal áspera e crua – que recamava também as paredes lisas, apenas guarnecidas, na sua rígida nudez, por litografias de santos dentro de caixilhos de pinho. Diante do altar as senhoras ajoelharam – a prima Maria enterrando a face nas mãos juntas, como num vaso de Piedade. Gonçalo dobrou o joelho de leve, engrolou uma Ave-Maria.

Depois voltou para o adro, acendeu um cigarro. E, pisando lentamente a relva, considerava quanto a viuvez melhorara D. Ana. Sob o negrume do luto, como numa penumbra que esfuma a grosseira deselegância das coisas, todos os seus defeitos se fundiam – os defeitos que tanto o horripilavam na tarde da Bica Santa, o rolar gordo da voz, o peito empinado, a ostentação de burguesa ricaça pinguemente repimpada[30] na vida. Até já nem dizia – "o cavalheiro!" E ali, no adro melancólico de Craquede, certamente parecia interessante e desejável.

As senhoras desciam os dois degraus da capela. Um melro esvoaçou na ramagem dos álamos. E Gonçalo encontrou o lampejo dos olhos sérios de D. Ana, que o procuravam.

– Peço perdão de não lhes ter oferecido água benta à saída, mas a concha está seca...

– Jesus, primo, que igreja tão feia!

D. Ana arriscou, com timidez:

– Depois das ruínas e dos túmulos, até parece pouco religiosa.

A observação impressionou Gonçalo, como muito fina. E junto dela, demorando os passos com agrado, sentia, esparzido pelos seus movimentos pelo roçar do vestido, um aroma também fino, que não era o da horrenda água-de-colônia da botica do Pires. Em silêncio, sob a ramagem das carvalhas, caminharam para a caleche, onde o cocheiro se aprumara, bem estilado, tirando o chapéu. Gonçalo notou que ele rapara o bigode. E a parelha reluzia, atrelada com esmero.

– E então, prima Maria, ainda se demora pelos nossos sítios?

– Sim, primo, mais uns quinze dias... A Anica é tão amável, quis que eu trouxesse os pequenos. O que eles se têm divertido na quinta, não imagina!

288 ∾∾ Eça de Queirós

D. Ana murmurou, sempre séria:

– São muito engraçados, fazem muita companhia... Eu também gosto muito de crianças.

– Ai, a Anica adora crianças! – acudiu D. Maria com fervor.

– O que ela atura os pequenos! Até joga com eles o mafarrico.

Perto da caleche, Gonçalo pensou que outra volta pelo adro, mais lenta, com a D. Ana e o seu fino aroma, seria doce, naquele sossego da tarde que findava, tingida de tão lindas cores-de-rosa sobre os pinheiros escurecidos. Mas já o trintanário se acercava, segurando a sua égua. E D. Maria, depois de admirar e acariciar a égua, chamou o primo discretamente – para saber a distância da *Feitosa* a Treixedo, a outra quinta histórica dos Ramires.

– A Treixedo, prima?... Cinco léguas fartas, com maus caminhos.

E imediatamente se arrependeu, antevendo um passeio, um novo encontro:

– Mas na estrada ultimamente andaram obras. E é muito bonito sítio, num alto, com um resto de muralhas... Treixedo era um castelo enorme ... Na quinta há uma lagoa entre arvoredo antigo... Oh! sítio delicioso para um piquenique!

D. Maria hesitou:

– É um pouco longe, veremos, talvez.

E como D. Ana esperava em silêncio – Gonçalo abriu a portinhola, tomou ao trintanário as rédeas da égua. D. Maria Mendonça, no seu contentamento por tão proveitosa tarde, sacudiu ardentemente a mão do primo, jurando "que ia apaixonada por Craquede"! D. Ana mal roçou os dedos de Gonçalo, acanhada e corando.

Sozinho, com a rédea da égua enfiada no braço, Gonçalo sorria. Na verdade, nessa tarde, D. Ana não lhe desagradara. Outros modos, outra singeleza grave, outra doçura na sua possante beleza de Vênus rural... E aquela observação sobre a capela, "pouco religiosa" depois das ruínas seculares do claustro, era uma observação fina. Quem sabe? Talvez sob carne tão sensual se escondesse uma

A ILUSTRE CASA DE RAMIRES 289

natureza delicada. Talvez a influência de outro homem, que não o estupidíssimo Sanches, desenvolvesse na filha esplêndida do carniceiro qualidades de muito encanto... Oh, evidentemente, a observação sobre os túmulos e a sua religiosidade, emanando da Lenda e da História – era fina.

E então também o tomou a curiosidade de visitar esse claustro, onde não entrara desde pequeno – quando ainda a Torre conservava as suas carruagens montadas e a romântica *miss* Rhodes escolhia sempre o passeio de Craquede, para as tardes pensativas de outono. Puxou a égua, transpôs o portal, atravessou o espaço descoberto que fora a nave – atulhado de caliça, de cacos, de pedras despegadas da abóbada e afogadas nas ervas bravas. E pela brecha dum muro a que ainda se amparava um pedaço de altar – penetrou na silenciosa crasta[31] afonsina. Só dela restam duas arcadas em ângulo, atarracadas sobre rudes pilares, lajeadas de poderosas lajes puídas, que nessa manhã o sacristão cuidadosamente varrera. E contra o muro, onde rijas nervuras desenham outros arcos, avultam os sete imensos túmulos dos antiquíssimos Ramires, denegridos, lisos, sem um lavor, como toscas arcas de granito, alguns pesadamente encravados no lajedo, outros pousando sobre bolas que os séculos lascaram. Gonçalo seguia um carreiro de tijolo, rente aos arcos, recordando quando ele outrora e Gracinha pulavam ruidosamente por sobre essas campas, enquanto no pátio do claustro, entre as pilastras tombadas e a verdura das ruínas, a boa *miss* Rhodes, agachada, procurava florinhas silvestres. Na abóbada, sobre o mais vasto túmulo, lá negrejava chumbada a espada, a famosa espada, com a sua corrente de ferro pendendo do punho, a folha roída pela ferrugem das longas idades. Sobre outro lá ardia a lâmpada, a estranha lâmpada mourisca, que não se apagara desde a tarde remota em que algum monge, com uma tocha de saimento, silenciosamente a acendera... Quando se acendera ela, a eterna lâmpada? Que Ramires jazeriam nesses cofres de granito, a que o tempo raspara as inscrições e as datas, para que nelas toda a História se sumisse, e mais escuramente se volvessem em leve pó sem nome, aqueles homens de orgulho e de força?... Depois, na ponta do claustro, era o túmulo aberto, e ao lado, derrubada em dois pedaços, a tampa que o esqueleto de Lopo Ramires arrombara para correr às Navas de Tolosa e bater os cinco reis mouros. Gonçalo espreitou para dentro, curiosamente. A um canto da funda arca alvejava um montão de ossos, limpos e bem arrumados! Esquecera o velho Lopo, na sua pressa heroica, esses poucos ossos, já despegados do seu esqueleto?...[32] O crepúsculo cerrara, e com ele uma melancólica sombra que se adensava sobre as abóbadas da crasta, cobria de tristeza morta aquela jazida de mortos. Então Gonçalo sentiu a desolada solidão que o envolvia, o separava da vida, ali desgarrado, e sem socorro entre a poeira e a alma errante dos seus avós temerosos! E de repente estremeceu, no arrepiado medo de que outra tampa estalasse com fragor e através da fenda surdissem lívidos dedos sem carne! Repuxou desesperadamente a égua pelo muro desmantelado, nas ruínas da nave pulou para o selim, e varou num trote o portal, galgou o adro com ânsia – só sossegou ao avistar, ao fim do pinhal, a cancela do caminho de ferro aberta, e uma velha que a passava, tangendo o seu burro carregado de erva.

VIII

AO FIM DA SEMANA GONÇALO, que desde a visita a Santa Maria de Craquede arrastava o remorso incômodo da sua preguiça, do tão longo abandono da novela – recebeu de manhã, ao sair do banho, uma carta do Castanheiro. Era curta: – e declarava ao amigo Gonçalo que, se em meado de outubro, não chegassem a Lisboa três capítulos do original, ele, com pesar seu e da Arte, publicaria no primeiro número dos *Anais*, em vez da *Torre de D. Ramires,* um drama do Nuno Carreira num ato, intitulado *Em Casa do Temerário...*

Apesar de drama e de fantasia (acrescentava) *convém à índole erudita dos* Anais *por que este* Temerário *é Carlos o Temerário*[1], *e a ação toda, fortemente tecida, se passa no castelo de Peronne, onde se encontram nada menos que Luís XI de França, e o nosso pobre Afonso V, e Pero da Covilhã que o acompanhava, e outros figurões de rija estatura histórica. Imagine!... Está claro, o* chique *supremo seria* Tructesindo Mendes Ramires, *contado pelo nosso Gonçalo Mendes Ramires! Mas, pelo que vejo, esse* chique *supremo está impedido por uma indolência suprema.* Sunt Lacrymae Revistarum![2]

292 ✸✸✸ Eça de Queirós

Gonçalo atirou a carta, gritou pelo Bento:

– Leva para a livraria chá verde, forte, com torradas. Hoje só almoço tarde, às duas... Talvez nem almoce!

E, enfiando o roupão de trabalho, decidiu amarrar à banca, como um cativo ao remo, até que rematasse esse difícil Capítulo III, onde ressaltava o bárbaro e sublime rasgo[3] do avô Tructesindo. Não, que diabo! não lhe convinha perder a aparição da novela em tão proveitoso momento, nas vésperas da sua chegada a Lisboa, quando para a influência política e para o prestígio social necessitava desse brilho que, segundo o velho Vigny[4], "uma pena de aço acrescenta a um elmo dourado de Fidalgo..." Felizmente, nessa luminosa manhã, em que as águas da horta fartamente cantavam, ele sentia também a veia borbulhando, contente em se soltar e correr. Depois da visita à crasta de Craquede, a sua imaginação concebia menos enevoadamente os seus avós afonsinos: – e como que os palpava enfim no seu viver e pensar, desde que contemplara os grandes túmulos, onde se desfaziam as suas grandes ossadas.

Na livraria retomou com apetite, depois de lhes sacudir a poeira, as tiras da novela sobre que emperrara, naquele ataranta-do lance de susto e alarme – quando o vílico[5], o velho Ordonho, reconhecia o pendão do Bastardo surgindo à borda da Ribeira do Couce, entre o coriscar de lanças empinadas, passando a antiga ponte de madeira, e, um momento sumido na verdura dos álamos, de novo avançando, alto e tendido, até ao rude Cruzeiro de Pedra de Gonçalo Ramires o *Cortador*... O gordo Ordonho então, atirando o brado de – "Prestes, prestes! que é gente de Baião" –, descambava pelo escalão da muralha, como um fardo que rola.

No entanto Tructesindo Ramires, no empenho de aprestar à sua mesnada e abalar sobre Montemor, regera já com o adail a ordem da arrancada, mandando que as buzinas soassem mal o sol batesse na margela do poço grande. E agora, na sala alta da alcáçova, conversava com o seu primo de Ribacávado e costuma-do camarada de armas, D. Garcia Viegas – ambos sentados nos poiais de pedra duma funda janela, onde uma bilha de água, com

A ILUSTRE CASA DE RAMIRES 293

o seu púcaro[6], refrescava entre vasos de manjericão. D. Garcia Viegas era um velho esgalgado e ágil, de escuro carão rapado, com uns miúdos olhos coruscantes – que merecera a alcunha de *Sabedor* pela viveza e suculência do seu dizer, as suas infinitas manhas de guerra, e a prenda de falar latim mais doutamente que um clérigo da cúria. Convocado por Tructesindo, como os outros parentes do solar, para engrossar a mesnada dos Ramires em serviço das Infantas, correra logo a Santa Ireneia, fielmente, com o seu pequeno poder de dez lanças – começando por saquear no caminho a herdade de Palha Cã, dos de Severosa, que andavam com pendão alto na hoste real contra as donas oprimidas. Tão rijamente se apressara que, desde a madrugada, apenas comera sobre a sela, em Palha Cã, duas rodelas dos chouriços roubados. E com a sede da afogueada correria, ainda na emoção de tão amarga nova, a derrota de Lourenço Ramires, seu afilhado, novamente enchia de água o púcaro de barro – quando pela porta da sala de armas, que três cabeças de javali dominavam, rompeu o velho Ordonho esbaforido:

– Sr. Tructesindo! sr. Tructesindo Ramires! o Bastardo de Baião passou a Ribeira, vem sobre nós com grande troço de lanças!

O velho rico-homem[7] saltou do poial. E arremessando a mão cabeluda, cerrada com sanha[8], como se já pela gorja empolgasse o Bastardo:

– Pelo sangue de Cristo! em boa hora vem que nos poupa caminho! Hem, Garcia Viegas? A cavalo e sobre ele...?

Mas, rente aos trôpegos calcanhares de Ordonho, correra um coudel de besteiros, que gritou dos umbrais, sacudindo o capelo de couro:

– Senhor! Senhor! A gente de Baião parou ao Cruzeiro! E um cavaleiro moço, com um ramo verde, está diante das barbacãs[9], como trazendo mensagem...

Tructesindo bateu o sapato de ferro sobre as lajes, indignado com tal embaixada, mandada por tal vilão... – Mas Garcia Viegas, que dum sorvo enxugara o púcaro, recordou serenamente e lealmente os preceitos:

– Tende, tende, primo e amigo! Que, por uso e lei de aquém e de além serras, sempre mensageiro com ramo se deve escutar...

– Seja pois! – bradou Tructesindo. – Ide vós fora às barreiras com duas lanças, Ordonho, e sabei do recado!

O vílico rebolou pela denegrida escada de caracol, até ao patim da alcáçova. Dois acostados, de lança ao ombro, recolhendo de alguma rolda, conversavam com o armeiro, que sarapintara de amarelo e escarlate cabos de ascumas novas e as enfileirava contra o muro para secarem.

– Por ordem do Senhor! – gritou Ordonho. – Lança direita, e comigo às barbacãs, a receber mensagem!...

Ladeado pelos dois homens que se aprumaram, atravessou as barreiras; e pelo postigo da barbacã[10], que uma quadrilha de besteiros guardava, saiu ao terreiro da Honra, largueza de terra calcada, sem relva ou árvore, onde se erguiam ainda as traves carcomidas duma antiga forca, e se amontoavam agora, para os consertos da alcáçova, ripas de madeira, e grossas cantarias lavradas. Depois, sem arredar do umbral, empinando o ventre entre os dois acostados, bradou ao moço cavaleiro, que esperava sob o rijo sol, sacudindo os moscardos com o seu ramo de amoreira:

– Dizei de que gente sois! e a que vindes! e que credência[11] trazeis!...

E como arqueara logo a mão inquieta sobre a orelha – o cavaleiro, serenamente, entalando o ramo entre o coxote e o arção[12], arqueou também os dois guantes[13] reluzentes de escamas na abertura do casco, bradou:

– Cavaleiro do solar de Baião!... Credência não trago que não trago embaixada... Mas o sr. D. Lopo ficou além ao Cruzeiro, e deseja que o nobre senhor da Honra, o sr. Tructesindo Ramires, o escute do eirado da barbacã...

O vílico saudou – recolheu pela poterna abobadada da torre albarrã, murmurando para os dois acostados:

A ILUSTRE CASA DE RAMIRES ❦ 295

– O Bastardo vem a tratar o resgate do sr. Lourenço Ramires...

Ambos rosnaram:

– Feio feito.

Mas, quando Ordonho ofegante se apressava para a alcáçova, encontrou no pátio Tructesindo Ramires – que, na irada impaciência daquelas delongas do Bastardo, descera, todo armado. Sobre o comprido brial de lã verde-negra, que recobria a vestidura de malha, as suas barbas rebrilhavam mais brancas, atadas num grosso nó, como a cauda dum corcel. Do cinturão tauxiado[14] de prata pendia a um lado o punhal recurvo, a buzina de marfim – ao outro uma espada goda, de folha larga, com alto punho dourado, onde cintilava uma pedra rara trazida outrora da Palestina por Gutierres Ramires, o *de Ultramar*. Um sergente conduzia sobre uma almofada de couro os seus guantes, o seu capelo redondo, de viseira gradada, como usara El-Rei D. Sancho; outro carregava o imenso broquel[15], da forma dum coração, revestido de couro escarlate, com o açor negro rudemente pintado, esgalhando as garras furiosas. E o alferes, Afonso Gomes, seguia com o guião enrolado na funda de lona.

Com o velho rico-homem descera D. Garcia Viegas, e os outros parentes do solar – o decrépito Ramiro Ramires, um veterano da tomada de Santarém[16], torcido pelos reumatismos como a raiz de um roble, e arrimando os passos trêmulos, não a um bastão, mas a um chuço[17]; o formoso Leonel, o mais moço dos Samoras de Cendufe, o que matara os dois ursos nos brejos de Cachamuz e que tão bem trovava; Mendo de Briteiros, o das barbas vermelhas, grande queimador de bruxas, ledo arranjador de folgares e danças; e o agigantado senhor dos Paços de Avelim, todo coberto, como um peixe fabuloso, de escamas que reluziam. Como o sol se acercava da margela do poço grande, marcando a hora da arrancada sobre Montemor – já, dos fundos alpendres que escondiam os campos do tavolado, os cavalariços puxavam os ginetes de guerra, com as suas altas selas pregueadas de prata, as ancas e os peitos resguardados por coberturas de couro franjado, que rojavam nas lajes. Por todo o castelo se espalhara que o Bastardo, depois da lide fatal aos Ramires, correra de Canta Pedra, ameaçava a Honra; e debruçados dos passadiços que ligavam a muralha aos contrafortes da alcáçova, ou metidos por entre os engenhos de arremesso que atulhavam as corredouras, os moços da ucharia, os servos das hortas, os vilões acolhidos para dentro das barracãs, espreitavam o senhor de Santa Ireneia e aqueles cavaleiros fortes, com ansiedade, tremendo do assalto dos de Baião e dessas horrendas bolas de ferro, cheias de fogo que, agora, as mesnadas cristãs arrojavam tão destramente como as hordas sarracenas[18]. – No entanto, com a sua gorra esmagada contra o peito, Ordonho, arfando, apresentava a Tructesindo o recado do Bastardo:

– É cavaleiro moço, não traz credência... O sr. Bastardo espera ao Cruzeiro... E pede que o atendais da quadrela das barbacãs...

– Que se acerque, pois! – gritou o velho. – E com quantos queira dos vilões que o seguem!

Mas Garcia Viegas, o *Sabedor*, sempre avisado, com a sua esperta mansidão:

– Tende, primo e amigo, tende! Não subais vós à tranqueira, antes que eu me assegure se Baião nos vem com arteirice ou falsura.

E entregando a sua pesada lança de faia a um donzel, enfiou pela escada soturna da torre albarrã. Em cima, no eirado, sussurrando um *chuta! chuta!* à fila de besteiros que guarnecia as ameias, atenta e com a besta encurvada[19] – penetrou no miradouro, espiou pela seteira. O arauto[20] de Baião galopara para o Cruzeiro, que uma selva movediça de lanças rodeava coriscando. E curto recado lançou – porque logo, no seu fouveiro acobertado por uma rede de malha acairelada de oiro, Lopo de Baião despegou do denso troço de cavaleiros, com a viseira erguida, sem lança ou ascuma de monte, e ociosas sobre o arção da sela mourisca as mãos, onde

A ILUSTRE CASA DE RAMIRES ⁓ 297

se enrodilhavam as bridas[21] de couro escarlate. Depois, a um toque arrastado de buzina, avançou para as barbacãs da Honra, vagarosamente, como se acompanhasse um saimento. Não movera o seu pendão amarelo e negro. Apenas seis infanções o escoltavam, também sem lança ou broquel, com sobrevestes de pano roxo sobre os saios de malha. Atrás, quatro alentados besteiros carregavam aos ombros umas andas[22], toscamente armadas com troncos de árvores, onde um homem jazia estirado, como morto, coberto, contra o calor e os moscardos, por leves folhagens de acácia. E um monge seguia numa mula branca, segurando misturadamente com as rédeas um crucifixo de ferro, sobre que pendia a orla do seu capuz e uma ponta de barba negra.

Da seteira, mesmo sem descortinar, por entre a camada de ramagens, a face do homem estendido nas andas, o *Sabedor* adivinhou Lourenço Ramires, o doce afilhado que tanto amara, que tão bem ensinara a terçar lanças e a treinar falcões. E cerrando os punhos, gritando surdamente – "Bem prestos![23] besteiros, bem prestos!" – desceu a escura escadaria, tão arremessado pela cólera e pela mágoa que o seu elmo[24] cavamente bateu contra o arco da porta, onde o esperava Tructesindo com os cavaleiros parentes.

– Senhor primo! – bradou. – Vosso filho Lourenço está diante das barreiras da Honra, deitado sobre umas andas!

Com um rosnar de espanto, um atropelo dos sapatos de ferro sobre as lajes sonoras, todos seguiram pela poterna da albarrã o rico-homem – até ao escadão de madeira que se empurrava contra a quadrela das barbacãs. E, quando o enorme velho surdiu do eirado, um silêncio pesou, tão ansioso, que se sentia para além do vergel[25] o chiar triste e lento da nora[26] e o latir dos mastins.

No terreiro, em frente à cancela gateada, o Bastardo esperava, imóvel sobre o seu ginete, com a formosa face bem levantada, a face de *Claro Sol*, onde as barbas aneladas, caindo nas solhas do arnês, rebrilhavam como oiro novo. Vergando o capelo de ouropel, saudou Tructesindo com gravidade e preito. Depois alçou a mão, que descalçara do guante. E num considerado e sereno falar:

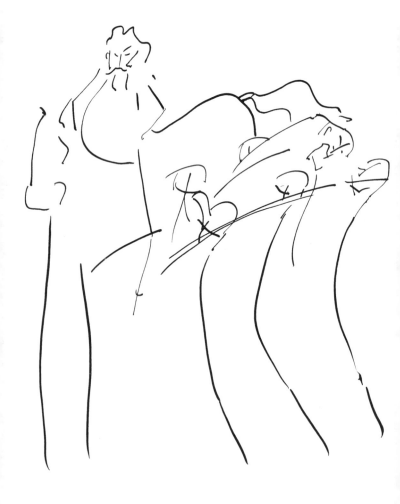

– Senhor Tructesindo Ramires, nessas andas vos trago vosso filho Lourenço, que em lide leal, no vale de Canta Pedra, colhi prisioneiro...

A ILUSTRE CASA DE RAMIRES ☙❧ 299

– Senhor Tructesindo Ramires, nessas andas vos trago vosso filho Lourenço, que em lide leal, no vale de Canta Pedra, colhi prisioneiro e me pertence pelo foro dos ricos-homens de Espanha. E de Canta Pedra caminhei com ele para vos pedir que entre nós findem estes homizios e estas feias brigas, que malbaratam[27] sangue de bons cristãos... Senhor Tructesindo Ramires, como vós venho de reis. De D. Afonso de Portugal recebi a pranchada de cavaleiro. Toda a nobre raça de Baião se honra em mim... Consenti em me dar a mão de vossa filha D. Violante, que eu quero e que me quer, e mandai erguer a levadiça para que Lourenço ferido entre no seu solar e eu vos beije a mão de pai.

Das andas, que estremeceram sobre os ombros dos besteiros, um desesperado brado partiu:

– Não, meu pai![28]

E hirto na borda do eirado, sem descruzar os braços, o velho Tructesindo retomou o brado – que por todo o terreiro da Honra rolou, mais arrogante e mais cavo:

– Meu filho, antes de mim, te respondeu, vilão!

Como se uma pontoada de lança lhe topasse o peito, o Bastardo vacilou na alta sela; e, colhido pelo repuxão das rédeas, o seu fouveiro[29] recuou alteando a testeira dourada. Mas, a um novo arremesso, repulou contra a cancela. E Lopo de Baião, erguido sobre os estribos, gritava com ânsia, com furor:

– Sr. Tructesindo Ramires, não me tenteis!...

– Arreda, vilão e filho de viloa, arreda! – clamou soberbamente o velho, sem desprender os braços de sobre o levantado peito, na sua rija imobilidade e teima, como se todo o corpo e alma fossem de rijo ferro.

Então o Bastardo, arrojando o guante contra o muro da barbacã, rugiu chamejante e rouco:

– Pois pelo sangue de Cristo e pela alma de todos os meus te juro, que se me não dás neste instante essa mulher que eu quero e que me quer, sem filho ficas, que por minhas mãos, diante de ti e nem que todo o Céu acuda, lhe acabo o resto da vida!

300 〰️ EÇA DE QUEIRÓS

Já na mão lhe lampejava um punhal. Mas num ímpeto de sublime orgulho, um ímpeto sobre-humano, em que cresceu como outra escura torre entre as torres da Honra, Tructesindo arrancara a espada:

– Com esta, covarde! com esta! Para que seja puro, não vil como o teu, o ferro que atravessar o coração de meu filho!

Furiosamente, com as duas possantes mãos, arremessou a espada, que rodopiou silvando e faiscando, se cravou no duro chão, onde tremia, ainda faiscava, como se uma cólera heroica também a animasse. E no mesmo relance, com um urro, um salto do ginete, o Bastardo, debruçado do arção, enterrara o punhal na garganta de Lourenço – em golpe tão cravado, que o esguicho do sangue lhe salpicou a clara face, as barbas de oiro.

Depois foi uma bruta abalada. Os quatro besteiros sacudiram para o chão as andas, o corpo morto enrodilhado nos ramos – e atiraram pelo terreiro, como lebres em clareira, atrás do monge que se agachava agarrado às crinas da mula. Numa curta desfilada o Bastardo, os seis cavaleiros, gritando o alarme, mergulharam no arraial, que estacara ao Cruzeiro. Um tumulto remoinhou em torno ao devoto pilar. E em rodilhado tropel a mesnada desenfreou para a Ribeira, varou a velha ponte, logo enublada em pó e sumida para além do arvoredo, num fugidio coriscar de capelinas e de lanças apinhadas.

Uma alta grita, no entanto, atroara as muralhas de Santa Ireneia! Virotes, flechas, balas de fundas assobiavam, despedidas no mesmo furioso repente, sobre o bando de Baião; – mas apenas um dos besteiros que carregara as andas tombou, estrebuchando, com uma flecha na ilharga. Pela cancela das barreiras já cavaleiros e donzéis de armas se empurravam desesperadamente, para recolher o corpo de Lourenço Ramires. E Garcia Viegas, os outros parentes, galgaram ao eirado da barbacã, de onde Tructesindo se não arredara, rígido e mudo, fitando as andas e seu filho, estatelado com elas sobre o terreiro da sua Honra. Quando, ao rumor, ele pesadamente se voltou – todos emudeceram ante a serenidade da

A ILUSTRE CASA DE RAMIRES ❧ 301

sua face, mais branca que as brancas barbas, duma morta brancura de lápide, com os olhos ressequidos e cor de brasa, a latejar, a refulgir, como os dois buracos dum forno. Com a mesma sinistra serenidade, tocou no ombro do velho Ramiro, que tremia arrimado ao seu chuço. E numa vagarosa e vasta voz:

– Amigo! cuida tu do corpo de meu filho, que a alma ainda hoje, por Deus! lha vou eu sossegar!...[30]

Afastou aqueles senhores emudecidos de assombro e de emoção – e baixou pela gasta escada de madeira, que rangia sob o peso do enorme rico-homem, carregado de ira e dor.

Nesse momento, entre besteiros e serviçais que se atropelavam – o corpo de Lourenço Ramires transpunha o portelo das barbacãs, segurado pelo formoso Leonel e por Mendo de Briteiros, ambos afogueados de lágrimas e rouquejando ameaças furiosas contra a raça de Baião. Atrás, o trôpego Ordonho gemia, abraçado à espada de Tructesindo, que apanhara no chão do Terreiro e que beijava como para a consolar. À borda do fosso uma aveleira espalhava a sombra leve num bronco tabuão pregado sobre toros – de onde, aos domingos, com o adanel dos besteiros, Lourenço dirigia os jogos de besta e frecha, distribuindo fartamente as recompensas de bolos de mel e de vinho em pichéis. Sobre essas tábuas o estiraram – recuando todos depois, enquanto aterradamente se benziam. Um cavaleiro de Briteiros, temendo por aquela alma desamparada e sem confissão, correra à capela da alcáçova procurar Frei Múncio. Outros, rodeando toda a muralha até ao Baluarte Velho, gritavam, com desesperados acenos, para o torreão escalavrado, onde, como um mocho[31], habitava o físico[32]. Mas o certeiro punhal do Bastardo acabara o denodado Lourenço, flor e regra de cavaleiros por toda a terra de Ribacávado... E que lastimoso e desfeito – com a suja terra na face, a garganta empastada de sangue negro, as malhas do saio rotas sobre os ombros e embebidas nas carnes retalhadas, e nua, sem greva, toda inchada e roxa, a perna ferida em Canta Pedra, onde mais sangue e lama se empastavam!

302   ECA DE QUEIRÓS

Tructesindo descia, lento e rígido. E as secas brasas dos seus olhos mais se incendiam, enquanto, através do dorido silêncio, se acercava do corpo de seu filho. Diante do banco ajoelhou, agarrou a arrefecida mão que pendia; e, junto à face manchada de sangue e terra, segredou, de alma para alma, num abafado murmúrio, que não era de despedida mas de alguma suprema promessa, e que findou num beijo demorado sobre a testa, onde uma réstia de sol rebrilhou, dardejada de entre as folhas da aveleira[33]. Depois, erguido num arrebate, atirando o braço como para nele recolher toda a força da sua raça, gritou:

– E agora, senhores, a cavalo, e vingança brava!

Já pelos pátios, em torno da alcáçova, corria um precipitado fragor de armas. Aos ásperos comandos dos almocadéns, as filas de besteiros, de archeiros, de fundibulários[34], rolavam dos adarves dos muros para cerrar as quadrilhas. Rapidamente, os cavalariços da carga amarravam sobre o dorso das mulas os caixotes do armazém, os alforjes da trebalha. Pelas portas baixas da cozinha, peões e sergentes, antes de largar, bebiam à pressa uma conca de cerveja. E no campo das barreiras os cavaleiros, chapeados de ferro, carregadamente se içavam, com a ajuda dos donzéis, para as altas selas dos ginetes – logo ladeados pelos seus infanções e acostados, que aprumavam a lança sobre o coxote assobiando aos lebréus.

Enfim o alferes, Afonso Gomes, sacou da funda e desfraldou o pendão num embalanço largo, em que as asas do açor negrejaram[35], abertas, como soltando o voo enfurecido. O grito agudo do adail ressoara por toda a cerca – *ala! ala!* De cima de um marco de pedra, junto ao postigo da barbacã, Frei Múncio estendia as magras mãos ainda trêmulas, abençoava a hoste. Então Tructesindo, sobre o seu morzelo, recebeu do velho Ordonho a espada, de que tão terrivelmente se apartara. E estendendo a reluzente folha para as torres da sua Honra como para um altar, bradou:

– Muros de Santa Ireneia, não vos torne eu a ver, se em três dias, de sol a sol, ainda restar sangue maldito nas veias do traidor de Baião!

A Ilustre Casa de Ramires ❧ 303

E, escancaradas as barreiras, a cavalgada tropeou em torno ao pendão solto, – enquanto, na torre de Almenara, sob o parado esplendor da sesta de agosto, o sino grande começava a tanger a finados.

Quando Gonçalo à tarde, enterrado na poltrona à varanda, releu este capítulo de sangue e furor sobre que se esfalfara durante a semana, pensou "que o lance impressionaria".

Sentiu então o apetite de recolher sem demora os louvores merecidos – e de mostrar a Gracinha e ao Padre Soeiro os três capítulos completos, antes de remeter o manuscrito para os *Anais*. E mesmo lhe convinha – porque a erudição arqueológica do Padre Soeiro forneceria talvez algum traço novo, bem afonsino, que mais avivasse aquela ressurreição da Honra de Santa Ireneia e dos seus senhores formidáveis. Imediatamente resolveu partir de manhã para Oliveira com o seu trabalho – que, depois de esmiuçado pelo Padre Soeiro, confiaria ao procurador de D. Arminda Viegas, para ele o copiar naquela sua formosa letra, tão celebrada em todo o Distrito, e apenas igualada (nas maiúsculas) pela do escrivão da Câmara Eclesiástica.

Sacudia já da poeira uma antiga pasta de marroquim para transportar a obra amada – quando o Bento empurrou a porta, ajoujado com uma cesta de vime que uma toalha de rendas cobria.

– Um presente.

– Um presente... De quem?

– Da *Feitosa*, das senhoras.

– Bravo!

– E com uma carta, que vem pregada na toalha.

Com que curiosidade Gonçalo despedaçou o sobrescrito! Mas, apesar de lacrado com um pomposo selo de armas, apenas continha linhas a lápis num bilhete de visita da prima Maria Mendonça:

Ontem ao jantar contei quanto o primo Gonçalo gosta de pêssegos, sobretudo aboborados em vinho, e a Anica toma por isso

304 ᕫᕫᕫ EÇA DE QUEIRÓS

a liberdade de lhe mandar esse cestinho de pêssegos da Feitosa
que, como sabe, são falados em todo o Portugal... Mil saudades.

Gonçalo imaginou logo no fundo da cesta, debaixo dos pêssegos, docemente escondida, uma cartinha de D. Ana!
– Bem! São pêssegos... Deixa aí sobre uma cadeira...
– Era melhor que os levasse já para a copa, sr. Doutor, para
os arrumar na prateleira...
– Deixa sobre a cadeira!
Apenas o Bento cerrara a porta, estendeu no chão a toalha,
entornou cuidadosamente por cima os pêssegos formosos, que
perfumavam a livraria. No fundo da cesta encontrou apenas folhas
de parra. Levemente desconsolado, cheirou um pêssego. Depois
considerou que os pêssegos, arranjados por ela, com parra que
ela apanhara na latada, sob toalha que ela escolhera no armário,
formavam na sua mudez cheirosa um recadinho sentimental[36].
Ainda agachado na esteira, comeu o pêssego; – e recolocou os
outros na cesta para os levar a Gracinha.
Mas, ao outro dia, às duas horas, já com a parelha do Torto
engatada à caleche, já com as luvas calçadas para a jornada de
Oliveira, recebeu uma inesperada visita – a visita do sr. Visconde
de Rio Manso. Descalçando as luvas, o Fidalgo pensava: – "O
Rio Manso! Que me quererá esse casmurro?" – Na sala, pousado
à beira do canapé de veludo verde e esfregando os joelhos, o
Visconde contou que de volta de Vila Clara e diante do portão
da Torre, vencera o seu teimoso acanhamento, para apresentar os
seus respeitos ao sr. Gonçalo Ramires. E não só para esse gostoso
dever – mas também (como soubera que S. Exa. se propunha
deputado pelo círculo), para lhe oferecer na freguesia de Canta
Pedra o seu préstimo e os seus votos...
Gonçalo, risonho e pasmado, saudava, torcia embaraçadamente o bigode. E o Visconde de Rio Manso não estranhava
aquele pasmo, porque decerto o sr. Gonçalo Ramires o conhecera
sempre como ferrenho Regenerador... Mas então! Ele pertencia à

geração, agora bem rareada, que antepunha aos deveres da política os deveres da gratidão; – e além da simpatia que lhe merecia o sr. Gonçalo Ramires (pelo que constava em todo o Distrito do seu talento, da sua afabilidade, da sua caridade), também conservava para com S. Exa. uma dívida de gratidão, ainda aberta, não por indiferença, mas por timidez...

– V. Exa. não adivinha, sr. Gonçalo Mendes Ramires?... Não se lembra?

– Não, realmente, sr. Visconde, não me...

Pois uma tarde o sr. Gonçalo Mendes Ramires passava a cavalo pela quinta da *Varandinha*, quando a sua neta, brincando no terraço (aquele terraço gradeado de onde se curva uma magnólia), deixou escapar uma péla[37] para a estrada. O sr. Gonçalo Mendes Ramires, rindo, apeou imediatamente, apanhou a péla, e, para a restituir à menina debruçada da grade, abeirou a égua do muro depois de montar – e com que ligeireza e garbo!...

– V. Exa. não se lembrava?

– Sim, sim, agora...

Pois no ladrilho do terraço, rente da grade, pousava um jarro cheio de cravos. O sr. Gonçalo Mendes, depois de gracejar com a menina (que, louvado Deus, não era acanhada!), pediu um cravo, que ela escolheu – e que lhe deu, toda séria, como uma senhora. E ele, que observara da janela do seu quarto, pensava: – "Ora aí está! Este Fidalgo da Torre, um tão grande Fidalgo, que amável!"[38] – Oh, S. Exa. não tinha que rir e corar... A gentileza fora grande – e a ele, avô, parecera imensa! Mas não ficara somente na péla apanhada...

– O sr. Gonçalo Mendes Ramires não se recorda?...

– Sim, sr. Visconde, com efeito agora...

Pois, logo no outro dia, o sr. Gonçalo Mendes Ramires mandara da Torre um precioso cesto de rosas, com o seu bilhete, e numa linha este gracejo: – "Em agradecimento dum cravo, rosas à sra. D. Rosa".

Gonçalo quase pulou na cadeira, divertido:

306 ༄ EÇA DE QUEIRÓS

– Sim, sim, sr. Visconde, perfeitamente!... Agora me recordo!

Pois desde essa tarde, ele sempre almejara por uma oportunidade de mostrar ao sr. Gonçalo Mendes Ramires o seu reconhecimento, a sua simpatia. Mas quê! era tímido, vivia muito retirado... Nessa manhã, porém, em Vila Clara, soubera pelo Gouveia que S. Exa. se apresentava deputado pelo círculo. Apesar de ser eleição tão segura, já pela influência do sr. Ramires, já pela influência do Governo, logo pensara: – "Bem, aí está a ocasião!" E, agora, oferecia a S. Exa., na freguesia de Canta Pedra, o seu préstimo e os seus votos.

Gonçalo murmurou, enternecido:

– Realmente, sr. Visconde, nada me podia sensibilizar mais do que uma oferta tão espontânea, tão...

– Sou eu que me sensibilizo por V. Exa. aceitar. E agora não falemos mais nesse meu pobre préstimo e nesses meus pobres votos... Pois V. Exa. tem aqui uma venerável vivenda.

E como o Visconde aludia ao desejo, já nele antigo, de admirar de perto a famosa Torre, mais velha que Portugal – ambos desceram ao pomar. O Visconde, com o guarda-sol ao ombro, pasmou em silêncio para a Torre; reconheceu (apesar de liberal) o prestígio que resulta duma tão alta linhagem como a dos Ramires; e gabou sinceramente o laranjal. Depois, sabendo que o Pereira da Riosa arrendara a quinta, invejou ao sr. Ramires tão cuidadoso e honrado rendeiro... – Diante do portão, o *char-à-bancs*[39] do Visconde esperava, atrelado de duas mulas lustrosas e nédias. Gonçalo admirou as mulas. E, abrindo a portinhola, suplicou ao sr. Visconde que beijasse por ele a mãozinha da sra. D. Rosa. Comovido, o Visconde confessou uma ousadia, uma esperança – e era que S. Exa., um dia, à sua escolha, parasse em Canta Pedra, jantasse na quinta, para conhecer mais intimamente a menina da péla e do cravo...

– Mas com imensa honra!... E desde já me proponho a ensinar à sra. D. Rosa, se ela não sabe, o jogo da péla à antiga portuguesa.

A Ilustre Casa de Ramires ❧ 307

O sr. Visconde saudou, banhado de gosto e riso, com a mão sobre o coração.

Gonçalo, trepando as escadas, murmurava: – "Oh senhores, que simpático homem! E que generoso homem, que paga rosas com votos! Ora vejam como às vezes, por uma pequenina atenção, se ganha um amigo! Com certeza, para a semana vou a Canta Pedra jantar!... Homem encantador!"

E foi num ditoso estado de alma que acomodou na caleche a pasta de marroquim com o manuscrito, o cesto sentimental dos pêssegos da D. Ana – e acendeu um charuto, e saltou à almofada, e tomou as rédeas para lançar, num trote alegre até Oliveira, a parelha branca do Ruço.

No Largo de El-Rei, antes de apear, perguntou logo ao Joaquim da Porta notícias dos senhores. Os senhores todos muito bem, graças a Deus... O sr. José Barrolo partira de manhã a cavalo para a quinta do sr. Barão das Marges, só recolhia à noite...

– E o sr. Padre Soeiro?

– O sr. Padre Soeiro, creio que está para casa da sra. D. Arminda...

– E a sra. D. Graça?

– A sra. D. Graça desceu há um bocadinho grande para o mirante, de chapéu... Naturalmente ia a igreja das Mônicas.

– Bem. Leva esse cesto de pêssegos e diz ao Joaquim da Copa que os ponha na mesa, assim mesmo no cesto, com as folhas... E que me subam ao quarto água quente.

O relógio da parede, na sala de espera, gemia preguiçosamente as cinco horas. O palacete repousava num claro silêncio. E depois da poeira e dos solavancos da estrada, pareceu mais doce a Gonçalo a frescura do seu quarto, com as quatro janelas abertas sobre o jardim regado e sobre a cerca das Mônicas. Cuidadosamente, guardou logo numa gaveta da cômoda a pasta preciosa de marroquim. Uma criada de olhos repolhudos entrara com o jarrão de água quente: – e o Fidalgo, como sempre, chasqueou[40] a

308 ❦ ECA DE QUEIRÓS

moça sobre os lindos sargentos de Cavalaria, cujo quartel tentador dominava o lavadouro da quinta, e retinha as raparigas da casa ensaboando todo o dia com paixão. Depois ainda se demorou, mudando o fato empoeirado, assobiando vagamente, encostado à varanda sobre a calada rua das Tecedeiras. O sino das Mônicas lançou um lindo repique... E Gonçalo, enfastiado da sua solidão, decidiu descer pelo terraço do jardim, e surpreender Gracinha nas suas devoções, na igrejinha.

Embaixo, no corredor, cruzou o Joaquim da Copa:

– Então o sr. Barrolo hoje não janta?

– O sr. Barrolo foi jantar com o sr. Barão das Marges, na quinta... São os anos da menina. Naturalmente só recolhe à noite.

Gonçalo, no jardim, ainda tardou por entre os alegretes, compondo para o casaco um ramo de flores ligeiras. Depois rodeou a estufa, sorrindo da porta com que o Barrolo a enriquecera, uma porta envidraçada, arqueada em ferradura, com um monograma de cores rutilantes; e meteu pela rua que conduzia ao repuxo, coberta de silêncio e penumbra pela rama enlaçada dos seus altos loureiros. Adiante, circundado de bancos de pedra, de árvores de aroma e flor, cantava dormentemente o fino repuxo num tanque redondo, de borda larga, onde se espaçavam grossos vasos de louça branca, com o brasão ramalhudo dos Sás. Certamente na véspera ou de manhã se lavara o tanque, porque na água muito transparente, sobre as lajes muito claras, nadavam com redobrada vivacidade, em lampejos rosados, os peixes que Gonçalo assustou mergulhando e agitando a bengala. E daquela borda do tanque já ele avistava ao fundo de outra rua, debruada de dálias abertas, o mirante – uma construção do século XVIII, simulando um templozinho grego, cor-de-rosa desbotada, com um gordo Cupido sobre a cúpula, e janelinhas de rocalha entre o meio relevo das colunas caneladas, por onde trepavam jasmineiros.

Gonçalo arrancou, como costumava, folhas dum ramo de lúcia-lima, para esmagar e perfumar as mãos; e continuou para o mirante, vagarosamente, por entre as dálias apinhadas. Na álea, novamente ensaibrada, os sapatos finos de verniz que calçara pousavam sem rumor no saibro mole. E assim, num silêncio de sombra indolente, se acercou do mirante – e duma das janelinhas que, mal cerrada, conservava corrida por dentro a persiana de tabuinhas verdes. Rente dessa janela era a escada de pedra, que, do elevado e comprido terraço sobre que se estendia o jardim, comunicava com a encovada rua das Tecedeiras, quase em frente à capela das Mônicas. E Gonçalo, sem pressa, descia – quando, através da persiana rala, sentiu dentro do mirante um sussurro, um cochichar perturbado. Sorrindo, pensou que alguma das criadas da casa se refugiara nesse templozinho de Amor, com um dos sargentos terríveis de Cavalaria... Mas, não! Impossível! Pois se, momentos antes, Gracinha roçara aquela janela e pisara aquela escada, no seu caminho para as Mônicas! E então outra ideia o varou como uma espada – e tão dolorosa que recuou com terror da beira do mirante, de onde ela perversamente o assaltara. Já porém uma desesperada curiosidade o agarrara, o empurrava – e colou a face à persiana com a cautela dum espião. O mirante recaíra em silêncio – Gonçalo temia que o traíssem as pancadas do seu coração... Santo Deus! De novo o murmúrio recomeçara, mais apressado, mais turbado. Alguém suplicava, balbuciava: – "Não, não, que loucura!" – Alguém urgia, impaciente e ardente: – "Sim, meu amor! sim, meu amor!" E a ambos os reconheceu – tão claramente como se a persiana se erguesse e por ela entrasse toda a vasta claridade do jardim. Era Gracinha! Era o Cavaleiro!

Colhido por uma imensa vergonha, no atarantado pavor de que o surpreendessem junto do mirante e da torpeza escondida – enfiou pela rua das dálias, encolhido, com os sapatos leves no saibro mole, costeou o repuxo por sob a ramaria dos arbustos, remergulhou na escuridão dos loureiros, deslizou sorrateiramente por trás da estufa – penetrou no sossego do palacete. Mas o murmúrio do mirante ainda o envolvia, mais desfalecido, mais rendido: – "Não, não, que loucura!... Sim, sim, meu amor!..."

310 ✺✺ Eça de Queirós

Abalou através das salas desertas, como uma sombra acossada[41]; escorregou abafadamente pela escadaria de pedra, varou o portão numa carreira, espreitando, com medo do Joaquim da Porta. No Largo parou, diante da grade do relógio de sol. Mas o sussurro do mirante errava por todo o Largo como um vento enroscado, raspando as lajes, batendo as barbas dos santos sobre o portal da igreja de S. Mateus, redemoinhando nos telhados musgosos da Cordoaria... – "Não, não, que loucura! Sim, sim! meu amor!" Então Gonçalo sentiu a ansiedade desesperada de escapar para longe, para imensamente longe do Largo, do palacete, da cidade, de toda aquela vergonha que o trespassava. Mas uma carruagem?... Pensou na alquilaria do Maciel, a mais retirada, para além das últimas casas, na estrada do Seminário. E cosido com os muros baixos dessas ruas pobres, correu, mandou engatar uma caleche fechada.

Enquanto esperava à porta, num banco, passou pela estrada uma lenta carroça com móveis, panelas de cozinha, um grande colchão onde se alastrava uma nódoa. Bruscamente, Gonçalo recordou o divã que guarnecia o mirante. Era enorme, de mogno, todo coberto de riscadinho, com molas lassas[42] que rangiam. E de repente o murmúrio recomeçou, cresceu, rolando com fragor de trovão por sobre os casebres vizinhos, por sobre a cerca do Seminário, por sobre Oliveira espantada: – "Não, não, que loucura! Sim, sim, meu amor!"

Com um salto, Gonçalo gritou para dentro, para a cavalariça escura:

– Então, que inferno! não acaba, essa carruagem?

– Já a largar, meu Fidalgo.

No relógio da Piedade sete horas batiam – quando ele se atirou para a caleche, e fechou os estores perros, e se enterrou no fundo, bem sumido, esmagado, com a sensação que o mundo tremera, e as mais fortes almas se abatiam, e a sua Torre, velha como o Reino, rachava, mostrando dentro um montão ignorado de lixo e de saias sujas[43.]

IX

À Porta da Cozinha, Sacudindo um sobrescrito já amarrotado, Gonçalo ralhava com a Rosa cozinheira: – Oh Rosa! pois tanto lhe recomendei que não escrevesse à mana Graça?... Que teimosa! Então não arranjávamos a pequena, sem essas lamúrias para Oliveira? Graças a Deus, a Torre é larga bastante para mais uma criancinha.

É que morrera a Crispola – a desgraçada viúva, vizinha da Torre que, com um rancho miúdo de dois pequenos, três raparigas, definhava no catre desde a Páscoa. E agora Gonçalo, que mantivera o casebre em fartura, andava acomodando as pobres crianças – já por cuidado dele muito asseadamente vestidas de luto. A rapariga mais velha (também Crispola), sempre encafuada na cozinha da Torre, passava regularmente a "ajudanta da Rosa", com soldada[1]. Um dos rapazes, de doze anos, espigado e esperto, também Gonçalo o empregava na Torre como andarilho, para os recados, com fardeta de botões amarelos. O outro, mole e ranhoso, mas com o jeito e o amor de carpinteirar, já Gonçalo, sob o patrocínio da tia Louredo, o colocara em Lisboa, na Oficina de S. José. Duma das outras raparigas se encarregava a mãe de Manuel Duarte, amorável senhora que habitava uma quinta

312 ❧ EÇA DE QUEIRÓS

formosa junto a Treixedo, e adorava Gonçalo, de quem se considerava *"vassala"*. Mas para a mais novinha e a mais fraquinha, não se arranjava amparo sólido. A Rosa lembrara então – "que certamente a sra. D. Maria da Graça recolheria a criaturinha..." Gonçalo rosnara com secura: – "Oh! por uma côdea mais de pão não se necessita incomodar a *cidade de Oliveira*!" Rosa, porém, enlevada na obra, desejando para pequerrucha tão franzina e loira o agasalho duma senhora, escrevera a Gracinha, pela esmerada letra do Bento, uma verbosa carta com o pedido, e toda a história lamentosa da Crispola, e louvores devotos à caridade do sr. Doutor. E era a resposta de Gracinha, demorada mas enternecida, com a recomendação "de lhe mandarem logo a pobre criança" – que impacientava o Fidalgo.

Porque, desde a tarde abominável do mirante, estranhamente se apoderara dele uma repugnância quase pudica em comunicar com os Cunhais! Era como se esse mirante e a torpeza abrigada dentro das suas paredes cor-de-rosa empestassem o jardim, o palacete, o Largo de El-Rei, toda a cidade de Oliveira, e ele agora, por asseio moral, recuasse ante essa região empestada, onde o seu coração e o seu orgulho sufocavam... Logo depois da sua fuga, recebera do bom Barrolo uma carta espantada:

Que telha[2] foi essa? Por que não esperaste? Eu, quando voltei à noite da quinta do Marges, até fiquei com cuidado. E não imaginas como a Gracinha anda nervosa! Soubemos da partida, por acaso, por um cocheiro do Maciel. Já hoje comemos os pêssegos, mas não compreendemos!...

Gonçalo respondeu secamente num bilhete: – "Negócios". Depois recordou que deixara na gaveta do seu quarto o manuscrito da novela; e mandou um moço da quinta, de madrugada, com um recado quase secreto ao Padre Soeiro, "para que entregasse a pasta ao portador, bem embrulhada, sem contar aos senhores..." Entre a Torre e os Cunhais só desejava separação e silêncio[3].

A ILUSTRE CASA DE RAMIRES 313

E nos encerrados dias que passou na Torre (sem se arriscar a Vila Clara, no terror de que a vergonha do seu nome já andasse rosnada pelo estanco do Simões ou pelo armazém do Ramos), não cessou de vibrar numa cólera espalhada que a todos varava... Cólera contra a irmã que, calcando[4] pudor, altivez de raça, receio dos escárnios de Oliveira, tão fácil e estouvadamente como se calcam as flores desbotadas dum tapete, correra ao mirante, ao macho da bigodeira, apenas ele lhe acenara com o lenço almiscarado! Cólera contra o Barrolo, o bochechudo bacoco, que empregava os seus bacocos dias celebrando o Cavaleiro, arrastando o Cavaleiro para o Largo de El-Rei, escolhendo na adega os vinhos mais finos para que o Cavaleiro aquecesse o sangue, ajeitando as almofadas de todos os canapés para que o Cavaleiro saboreasse estiradamente o seu charuto e a graça presente de Gracinha! Enfim cólera contra si, que, pela baixa cobiça de uma cadeira em S. Bento, abatera a única muralha segura entre a irmã e o homem da marrafa[5] luzente – que era a sua inimizade, aquela escarpada inimizade, sempre, desde Coimbra, tão rijamente reforçada e recaiada!... Ah! todos três horrendamente culpados!

Depois uma tarde, enfastiado da solidão, ousou um passeio por Vila Clara. E reconheceu que na Assembleia, no estanco do Simões, na loja do Ramos, os amores de Gracinha eram certamente tão ignorados como se se passassem nas profundidades da Tartária. Imediatamente a sua alma doce, agora sossegada[6], se abandonou à doçura de tecer desculpas sutis para todos os culpados daquela queda triste... Gracinha, coitada, sem filhos, com tão molengo e insosso marido, alheia a todos os interesses da inteligência, indolente mesmo para uma costura ou bordado – cedera, que mulher não cederia? à crédula e primitiva paixão que lhe brotara na alma, nela se enraizara, lhe dera as suas únicas alegrias do mundo e (influência ainda mais poderosa!) lhe arrancara as suas únicas lágrimas! O Barrolo, coitado, era o Bacoco – e como o "pilriteiro"[7] da cantiga, incapaz de mais nobres frutos, só produzia os "pilritos" da sua Bacoquice. E ele, coitado dele, pobre, ignorado, irresistivelmente se rendera à fatal Lei de Acrescentamento, que o levara, como a todos leva na ânsia de fama e fortuna, a furar precipitadamente pela porta casual que se abre, sem reparar na estrumeira que atravanca os umbrais...[8] Ah, realmente, todos bem pouco culpados diante de Deus que nos criou tão variáveis, tão frágeis, tão dependentes de forças por nós ainda menos governadas do que o vento ou do que o sol!

Não, irremessivelmente culpado – só o outro, o malandro da grenha ondeada! Esse, em toda a sua conduta com Gracinha, desde estudante, mostrara sempre um egoísmo atrevido, só punível como puniam os antigos Ramires, com a morte depois dos tormentos, e a carcaça posta aos corvos. Enquanto lhe agradou, na ociosidade dos longos estios, um namoro bucólico sob os arvoredos da Torre – namorara. Quando considerou que uma mulher e filhos lhe atravancariam a vida ligeira – traíra. Logo que a antiga bem-amada pertenceu a outro homem – recomeçara o cerco lânguido para colher, sem os encargos da paternidade, as emoções do sentimento. E apenas esse marido lhe entreabre a sua porta – não se demora, fende brutalmente sobre a presa! Ah, como o avô Tructesindo trataria vilão de tal vilania! Certamente o assava numa rugidora fogueira diante das barbacãs – ou, nas masmorras da alcáçova, lhe entupia as goelas falsas com bom chumbo derretido...

Pois ele, neto de Tructesindo, nem sequer podia, quando encontrasse o Cavaleiro nas ruas de Oliveira, carregar o chapéu sobre a testa e passar! A menor diminuição nessa intimidade tão desastradamente reatada – seria como a revelação da torpeza ainda abafada nas paredes do mirante! Toda Oliveira cochicharia, riria. – "Olha o Fidalgo da Torre! Mete o Cavaleiro nos Cunhais com a irmã, e logo, passadas semanas, rompe de novo com o Cavaleiro! Houve escândalo, e gordo!" – Que delícia para as Lousadas! Não, ao contrário! agora devia ostentar pelo Cavaleiro uma fraternidade tão larga e tão ruidosa – que, pela sua largueza e o seu ruído, inteiramente tapasse e abafasse o sujo enredo que

A Ilustre Casa de Ramires 315

por trás latejava. Fingimento torturante – e imposto pela honra do nome![9] O sujo enredo bem guardado entre os mais densos arvoredos do jardim, na mais cerrada penumbra do mirante! – e por fora, ao sol, nas praças de Oliveira, ele sempre com o braço carinhosamente enlaçado no braço do Cavaleiro!

Os dias rolavam – e no espírito de Gonçalo não se estabelecia serenidade. E sobretudo o amargurava sentir que era forçado a essa intimidade vistosa com o Cavaleiro – tanto pelo cuidado do seu nome, como pela conveniência da sua eleição. Toda a sua altivez por vezes se revoltava: – "Que me importa a eleição! Que valor tem uma encardida cadeira em S. Bento?..." Mas logo a seca realidade o emudecia. A eleição era a única fenda por onde ele lograria escapar do seu buraco rural; e, se rompesse com o Cavaleiro, esse vilão, vezeiro a vilanias[10], imediatamente, com o apoio da horda intrigante de Lisboa, improvisaria outro candidato por Vila Clara... Desgraçadamente ele era um desses seres vergados que *dependem*. E a triste dependência de onde provinha? Da pobreza – dessa escassa renda de duas quintas, abastança para um simples, mas pobreza para ele, com a sua educação, os seus gostos, os seus deveres de fidalguia, o seu espírito de sociabilidade.

E estes pensamentos lenta e capciosamente o empurraram a outro pensamento – à D. Ana Lucena, aos seus duzentos contos... Até que uma manhã encarou corajosamente uma possibilidade perturbadora: – casar com a D. Ana! – Por que não? Ela claramente lhe mostrara inclinação, quase consentimento... Por que não casaria com a D. Ana?

Sim! o pai carniceiro, o irmão assassino... Mas também ele, entre tantos avós até aos suevos ferozes, descortinaria algum avô carniceiro; e a ocupação dos Ramires, através dos séculos heroicos, consistira realmente em assassinar. De resto o carniceiro e o assassino, ambos mortos, sombras remotas, pertenciam a uma lenda que se apagava. D. Ana, pelo casamento, subira da Populaça para à Burguesia. Ele não a encontrava no talho do pai, nem no valhacouto[11] do irmão – mas na quinta da *Feitosa*, já Rica-Dona,

316 ΕÇA DE QUEIRÓS

com procurador, com capelão, com lacaios, como uma antiga Ramires. Ah! sinceramente, toda a hesitação era pueril – desde que esses duzentos contos, de dinheiro muito limpo, de bom dinheiro rural, os trazia com o seu corpo, mulher tão formosa e séria. Com esse puro oiro, e o seu nome, e o seu talento, não necessitaria, para dominar na política, a refalsada mão do Cavaleiro... E depois que vida nobre e completa! A sua velha Torre restituída ao esplendor sóbrio de outras eras; uma lavoura de luxo no histórico terrão de Treixedo; as viagens fecundas às terras que educam!... E a mulher que fornecia estes regalos não lhes amargava o gozo, como em tantos casamentos ricos, com a sua fealdade, os seus agudos ossos, ou a sua pele relentada... Não! Depois do brilho social do dia não o esperava na alcova um mostrengo – mas Vênus.

E assim, lentamente trabalhado por estas tentações, mandou uma tarde um bilhete à prima Maria, à *Feitosa*, pedindo – "para se encontrarem, sós, nalgum passeio dos arredores, porque desejava ter com ela uma *conversazinha* séria e íntima..." Mas três imensos dias se arrastaram – e não apareceu a almejada carta da *Feitosa*. Gonçalo concluiu que a prima Maria, tão esperta, farejando a natureza da *conversazinha* e sem uma certeza para o alegrar, retardava, se recusava. Atravessou então uma desolada semana, remoendo a melancolia duma vida que sentia oca e toda feita de incertezas. O orgulho, um pudor complicado, não lhe consentiam voltar a Oliveira, ao quarto de onde implacavelmente avistaria, por sobre o arvoredo, a cúpula do mirante com o seu gordo Cupido[12]; – e quase o arrepiava a ideia de beijar a irmã na face que o outro babujara! Sobre a eleição descera um silêncio de abóbada – e outra repugnância, mais acerba, lhe vedava escrever ao Cavaleiro. João Gouveia gozava as suas férias na Costa, de sapatos brancos, apanhando conchinhas na praia. E Vila Clara não se tolerava nesse meado ardente de setembro – com o Titó no Alentejo, onde o levara uma doença do velho morgado de Cidadelhe, o Manuel Duarte na quinta da mãe dirigindo as vindimas, e a Assembleia deserta e adormecida sob o inumerável sussurro das moscas...

A ILUSTRE CASA DE RAMIRES 〜 317

Para se ocupar e atulhar as horas, mais que por dever ou gosto de Arte, retomou a sua novela. Mas sem fervor, sem veia ágil. Agora era a sanhuda arrancada de Tructesindo e dos seus cavaleiros, correndo sobre o Bastardo de Baião. Lance dificultoso – reclamando fragor, um rebrilhante colorido medieval. E ele tão mole e tão apagado!... Felizmente, no seu poemeto, o tio Duarte recheara esse violento trecho de bem apinceladas paisagens, de interessantes rasgos de guerra.

Logo na Ribeira do Couce, Tructesindo encontrava cortada a machado a decrépita ponte, cujos rotos barrotes e tabuões carcomidos entulhavam no fundo a corrente escassa. Na sua fuga o Bastardo acauteladamente a desmantelara, para deter a cavalgada vingadora. Então a pesada hoste de Santa Ireneia avançou pela esguia ourela[13], ladeando os renques de choupos[14] em demanda do vau[15] do Espigal... Mas que tardança! Quando as derradeiras mulas de carga choutaram na terra de além-ribeira, já a tarde se adoçava, e nas poças de água, entre as poldras, o brilho esmorecia, umas ainda de oiro pálido, outras apenas rosadas. Imediatamente D. Garcia Viegas, o *Sabedor,* aconselhou que a mesnada se dividisse: – a peonagem e a carga avançando para Montemor, esgueirada e calada, para esquivar recontros; os senhores de lança e os besteiros de cavalo arrancando em dura carreira para colher o Bastardo. Todos louvaram o ardil do *Sabedor*; e a cavalgada, aligeirada das filas tardas de archeiros e fundibulários, largou, soltas as rédeas, através de terras ermas, depois por entre barrocais, até aos *Três Caminhos*, desolada chã onde se ergue solitariamente aquele carvalho velhíssimo que outrora, antes de exorcizado por S. Froalengo, abrigava no sábado mais negro de janeiro, no clarão de archotes enxofrados, a Grande Ronda de todas as bruxas de Portugal. Junto do carvalho Tructesindo sopeou[16] a arrancada; e, alçado nos estribos, farejava as três sendas[17] que se trifurcam e se encovam entre ásperos, lôbregos cerros de bravio e de tojo[18]. Passara aí o Bastardo malvado?... Ah! por certo passara e toda a sua maldade – porque no respaldo duma fraga, junto a três ca-

318 ❧ EÇA DE QUEIRÓS

bras magras retouçando o mato, jazia, com os braços abertos, um pobre pastorinho morto, varado por uma frecha! Para que o triste cabreiro não soprasse novas da gente de Baião – uma bruta seta lhe atravessara o peito escarnado de fome, mal coberto de trapos. Mas por qual das sendas se embrenhara o malvado? Na terra solta, raspada pelo vento suão que rolava de entre-montes, não apareciam pegadas revoltas de tropel fugindo. E, em tal solidão, nem choça ou palhoça de onde vilão ou velha alapada espreitassem a levada do bando... Então, ao mando do alferes Afonso Gomes, três almogavres despediram pelos três caminhos à descoberta – enquanto os cavaleiros, sem desmontar, desafivelavam os morriões para limpar nas faces barbudas o suor que os alagava, ou abeiravam os ginetes dum sumido fio de água que à orla da chã se arrastava entre ralo caniçal. Tructesindo não se arredou de sob a ramaria do carvalho de S. Froalengo, imóvel sobre o morzelo[19] imóvel, todo cerrado no ferro da sua negra armadura, as mãos juntas sobre a sela e o elmo pesadamente inclinado como em mágoa e oração. E ao lado, com as coleiras eriçadas de pregos, as sangrentas línguas penduradas, arquejavam, estirados, os seus dois mastins.

Já no entanto a espera se alongava, inquieta, enfadonha – quando o almogavre que metera pela senda de nascente, reapareceu num rolo de poeira, atirando logo o alarde de longe, com a ascuma[20] alta. A hora escassa de carreira avistara num cabeço uma hoste acampada, em arraial seguro, rodeado de estaca e vala!...

– Que pendão?

– As treze arruelas.

– Deus louvado! – gritou Tructesindo, que estremeceu como acordando. – É D. Pedro de Castro, o *Castelão*, que entrou com os leoneses e vem pelas senhoras Infantas!

Por esse caminho, pois, não se atrevera o Bastardo!... Mas já pela senda de poente recolhia outro almogavre, contando que entre cerros, num pinhal, topara um bando de bufarinheiros genoveses, retardados desde alva, porque um deles esmorecera com mal de febres. E então?... – Então, pela borda do pinheiral apenas passara

Tructesindo não se arredou de sob a ramaria do carvalho de S. Froalengo...

em todo o dia (no jurar dos genoveses) uma companhia de truões, voltando da feira de Grajelos. Só restava pois o trilho do meio, pedregoso e esbarrancado como o leito enxuto duma torrente. E por ele, a um brado de Tructesindo, tropeou a cavalgada. Mas já o crepúsculo tristíssimo descia – e sempre o caminho se estirava, agreste, soturno, infindável, entre os cerros de urze e rocha, sem uma cabana, um muro, uma sebe, rasto de rês ou homem. Ao longe, mais ao longe, enfim, enxergaram a campina árida, coberta de solidão e penumbra, dilatada na sua mudez até a um céu remoto, onde já se apagava uma derradeira tira de poente cor de cobre e cor de sangue. Então Tructesindo deteve a abalada, rente de espinheiros que se torciam nas lufadas mais rijas do suão:

– Por Deus, senhores, que corremos em pressa vã e sem esperança!... Que pensais, Garcia Viegas?

Todo o bando se apinhara; e uma fumarada subia dos ginetes arquejantes, sob as coberturas de malha. O *Sabedor* estendeu o braço:

– Senhores! O Bastardo, antes de nós, galgou de escapada essa campina além, e meteu a Vale Murtinho para pernoitar na Honra de Agredel, que é bem afortalezada e parenta de Baião...

– E nós, pois, D. Garcia?

– Nós, senhores e amigos, só nos resta também pernoitar. Voltemos aos *Três Caminhos*. E de lá, em boa avença, ao arraial[21] do sr. D. Pedro de Castro, a pedir agasalho... A par de tamanho senhor encontraremos mais fartamente que nos nossos alforjes o que todos, cristãos e brutos, vamos necessitando, cevada, um naco de vianda[22], e de vinhos três golpes rijos...

Todos bradaram com alvoroço: – "Bem traçado! bem traçado!..." – E de novo, pelo barranco pedregoso, a cavalgada trotou pesadamente para os *Três Caminhos* – onde já dois corvos se encarniçavam sobre o corpo do pastorinho morto.

Em breve, ao cabo do caminho do nascente, no cabeço alto, alvejaram as tendas do arraial, ao clarão das fogueiras que por todo ele fumegavam. O adail de Santa Ireneia arrancou da buzi-

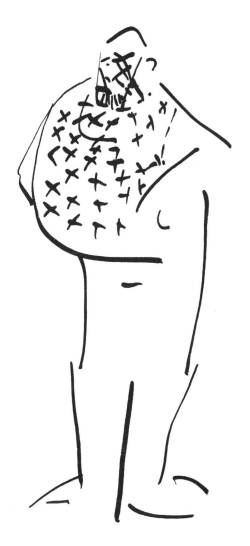

E por entre a turba, […] avançou […] o velho D. Pedro de Castro,...

na três sons lentos anunciando filho de algo. Logo de dentro da estacada outras buzinas soaram, claras e acolhedoras. Então o adail galopou até ao valado, a anunciar às atalaias postadas nas barreiras, entre luzentes fogos de almenara, a mesnada amiga dos Ramires. Tructesindo parara no córrego escuro, que o pinheiral cerrado mais escurecia, movendo e gemendo no vento. Dois cavaleiros, de sobreveste negra e capuz, logo correram pelo pendor do outeiro – bradando que o sr. D. Pedro de Castro esperava o nobre senhor de Santa Ireneia e muito se aprazia para todo o seu regalo e serviço! Silenciosamente, Tructesindo desmontou; e com D. Garcia Viegas, e Leonel de Samora e Mendo de Briteiros e outros parentes de solar, todos sem lança ou broquel, descalçados os guantes, galgaram o cabeço até à estacada, cujas cancelas se escancararam, mostrando, na claridade incerta dos fogaréus sombrios, magotes de peões – onde, por entre os bacinetes[23] de ferro, surdiam toucas amarelas de mancebas e gorros enguizalhados[24] de jograis[25]. Apenas o velho assomou nos barrotes, dois infanções, sacudindo a espada, bradaram:

– Honra! honra! aos ricos-homens de Portugal!

As trompas misturavam o clangor ríspido aos rufos lassos dos tambores. E por entre a turba, que caladamente recuara em alas lentas, avançou, precedido por quatro cavaleiros que erguiam archotes acesos, o velho D. Pedro de Castro, o *Castelão*, o homem das longas guerras e dos vastos senhorios. Um corselete de anta com lavores de prata cingia o seu peito já curvado, como consumido por tamanhas fadigas de pelejar e tamanhas cobiças de reinar. Sem elmo, sem armas, apoiava a mão cabeluda de rijas veias a um bastão de marfim. E os olhos encovados faiscavam, com afável curiosidade, na requeimada magreza da face, de nariz mais recurvo que o bico dum falcão, repuxado a um lado por um fundo gilvaz[26] que se sumia na barba crespa, aguda e quase branca.

Diante do senhor de Santa Ireneia alargou vagarosamente os braços. E com um grave riso que mais lhe recurvou, sobre a barba espetada, o nariz de rapina:

– Viva Deus! Grande é a noite que vos traz, primo e amigo! Que não a esperava eu de tanta honra, nem sequer de tanto gosto!...

Ao rematar este duro capítulo, depois de três manhãs de trabalho, Gonçalo arrojou a pena com um suspiro de cansaço. Ah! já lhe entrava a fartura dessa interminável novela, desenrolada como um novelo solto – sem que ele lhe pudesse encurtar os fios, tão cerradamente os emaranhara no seu denso poema o tio Duarte, que ele seguia gemendo! E depois, nem o consolava a certeza de construir obra forte. Esses Tructesindos, esses Bastardos, esses Castros, esses *Sabedores,* eram realmente varões afonsinos, de sólida substância histórica?... Talvez apenas ocos títeres, mal engonçados em erradas armaduras, povoando inverídicos arraiais e castelos, sem um gesto ou dizer que datassem das velhas idades![27]

E ao outro dia não reuniu em todo o seu ser coragem para retomar aquela sôfrega correria dos de Santa Ireneia sobre o bando escapadiço de Baião. De resto já remetera três capítulos da novela – já calmara as ânsias do Castanheiro. Mas a ociosidade mais lhe pesou nessa semana, arrastada pelos canapés ou por entre os buxos do jardim, fumando e tristemente sentindo que a vida lhe fugia em fumo. Para o enervar acrescia um aborrecimento de dinheiro – uma letra[28] de seiscentos mil-réis, do derradeiro ano de Coimbra, sempre reformada, sempre avolumada, e que, agora, o emprestador, um certo Leite, de Oliveira, reclamava com dureza. O seu alfaiate de Lisboa também o importunava com uma conta pavorosa, atulhando duas laudas. Mas sobretudo o desolava a solidão da Torre. Todos os alegres amigos dispersos pela beira-mar ou nas quintas. A eleição encalhada como uma barca no lodo. A irmã decerto com o *outro* no mirante. Até a prima Maria, desatendendo ingratamente o seu tímido pedido duma "conversazinha". E ele no seu quente casarão, sem energia, imobilizado numa inércia crescente, como se cordas o travassem, cada dia mais apertadas – e de homem se volvesse em fardo[29].

324 ECA DE QUEIRÓS

Uma tarde no seu quarto, vagaroso e sombrio, sem mesmo parolar com o Bento, acabava de se vestir para montar a cavalo, espairecer num galope pelos caminhos de Valverde – quando o pequeno da Crispola (já estabelecido na Torre como pajem, de fardeta de botões amarelos) bateu esbaforidamente à porta. – Era uma senhora que parara ao portão, dentro duma carruagem, pedia ao Fidalgo para descer...

– Não disse o nome?

– Não, senhor. É uma senhora magra, puxada a dois cavalos, com redes...

A prima Maria! Com que alvoroço correu, agarrando no cabide do corredor um velho chapéu de palha! E embaixo foi como se contemplasse a deusa da Fortuna, na sua roda ligeira.

– Oh prima Maria, que surpresa!... Que felicidade!

Debruçada da portinhola da carruagem (a caleche azul da *Feitosa*), D. Maria Mendonça, com um chapéu novo enramalhetado de lilases, desculpou atrapalhadamente e rindo o seu silêncio. Recebera a carta do primo muito atrasada... Sempre o fatal carteiro trôpego e bêbedo... Depois uns dias muito atarefados em Oliveira com a Anica, que preparava para o inverno a casa da rua das Velas.

– E finalmente como devia uma visita em Vila Clara à pobre Venância Rios, que tem estado doente, achei mais simples e mais completo parar na Torre... E então?

Gonçalo sorria, embaraçado:

– Então, nada de grave, mas... É que desejava conversar consigo... Por que não entra?

Abrira a portinhola. Ela preferia passear na estrada. E ambos se encaminharam para o velho banco de pedra, que os álamos abrigavam em frente ao portão da Torre. Gonçalo sacudiu com o lenço a ponta do banco.

– Pois, prima Maria, eu desejava conversar... Mas é difícil, tão difícil!... Talvez o melhor seja atacar a questão brutalmente.

– Ataque.

A Ilustre Casa de Ramires 325

– Então lá vai!... A prima acha que eu perco o meu tempo se me dedicar à sua amiga D. Ana?

Pousada de leve à borda do banco, enrolando atentamente a seda preta do guarda-solinho, Maria Mendonça tardou, murmurando:

– Não, acho que o primo não perde o seu tempo...

– Ah! acha?

Ela considerava Gonçalo, gozando a sua perturbação e ansiedade.

– Jesus, prima!... Diga alguma coisa mais!

– Mas que quer que lhe diga mais? Já lhe declarei em Oliveira. Ainda sou muito nova para andar com recadinhos de sentimento. Mas acho que a Anica é bonita, é rica, é viúva...

Gonçalo arrancou do banco, erguendo os braços, em desolação. E, como D. Maria também se erguera, ambos seguiram pela tira de relva que orla os álamos. Ele quase gemia, desconsolado:

– Ora bonita, viúva, rica... Para conhecer esses grandes segredos não a incomodava eu, prima!... Que diabo! seja boa rapariga, seja franca. A prima sabe, decerto já ambas conversaram... Seja franca. Ela tem por mim alguma simpatia?

D. Maria parou, murmurou, riscando com a ponta do guarda-solinho o trilho amarelado da relva:

– Pois está claro que tem...

– Bravo! Então, se daqui a um tempo, passados estes primeiros meses de luto, eu me declarasse, me...

Ela dardejou a Gonçalo os espertos olhos:

– Santo Deus, como o primo por aí vai, a galope... Então é uma paixão?

Gonçalo tirou o seu velho chapéu de palha, passou lentamente os dedos pelos cabelos. E num imenso e triste desabafo:

– Olhe, prima! É sobretudo a necessidade de me acomodar na vida! Pois não lhe parece?

– Tanto me parece que lhe indiquei o bom pouso... E agora adeus, passa das cinco horas. Não me quero demorar por causa dos criados.

Gonçalo protestou, suplicou:

– Mais um bocadinho!... É tão cedo! Só outra coisa, com franqueza. Ela é boa rapariga?

D. Maria voltara, ao cabo do renque de álamos, recolhendo à caleche:

– Uma pontinha de gênio, para animar a existência. Mas muito boa rapariga... E uma dona de casa admirável! O primo não imagina como anda a *Feitosa*. A ordem, o asseio, a regularidade, a disciplina... Ela olha por tudo, até pela adega, até pela cocheira!

Gonçalo esfregou radiantemente as mãos:

– Pois se daqui a um ano se realizar o grande acontecimento, hei de gritar por toda a parte que foi a prima Maria que salvou a casa dos Ramires!

– Por isso eu trabalho, para servir o brasão e o nome![30] – exclamou ela, saltando ligeiramente para a caleche, como se fugisse, arremessada aquela clara confissão.

O trintanário trepara à almofada. E enquanto os cavalos folgados largavam, aos corcovos, D. Maria ainda gritou:

– Sabe quem encontrei em Vila Clara? O Titó!

– O Titó?...

– Chegou do Alentejo, vem jantar consigo. Eu não o trouxe na carruagem por decência, para o não comprometer...

E a caleche rolou – entre os risos e os doces acenos com que ambos se afagavam, naquela nova concordância mais calorosa duma conspiração sentimental.

Gonçalo largou logo alegremente para Vila Clara, ao encontro do Titó. E já o alvoroçava a ideia de colher do Titó, íntimo da *Feitosa*, informações sobre a D. Ana, o seu gênio, os seus modos. A prima Maria, por amor dos Ramires (sobretudo, coitada, para proveito dos Mendonças!) idealizava a noiva. Mas o Titó, o homem mais verídico do Reino, amando a verdade com a antiga devoção de Epaminondas[31], apresentaria D. Ana sem um enfeite nem um desenfeite. E o Titó... Ah! sob o seu vozeirão troante, a sua indolência bovina, o Titó possuía um espírito muito atento, muito penetrante.

Logo à Portela os dois amigos se encontraram. E, apesar de separação tão curta, o abraço foi estrondoso.

– Oh sô Gonçalão!...

– Oh Titózinho querido! tens feito cá uma falta enorme!... E teu irmão?

O mano melhor, mas arrasado. Muito cartapácio[32] e muita fêmea para velho de sessenta anos. E ele lá o avisara: – "Mano João, mano João! olhe que assim sempre agarrado aos papéis velhos e às cachopas[33] novas, o mano rebenta!"

– E por cá? Essa eleição?

– A eleição agora para outubro, nos começos de outubro... De resto, sensaboria universal. Gouveia na Costa, Manuel Duarte na vindima... Eu secadote, murchote, sem veia, até sem apetite.

– Olha que eu venho jantar e convidei o Videirinha.

– Bem sei, já me disse a prima Maria, que parou um bocado na Torre... Ela está na *Feitosa* com a D. Ana.

Durante um momento repisou sobre a intimidade da prima Maria na *Feitosa*, com a tentação de desabafar, logo ali na estrada, sobre o inesperado romance que desabrochara. Mas não ousou! Era um angustiado acanhamento, como a vergonha de cobiçar assim todos os restos do pobre Lucena – o círculo e a viúva.

Então, conversando do Alentejo e do mano João (que contara muitas antigualhas maçadoras sobre a genealogia dos Ramires), desceram da Portela à Torre, com tenção de estirar o passeio até aos Bravais. Mas, na Torre, Gonçalo desejou avisar a Rosa dos dois convivas inesperados, senhores de tão poderoso garfo. Entraram pela porta do pomar, onde um fio lento de água se atardava nos regueiros. Aos brados galhofeiros do Fidalgo a Rosa acudiu, limpando as mãos ao avental. O quê! dois convidados! Mesmo quatro, e mais valentes, que graças a Deus Nosso Senhor o janta-rinho sobrava! Ainda de tarde comprara a uma mulher da Costa um cesto de sardinhas, graúdas e gordas que regalavam!... O Titó reclamou logo uma fritada tremenda de sardinha e ovos. E os dois amigos atravessavam o pátio – quando Gonçalo reparou no Bento, escarranchado no banco da latada, diante duma tigela, e areando com entusiasmo um castão[34] de prata lavrada, que emergia de dentro duma toalha enrolada, como duma bainha.

– Que castão é esse, Bento? assim embrulhado?

O Bento lentamente sacou da toalha torcida um chicote, escuro e comprido com três arestas afiadas como as dum florete[35].

– Nem o sr. Doutor sabia! Estava no sótão. Agora de tarde andava lá a escarafunchar por causa duma ninhada de gatos, e detrás dum baú dou com umas esporas de prateleira e com este arrocho...

Gonçalo estudou o maciço castão de prata, sacudiu a fina vara que zinia:

– Esplêndido chicote... Oh Titó, hem?... Afiado como um cutelo. E antigo, muito antigo, como as minhas armas... De que diabo é feito? baleia?

– De cavalo-marinho... Uma arma terrível. Mata um homem... O mano João tem um, mas com castão de metal... Mata um homem!

– Bem – rematou Gonçalo. – Limpa e põe no meu quarto, Bento! Passa a ser o meu chicote de guerra!

À porta do pomar ainda encontraram o Pereira da Riosa, de quinzena de cotim deitada aos ombros. Em breve, no dia de S. Miguel o Pereira tomava enfim a lavra da Torre. E Gonçalo gracejou, mostrando ao Titó o lavrador famoso. Eis o homem! eis o grande homem que se preparava a tornar a Torre uma falada maravilha de seara, vinha e horta! O Pereira coçava a barba rala:

– E também a enterrar bom dinheiro! Enfim um gosto sempre valeu mais que um vintém! E o Fidalgo, como patrão, merece terra em que os olhos se esqueçam de regalados!...

– Oh, sr. Pereira! – ribombou o Titó. – Então não se esqueça de cuidar dos melões. É uma vergonha! Nunca na Torre se comeu um bom melão!

A ILUSTRE CASA DE RAMIRES 329

– Pois para o ano, assim Deus nos conserve, já V. Exa. comerá na Torre um bom melão!

Gonçalo abraçou ainda o esperto lavrador – e apressou para a estrada, decidido a desenrolar toda a confidência ao Titó, na solidão favorável do arvoredo dos Bravais. Mas, apenas recomeçaram a caminhada, o mesmo enleio o travou – quase temendo agora as informações do Titó, homem tão severo, de moral tão escarpada. E todo o demorado giro pelos Bravais o findaram, sem que Gonçalo desafogasse. O crepúsculo descera, mole e quente, quando recolheram – conversando sobre a pesca do sável no Guadiana.

Defronte do portão da Torre, Videirinha esperava, dedilhando o violão na penumbra dos álamos. Como a noite se conservava abafada, sem uma aragem, jantaram na varanda, com dois candeeiros acesos. Logo ao desdobrar o guardanapo, o Titó, vermelho e espraiado sobre a cadeira, declarou "que graças ao Senhor da Saúde, a sede era boa!" Ele e Gonçalo praticaram as usadas façanhas de garfo e de copo. Quando o Bento serviu o café, uma imensa e lustrosa lua cheia surgia, ao fundo da quinta escura, por trás dos outeiros de Valverde. Gonçalo, enterrado numa cadeira de vime, acendeu o charuto com beatitude. Todos os tédios e incertezas dessas semanas se despegavam da sua alma como cinza apagada, brevemente varrida. E foi sentindo menos a doçura da noite, que um sabor melhor à vida desanuviada, que exclamou:

– Pois, senhores, agora, está uma delícia!...

Videirinha, depois dum curto cigarro, retomara o violão. Através da quinta, pedaços de muros caiados, algum trilho de rua mais descoberto, a água do Tanque Grande, rebrilhavam ao luar que resvalava dos cerros; e a quietação do arvoredo, da claridade, da noite, penetravam na alma com adormecedora carícia. Titó e Gonçalo saboreavam o famoso conhaque de Moscatel, preciosa antigualha da Torre, silenciosamente enlevados no Videirinha – que recuara para o fundo da varanda, se envolvera em sombra. Nunca o bom cantador ferira as cordas com inspiração mais enternecida. Até os campos, o céu inclinado, a lua cheia sobre as colinas, escutavam os queixumes do *fado* da Areosa. E no escuro, sob a varanda, o pigarro da Rosa, os passos abafados dos criados, algum sumido riso de rapariga, o bater das orelhas dum perdigueiro – eram como a presença dum povo suavemente atraído pelo descante formoso.

Assim a noite se alongou, a lua subiu com solitário fulgor. Titó, pesado do bródio, adormecera. E como sempre, para findar, Videirinha atacou ardentemente o *Fado dos Ramires*:

> Quem te verá sem que estremeça,
> Torre de Santa Ireneia,
> Assim tão negra e calada,
> Por noites de lua cheia...

E lançou então uma quadra nova, que trabalhara nessa semana com amor, sobre uma erudita nota do bom Padre Soeiro. Era a glória magnífica de Paio Ramires, Mestre do Templo[36] – a quem o Papa Inocêncio, e a Rainha Branca de Castela, e todos os Príncipes da Cristandade suplicam que se arme, e corra em dura pressa, e liberte S. Luís Rei de França, cativo nas terras do Egito...

> Que só em Paio Ramires
> Põe agora o mundo a esperança...
> Que junte os seus cavaleiros
> E que salve o Rei de França!

E por este avô e tal façanha até Gonçalo se interessou – acompanhando o canto, num trêmulo esganiçado, de braço erguido:

> Ai, que junte os seus cavaleiros
> E que salve o Rei de França!...

Ao rolar mais forte do coro, Titó descerrou as pálpebras, arrancou do canapé o corpanzil imenso – e declarou que marchava para Vila Clara:

A ILUSTRE CASA DE RAMIRES 〰 331

– Estou derreado! Sempre em jornada e sem dormir, desde ontem às quatro da manhã que larguei de Cidadelhe... Caramba, dava agora, como aquele rei grego, um cruzado por um burro!

Então Gonçalo, animado pelo conhaque, também se ergueu com uma resolução quase alegre:

– Oh Tító, antes de saíres, anda cá dentro que quero falar contigo a respeito dum caso!

Agarrara um dos candeeiros, penetrou na sala de jantar, onde errava o cheiro de magnólias morrendo num vaso. E aí, sem preparação, com os olhos bem decididos, bem cravados no Tító – que o seguira arrastadamente, ainda se espreguiçava:

– Oh Tító, ouve lá e sê franco. Tu ias muito à *Feitosa*... Que te parece aquela D. Ana?

Tító, que despertara como ao rebentar dum morteiro, considerou Gonçalo com assombro:

– Ora essa! Mas a que propósito?...

Gonçalo atalhou, na pressa de colher rapidamente uma certeza:

– Olha! Eu para ti não tenho segredos. Nestas últimas semanas houveram aí umas conversas, uns encontros... Enfim, para resumir, se daqui a tempos eu pensasse em casar com a D. Ana, creio que ela, por seu lado, não recusava. Tu ias à *Feitosa*. Tu sabes... Que tal rapariga é ela?

Tító cruzara os braços violentamente:

– Pois tu vais casar com a D. Ana?

– Homem, não vou casar. Não sigo esta noite para a Igreja. Por ora quero só informações... E de quem as posso ter, mais francas e mais seguras, do que de ti, que és meu amigo e que a conheces?

Tító não descruzara os braços – levantando para o Fidalgo da Torre a face honesta e severa:

– Pois tu pensas em casar com a D. Ana, tu, Gonçalo Mendes Ramires?...

Gonçalo atirou um gesto de impaciência e fartura:

– Oh! se me vens com a fidalguia e com o Paio Ramires...

O Titó quase berrou, na sua indignação:

– Qual fidalguia! É que um homem de bem, como tu, não pensa em casar com uma criatura como ela!... Fidalguia?... Sim! Mas fidalguia de alma e de coração!

Gonçalo emudeceu, trespassado. Depois, com uma serenidade a que se forçara, argumentou, deduziu:

– Bem! tu então sabes outras coisas... Eu por mim sei que ela é bonita e rica; sei também que é séria, porque nunca sobre ela se rosnou nem aqui nem em Lisboa; são qualidades para se casar com uma mulher... Tu agora afianças que se não pode casar com ela. Portanto sabes outras coisas... Diz.

Foi então o Titó que emudeceu, imóvel diante do Fidalgo, como se o laço duma corda o colhesse e o travasse. Por fim, soprando, com um esforço enorme:

– Tu não me chamaste para eu depor como testemunha... Em princípio, sem explicações, perguntas se podes casar com essa mulher. E eu, sem explicações, em princípio, declaro que não... Que diabo queres mais?

Gonçalo exclamou, revoltado:

– Que quero? Pelo amor de Deus, Titó! Supõe tu que estou doidamente apaixonado pela D. Ana, ou que tenho um interesse imenso em casar com ela... Que não estou, nem tenho: mas supõe! Nesse caso não se desvia um amigo dum ato em que ele está tão fundamente empenhado, sem lhe apresentar uma razão, uma prova...

Assim apertado, Titó baixou a cabeça, que coçou com desespero. Depois acobardadamente, para escapar, adiou a contenda:

– Olha, Gonçalo, eu estou muito estafado. Tu não vais a esta hora para a Igreja; e ela menos, que o outro marido ainda não arrefeceu na cova. Então amanhã conversamos.

Atirou duas passadas enormes, empurrou a porta da varanda, berrando pelo Videirinha:

– São que horas, Videira! Toca a abalar, que não dormi desde Cidadelhe.

A ILUSTRE CASA DE RAMIRES ◈◈◈ 333

Videirinha, que preparava com esmero um grogue frio, esvaziou atabalhoadamente o copo, recolheu o violão precioso. E Gonçalo não os deteve, esfregando silenciosamente as mãos, amuado com aquela recusa do Titó tão desamiga e teimosa. Como sombras atravessaram uma sala onde dormia, esquecida desde os Ramires do século XVIII, uma espineta de charão[37]. No patamar da escada que conduzia à portinha verde, Gonçalo, para os alumiar, erguera um castiçal. Titó acendeu um cigarro à vela. A sua mão cabeluda tremia.

– Então, entendido... Apareço amanhã, Gonçalo.

– Quando quiseres, Titó.

E no seco assentimento do Fidalgo transparecia tanto despeito – que Titó hesitou nos estreitos degraus que atulhava. Por fim desceu pesadamente.

Videirinha, já na estrada, considerava o céu, a luminosa serenidade:

– Que linda noite, sr. Doutor!

– Linda, Videirinha... E obrigado. Você hoje tocou divinalmente.

Gonçalo entrara na sala dos retratos, pousara apenas o castiçal – quando, por baixo da varanda aberta, o vozeirão do Titó retumbou:

– Oh Gonçalo, desce cá abaixo.

O Fidalgo rolou pelos degraus com sofreguidão. Para além dos álamos, no luar da estrada, Videirinha afinava o violão. E apenas a face do Fidalgo surdiu na claridade da porta, o Titó, que esperava com o chapéu para a nuca, desabafou:

– Oh Gonçalo, tu ficaste amuado... É tolice! E entre nós não quero sombras. Então lá vai! Tu não podes casar com essa mulher, porque ela teve um amante. Não sei se antes ou depois desse teve outro. Não há criatura mais manhosa, nem mais disfarçada. Não me venhas agora com perguntas. Mas fica certo que ela teve um amante. Sou eu que to afirmo; e tu sabes que eu nunca minto!

Bruscamente meteu à estrada, com os passantes ombros vergados. Gonçalo não se movera de sobre os degraus de pedra, diante dos mudos álamos, como ele imóveis. Uma palavra passara, irreparável, no macio silêncio da noite e da lua – e eis o alto sonho que ele construíra sobre a D. Ana e a sua beleza e os seus duzentos contos despenhado no lodo! Lentamente subiu, repenetrou na sala. Por cima da chama alta da vela, num painel fusco, uma face acordara, uma seca, amarelada face, de altivos bigodes negros, que se inclinava, atenta como reparando. E longe, Videirinha espalhava, pelos campos adormecidos, os ingênuos versos celebrando a glória tamanha da Casa ilustre:

Que só em Paio Ramires
Põe agora o mundo esperança...
Que junte os seus cavaleiros
E que salve o Rei de França!...

X

⟨❧⟩

ATÉ NOITE ALTA GONÇALO, passeando pelo quarto, remoeu a amarga certeza de que sempre, através de toda a sua vida (quase desde o Colégio de S. Fiel!), não cessara de padecer humilhações. E todas lhe resultavam de intentos muito simples, tão seguros para qualquer homem como o voo para qualquer ave – só para ele constantemente rematados por dor, vergonha ou perda! À entrada da vida escolhe com entusiasmo um confidente, um irmão, que traz para a quieta intimidade da Torre – e logo esse homem se apodera ligeiramente do coração de Gracinha e ultrajosamente a abandona! Depois concebe o desejo tão corrente de penetrar na vida política – e logo o acaso o força a que se renda e se acolha à influência desse mesmo homem, agora autoridade poderosa, por ele durante todos esses anos de despeito tão detestada e chasquea-da! Depois abre ao amigo, agora restabelecido na sua convivência, a porta dos Cunhais, confiado na seriedade, no rígido orgulho da irmã – e logo a irmã se abandona ao antigo enganador, sem luta, na primeira tarde em que se encontra com ele na sombra favorá-vel dum caramanchão! Agora pensa em casar com uma mulher que lhe oferecia com uma grande beleza uma grande fortuna – e imediatamente um companheiro de Vila Clara passa e segreda:

336 ❧❧ EÇA DE QUEIRÓS

– "A mulher que escolheste, Gonçalinho, é uma marafona[1] cheia de amantes!" Decerto essa mulher não a amava com um amor nobre e forte! Mas decidira acomodar nos formosos braços dela, muito confortavelmente, a sua sorte insegura – e eis que logo desaba, com esmagadora pontualidade, a humilhação costumada. Realmente o Destino malhava sobre ele com rancor desmedido!

– E por quê? – murmurava Gonçalo, despindo melancolicamente o casaco. – Em vida tão curta, tanta decepção... Por quê? Pobre de mim!

Caiu no vasto leito como numa sepultura – enterrou a face no travesseiro com um suspiro, um enternecido suspiro de piedade por aquela sua sorte tão contrariada, tão sem socorro. E recordava o presunçoso verso do Videirinha, ainda nessa noite proclamado ao violão:

Velha casa de Ramires
Honra e flor de Portugal!

Como a flor murchara! Que mesquinha honra![2] E que contraste o do derradeiro Gonçalo, encolhido no seu buraco de Santa Ireneia, com esses grandes avós Ramires cantados pelo Videirinha – todos eles, se a história e lenda não mentiam, de vidas tão triunfais e sonoras! Não! nem sequer deles herdara a qualidade por todos herdada através dos tempos – a valentia fácil. Seu pai ainda fora o bom Ramires destemido – que na falada desordem da romaria da Riosa, avançava com um guarda-sol contra três clavinas[3] engatilhadas. Mas ele... Ali, no segredo do quarto apagado, bem o podia livremente gemer – ele nascera com a *falha,* a falha de pior desdouro, essa irremediável fraqueza da carne, que, irremediavelmente, diante de um perigo, uma ameaça, uma sombra, o forçava a recuar, a fugir... A fugir dum Casco. A fugir dum malandro de suíças louras que, numa estrada e depois numa venda o insulta sem motivo, para meramente ostentar pimponice e arreganho. Ah, vergonhosa carne, tão espantadiça!

A ILUSTRE CASA DE RAMIRES 337

E a alma... Nessa calada treva do quarto bem o podia reconhecer também, gemendo. A mesma fraqueza lhe tolhia a alma! Era essa fraqueza que o abandonava a qualquer influência[4], logo por ela levado como folha seca por qualquer sopro. Porque a prima Maria uma tarde adoça os espertos olhos e lhe aconselha, por trás do leque, que se interesse pela D. Ana – logo ele, fumegando de esperança, ergue sobre o dinheiro e a beleza de D. Ana uma presunçosa torre de ventura e luxo. E a eleição? essa desgraçada eleição? Quem o empurrara para a eleição, e para a reconciliação indecente com o Cavaleiro, e para os desgostos daí emanados? O Gouveia, só com leves argúcias, murmuradas por cima do cachenê, desde a loja do Ramos até à esquina do Correio! Mas quê! mesmo dentro da sua Torre era governado pelo Bento, que superiormente lhe impunha gostos, dietas, passeios, e opiniões e gravatas! – Homem de tal natureza, por mais bem dotado na inteligência, é massa inerte a que o Mundo constantemente imprime formas várias e contrárias. O João Gouveia fizera dele um candidato servil. O Manuel Duarte poderia fazer dele um beberrão imundo. O Bento facilmente o levaria a atar ao pescoço, em vez duma gravata de seda, uma coleira de couro! Que miséria! E todavia o Homem só vale pela Vontade – só no exercício da Vontade reside o gozo da Vida. Porque se a Vontade bem exercida encontra em torno submissão – então é a delícia do domínio sereno; se encontra em torno resistência – então é a delícia maior da luta interessante. Só não sai gozo forte e viril da inércia que se deixa arrastar mudamente, num silêncio e macieza de cera... Mas ele, ele, descendendo de tantos varões famosos pelo Querer – não conservaria, escondida algures no seu Ser, dormente e quente como uma brasa sob cinza, uma parcela dessa energia hereditária?... Talvez! nunca, porém, nesse peco e encafuado[5] viver de Santa Ireneia, a fagulha despertaria, ressaltaria em chama intensa e útil. Não! pobre dele! Mesmo nos movimentos da Alma onde todo o homem realiza a liberdade pura – ele sofreria sempre a opressão da Sorte inimiga!

338 ❧ EÇA DE QUEIRÓS

Com outro suspiro mais se enterrou, se escondeu sob a roupa. Não adormecia, a noite findava – já o relógio de charão, no corredor, batera cavamente as quatro horas. E então, através das pálpebras cerradas, no confuso cansaço de tantas tristezas revolvidas, Gonçalo percebeu, através da treva do quarto, destacando palidamente da treva, faces lentas que passavam...[6]

Eram faces muito antigas, com desusadas barbas ancestrais, com cicatrizes de ferozes ferros, umas ainda flamejando como no fragor de uma batalha, outras sorrindo majestosamente como na pompa duma gala – todas dilatadas pelo uso soberbo de mandar e vencer. E Gonçalo, espreitando por sobre a borda do lençol, reconhecia nessas faces as verídicas feições de velhos Ramires, ou já assim contempladas em denegridos retratos, ou por ele assim concebidas, como concebera as de Tructesindo, em concordância com a rijeza e esplendor dos seus feitos.

Vagarosas, mais vivas, elas cresciam de entre a sombra que latejava espessa e como povoada. E agora os corpos emergiam também, robustíssimos corpos cobertos de saios de malha ferrugenta, apertados por arneses de aço lampejante, embuçados em fuscos mantos de revoltas pregas, cingidos por faustosos gibões[7] de brocado, onde cintilavam as pedrarias de colares e cintos; – e armados todos, com as armas todas da História[8], desde a clava goda de raiz de roble eriçada de puas, até ao espadim de sarau enlaçarotado de seda e oiro.

Sem temor, erguido sobre o travesseiro, Gonçalo não duvidava da realidade maravilhosa! Sim! eram os seus avós Ramires, os seus formidáveis avós históricos, que, das suas tumbas dispersas corriam, se juntavam na velha casa de Santa Ireneia nove vezes secular – e formavam em torno do seu leito, do leito em que ele nascera, como a Assembleia majestosa da sua raça ressurgida. E até mesmo reconhecia alguns dos mais esforçados que, agora, com o repassar constante do poemeto do tio Duarte e o Videirinha gemendo fielmente o seu "fado", lhe andavam sempre na imaginação...

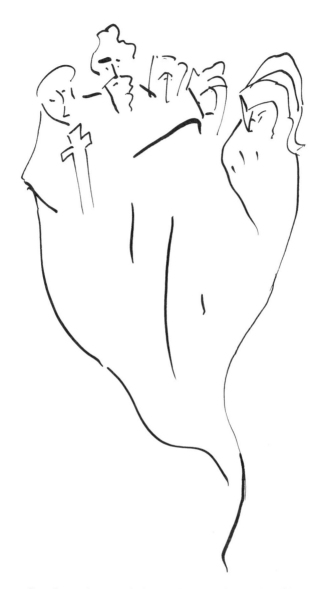

Gonçalo percebeu, através da treva do quarto, destacando palidamente da treva, faces lentas que passavam...

Aquele além, com o brial[9] branco a que a cruz vermelha enchia o peitoral, era certamente Gutierres Ramires, o *de Ultramar*, como quando corria da sua tenda para a escalada de Jerusalém. No outro, tão velho e formoso, que estendia o braço, ele adivinhava Egas Ramires, negando acolhida no seu puro solar a El-Rei D. Fernando e à adúltera Leonor![10] Esse, de crespa barba ruiva, que cantava sacudindo o pendão real de Castela, quem, senão Diogo Ramires, o *Trovador*, ainda na alegria da radiosa manhã de Aljubarrota?[11] Diante da incerta claridade do espelho tremiam as fofas plumas escarlates do morrião de Paio Ramires, que se armava para salvar S. Luís, Rei de França. Levemente balançado, como pelas ondas humildes dum mar vencido, Rui Ramires sorria às naus inglesas que, ante a proa da sua capitânia, submissamente amainavam por Portugal. E, encostado ao poste do leito, Paulo Ramires, pajem do guião de El-Rei nos campos fatais de Alcácer[12], sem elmo, rota a couraça, inclinava para ele a sua face de donzel[13], com a doçura grave dum avô enternecido...

Então, por aquela ternura atenta do mais poético dos Ramires, Gonçalo sentiu que a sua ascendência toda o amava – e da escuridão das tumbas dispersas acudira para o velar e socorrer na sua fraqueza. Com um longo gemido, arrojando a roupa, desafogou, dolorosamente contou aos seus avós ressurgidos a arrenegada sorte que o combatia e que, sobre a sua vida, sem descanso, amontoava tristeza, vergonha e perda! E eis que subitamente um ferro faiscou na treva, com um abafado brado: – "Neto, doce neto, toma a minha lança nunca partida!..." E logo o punho duma clara espada lhe roçou o peito, com outra grave voz que o animava: – "Neto, doce neto, toma a espada pura que lidou em Ourique!..."[14] E depois, uma acha de coriscante gume bateu no travesseiro, ofertada com altiva certeza: – "Que não derribará essa acha, que derribou as portas de Arzila!..."

Como sombras levadas num vento transcendente, todos os avós formidáveis perpassavam – e arrebatadamente lhe estendiam as suas armas, rijas e provadas armas, todas, através de toda a Histó-

A Ilustre Casa de Ramires 341

ria, enobrecidas nas arrancadas contra a mourama, nos trabalhados cercos de castelos e vilas, nas batalhas formosas com o Castelhano soberbo... Era, em torno do leito, um heroico reluzir e retinir de ferros. E todos soberbamente gritavam: – "Oh neto, toma as nossas armas e vence a Sorte inimiga!..." Mas Gonçalo, espalhando os olhos tristes pelas sombras ondeantes, volveu: – "Oh avós, de que me servem as vossas armas – se me falta a vossa alma?..."

Acordou, muito cedo, com a enredada lembrança dum pesadelo em que falara a mortos: – e, sem a preguiça, que sempre o amolecia nos colchões, enfiou um roupão, escancarou as vidraças. Que formosa manhã! uma manhã dos fins de setembro, macia, lustrosa e fina; nem uma nuvem lhe desmanchava o vasto, o imaculado azul; e o sol já pousava nos arvoredos, nos outeiros distantes, com uma doçura outonal. Mas, apesar de lhe respirar lentamente o brilho e a pureza, Gonçalo permaneceu toldado de sombras, das sombras da véspera, retardadas no seu espírito oprimido, como névoas em vale muito fundo. E foi ainda com um suspiro, arrastando tristonhamente as chinelas, que puxou o cordão da campainha. O Bento não tardou com a infusa da água quente para a barba. E acostumado ao alegre acordar do Fidalgo, tanto estranhou aquele silencioso e enrugado mover pelo quarto, que desejou saber se o sr. Doutor passara mal a noite...

– Pessimamente!

Bento declarou logo, com vivacidade e reprovação – que certamente fizera mal ao sr. Doutor tanto conhaque de moscatel. Conhaque muito adocicado, muito excitante... Bom para o sr. D. Antônio, homenzarrão pesado. Mas o sr. Doutor, assim nervoso, nunca devia tocar naquele conhaque. Ou então, meio cálice escasso.

Gonçalo ergueu a cabeça, na surpresa de encontrar logo ao começo do seu dia e tão flagrante, aquele domínio que todos sobre ele se arrogavam – e de que tanto se lastimava, através de toda a amarga noite! Eis aí o Bento mandando – marcando a sua ração de conhaque! E justamente o Bento insistia:

– O sr. Doutor bebeu mais de três cálices. Assim não convém... Eu também tive culpa em não tirar a garrafa...

Então, perante despotismo tão declarado, o Fidalgo da Torre teve uma brusca revolta:

– Homem, não dês tantas leis. Bebo o conhaque que preciso e que quero!

Ao mesmo tempo, com a ponta dos dedos, experimentava a água na infusa:

– Esta água está morna! – exclamou logo. – Já me tenho fartado de dizer! Para a barba, preciso sempre água a ferver.

O Bento, gravemente, mergulhou também o dedo na água:

– Pois esta água está quase a ferver... Nem para a barba se necessita água mais quente.

Gonçalo encarou o Bento com furor. O quê! mais objeções, mais leis!

– Pois vá imediatamente buscar outra água! Quando eu peço água quente, pretendo que venha em cachão[15]. Irra! tanta sentença!... Eu não quero moral, quero obediência!

O Bento considerou Gonçalo através dum espanto que lhe inchara a face. Depois, lentamente, com magoada dignidade, empurrou a porta, levando a infusa. E já Gonçalo se arrependia da sua violência. Coitado, não era culpa do Bento se a vida lhe andava a ele tão estragada e sacudida! Depois, em casa tão antiga, não destoava a tradição dos antigos aios. E o Bento com perfeito rigor lhes reproduzia a rabugice e a lealdade! Mas ascendência, e livre falar bem lhe cabiam – bem os merecia por tão longa, tão provada dedicação...

O Bento, ainda vermelho e inchado, voltava com a infusa fumegante. E Gonçalo logo docemente, para o adoçar:

– Dia muito bonito, hem, Bento?

O velho rosnou, ainda amuado:

– Muito bonito.

Gonçalo ensaboava a face, rapidamente, na impaciência de reatar com o Bento, de lhe restabelecer a supremacia amorável. E por fim mais doce, quase humilde:

A Ilustre Casa de Ramires 343

– Pois se achas o dia assim bonito, dou um passeio a cavalo antes de almoço. Que te parece? Talvez me faça bem aos nervos... Com efeito, aquele conhaque não me convém... Então, Bento, faz o favor, grita aí ao Joaquim que me tenha a égua pronta imediatamente. Com certeza me acalma, uma galopada... E no banho agora a água bem esperta, bem quente. Também me acalma a água quente. Por isso necessito sempre água bem quente, a ferver. Mas tu, com essas tuas velhas ideias... Pois todos os médicos o declaram. Para a saúde água quente, bem quente, a sessenta graus!

E depois do rápido banho, enquanto se vestia, abriu mais familiarmente ao velho aio a intimidade das suas tristezas:

– Ah! Bento, Bento, o que eu verdadeiramente precisava para me calmar, não era um passeio, era uma jornada... Trago a alma muito carregada, homem! Depois, estou farto desta eterna Vila Clara, da eterna Oliveira. Muito mexerico, muita deslealdade. Precisava terra grande, distração grande.

O Bento, já reconciliado, enternecido, lembrou que o sr. Doutor brevemente, em Lisboa, encontraria uma linda distração, nas Cortes.

– Eu sei lá se vou às Cortes, homem! Não sei nada, tudo falha... Qual Lisboa!... O que eu necessito é uma viagem imensa, à Hungria, à Rússia, a terras onde haja aventuras.

O Bento sorriu superiormente daquela imaginação. E apresentando ao Fidalgo o jaquetão de *velvetina* cinzenta:

– Com efeito, na Rússia, parece que não faltam aventuras. Anda tudo a chicote, diz o *Século*... Mas aventuras, sr. Doutor, até a gente as encontra na estrada...[16] Olhe! o paizinho de V. Exa., que Deus haja, foi lá embaixo diante do portão que teve a bulha com o dr. Avelino da Riosa, e que lhe atirou a chicotada, e que levou com o punhal no braço...

Gonçalo calçava as luvas de anta, mirando o espelho:

– Pobre papá, coitado, também teve pouca sorte... E por chicote, ó Bento, dá cá aquele chicote de cavalo-marinho que tu ontem areaste. Parece que é uma boa arma.

344 ❦❧ Eça de Queirós

Ao sair o portão, o Fidalgo da Torre meteu a égua, sem destino, num passo indolente, pela estrada costumada dos Bravais. Mas no Casal Novo, onde dois pequenos jogavam à bola debaixo das carvalheiras, pensou em visitar o Visconde de Rio Manso. Certamente lhe consertaria os nervos a companhia de tão sereno e generoso velho. E, se ele o convidasse a almoçar, gastaria os seus cuidados visitando essa falada quinta da *Varandinha* e cortejando "o botão de Rosa".

Gonçalo recordava apenas confusamente que o terraço da *Varandinha* dominava uma estrada plantada de choupos, algures, entre o lugar da Cerda e a espalhada aldeia de Canta Pedra. E tomou o caminho velho que desce das carvalheiras do Casal Novo, e penetra no vale, entre o cabeço de Avelã e as ruínas do Mosteiro de Ribadais, no solo histórico onde Lopo de Baião derrotara a mesnada de Lourenço Ramires... Ora enterrada entre valados, ora entre toscos muros de pedra solta, a vereda seguia sem beleza, e cansativa; mas as madressilvas nas sebes, por entre as amoras maduras, recendiam; o fresco silêncio recebia mais frescura e graça dos frêmitos de asa que o roçavam; e tanto era o radiante azul nos céus serenos, que um pouco do seu rebrilho e serenidade se instilava na alma. Gonçalo, mais desanuviado, não se apressava; na Igreja dos Bravais, quando ele passara ao Casal Novo, batiam apenas as nove horas; e depois de costear um lameiro de erva magra parou a acender pachorrentamente um charuto, rente da velha ponte de pedra que galga o Riacho das Donas. Quase seca pela estiagem, a água escura mal corria, sob as folhas largas dos nenúfares, por entre os juncais que a atulhavam. Adiante, à orla dum ervaçal, no abrigo duma moita de álamos, reluziam as pedras dum lavadouro. Na outra margem, dentro dum velho bote encalhado, um rapazito, uma rapariguinha conversavam profundamente, com dois molhos de alfazema esquecidos nos regaços. Gonçalo sorriu do idílio[17] – depois teve uma surpresa descobrindo, no cunhal da ponte, rudemente entalhado, o seu Brasão de Armas, um açor[18] enorme, que alargava as garras ferozes. Talvez aquelas

A ILUSTRE CASA DE RAMIRES 345

terras outrora pertencessem à Casa; – ou algum dos seus avós benéficos construíra a ponte, sobre torrente então mais funda, para segurança dos homens e dos gados. Quem sabe se o avô Tructesindo, em memória piedosa de Lourenço Ramires, vencido e cativo nas margens daquela Ribeira!

O caminho, para além da ponte, alteava entre campos ceifados. As medas[19] lourejavam, pesadas e cheias, por aquele ano de fartura. Ao longe, dos telhados baixos dum lugarejo, vagarosos fumos subiam, logo desfeitos no radiante céu. E lentamente, como aqueles fumos distantes, Gonçalo sentia que todas as suas melancolias lhe escapavam da alma, se perdiam também no azul lustroso... Uma revoada de perdizes ergueu voo de entre o restolho. Gonçalo galopou sobre elas, gritando, sacudindo o seu forte chicote de cavalo-marinho, que zunia como uma fina lâmina.

Em breve o caminho torceu, costeando um souto de sobreiros, depois cavado entre silvados com largos pedregulhos aflorando na poeira; – e ao fundo o sol faiscava sobre a cal fresca duma parede. Era uma casa térrea, com porta baixa entre duas janelas envidraçadas, remendos novos no telhado e um quinteiro que uma escura e imensa figueira assombreava. Numa esquina pegava um muro baixo de pedra solta, continuado por uma sebe, onde adiante uma velha cancela abria para a sombra duma ramada. Defronte, no vasto terreiro que se alargava, jaziam cantarias, uma pilha de traves; passava uma estrada, lisa e cuidada, que pareceu a Gonçalo a de Ramilde. Para além até a um distante pinheiral, desciam chãs e lameiros.

Sentado num banco, junto da porta, com uma espingarda encostada ao muro, um rapaz grosso, de barrete de lã verde, acariciava pensativamente o focinho dum perdigueiro. Gonçalo parou:

– Tem a bondade... Sabe por acaso qual é o bom caminho para a quinta do sr. Visconde de Rio Manso, a *Varandinha*?

O rapazote ergueu a face morena, de buço leve, remexendo vagamente no carapuço.

346 ๑๛ EÇA DE QUEIRÓS

Para a quinta do Rio Manso... Siga pela estrada até à pedreira, depois à esquerda a seguir, sempre rente da várzea...

Mas nesse instante assomava à porta um latagão[20] de suíças louras, em mangas de camisa, a cinta enfaixada em seda. E Gonçalo, com um sobressalto, reconheceu logo o caçador que o injuriara na estrada de Nacejas, o assobiara na venda do Pintainho. O homem relanceou superiormente o Fidalgo. Depois, com a mão encostada à ombreira, chasqueou o rapazote:

– Oh Manuel, que estás tu aí a ensinar o caminho, homem! Este caminho por aqui não é para asnos!

Gonçalo sentiu a palidez que o cobriu – e todo o sangue do coração, num tumulto confuso, que era de medo e de raiva. Um novo ultraje, do mesmo homem, sem provocação! Apertou os joelhos no selim para galopar. E a tremer, num esforço que o engasgava:

– Você é muito atrevido! É já pela terceira vez! Eu não sou homem para levantar desordens numa estrada... Mas fique certo que o conheço, e que não escapa sem lição...

Imediatamente, o outro agarrou um cajado curto e saltou à estrada, afrontando a égua, com as suíças erguidas, um riso de imenso desafio:

– Então cá estou! Venha agora a lição... E para diante é que você já não passa, seu Ramires de merd...

Uma névoa turvou os olhos esgazeados[21] do Fidalgo. E de repente, num inconsciente arranque, como levado por uma furiosa rajada de orgulho e força, que se desencadeava do fundo do seu ser, gritou, atirou a fina égua num galão[22] terrível! E nem compreendeu! O cajado sarilhara![23] A égua empinava, numa cabeçada furiosa! E Gonçalo entreviu a mão do homem, escura, imensa, que empolgava a camba do freio.

Então, erguido nos estribos, por sobre a imensa mão, despediu uma vergastada do chicote silvante de cavalo-marinho, colhendo o latagão na face, de lado, num golpe tão vivo da aresta aguda, que a orelha pendeu, despegada, num borbotar de sangue. Com um

A égua empinava, numa cabeçada furiosa! E Gonçalo entreviu a mão do homem, escura, imensa, que empolgava a camba do freio.

348 EÇA DE QUEIRÓS

berro o homem recuou, cambaleando. Gonçalo galgou sobre ele, noutro arremesso, com outra fulgurante chicotada que o apanhou pela boca, lhe rasgou a boca, decerto lhe espedaçou dentes, o atirou, urrando, para o chão. As patas da égua machucavam as grossas coxas estendidas, – e, debruçado, Gonçalo ainda vergastou, cortou desesperadamente face, pescoço, até que o corpo jazeu mole e como morto, com jorros de sangue escuro ensopando a camisa.

Um tiro atroou o terreiro! E Gonçalo, com um salto no selim, avistou o rapazote moreno ainda com a espingarda erguida, a fumegar, mas já hesitando aterrado.

– Ah, cão!

Lançou à égua, com o chicote alto: – o rapaz, espavorido, corria lestamente através do terreiro, para saltar o valado, escapar para as várzeas ceifadas!

– Ah cão, ah cão – berrava Gonçalo.

Estonteado, o rapaz tropeçara numa viga solta. Mas já se endireitava, quando o Fidalgo o alcançou com uma cutilada do chicote no pescoço, logo alagado de sangue. Estendendo as mãos incertas, ainda cambaleou, abateu, estalou contra a aresta dum pilar, a cabeça mais sangue jorrou. Então Gonçalo, a arquejar, deteve a égua. Ambos os homens jaziam imóveis! Santo Deus! Mortos? De ambos corria o sangue sobre a terra seca. O Fidalgo da Torre sentia uma alegria brutal. Mas um grito espantado soou do lado do quinteiro.

– Ai que mataram o meu rapaz!

Era um velho que corria da cancela, numa carreira agachada, rente com a sebe, para a porta da casa. Tão certeiramente o Fidalgo arremessou a égua, para o deter – que o velho esbarrou contra o peitoril, que arfava coberto de suor e de espuma. E ante o inquieto animal escarvando, e Gonçalo alçado nos estribos, com a face chamejante, o chicote a descer – o velho, num terror, desabou sobre os joelhos, gritou ansiadamente:

– Ai, não me faça mal, meu Fidalgo, por alma de seu pai Ramires.

A Ilustre Casa de Ramires 349

Gonçalo ainda o manteve assim um momento, suplicante, a tremer, sob o justiceiro faiscar dos seus olhos: – e gozava soberbamente aquelas calosas mãos que se erguiam para a sua misericórdia, invocavam o nome de Ramires, de novo temido, repossuído do seu prestígio heroico. Depois, recuando a égua:

– Esse malandro do rapazola desfechou a caçadeira!... Você também não tem boa cara! Que ia você correndo para casa? Buscar outra espingarda?

O velho alargou desesperadamente os braços, oferecia o peito, em testemunho da sua verdade:

– Oh meu Fidalgo, não tenho em casa nem um cajado!... Assim Deus me ajude e me salve o rapaz!

Mas Gonçalo desconfiava. Quando descesse agora pela estrada de Ramilde, bem poderia o velho correr ao casebre, agarrar outra caçadeira, desfechar traiçoeiramente. E então, com a presteza de espírito que a luta afilara concebeu, contra qualquer emboscada, um ardil seguro. E até num relance sorriu recordando "traças de guerra", de D. Garcia Viegas, o *Sabedor*[24].

– Marche lá diante de mim, sempre a direito, pela estrada!

O velho tardou, sem se erguer, aterrado. E batia com as grossas mãos nas coxas, numa ânsia que o engasgava:

– Oh meu Fidalgo, oh meu Fidalgo! mas deixar assim o rapaz sem acordo?...

– O rapaz está só atordoado, já se mexeu... E o outro malandro também... Marche você!

E ao irresistível mando de Gonçalo, o velho, depois de sacudir demoradamente as joelheiras, começou a avançar pela estrada, vergado diante da égua, como um cativo, com os longos braços a bambolear, rosnando, num rouco assombro: – Ai como elas se armam! Ai Santo nome de Deus, que desgraça! A espaços estacava, esgazeando para Gonçalo um olhar torvo onde negrejava medo e ódio... Mas logo o comando forte o empurrava: "Marche!..." E marchava. Adiante, onde se erguia um cruzeiro em memória do Abade Paguim, assassinado, Gonçalo reconheceu um largo atalho para a estrada dos Bravais, que chamavam o *Caminho da Moleira*. E para aí enfiou o velho, que no pavor daquela azinhaga solitária, pensando que Gonçalo o afastava de caminhos trilhados para o matar comodamente, rompeu a gemer: "Ai que isto é o fim da minha vida! Ai Nossa Senhora, que é o fim da minha vida". E não cessou de gemer, emaranhando os passos trôpegos, até que desembocaram na estrada alta entre taludes escarpados, revestidos de giesta brava. Então de repente, com outro terror, o homem bruscamente revirou, atirando as mãos ao barrete:

– Oh meu senhor, o Fidalgo não me leva preso?...

– Marche! Corra! Que, agora, a égua trota!

A égua trotou – o velho correu, desengonçado, arquejando como um fole de forja. Uma milha galgada, Gonçalo parou, farto do cativo, da lenta marcha. De resto antes que o homem agora corresse a casa, e agarrasse uma arma, e virasse para o alcançar, se desforrar – entraria ele, num galope solto, o portão da Torre! Então bradou, com o sobrolho[25] duro:

– Alto! Agora pode voltar para trás... Mas, antes: Como se chama aquele seu lugar?

– A Grainha, meu Fidalgo.

– E você como se chama, e o rapaz?

O velho, com a boca aberta, esperou, hesitou:

– Eu sou João, o meu rapaz Manuel... Manuel Domingues, meu Fidalgo.

– Você naturalmente mente. E o outro malandro, de suíças louras?

Dum fôlego, o velho gritou:

– Esse é o Ernesto de Nacejas, o valentão de Nacejas, que chamam o *Caça-Abraços*, e que tanto me desencaminhou o rapaz...

– Bem! Pois diga lá a esses dois marotos que me atacaram a pau e a tiro, que não ficam quites somente com a sova, e que agora têm de se entender com a Justiça... Ela lá irá! Largue!

A ILUSTRE CASA DE RAMIRES 351

Do meio da estrada, Gonçalo ainda vigiou o velho que abalara, forçando as passadas derreadas, limpando o suor que lhe pingava. Depois, pela conhecida estrada, galopou para a Torre.

E ia levado, galopando numa alegria tão fumegante, que o lançava em sonho e devaneio. Era como a sensação sublime de galopar pelas alturas, num corcel de lenda, crescido magnificamente, roçando as nuvens lustrosas... E por baixo, nas cidades, os homens reconheciam nele um verdadeiro Ramires, dos antigos da História, dos que derrubavam torres, dos que mudavam a configuração dos Reinos, – e erguiam esse maravilhado murmúrio que é o sulco dos fortes passando! Com razão! com razão! Que ainda de manhã, ao sair da Torre, não ousaria marchar para um rapazola decidido que brandisse um varapau... E depois, de repente, na solidão daquela casa térrea, quando o bruto das suíças louras lhe atira a suja injúria – eis um *não sei quê* que se desprende dentro do seu ser, e transborda, e lhe enche cada veia de sangue ardido, e lhe enrija cada nervo de força destra, e lhe espalha na pele o desprezo e a dor, e lhe repassa fundamente a alma de fortaleza indomável... E agora ali voltava, como um varão novo, soberbamente virilizado, liberto enfim da sombra que tão dolorosamente assombreara a sua vida, a sombra mole e torpe do seu medo! Porque sentia que, agora, se todos os valentões de Nacejas o afrontassem num rijo erguer de cajados – esse *não sei quê*, lá dentro, no seu ser, de novo se soltaria, e o arremessaria, com cada veia inchada, cada nervo retesado, para o delicioso fragor da briga! Enfim era *um homem!* Quando em Vila Clara o Manuel Duarte, o Tito com o peito alto, contassem façanhas, já ele não enrolaria encolhidamente o cigarro – encolhido, mudo, não somente pela ausência desconsoladora das valentias, mas sobretudo pela humilhante recordação das fraquezas. E galopava, galopava apertando furiosamente o cabo do chicote, como para investidas mais belas. Para além dos Bravais, mais galopou, ao avistar a Torre. E singularmente lhe pareceu, de repente, que a sua Torre era agora *mais sua*[26], e que uma afinidade nova, fundada em glória e força, o tornava mais senhor da sua Torre!

Como para acolher Gonçalo mais dignamente, o portão grande, sempre cerrado, oferecia uma entrada triunfal com os dois pesados batentes escancarados. Ele atirou a égua para o meio do pátio, bradando:

– Oh Joaquim! Oh Manuel! Eh lá! um de vocês!

O Joaquim surdiu da cavalariça, de mangas arregaçadas, com uma esponja na mão.

– Oh Joaquim, depressa! Aparelha o Rocilho, corre a um sítio na estrada de Ramilde, a que chamam a Grainha... Tive agora lá uma grande desordem! Creio que dei cabo de dois homens... Ficaram numa poça de sangue! Não digas que vais da Torre, que te podem atacar! Mas sabe o que sucedeu, se estão mortos!... Depressa, depressa!

O Joaquim, estonteado, remergulhou na cavalariça escura. E de cima duma das varandas do corredor, partiram exclamações assombradas:

– Oh Gonçalo, o que foi?! Santo Deus! o que foi?!

Era o Barrolo. Sem desmontar, sem surpresa ante a aparição do Barrolo, Gonçalo atirou logo para a varanda a história da bulha, tumultuosamente. Um malandro que o insultara... Depois outro, que desfechou a caçadeira... E ambos derribados sob as patas da égua, numa poça de sangue...[27]

O Barrolo despegou da varanda – e noutro relance, investia pelo pátio, com os curtos braços a boiar, enfiado. Mas então? mas então?... E Gonçalo, desmontando, trêmulo agora do cansaço e da emoção, esmiuçou mais lances... Na estrada de Ramilde! Um valentão que o injuriou! A esse rasgara a boca, decepara a orelha... Depois o outro, um rapazola, desfeche uma carabina... Ele corre, tão vivamente o colhe com uma cutilada que o estira, para cima duma pedra, como morto...

– Uma cutilada?

A Ilustre Casa de Ramires 353

– Com este chicote, Barrolo! Arma terrível!... Bem dizia o Tító!... Estou perdido se não levo este chicote.

Esgazeado, Barrolo remirava o chicote. Sim, com efeito, ainda manchado de sangue. – Então Gonçalo atentou no chicote, no sangue... Sangue de gente! sangue fresco, que ele arrancara!... E por entre o seu orgulho, uma piedade passou que o empalideceu:

– Que desgraça, vejam que desgraça!

Esquadrinhou vivamente o fato, as botas, no horror de nódoas de sangue, que o salpicassem. Sim, santo Deus! sangue na polaina!... E imediatamente ansiou por se despir, se lavar, – galgou a escada, com o Barrolo que enxugava o suor, balbuciava: – "Ora uma dessas! E de repente! Assim na estrada!..." Mas no corredor, subindo numa carreira da cozinha, apareceu Gracinha, pálida, com a Rosa atrás, que enterrava os dedos entre o lenço e o cabelo num pavor mudo.

– Que foi, Gonçalo? Jesus, que foi?!

Então, encontrando Gracinha junto dele, na Torre, nesse momento magnífico do seu orgulho, depois de tão rijo perigo vencido, Gonçalo esqueceu o André, o mirante, as sombrias humilhações, e no abraço em que a colheu, nos fortes beijos que atirou à face querida, todo o seu amuo se fundiu em ternura. Com ela ainda chegada ao coração, suspirou de leve, como uma criança cansada. Depois, apertando as duas pobres mãos trêmulas, com um lento, enternecido sorriso, enquanto os olhos se lhe umedeciam de confusa emoção, de confusa alegria:

– Pois foi o diabo, filha! Uma desordem horrível, eu que sou tão pacato! imagina tu...

E pelo corredor recomeçou para Gracinha, que arfava, e para a Rosa, estarrecida, a história do encontro, e o sujo ultraje, o tiro que falhara, e os malandros lacerados a chicote, e o velho marchando como um cativo, a gemer pela estrada de Ramilde. Apertando o peito, num desmaio, Gracinha murmurou:

– Ai, Gonçalo! E se um dos homens estivesse morto!

O Barrolo, mais vermelho que uma peônia, berrou logo que

tais malandros mereciam ricamente a morte! E mesmo feridos, ainda necessitavam castigo tremendo de África! O Gouveia! era necessário mandar a Vila Clara, avisar o Gouveia!... Mas largas passadas ávidas abalaram o soalho – e foi o Bento, que se ergueu diante de Gonçalo, bracejando numa ânsia:

– Então, sr. Doutor?... Diz que uma grande desordem?...

E à porta do escritório, onde todos pararam, novamente atentos, a história recomeçou, especialmente para o Bento, que a bebia, num lento riso de gosto, crescendo, inchando com os olhinhos úmidos a reluzir, como se também triunfasse. Por fim, triunfou com estrondo:

– Foi o chicote, sr. Doutor! O que serviu ao sr. Doutor, foi o chicote que eu lhe dei!

Era verdade. E Gonçalo, comovido, abraçou o velho aio, que numa excitação, gritava para a Rosa, para Gracinha, para o Barrolo:

– O sr. Doutor deu cabo deles!... Aquele chicote mata um homem!... Os malvados estão mortos!... E foi o chicote! Foi o chicote que eu dei ao sr. Doutor!

Mas Gonçalo reclamava água quente para se lavar da poeira, do suor, do sangue... E o Bento correu, berrando ainda pelo corredor! depois pelas escadas da cozinha – "que fora o chicote! o chicote, que ele dera ao sr. Doutor!" Gonçalo entrara no quarto, acompanhado pelo Barrolo. E pousou o chapéu sobre o mármore da cômoda, com um imenso *ah* consolado! Era o consolo imenso de se encontrar, depois de tão violenta manhã, entre as doces coisas costumadas, pisando o seu velho tapete azul, roçando o leito de pau-preto em que nascera, respirando pelas vidraças abertas, onde as ramagens familiares das faias se empurravam na aragem para o saudar. Com que gosto se acercou do espelho de colunas douradas, se mirou, e se remirou, como a um Gonçalo novo e tão melhorado[28], que nos ombros reconhecia mais largueza, e até no bigode um arquear mais crespo.

E foi ao arredar do espelho, topando com o Barrolo, que subitamente despertou numa curiosidade imensa:

– Mas, oh Barrolo, como é que vos encontro esta manhã na Torre?

Resolução da véspera, ao chá. Gonçalo não aparecia, não escrevia... Gracinha a matutar, inquieta. Ele também espantado daquele sumiço depois do cesto dos pêssegos. De modo que ao chá, pensando também que a parelha necessitava uma trotada, lembrara a Gracinha: – "Vamos nós amanhã à Torre? no fáeton?"[29]

– Além disso precisava falar contigo, Gonçalo... Tenho andado aborrecido.

O Fidalgo juntou duas almofadas no divã, onde se enterrou:
– Como aborrecido?... Aborrecido por quê?

Barrolo, com as mãos nos bolsos da rabona de flanela, que lhe cingia as ancas gordas, considerou as flores do tapete, melancolicamente:
– É uma grande seca! A gente não pode confiar em ninguém... Nem ter familiaridades!...

Num lampejo Gonçalo imaginou o Cavaleiro e Gracinha mostrando estouvadamente nos Cunhais, como outrora entre os arvoredos da Torre, o sentimento que os dominava. E pressentiu um desabafo, alguma queixa triste do pobre Barrolo, amargurado por suspeitas, talvez por intimidades que espreitara. Mas a emoção suprema da sua batalha, sumira para uma sombra inferior os cuidados que, ainda na véspera, o oprimiam: todas as dificuldades da vida lhe apareciam agora, de repente, naquele frescor da sua coragem nova, tão fáceis de abater como os desafios dos valentões; e não se assustou com as confidências do cunhado, bem seguro de impor àquela alma submissa de bacoco a confiança e aquietação. Até sorriu, com indolência:
– Então, Barrolinho? Sucedeu alguma peripécia?
– Recebi uma carta.
– Ah!

Gravemente Barrolo desabotoou o jaquetão, puxou do bolso interior uma larga carteira, de couro verde e lustroso, com

356 ❦ EÇA DE QUEIRÓS

monograma de oiro. E foi a carteira que ele mostrou a Gonçalo, com satisfação.

– Bonita, hem? Presente do André, coitado... Creio que até a mandou vir de Paris. O monograma tem muito chique.

Gonçalo esperava, espantado. Enfim o bom Barrolo tirou da carteira uma carta – já amarrotada, depois alisada. Era, num papel pautado, uma letra miudinha que o Fidalgo apenas relanceou, declarando logo com segurança:

– É das Lousadas.

E leu, vagarosamente, serenamente, com o cotovelo enterrado na almofada:

Exmo. sr. José Barrolo.

V. Exa., apesar de todos os seus amigos o alcunharem de Zé Bacoco, mostrou agora muita esperteza, chamando de novo para a sua intimidade e de sua digna esposa o gentil André Cavaleiro, nosso Governador Civil. Com efeito a esposa de V. Exa., a linda Gracinha, que nestes últimos tempos andava tão murcha e até desbotada (o que a todos nos inquietava), imediatamente refloriu, e ganhou cores, desde que possui a valiosa companhia da primeira autoridade do distrito. Portou-se pois V. Exa. como marido zeloso, e desejoso da felicidade e boa saúde de sua interessante esposa. Nem parece rasgo[30] daquele que toda a Oliveira considera como o seu mais ilustre pateta! Os nossos sinceros parabéns!

Gonçalo guardou muito sossegadamente na algibeira aquela carta que, dias antes, o lançaria em infinita amargura e fúria:

– É das Lousadas... E tu deste importância a semelhante baboseira?

O Barrolo repontou, com as bochechas abrasadas:

– Se te parece! Sempre embirrei com bilhetinhos anônimos... E depois essa insolência a respeito dos amigos me chamarem

Bacoco... Grande infâmia, hem? Tu acreditas?... Eu não acredito! mas lança cizânia[31] entre mim e os rapazes... Nem voltei ao Clube... Bacoco! Por quê? Porque eu sou simples, sempre franco, disposto a arrancar... Não! se os rapazes no Clube me chamam bacoco pelas costas, caramba, mostram ingratidão! Mas eu não acredito![32]

Rebolou pelo quarto, desconsoladamente, as mãos cruzadas sobre as gordas nádegas. Depois estacando diante do divã, de onde Gonçalo o considerava, com piedade:

– Enquanto ao resto da carta é tão estúpido, tão atrapalhado, que a princípio nem compreendi. Agora percebo... Querem dizer que a Gracinha e o Cavaleiro têm namoro... É o que me parece que querem dizer! Ora vê tu que disparate! Até a intimidade do Cavaleiro é mentira. O pobre rapaz, desde que lá jantou, só apareceu três ou quatro vezes, à noite, para a manilha[33], com o Mendonça... E agora abalou para Lisboa.

Então o Fidalgo pulou, de surpresa.

– O quê! o Cavaleiro foi para Lisboa?

– Pois partiu há três dias!

– Com demora?

– Com demora, com grande demora... Só volta no meado de outubro para a eleição.

– Ah!

Mas o Bento rompeu pelo quarto, com o jarro de água quente, duas toalhas de rendas, ainda numa excitação que o azafamava. Diante do espelho, lentamente, o Barrolo reabotoava o jaquetão:

– Bem, até logo, Gonçalinho. Eu desço à cavalariça, visitar a parelha. Não imaginas! desde Oliveira, sem descanso, numa trotada esplêndida. E nem um pelo suado! Tu guardas a carta?...

– Guardo, para estudar a letra.

Apenas Barrolo cerrara a porta – o Fidalgo recomeçou com o Bento a deliciosa história da briga, revivendo as surpresas e os rasgos, simulando os arremessos da égua, arrebatando o chicote para representar as cutiladas silvantes, que arrancavam febra[34] e sangue... E de repente, em ceroulas:

– Oh Bento, traz o meu chapéu... Estou desconfiado que a bala roçou pelo chapéu.

Ambos remiraram, esquadrinharam o chapéu. O Bento, no seu encarecimento da façanha, achava a copa amolgada – até chamuscada.

– A bala passou de raspão, sr. Doutor!

O Fidalgo negou, com a modéstia grave dum forte:

– Não! Nem de raspão!... Quando o malandro desfechou já o braço lhe tremia... Devemos agradecer a Deus, Bento. Mas eu realmente não corri grande perigo![35]

Depois de vestido, Gonçalo, passeando no quarto, releu a carta. Sim, era certamente das Lousadas. Mas agora essa maledicência, soprada com tão sórdida maldade sobre as pobres bochechas do Barrolo, não causava dano – antes servia, quase beneficamente, como a brasa dum ferro para sarar um dano. O pobre Barrolo apenas se impressionara com a revelação da sua bacoquice, essa ingrata alcunha posta pelos rapazes amigos, em galhofas ingratas do Clube e debaixo dos arcos. A outra insinuação terrível, Gracinha reverdecendo ao calor amoroso do Cavaleiro, essa mal a compreendera, escassamente a atendera num desdém distraído e cândido. Mas a carta que assim silvava por sobre o bom Barrolo, como flecha errada – acertava em Gracinha, feriria Gracinha no seu orgulho, no seu impressionável pudor, mostrando à pobre tonta como o seu nome e mesmo o seu coração, já arrastavam, enxovalhadamente, pela rasteira mexeriquice das Lousadas!... Certeza tão humilhadora não apagaria um sentimento – que se não apagava com humilhações mais íntimas, tanto mais dolorosas. Mas estimularia a sua reserva e o seu desconfiado recato; – e agora que André se afastara para Lisboa, operaria nela, surdamente, solitariamente, sem que a presença tentadora lhe desmanchasse a influência sossegadora e salutar. Assim o torpe papel aproveitava a Gracinha, como um aviso temeroso pregado

A Ilustre Casa de Ramires 359

na parede. E rancorosamente preparada pelas duas fêmeas, para desencadear nos Cunhais escândalo e dor – talvez restabelecesse, na ameaçada casa, quietação e gravidade. – Gonçalo esfregou as mãos pensando – que em tão ditosa manhã talvez esse mal redundasse em bem!

– Oh Bento, onde está a sra. D. Graça?

– A menina subiu agora há pouco para o seu quarto, sr. Doutor.

Era o seu quarto de solteira, claro e fresco sobre o pomar, onde ainda se conservava o seu leito de linda madeira embutida, um toucador ilustre que pertencera à Rainha D. Maria Francisca de Saboia, e o sofá, as cadeiras de casimira clara em que Gracinha bordara, num arrastado labor de anos, o açor negro dos Ramires. E sempre que voltava à Torre, Gracinha gostava de reviver, no seu quarto, as horas de solteira, remexendo as gavetas, folheando velhos romances ingleses na estantezinha envidraçada, ou simplesmente da varanda contemplando a querida quinta estendida até aos outeiros de Valverde, a verde quinta, tão misturada à sua vida, que cada árvore lhe sussurrava, cada recanto de verdura era como um recanto do seu pensamento.

Gonçalo subiu – bateu à porta cerrada com o antigo aviso: – "Licença para o mano!" Ela correu da varanda, onde regava, nos seus antigos vasos vidrados, plantas sempre renovadas e cuidadas pela Rosa com carinho. E desabafando logo do pensamento que a enchia:

– Oh Gonçalo! mas que felicidade nós virmos à Torre, justamente hoje, que te sucedeu coisa tamanha!

– É verdade, Gracinha, grande sorte! E não me admirei nada de te ver... Era como se ainda vivesses na Torre e te encontrasse no corredor... Quem estranhei foi o Barrolo! E no primeiro momento depois de desmontar, pensava assim, vagamente: "mas que diabo faz aqui o Barrolo? como diabo se acha aqui o Barrolo?..." Curioso, hem? Foi talvez que, depois da desordem, me senti remoçado, com um sangue novo, e me julguei no tempo em que desejávamos uma guerra em Portugal, e nós cercados na Torre, sob o nosso pendão, o nosso terço atirando bombardas aos espanhóis...

Ela ria, lembrada dessas imaginações heroicas. E com o vestido entalado entre os joelhos, recomeçou a lenta rega dos seus vasos – enquanto Gonçalo, encostado à varanda, considerando a Torre, era retomado pela ideia duma concordância mais íntima, que desde essa manhã se estabelecera entre ele e aquele heroico resto da Honra de Santa Ireneia, como se a sua força, tanto tempo quebrada, se soldasse enfim firmemente à força secular da sua raça.

– Oh Gonçalo! tu deves estar muito cansado! Depois dessa verdadeira batalha...

– Não, cansado não... Mas com fome. Com fome, e com uma sede esplêndida!

Ela pousou logo o regador, sacudindo as mãos alegremente:

– Pois o almoço não tarda!... Já andei a trabalhar na cozinha, com a Rosa, numa pescada à espanhola... É uma receita nova do Barão das Marges.

– Então insossa, como ele.

– Não! até picante: foi o sr. Vigário-Geral que lha ensinou.

E como, diante do toucador da Rainha Maria Francisca, ela arranjava à pressa os ganchos do cabelo, para aproveitar a solidão favorável, apressou, com um esforço, a confidência que o comovia:

– E em Oliveira? Lá por Oliveira?

– Em Oliveira, nada... Muito calor!

Gonçalo, movendo os dedos lentos pela moldura do espelho, fino entrelaçamento de açucenas e loiros, murmurou:

– Eu sei apenas das Lousadas, das tuas amigas Lousadas. Continuam em plena atividade...

Gracinha negou candidamente:

– As Lousadas? Não! Nem têm aparecido.

– Mas têm tecido![36]

A Ilustre Casa de Ramires 361

E como os verdes olhos de Gracinha se alargaram, sem compreender, Gonçalo arrancou vivamente da algibeira a carta que guardara, que, agora, lhe pesava como uma chapa de ferro:

– Olha, Gracinha! Mais vale desabafarmos! Aí tens o que elas há dias escreveram a teu marido...

Num relance, Gracinha devorou as linhas terríveis. E com ondas de sangue nas faces, apertando as mãos numa aflição, um desespero, em que o papel amarfanhou:

– Oh Gonçalo! pois...

Gonçalo acudiu:

– Não! o Barrolo não se importou! Até se riu! E eu quando ele me entregou esse papelucho... E a prova que ambos o consideramos uma mexeriquice insensata, é que eu to mostro tão francamente.

Ela esmagava a carta nas mãos juntas e trêmulas, pálida agora e emudecida pelo espanto, retendo grandes lágrimas que rebrilhavam. E Gonçalo comovido, com gravidade, com ternura:

– Mas tu, Gracinha, sabes o que são terras pequenas. Sobretudo Oliveira! Precisas muito cuidado, muita reserva... Ai de mim! De mim vem a culpa. Reatei relações que nunca se deviam reatar... Bem me tenho arrependido! E acredita! por causa dessa situação tão falsa e tão perigosa, que eu criei, levianamente, por ambição tola, passei aqui na Torre dias amargurados... Até nem me atrevi a voltar a Oliveira. Hoje, não sei por quê, depois desta aventura, que tudo se esbateu, se afundou para uma grande sombra... Enfim já não me arde tão em brasa o coração... Por isso desabafo assim, serenamente.

Ela desatou num solto, doloroso choro em que a sua fraca alma se desfazia. Com redobrada ternura, Gonçalo abraçou os pobres ombros vergados que os soluços despedaçavam. E foi com ela toda refugiada no seu peito, que ainda a aconselhou, docemente:

– Gracinha, o passado morreu, e todos precisamos, para honra de todos, que continue morto. Pelo menos que por fora, em cada gesto teu, pareça bem morto! Sou eu que to peço, pelo nosso nome!...

De entre os braços do irmão, ela gemeu com infinita humildade:

– Mas ele até foi embora!... Nem quis estar mais em Oliveira!

Gonçalo acariciou a acabrunhada cabeça, que de novo se escondera contra o seu peito, contra ele se apertava, como procurando a fresca misericórdia que dentro sentiu brotar:

– Bem sei. E isso me mostra que tens sido forte... Mas precisas muita reserva, muita vigilância, Gracinha!... E agora sossega. Não falemos mais, nunca mais, neste incidente... Porque foi apenas um *incidente*. E que eu provoquei, ai de mim, por leviandade, por ilusão. Passou, está esquecido! Sossega, descansa. E quando desceres traz os olhos bem secos.

Lentamente a desprendera dos braços, onde ela se arraigava como ao abrigo mais certo e à consolação mais desejada. E saía, engasgado pela emoção, recalcando também as lágrimas... Um gemido tímido, suplicante, ainda o reteve.

– Gonçalo! mas tu pensas...

Ele voltou, de novo a abraçou, e beijou na testa lentamente.

– Eu penso que tu, agora bem avisada, bem aconselhada, vais mostrar muita dignidade, muita firmeza.

Rapidamente abalou, cerrou a porta. E na escada estreita, escassamente alumiada por uma claraboia baça, limpava as pálpebras, quando esbarrou com o Barrolo, que procurava Gracinha, para apressar o almoço.

– A Gracinha já desce! – atabalhoou o Fidalgo. – Está a lavar as mãos! Já desce!... Mas antes do almoço vamos à cavalariça. Devemos uma visita à égua, essa querida égua que me salvou!

– É verdade, caramba! – concordou logo Barrolo revirando nos degraus, com entusiasmo. – Precisamos visitar a égua... Grande, briosa, hem? – Mas aposto que ficou mais suada que as minhas... Imagina! uma trotada daquelas, desde Oliveira, e nem um pelo molhado! Grandes éguas! Também, o que eu as olho, o que as trato!

Na cavalariça, ambos afagaram a égua. Barrolo lembrou que se mimoseasse com uma ração larga de cenoura. Depois – para que Gracinha, com vagar, se calmasse – o Fidalgo arrastou o Barrolo ao pomar e à horta...

– Tu não vens à Torre há perto de seis meses, Barrolinho! Precisas ver, admirar progressos. Anda agora por aqui a mão forte do Pereira da Riosa...

– Imagino! grande homem, o Pereira! Mas eu tenho uma fome, Gonçalinho!

– Também eu!

Uma hora batia quando entraram na varanda onde a mesa esperava, florida e em festa – e Gracinha, à beira do divã, percorria pensativamente a velha *Gazeta do Porto*. Apesar de muito banhados, os seus belos olhos conservavam um ardor; e para o justificar, e o seu modo abatido, logo se lastimou, corando, duma enxaqueca. Eram as emoções, o perigo de Gonçalo...

– Também eu tenho dor de cabeça! – declarou o Barrolo, rondando a mesa. – Mas a minha vem da fome... Oh filhos, é que estou desde as sete da manhã com uma chávena de café e um ovo quente!

Gonçalo repicou a campainha. Mas quem rompeu pela porta envidraçada, esbaforido, escancarando a boca num riso imenso, foi o Joaquim, o moço da cavalariça que voltava da Grainha.

Gonçalo atirou os braços, sôfrego:

– Então?! então?!

– Pois lá estive, meu Fidalgo! – exclamou o Joaquim com o peito a estalar de importância. – E vai por lá um povoléu, todos já sabem! Uma rapariga dos Bravais espreitou tudo, de dentro do quinteiro... Depois correu, badalou... Mas o velho, o tal Domingues que mora na casa, e o filho, abalaram ambos. E o rapaz, ao que dizem, pouco ferido. Se caiu, sem sentidos, foi com o susto. O

364 ◈ Eça de Queirós

Ernesto de Nacejas, esse sim, santo nome de Deus, apanhou. Lá o levaram em braços para casa dum compadre ali ao pé, na Arribada. Parece que fica sem orelha, e que fica sem boca!... Pois por todos aqueles sítios era o ai-jesus[37] das moças!... E logo lá o carregam para o Hospital de Vila Clara, que na casa do compadre não pode sarar. Um povoléu, e todos dão razão ao Fidalgo. O tal Domingues era malandro. E o Ernesto, esse ninguém o podia enxergar! Mas todos lhe tinham medo... O Fidalgo fez uma limpeza!

Gonçalo resplandecia. Ah! Ainda bem! Que não passara dano mais forte, que beleza perdida do D. Juan de Nacejas!

– E então o povo por lá, a falar, a olhar para o sítio?

– Pois o povo não se arreda! E a mostrar o sangue, no chão, e as pedras por onde se atirou a égua do Fidalgo... E agora até contam que foi uma espera[38], e que desfecharam três tiros ao Fidalgo, e que depois adiante do pinhal ainda saltaram três homens mascarados, que o Fidalgo escangalhou...

– Eis a lenda que se forma! – declarou Gonçalo.

O Bento aparecera com uma larga travessa fumegante. O Fidalgo afagou risonhamente o ombro do Joaquim. E embaixo a Rosa que abrisse, para o almoço da família, duas garrafas de vinho do Porto, velho. Depois com a mão nas costas da cadeira, murmurou gravemente:

– Pensemos um momento em Deus, que me tirou hoje dum grande perigo!

Barrolo pendeu a cabeça, reverente. Gracinha, através dum leve suspiro, pensou uma leve oração. E desdobravam os guardanapos; Gonçalo aclamava a travessa de pescada à espanhola – quando o pequeno da Crispola empurrou ainda a porta envidraçada "com um telegrama, que viera da vila!" Uma inquietação deteve os garfos. A manhã correra com tantas agitações e espantos! Mas já um sorriso de gosto, de triunfo, se espalhara na fina face de Gonçalo:

– Não é nada... É do Castanheiro, por causa dos capítulos do romance que eu lhe mandei... Coitado! Bom rapaz!

A ILUSTRE CASA DE RAMIRES 365

E, recostado na cadeira, recitou vagarosamente o telegrama, que os seus olhos afagavam: – "Capítulos romance recebidos. Leitura feita amigos. Entusiasmo! Verdadeira obra-prima! Abraço!..."

Barrolo, com a boca cheia, bateu as palmas. E Gonçalo, sem reparar na travessa da pescada que Bento lhe apresentava, mas enchendo o copo de vinho verde, com uma vaga tremura, um sorriso ditoso que não se dissipava:

– Enfim, boa manhã... Grande manhã!

Gonçalo, apesar das insistências de Gracinha e do Barrolo, não os acompanhou para Oliveira – no desejo de acabar, durante essa semana, o derradeiro capítulo da novela, e depois cerrar o preguiçoso giro de visitas aos influentes eleitorais do círculo. Assim rematava a obra de arte e a obra de política – e cumpria, Deus louvado, a tarefa desse verão fecundo!

Logo nessa noite retomou o manuscrito da novela – e na margem larga lançou a data, uma nota: – *"Hoje, na freguesia da Grainha, tive uma briga terrível com dois homens que me assaltaram a pau e tiro, e que castiguei severamente..."* Depois, com facilidade, atacou o lance de tanto sabor medieval, em que Tructesindo Ramires, correndo no rasto do Bastardo, penetrava, ao espalhado e fumarento clarão dos archotes, no arraial de D. Pedro de Castro.

Com grave amizade acolhia o velho homem de guerra aquele seu primo de Portugal, que lhe trouxera a sua forte mesnada, de Santa Ireneia, quando os Castros combateram um grande poder de mouros em Enxarez de Sandornin. Depois, na vasta tenda, reluzente de armas, tapizada de peles de leão e de urso, Tructesindo contava, ainda a arfar de dor represa, a morte de seu filho Lourenço, ferido na lide de Canta Pedra, acabado à punhalada pelo Bastardo de Baião, diante das muralhas de Santa Ireneia, com o sol no céu alto a olhar a traição! Indignado, o velho Castro esmurraçou a mesa, onde um rosário de oiro se misturava a grossas poças de xadrez; jurou pela vida de Cristo, que, em sessenta anos de armas e surpresas, nunca soubera de feito mais vil! E agarrando a mão do senhor de Santa Ireneia, ardentemente lhe ofereceu, para a empresa da santa vingança, a sua hoste inteira – trezentas e trinta lanças, vasta e rija peonagem.

– Por Santa Maria! Formosa arrancada! – bradou Mendo de Briteiros com as vermelhas barbas a flamejar de gosto.

Mas D. Garcia Viegas, o *Sabedor*, entendia que para colherem o Bastardo vivo, como convinha a uma vingança vagarosa e bem gozada, mais utilmente serviria uma calada e curta fila de cavaleiros, com alguns homens de pé...

– Por quê, D. Garcia?

– Porque o Bastardo, depois de se aligeirar, junto da Ribeira, da peonada e carriagem correra, com a mira em Coimbra, para se acolher à força da hoste real. Nessa noite, com o seu esfalfado bando de lanças, pernoitara certamente no solar de Landim. E com o luzir da alva, para encurtar, certamente retomava a galopada pelo velho caminho de Miradães, que trepa e foge através das lombas do Caramulo. Ora ele, Garcia Viegas, conhecia para diante do *Poço da Esquecida,* certo passo, onde poucos cavaleiros, e alguns besteiros, bem postados por entre o bravio, apanhariam Lopo de Baião como lobo em fojo...[39]

Tructesindo, incerto e pensativo, metia os dedos lentos pelos fios da barba. O velho Castro duvidava, preferindo que se pusesse batalha ao Bastardo em campo bem liso onde se avantajassem tantas lanças já aprestadas, que depois correriam em alegre levada a assolar as terras de Baião. Então Garcia Viegas rogou aos seus primos de Espanha e de Portugal que saíssem no terreiro, diante da tenda, com fartura de tochas para bem se alumiarem. E aí, no meio dos cavaleiros curiosos, à claridade dos lumes inclinados, D. Garcia vergou o joelho, riscou sobre a terra, com a ponta duma adaga, o roteiro da *sua caçada* para lhe comprovar a beleza... De além-castelo de Landim, largaria com a alva o Bastardo. Por aqui, quando a lua nascesse, abalariam eles, com vinte cavaleiros dos

Ramires e dos Castros, para que lidadores de ambas as mesnadas gozassem a lide. Além, se postariam, alapados no matagal, besteiros e peões de frecha. Por trás, deste lado, para entaipar[40] o Bastardo, o senhor D. Pedro de Castro, se com tão gostosa ajuda ele honrasse o senhor de Santa Ireneia. Adiante, acolá, para colher pela gorja o vilão, o sr. D. Tructesindo que era o pai e Deus mandava fosse o vingador. E ali, na estreitura o derrubariam e o sangrariam como um porco – e como o sangue era vil, a um tiro de besta encontrariam água farta para lavar as mãos, a água do *pego das Bichas*!...

– Famosa traça![41] – murmurou Tructesindo convencido.

E D. Pedro de Castro bradou, atirando um faiscante olhar aos cavaleiros de Espanha:

– Vida de Cristo, que se meu tio-avô Gutierres tivera por coudel aqui o sr. D. Garcia, não lhe escapavam os de Lara quando levaram o Rei-Menino, na grande carreira, para Santo Estêvão de Gurivaz!... Entendido pois, primo e amigo! E a cavalo, para, a montaria, mal reponte a lua!

E recolheram às tendas – que já nas fogueiras lourejavam os cabritos da ceia, e os uchões acarretavam, de entre os carros da sarga, os pesados odres de vinho de Tordesilhas.

Com a ceia no arraial (grave e sem ruído, porque um luto velava o coração dos hóspedes) Gonçalo terminou, nessa noite, o seu Capítulo IV, lançando à margem outra nota: – "Meia--noite... Dia cheio. Batalhei, trabalhei". – Depois no seu quarto, enquanto se despia, traçou o alvoroto da briga curta em que o Bastardo como lobo em fojo quedaria cativo, à mercê vingadora dos de Santa Ireneia... Mas de manhã, antes de almoço, ao abancar com gosto para o trabalho – recebeu dois telegramas, que o desviaram deliciosamente da ardente correria contra o Bastardo de Baião.

Eram dois telegramas de Oliveira, um do Barão das Marges, outro do capitão Mendonça – ambos com parabéns ao Fidalgo "por assim escapar de tão terrível espera, destroçando os valentões

368 ❧ EÇA DE QUEIRÓS

de Nacejas". O Barão das Marges acrescentava: *"Bravíssimo! É de herói!"*

Gonçalo, enternecido, mostrou os telegramas ao Bento. A nova da sua façanha, pois, já se espalhara, impressionaram Oliveira.

– Foi o sr. José Barrolo que contou! – acudiu o Bento. – E o sr. Doutor verá! o sr. Doutor verá... Até no Porto se vão assombrar!

Ao bater meio-dia, rompeu pelo corredor, com estrondo, o imenso Titó, acompanhado pelo João Gouveia, que chegara na véspera à tarde da Costa, soubera da aventura na Assembleia, corria à Torre, como amigo, para o abraço, antes de comparecer, como autoridade, para o auto. Então Gonçalo, ainda nos braços do Gouveia, pedia generosamente, "que se não procedesse contra os bandidos..." O Administrador recusou, decidido e seco, proclamando o princípio da ordem, e necessidade dum escarmento[42] rijo, para que Portugal não recuasse aos tempos bárbaras do João Brandão de Midões. Ele e Titó almoçaram na Torre; – e Titó, à sobremesa, lembrou galhofeiramente a conveniência dum brinde, e bramou ele o brinde, comparando Gonçalo ao elefante, "sempre bom, que tanto aguenta, e de repente, zás, esmaga o mundo!"

Depois João Gouveia, acendendo um grande charuto, reclamou a representação verídica da desordem, com os pulos, os gritos, para ele se compenetrar como autoridade. Então, através da varanda, reviveu a história heroica, simulando com o chicote sobre o divã (que terminou por esgaçar) os golpes que arremessara, imitando os tombos meio desmaiados do valentão de Nacejas, quando já o sangue o alagava. O Administrador e o Titó visitaram na cavalariça a égua histórica; e no pátio, Gonçalo ainda lhes mostrou as duas polainas de couro secando ao sol, lavadas do sangue que as salpicara.

Diante do portão João Gouveia bateu gravemente no ombro do Fidalgo:

A ILUSTRE CASA DE RAMIRES ✺✺ 369

– Gonçalo, você deve aparecer esta noite na Assembleia...

Apareceu – e foi acolhido como o vencedor duma batalha ilustre. No bilhar, por proposta do velho Ribas, flamejou um grande *punch*[43] – e o Comendador Barros, afogueado, teimava que no domingo se celebrasse em S. Francisco um *Te-Deum*[44] de graças, de que ele custearia as despesas, com orgulho, caramba! À saída, acompanhado pelo Titó, pelo Gouveia, pelo Manuel Duarte, por outros sócios, encontraram o Videirinha – que não pertencia à Assembleia, mas rondava, esperando o Fidalgo para lhe lançar duas trovas do *Fado*, improvisadas nessa tarde, em que o exaltava acima dos outros Ramires, da História e da Lenda!

O rancho quedou no Chafariz. O violão gemeu, com amor. E o cantar do Videirinha, elevado da alma, varou a muda ramagem das olaias:

> Os Ramires doutras eras
> Venciam com grandes lanças,
> Este vence com um chicote,
> Vede que estranhas mudanças!
>
> É que os Ramires famosos,
> Da passada geração,
> Tinham a força nas armas
> E este a tem no coração!

A tão requebrado conceito – os amigos romperam em vivas a Gonçalo, à casa de Ramires. E o Fidalgo recolhendo à Torre, comovido, pensava:

– É curioso! Esta gente toda parece gostar de mim!...

Mas que emoção quando, de manhã cedo, o Bento o acordou com um telegrama de Lisboa! Era do Cavaleiro – que "soubera pelos jornais atentado, lhe mandava entusiástico abraço pela felicidade e pela valentia!" Gonçalo berrou, sentado na cama:

– Caramba! então os jornais em Lisboa já falam, Bento! o caso anda celebrado!

370 ⚜ Eça de Queirós

Certamente celebrado! – porque durante o delicioso dia, o moço do Telégrafo, esbaforido sobre a perna manca, não cessou de empurrar o portão da Torre, com outros telegramas, todos de Lisboa, da Condessa de Chelas; de Duarte Lourençal; dos Marqueses de Coja *felicitando*; da tia Louredo com "parabéns ao destemido sobrinho"; da marquesa de Esposende "esperando que o caro primo tivesse agradecido a Deus!..." E o último do Castanheiro, com exclamações: – *Magnífico! Digno* de *Tructesindo*! – Gonçalo, pela livraria, erguia os braços, estonteado:

– Santo nome de Deus! mas que terão dito os jornais?

E, por entre os telegramas, acudiam os cavalheiros dos arredores, os influentes, – o dr. Alexandrino, aterrado, antevendo um regresso no Cabralismo; o velho Pacheco Valadares de Sá, que não se espantara do seu nobre primo, porque sangue de Ramires, como sangue de Sás, sempre ferve; o Padre Vicente da Finta que, com os seus parabéns, ofereceu um cestinho de cachos do seu famoso moscatel tinto; e por fim o Visconde de Rio Manso, que agarrado a Gonçalo, soluçou, no enternecimento quase ufano de que a briga assim rompesse, na estrada, quando "o querido amigo, o amigo da sua Rosa" se encaminhava para a *Varandinha*. Gonçalo, afogueado, banhado de riso, abraçava, recontava pacientemente a façanha, acompanhava até ao portão aqueles cavalheiros, que ao montar as éguas, ao entrar nas caleches, sorriam para a velha Torre, escura e rígida, na doce claridade da tarde de setembro, como saudando, depois do herói, o secular fundamento do seu heroísmo.

E o Fidalgo, galgando as escadas para a livraria, de novo murmurava, estonteado:

– Que terão dito os jornais de Lisboa?

Nem dormiu, na ansiedade de os devorar. Quando o Bento, em alvoroço, rompeu pelo quarto com o correio – Gonçalo saltou, arrojou o lençol, como se abafasse. E logo no *Século*, sofregamente percorrido, encontrou o telegrama de Oliveira, contando o assalto! os tiros disparados! a imensa coragem do Fidalgo da Torre que, com um simples chicote... O Bento quase arrebatou o *Século* das mãos trêmulas do Fidalgo, para correr à cozinha, bramar à Rosa a notícia gloriosa!

De tarde, Gonçalo correu a Vila Clara, à Assembleia, para devorar os outros jornais de Lisboa, os do Porto. Todos contavam, todos celebravam! A *Gazeta do Porto*, atribuindo o atentado a Política, ultrajava furiosamente o Governo. *O Liberal Portuense*, porém, relacionava "com certas vinganças dos republicanos de Oliveira, o pavoroso atentado que quase causara a morte dum dos maiores fidalgos de Portugal e de Espanha e dum dos mais pujantes talentos da nova geração!" Os jornais de Lisboa glorificavam sobretudo "a coragem esplêndida do sr. Gonçalo Ramires". E o mais ardente era a *Manhã*, num verboso artigo (decerto escrito pelo Castanheiro), recordando as heroicas tradições da Casa ilustre, esboçando as belezas do Castelo de Santa Ireneia e terminando por afirmar que, "agora, se esperava com redobrada ansiedade a aparição da novela de Gonçalo Ramires, fundada sobre um feito de seu avô Tructesindo no século XII, e prometida para o primeiro número dos ANAIS DE LITERATURA E DE HISTÓRIA, a nova revista do nosso querido amigo Lúcio Castanheiro, esse benemérito restaurador da consciência heroica de Portugal!" – As mãos de Gonçalo, ao desdobrar os jornais, tremiam. E o João Gouveia, também sôfrego, devorando também os artigos, por sobre o ombro do Fidalgo, murmurava, impressionado:

– Você, Gonçalinho, vai ter uma votação tremenda!

Depois nessa noite, recolhendo à Torre, Gonçalo encontrou uma carta que o perturbou. Era de Maria de Mendonça, num papel perfumado, com o mesmo perfume que tão docemente espalhava D. Ana, pelo adro de Santa Maria de Craquede:

Só esta manhã soubemos o grande perigo que passou, e ficamos ambas muito comovidas. Mas ao mesmo tempo eu (e não só eu) muito vaidosa da magnífica coragem do primo. É

*dum verdadeiro Ramires! Eu não vou aí abraçá-lo (com risco
de me comprometer e fazer invejas), porque um dos meus pequenos, o Neco, anda muito constipado. Felizmente não é coisa de
cuidado... Mas aqui todos, até os pequenos, ansiamos por ver
o herói, e não creio que houvesse nada de extraordinário, nem
dum lado nem do outro, em que o primo por aqui aparecesse
além de amanhã (quinta-feira) pelas três horas. Dávamos um
passeio na quinta, e até se merendava, à boa e velha moda dos
nossos avós. Está dito? Muitos cumprimentos, muitos, da Anica,
e o primo creia-me etc.*

Gonçalo sorriu, pensativamente, considerando a carta,
recebendo o aroma. Nunca a prima Maria lhe empurrara, tão
claramente, a D. Ana para os braços... E como D. Ana se deixava
empurrar, pronta, e de olhos cerrados... Ah, se fosse somente para a
alcova! Mas ai! era também para a Igreja. E de novo sentia aquele
vozeirão do Titó, nos degraus da portinha verde, com a lua cheia
por cima dos olmos negros: "Essa criatura teve um amante, e tu
sabes que eu nunca minto!"

Então tomou lentamente a pena, respondeu a D. Maria
Mendonça:

Querida prima:

*Fiquei muito enternecido com o seu cuidado, e os seus entu-
siasmos. Não exageremos! Eu não fiz mais que correr a chicote
uns valentões que me assaltaram a tiro. É façanha fácil para
quem tenha, como eu, um chicote excelente. Enquanto à visita à
Feitosa, que me seria tão agradável, não a posso realizar com
fundo pesar meu, nem na quinta-feira, nem mesmo por todo este
mês... Ando ocupadíssimo com o meu livro, a minha eleição, a
minha mudança para Lisboa. A era dos cuidados sérios soou
severamente para mim, – cerrando a doce era dos passeios e
dos sonhos. Peço que apresente à sra. D. Ana os meus profundos*

respeitos. E com muitas amizades para si, e bons desejos pelo restabelecimento desse querido Neco, espero me creia sempre seu dedicado e grato primo etc.

Fechou vagarosamente a carta. E batendo o seu sinete de armas sobre o lacre verde, pensava:

– Assim aquele maroto do Titó me rouba duzentos contos!...

Durante toda essa macia semana dos fins de setembro, Gonçalo trabalhou no capítulo final da sua novela.

Era enfim a madrugada vingadora em que os cavaleiros de Santa Ireneia, reforçados pelas mais nobres lanças da mesnada dos Castros, surpreendiam, no bravio desfiladeiro marcado por Garcia Viegas, o *Sabedor*, o bando de Baião, na sua açodada corrida sobre Coimbra.... Briga curta e falsa, sem destro e brioso terçar de armas, mais semelhante a montaria contra um lobo do que a arremetida contra um filho de algo. E assim a desejara Tructesindo, com ruidosa aprovação de D. Pedro de Castro, porque não se cuidava de combater um inimigo, mas de colher um matador.

Antes do luzir de alva, o Bastardo abalara do Castelo de Landim, em dura pressa e com tão descuidada segurança, que nem almogávar nem coudel lhe atalaiavam[45] os trilhos. As cotovias cantavam quando ele, em áspero trote, penetrou por essa brecha, entalada entre escarpas de penedia e urze, que chamam a *Racha do Mouro*, desde que Mafoma[46] a fendeu para que escapassem às adagas cristãs de El-Rei Fernando, o *Magno*, o alcaide mouro de Coimbra e a monja que ele arrebatara à garupa. E apenas pela esguia greta enfiara a derradeira lança da fila – eis que da outra embocadura do vale, surde o cerrado troço dos cavaleiros de Santa Ireneia, que Tructesindo guia, com a viseira erguida, sem broquel, sacudindo apenas uma ascuma de monte como se folgadamente andasse em caçada. Da selva arredada que os encobria, rompem por trás as lanças dos Castros, ristadas e cerrando a brecha mais densamente que as puas duma levadiça. Do recosto dos cerros

374 ❧❧ ECA DE QUEIRÓS

rola, como represa solta, uma rude e escura peonagem! Colhido, perdido, o Bastardo terrível! Ainda arranca furiosamente a espada, que redemoinhando o coroa de coriscos[47]. Ainda com um fero grito arremete contra Tructesindo... Mas bruscamente, de entre um escuro magote de fundeiros baleares, parte ondeando uma corda de canave, que o laça pela gargalheira, o arranca num brusco sacão da sela mourisca, o derriba, sobre pedregulhos em que a sua larga espada se entala e se parte rente ao punho dourado. E enquanto os cavaleiros de Baião aguentam assombradamente o denso cerco de lanças, que os envolvera – um rolo de peões, em dura grita, como mastins sobre um cerdo, arrasta o Bastardo para a lomba do outeiro, onde lhe arrancam broquel e adaga, lhe despedaçam o brial de lã roxa, lhe quebram os fechas do elmo, para lhe cuspirem na face, nas barbas cor de oiro, tão belas e de tanto orgulho!

Depois a mesma bruta matula o iça, amarrado, para sobre o dorso duma possante mula de carga, o estende entre dois esguios caixotes de virotões, como rês apanhada ao recolher da montaria. E servos da carriagem ficam guardando o cavaleiro soberbo, o *Claro Sol* que alumiava a casa de Baião, agora entaipado entre dois caixotes de pau, com cordas nos pés, e cordas nas mãos, e nelas espetado um triste ramo de cardo[48] – emblema da sua traição.

No entanto os seus quinze cavaleiros juncavam o chão, esmagados sob o furioso cerco de lanças que os investira – uns hirtos, como adormecidos, dentro das negras armaduras, outros torcidos, desfeitos, com as carnes retalhadas, pendendo horrendamente entre malhas rotas dos lorigais. Os escudeiros, colhidos, empurrados a pontoada de chuço para a boca duma barroca, sem resgate ou mercê, como alcateia imunda de roubadores de gado, acabaram, decepados a macheta pelos barbudos estafeiros leoneses. Todo o vale cheirava a sangue como um pátio de magarefes[49]. Para reconhecer os companheiros do Bastardo, uma turma de cavaleiros desafivelava os gorjais, as viseiras, arrancando furtivamente as medalhas de prata, os

bentos, saquinhos de relíquias, que todos traziam como bem-
-tementes. Numa face, de fina barba negra, que uma espuma
sangrenta manchava, Mendo de Briteiros reconheceu seu primo
Soeiro de Lugilde com quem, pela fogueira de S. João, folgara
tão docemente e bailara no Castelo de Unhelo – e vergado sobre
a alta sela rezou, pela pobre alma sem confissão, uma devota
Ave-Maria. Fuscas, tristonhas nuvens, abafavam a manhã de
agosto. E afastados à entrada do vale, sob a ramagem dum velho
azinheiro, Tructesindo, D. Pedro de Castro, e Garcia Viegas, o
Sabedor, decidiam que morte lenta, e bem dorida e viltosa, se
daria ao Bastardo, vilão de tão negra vilta[50].

Contando assim a sombria emboscada com o gemente esforço
de quem empurra um arado por terra pedreira – gastara Gonçalo
essa doce semana de setembro. E no sábado, cedo, na livraria,
com os cabelos ainda molhados do banho de chuva, esfregava
as mãos diante da banca – porque certamente com duas horas de
atento trabalho, findaria antes de almoço a sua novela, a sua obra!
E todavia esse final quase o repelia, com o seu sujo horror. O tio
Duarte no seu poemeto apenas o esboçara, com esquiva indecisão,
como nobre lírico que ante uma visão de bruta ferocidade solta
um lamento, resguarda a lira, e desvia para sendas mais doces.
E, ao tomar a pena, Gonçalo também, realmente, lamentava que
seu avô Tructesindo não matasse outrora o Bastardo, no fragor
da briga, com uma dessas cutiladas maravilhosas, e tão doces de
celebrar, que racham o cavaleiro e depois racham o ginete, e para
sempre retinem na História.

Mas não! Sob a folhagem do azinheiro, os três cavaleiros
combinavam com lentidão uma vingança terrífica. Tructesindo
desejara logo recolher a Santa Ireneia, alçar uma forca diante das
barbacãs, no chão em que seu filho rolara morto, e nela enforcar,
depois de bem açoitado, como vilão, o vilão que o matara. O velho
D. Pedro de Castro, porém, aconselhava despacho mais curto, e
também gostoso. Para que rodear por Santa Ireneia, desbaratar
esse dia de agosto na arrancada que os levava a Montemor, a

socorro das Infantas de Portugal? Que se estendesse o Bastardo amarrado sobre uma trave, aos pés de D. Tructesindo, como porco pelo Natal, e que um cavalariço lhe chamuscasse as barbas, e depois outro, com facalhão de ucharia, o sangrasse no pescoço, pachorrentamente.

– Que vos parece, sr. D. Garcia?

O *Sabedor* desafivelara o casco de ferro, limpava nas rugas o suor e a poeira da lide:

– Senhores e amigos! Temos melhor, e perto também, sem delongas de cavalgada, logo adiante destes cerros, no *Pego das Bichas*... E nem torcemos caminho, que de lá, por Tordezelo e Santa Maria da Varge, endireitamos a Montemor, tão direitos como voa o corvo... Confiai em mim, Tructesindo! Confiai em mim, que eu arranjarei ao Bastardo tal morte e tão vil, que de outra igual se não possa contar desde que Portugal foi condado.

– Mais vil que forca, para cavaleiro, meu velho Garcia?

– Lá vereis, senhores e amigos, lá vereis!

– Seja! Mandai dar às buzinas.

Ao comando de Afonso Gomes, o alferes, as buzinas soaram. Um troço de besteiros e de estafeiros leoneses rodearam a mula que carregava o Bastardo amarrado e entalado entre dois caixotes. E acaudilhada[51] por D. Garcia, a curta hoste meteu para o *Pego*[52] *das Bichas,* em desbando, com os senhores de lança espalhados, como em marcha de folgança e paz, e todos numa rija falada recordando, entre gabos e risos, as proezas da lide.

A duas léguas de Tordezelo e do seu castelo formoso, se escondia entre os cerros o *Pego das Bichas*. Era um lugar de eterno silêncio e de eterna tristeza. Em esmerados versos lhe marcara o tio Duarte a desolada asperidão:

Nem trilo d'ave em balançado ramo!
Nem fresca flor junto de fresco arroio!
Só rocha, matagal, ribas soturnas,
E em meio o *Pego*, tenebroso e morto!...

A ILUSTRE CASA DE RAMIRES &&& 377

E quando os primeiros cavaleiros, galgada a lomba dum cerro, o avistaram, na melancolia da manhã nevoenta, emudeceram da larga falada, repuxaram os freios, assustados ante tão áspero ermo, tão propício a bruxas, a avantesmas e a almas penadas. Diante do escalavrado barranco, por onde os ginetes escorregavam, ondulava uma ribanceira, aberta com charcos lamacentos, quase chupados pela estiagem, luzindo pardamente, por entre grossos pedregulhos e o tojo rasteiro. Ao fundo, a meio tiro de besta, negrejava o *Pego,* lagoa estreita, lisa, sem uma ruga na água, duramente negra, com manchas mais negras, como lâmina de estanho onde alastrasse a ferrugem do tempo e do abandono. Em torno subiam os cerros, eriçados de mato bravio e alto, sulcados por trilhos de saibro vermelho como por fios de sangue que escorresse, e rasgados no alto por penedias lustrosas, mais brancas que ossadas. Tão pesado era o silêncio, tão pesada a soledade, que o velho D. Pedro de Castro, homem de tanta jornada, se espantou:

– Feia paragem! E voto a Cristo, a Santa Maria, que nunca antes de nós, nela entrou homem remido pelo batismo.

– Pois, sr. D. Pedro de Castro! – acudiu o *Sabedor,* – já por aqui se moveu muita lança, e luzida, e ainda em tempos do Conde D. Soeiro, e de vosso rei D. Fernando, se erguia, naquela beira de água, uma castelania famosa! Vede além! – E mostrava na ponta do pego, fronteira ao barranco, dois rijos pilares de pedra, que emergiam da água negra, e que chuva e vento poliram como mármores finos. Um passadiço de traves, sobre estacas limosas e meio apodrecidas, atava a margem ao mais grosso dos pilares. E a meio desse rude esteio, pendia uma argola de ferro.

No entanto já o tropel da peonagem se espalhara pela ribanceira. D. Garcia Viegas desmontou, bradando por Pero Ermigues, o coudel dos besteiros de Santa Ireneia. E, ao lado do ginete de Tructesindo, risonho e gozando a surpresa, ordenou ao coudel que seis dos seus rijos homens descessem o Bastardo da mula, o estirassem no chão, o despissem, todo nu, como sua mãe barregã[53] o soltara à negra vida...

Tructesindo encarou o *Sabedor,* franzindo as sobrancelhas hirsutas:

– Por Deus, D. Garcia! que me ides simplesmente afogar o vilão, e sujar essa água inocente!...

E alguns cavaleiros, em redor, murmuraram também contra morte tão quieta e sem malícia. Mas os miúdos olhos de D. Garcia giravam, lampejavam de triunfo e gosto:

– Sossegai, sossegai! Velho estou certamente, mas ainda o Senhor Deus me consente algumas traças. Não! Nem enforcado, nem degolado, nem afogado... Mas chupado, senhores! Chupado em vida, e devagar, pelas grandes sanguessugas que enchem toda essa água negra!

D. Pedro de Castro, maravilhado, bateu o guante nas solhas do coxote:

– Vida de Cristo! Que ter numa hoste o sr. D. Garcia, é ter juntamente, para marchas e conselho, enrolados num só, Aníbal e Aristóteles![54]

Um rumor de admiração correu pela hoste:

– Boa traça, boa traça!

E Tructesindo, radiante, bradava:

– Andar, andar, besteiros! E vós, senhores, recuai para a lomba do cerro, como para palanque, que vai ser grande a vista! Já seis besteiros descarregavam da mula o Bastardo amarrado. Outros cercavam, com molhos de cordas. E, como magarefes para esfolar uma rês, toda a rude turma se abateu sobre o malfadado, arrancando por cordas que desatavam a cervilheira, o saio, as grevas, os sapatões de ferro, depois a grossa roupa de linho encardido. Agarrado pelos compridos cabelos, filado pelos pés, onde se cravavam agudas unhas no furor de o manter, com os braços esmagados sob outros grossos braços retesos, o possante Bastardo ainda se estorcia, urrando, cuspindo contra as faces confusas da matulagem um cuspo avermelhado, que espumava!

Mas, por entre o escuro tropel que o cobria, o seu corpo, todo despido, branquejava, atado com cordas mais grossas. Lentamente

Nem enforcado, nem degolado, nem afogado... Mas chupado, senhores! Chupado em vida, e devagar, pelas grandes sanguessugas que enchem toda essa água negra!

o seu furioso urrar esmorecia, arquejado e rouquenho. E um após outro se erguiam os besteiros, esfalfados, bufando, limpando o suor do esforço.

No entanto os cavaleiros de Espanha, de Santa Ireneia, desmontavam, cravando o conto das lanças entre o tojo e as pedras. Todos os recostos dos outeiros se cobriam da mesnada espalhada, como palanques em tarde de justa. Sobre uma rocha mais lisa, que dois magros espinheiros toldavam de folha rala, um pajem estendera peles de ovelha para o sr. D. Pedro de Castro, para o senhor de Santa Ireneia. Mas só o velho *Castelão* se acomodou, para uma repousada delonga, desafivelando o seu corselete de ferro tauxiado de oiro.

Tructesindo permanecera erguido, mudo, com os guantes apoiados ao punho da sua alta espada, os olhos fundos avidamente cravados na tenebrosa lagoa que, com morte tão fera e tão suja, vingaria seu filho... E pela borda do *Pego*, peões, e alguns cavaleiros de Espanha, remexiam com virotões, com os contos das ascumas, a água lodosa, na curiosidade das negras bichas escondidas, que a povoavam.

Subitamente a um brado de D. Garcia, que rondava, toda a chusma de peões amontoada em torno ao Bastardo se arredou: – e o forte corpo apareceu, nu e branco, sobre a terra negra, com um denso pelo ruivo nos peitos, a sua virilidade afogada noutra mata de pelo ruivo, e todo ligado por cordas de canave que o inteiriçavam. Naquela rigidez de fardo, nem as costelas arfavam – apenas os olhos refulgiam, ensanguentados, horrendamente esbugalhados pelo espanto e pelo furor. Alguns cavaleiros correram a mirar a aviltada nudez do homem famoso de Baião. O senhor dos Paços de Argelim mofou, com estrondo:

– Bem o sabia, por Deus! Corpo de manceba, sem costura de ferida!

Leonel de Samora raspou o sapato de ferro pelo ombro do malfadado:

– Vede este *Claro Sol*, tão claro, que se apaga agora, em água tão negra!

A ILUSTRE CASA DE RAMIRES ✿✿ 381

O Bastardo cerrava duramente as pálpebras, – de onde duas grossas lágrimas escaparam, lentamente rolaram... Mas um agudo pregão ressoou pela ribanceira:

– Justiça! Justiça!

Era o adail de Santa Ireneia, que marchava, sacudia uma lança, atroava os cerros:

– Justiça! justiça que manda fazer o senhor de Treixedo e de Santa Ireneia, num perro[55] matador!... Justiça num perro, filho de perra, que matou vilmente, e assim morra vilmente por ela!...

Três vezes pregoou por diante da hoste apinhada nos cerros. Depois quedou, saudou humildemente Tructesindo Ramires, o velho Castro, – como a julgadores no seu estrado de julgamento.

– Aviai, aviai! – bradava o senhor de Santa Ireneia.

Imediatamente, a um comando do *Sabedor*, seis besteiros, com as pernas embrulhadas em mantas da carga, ergueram o corpo do Bastardo como se ergue um morto enrolado no seu lençol, e com ele entraram na água, até ao mais alto pilar de granito. Outros, arrastando molhos de cordas, correram pelo limoso passadiço de traves. Com um alarido de *aguenta! endireita! alça!* num desesperado esforço, o robusto corpo branco foi mergulhado na água até às virilhas, arrimado ao mais alto pilar, depois nele atado com um longo calabre que, passando pela argola de ferro, o suspendia, sem escorregar, tão seguro e colado como um rolo de vela que se amarra ao mastro. Rapidamente os besteiros fugiram da água, desentrapando logo as pernas, que palpavam, raspavam no horror das bichas sugadoras. Os outros recolheram pelo passadiço, numa fila que se empurrava. No Pego ficava Lopo de Baião bem arranjado para a vistosa morte lenta, com a água que já o afogava até às pernas, com cordas que o enroscavam até ao pescoço, como a um escravo no poste; e uma espessa mecha dos cabelos loiros laçada na argola de ferro, repuxando a face clara, para que todos nela gozassem largamente a humilhada agonia do *Claro Sol*.

Então o atento da hoste, esperando espalhada pelos recostos dos cerros, mais entristeceu o enevoado silêncio do ermo. A água jazia sem um arrepio, com as suas manchas, negras como uma lâmina de estanho enferrujado. Entre as cristas das rochas, archeiros postados pelo *Sabedor*, atalaiavam, para além, os descampados. Um alto voo de gralha atravessou grasnando. Depois um bafo lento agitou as flâmulas das lanças cravadas no tojo denso.

Para despertar, aviar a lentidão das bichas, alguns peões atiravam pedras à água lodosa. Já alguns cavaleiros espanhóis rosnavam impacientes com a delonga, naquela cova abafada. Outros, descendo agachados a borda da lagoa, para mostrar que as faladas bichas nunca acudiriam, mergulhavam lentamente, na água negra, as mãos descalçadas, que depois sacudiam, rindo, e mofando o *Sabedor*... Mas de repente um estremeção sacudiu o corpo do Bastardo; os seus rijos músculos, no furioso esforço de se desprenderem, inchavam entre as cordas, como cobras que se arqueiam; dos beiços arreganhados romperam, em rugidos, em grunhidos, ultrajes e ameaças contra Tructesindo covarde, e contra toda a raça de Ramires, que ele emprazava[56], dentro do ano, para as labaredas do Inferno! Indignado, um cavaleiro de Santa Ireneia agarrou uma besta de garruncha, a que retesou a corda.

Mas D. Garcia deteve o arremesso:

– Por Deus, amigo! Não roubeis às sanguessugas nem uma pinga daquele sangue fresco!... Vede como vêm! vede como vêm!

Na água espessa, em torno às coxas mergulhadas do Bastardo, um frêmito corria, grossas bolhas empolavam, – e delas, molemente, uma bicha surdiu, depois outra e outra, luzidias e negras, que ondulavam, se colavam à branca pele do ventre, de onde pendiam, chupando, logo engrossadas, mais lustrosas com o lento sangue que já escorria. O Bastardo emudecera – e os seus dentes batiam estridentemente. Enojados, até rudes peões desviaram a face cuspindo para as urzes. Outros, porém, chasqueavam, assuavam as bichas, gritando – *a ele, donzelas! a ele!* E o gentil Samora de Cendufe, clamava rindo contra tão insossa morte! Por Deus! Uma apostura de bichas, como a enfermo de almorreimas. Nem era sentença de rico-homem – mas receita de herbanista mouro![57]

A ILUSTRE CASA DE RAMIRES 383

– Pois que mais quereis, meu Leonel? – acudiu alegremente o *Sabedor*, resplandecendo. – Morte é esta para se contar em livros! E não tereis este inverno serão à lareira, por todos os solares de Minho a Douro, em que não volte a história deste pego, e deste feito! Olhai nosso primo Tructesindo Ramires! Formosos tratos presenciou decerto em tão longo lidar de armas!... E como goza! tão atento! tão maravilhado!

Na encosta do outeiro, junto do seu balsão, que o alferes cravara entre duas pedras, e como ele tão quedo, o velho Ramires não despregava os olhos do corpo do Bastardo, com deleite bravio, num fulgor sombrio. Nunca ele esperara vingança tão magnífica! O homem que atara o seu filho com cordas, o arrastara numas andas, o retalhara a punhal diante das barbacãs da sua Honra – agora, vilmente nu, amarrado também como cerdo, pendurado dum pilar, emergido numa água suja, e chupado por sanguessugas, diante de duas mesnadas, das melhores de Espanha, que miravam, que mofavam! Aquele sangue, o sangue da raça detestada, não o bebia a terra revolta numa tarde de batalha, escorrendo de ferida honrada, através de rija armadura – mas, gota a gota, escuramente e molemente se sumia, sorvido por nojentas bichas, que surdiam famintas do lodo e no lodo recaíam fartas, para sobre o lodo bolsar o orgulhoso sangue que as enfartara. Num charco, onde ele o mergulhara, viscosas bichas bebiam sossegadamente o cavaleiro de Baião! Onde houvera homizio de solares fundado em desforra mais doce?

E a fera alma do velho acompanhava, com inexorável gozo, as sanguessugas subindo, espalhadamente alastrando por aquele corpo bem amarrado, como seguro rebanho pela encosta da colina onde pasta. O ventre já desaparecia sob uma camada viscosa e negra, que latejava, reluzia na umidade morna do sangue. Uma fila sugava a cinta, encovada pela ânsia, de onde sangue se esfiava, numa franja lenta. O denso pelo ruivo do peito, como a espessura duma selva, detivera muitas, que ondulavam, com um rasto de lodo. Um montão enovelado sangrava um braço. As mais fartas, já inchadas, mais

384 Eça de Queirós

reluzentes, despegavam, tombavam molemente; mas logo outras, famintas, se aferravam. Das chagas abandonadas o sangue escorria delgado, represo nas cordas, de onde pingava como uma chuva rala. Na escura água boiavam gordas postemas de sangue esperdiçado. E assim sorvido, ressumando sangue, o malfadado ainda rugia, através ultrajes imundos, ameaças de mortes, de incêndios, contra a raça dos Ramires! Depois, com um arquejar em que as cordas quase estalavam, a boca horrendamente escancarada e ávida, rompia nos roucos urros, implorando *água, água!* No seu furor as unhas, que uma volta de amarras lhe colara contra as fortes coxas, esfarrapavam a carne cravavam-se na fenda esfarrapada, ensopadas de sangue.

E o furioso tumulto esmorecia num longo gemer cansado – até que parecia adormecido nos grossos nós das cordas, as barbas reluzindo sob o suor que as alagara como sob um grosso orvalho, e entre elas a espantada lividez dum sorriso delirado.

No entanto já na hoste derramada pelos cerros, como por um palanque, se embotara[58] a curiosidade bravia daquele suplício novo. E se acercava a hora da ração de meridiana. O adail de Santa Ireneia, depois o almocadém espanhol, mandaram soar os anafis[59]. Então todo o áspero ermo se animou com uma faina de arraial. O armazém das duas mesnadas parara por detrás dos morros, numa curta almargem de erva, onde um regato claro se arrastava nos seixos, por entre as raízes de amieiros e chorões. Numa pressa esfaimada, saltando sobre as pedras, os peões corriam para a fila dos machos de carga, recebiam dos uchões e estafeiros a fatia de carne, a grossa metade dum pão escuro; e, espalhados pela sombra do arvoredo, comiam com silenciosa lentidão, bebendo da água do regato pelas concas de pau. Depois preguiçavam, estirados na relva, – ou trepavam em bando pela outra encosta dos morros, através do mato, na esperança de atravessar com um virote alguma caça erradia. Na ribanceira, diante da lagoa, os cavaleiros, sentados sobre grossas mantas, comiam também, em roda dos alforjes abertos, cortando com os punhais nacos de gordura nas grossas viandas de porco, empinando, em longos tragos, as bojudas cabaças de vinho.

A Ilustre Casa de Ramires ❦❦❦ 385

Convidado por D. Pedro de Castro, o velho *Sabedor* descansava, partilhando duma larga escudela de barro, cheia de *bolo papal,* dum bolo de mel e flor de farinha, onde ambos enterravam lentamente os dedos, que depois limpavam ao forro dos morriões. Só o velho Tructesindo não comia, não repousava, hirto e mudo diante do seu pendão entre os seus dois mastins, naquele fero dever de acompanhar, sem que lhe escapasse um arrepio, um gemido, um fio de sangue, a agonia do Bastardo. Debalde o *Castelão*, estendendo para ele um pichel de prata, gabava o seu vinho de Tordesilhas, fresco como nenhum de Aquilat ou de Provins, para a sede de tão rija arrancada. O velho rico-homem nem atendera; – e D. Pedro de Castro, depois de atirar dois pães aos alões fiéis, recomeçou discorrendo com Garcia Viegas sobre aquele teimoso amor do Bastardo por Violante Ramires que arrastara a tantos homizios e furores.

– Ditosos nós, sr. D. Garcia! Nós a quem a idade e o quebranto e a fartura já arredam dessas tentações... Que a mulher, como me ensinava certo físico quando eu andava com os Mouros, é vento que consola e cheira bem, mas tudo enrodilha e esbandalha. Vede como os meus por elas penaram! Só meu pai, com aquela desvairança de zelos, em que matou a cutelo minha doce madre Estevaninha. E ela tão santa, e filha do Imperador! A tudo, tudo leva, a tonta ardência! Até a morrer, como este, sugado por bichas, diante duma hoste que merenda e mofa. E por Deus, quanto tarda em morrer, sr. D. Garcia!

– Morrendo está, sr. D. Pedro de Castro. E já com o demo ao lado para o levar!

O Bastardo morria. Entre os nós das cordas ensanguentadas todo ele era uma ascorosa avantesma escarlate e negra com as viscosas pastas de bichas que o cobriam, latejando com os lentos fios de sangue, que de cada ferida escorriam, mais copiosos que os regos de umidade por um muro denegrido.

O desesperado arquejar cessara, e a ânsia contra as cordas, e todo o furor. Mole e inerte como um fardo, apenas a espaços esbugalhava horrendamente os olhos vagarosos, que revolvia em

386 ❧❧ Eça de Queirós

torno com enevoado pavor. Depois a face abatia, lívida e flácida, com o beiço pendurado, escancarando a boca em cova negra, de onde se escoava uma baba ensanguentada. E das pálpebras novamente cerradas, intumescidas, um muco gotejava, também como de lágrimas engrossadas com sangue.

A peonagem, no entanto, voltando da ração, reatulhava a ribanceira, pasmava, com rudes chufas[60], para o corpo pavoroso que as bichas ainda sugavam. Já os pajens recolhiam mantéis e alforjes. D. Pedro de Castro descera do cabeço com o *Sabedor* até à borda da água lodosa, onde quase mergulhava os sapatos de ferro, para contemplar, mais de cerca, o agonizante de tão rara agonia! E alguns senhores, estafados com a delonga, afivelando os gibanetes, murmuravam: – "Está morto! Está acabado!"

Então Garcia Viegas gritou ao coudel dos besteiros:

– Ermigues, ide ver se ainda resta alento naquela postema[61].

O coudel correu pelo passadiço de traves, e arrepiado de nojo palpou a lívida carne, acercou da boca, toda aberta, a lâmina clara da adaga que desembainhara.

– Morto! morto! – gritou.

Estava morto. Dentro das cordas que o arroxeavam, o corpo escorregava, engelhado, chupado, esvaziado. O sangue já não manava, havia coalhado em postas escuras, onde algumas bichas teimavam latejando, reluzindo. E outras ainda subiam, tardias. Duas, enormes, remexiam na orelha. Outra tapava um olho. O *Claro Sol* não era mais que uma imundície que se decompunha. Só a madeixa dos cabelos loiros, repuxada, presa na argola, reluzia com um lampejo de chama, como rastro deixado pela ardente alma que fugira.

Com a adaga ainda desembainhada, e que sacudia, o coudel avançou para o senhor de Santa Ireneia, bradou:

– Justiça está feita, que mandastes fazer no perro matador que morreu!

Então o velho rico-homem atirando o braço, o cabeludo punho, com possante ameaça, bradou, num rouco brado que rolou por penhascos e cerros:

A Ilustre Casa de Ramires ❧ 387

– Morto está! E assim morra de morte infame quem traidoramente me afronte a mim e aos da minha raça!

Depois, cortando rigidamente pela encosta do cerro, através do mato, e com um largo aceno ao alferes do pendão:

– Afonso Gomes, mandai dar as buzinas. E a cavalo, se vos apraz, sr. D. Pedro de Castro, primo e amigo, que leal e bom me fostes!...

O *Castelão* ondeou risonhamente o guante:

– Por Santa Maria, primo e amigo! que gosto e honra os recebi de vós. A cavalo, pois, se vos apraz! Que nos promete aqui o sr. D. Garcia vermos ainda, com sol muito alto, os muros de Montemor.

Já a peonagem cerrava as quadrilhas, os donzéis de armas puxavam para a ribanceira os ginetes folgados que a vasta água escura assustava. E, com os dois balsões[62] tendidos, o açor negro, as treze arruelas, a fila da cavalgada atirou o trote pelo barranco empinado, de onde as pedras soltas rolavam. No alto, alguns cavaleiros ainda se torciam nas selas para silenciosamente remirarem o homem de Baião, que lá ficava, amarrado ao pilar, na solidão do pego, a apodrecer. Mas quando a ala dos besteiros e fundibulários de Santa Ireneia desfilou, uma rija grita rompeu, com chufas, sujas injúrias ao "perro matador". A meio da escarpa, um besteiro, virando, retesou furiosamente a besta. A comprida garrucha apenas varou a água. Outra logo zuniu, e uma bala de funda, e uma seta barbada, – que se espetou na ilharga do Bastardo, sobre um negro novelo de bichas. O coudel berrou: "cerra! anda!" A récua das azêmolas de carga avançava, sob o estalar dos látegos; os moços da carriagem apanhavam grossos pedregulhos, apedrejavam o morto. Depois os servos carreteiros marcharam, nos seus curtos saios de couro cru, balançando um chuço curto; – e o capataz apanhou simplesmente esterco das bestas, que chapou na face do Bastardo, sobre as finas barbas de oiro.

XI

QUANDO GONÇALO, ESTAFADO E JÁ todo o ardor bruxuleando, retocou este derradeiro traço da afronta – a sineta no corredor repicava para o almoço. Enfim! Deus louvado! eis finda essa eterna *Torre de Ramires*! Quatro meses, quatro penosos meses desde junho, trabalhara na sombria ressurreição dos seus avós bárbaros. Com uma grossa e carregada letra, traçou no fundo da tira *Finis*. E datou, com a hora, que era do meio-dia e catorze minutos.

Mas agora, abandonada a banca onde tanto labutara, não sentia o contentamento esperado. Até esse suplício do Bastardo lhe deixara uma aversão por aquele remoto mundo afonsino, tão bestial, tão desumano! Se ao menos o consolasse a certeza de que reconstituíra, com luminosa verdade, o ser moral desses avós bravios... Mas quê! bem receava que sob desconcertadas armaduras, de pouca exatidão arqueológica, apenas se esfumassem incertas almas de nenhuma realidade histórica!... Até duvidava[1] que sanguessugas recobrissem, trepando dum charco, o corpo dum homem, e o sugassem das coxas às barbas, enquanto uma hoste mastiga a ração!... Enfim, o Castanheiro louvara os primeiros capítulos. A multidão ama, nas novelas, os grandes furores, o sangue pingando; e em breve os ANAIS espalhariam, por todo o Portugal, a fama daquela Casa ilustre, que armara mesnadas, arrasara castelos, saqueara comarcas por orgulho de pendão, e afrontara arrogantemente os reis na cúria[2] e nos campos de lide. O seu verão, pois, fora fecundo. E para o coroar, eis agora a eleição, que o libertava das melancolias do seu buraco rural...

Para não retardar as visitas ainda devidas aos influentes, e também para espairecer, logo depois de almoço montou a cavalo – apesar do calor, que desde a véspera, e naquele meado de Outubro, esmagava a aldeia com o refulgente peso duma canícula[3] de Agosto. Na volta da estrada dos Bravais um homem gordo, de calça branca enxovalhada, que se apressava, bufando, sob o seu guarda-sol de paninho vermelho, deteve o Fidalgo com uma cortesia imensa. Era o Godinho, amanuense da Administração. Levava um ofício urgente ao Regedor dos Bravais, e agora corria à Torre de mandado do sr. Administrador...

Gonçalo recuou a égua para a sombra duma carvalha:

– Então que temos, amigo Godinho?

O sr. Administrador anunciava a S. Exa. que o maroto do Ernesto, o valentão de Nacejas, em tratamento no Hospital de Oliveira, melhorara consideravelmente. Já lhe repegara a orelha, a boca soldava... E, como se procedeu à querela, o patife passava da enfermaria para a cadeia...

Gonçalo protestou logo, com uma palmada no selim:

– Não senhor! Faça o obséquio de dizer ao sr. João Gouveia, que não quero que se prenda o homem! Foi atrevido, apanhou uma dose tremenda, estamos quites.

– Mas, sr. Gonçalo Mendes...

– Pelo amor de Deus, amigo Godinho! Não quero, e não quero... Explique bem ao sr. João Gouveia... Detesto vinganças. Não estão nos meus hábitos, nem nos hábitos da minha família. Nunca houve um Ramires que se vingasse... Quero dizer, sim, houve, mas...[4] Enfim explique bem ao sr. João Gouveia. De resto eu logo o encontro, na Assembleia... Bem basta ao homem ficar desfeado. Não consinto que o apoquentem mais!... Detesto ferocidades.

A Ilustre Casa de Ramires ❧ 391

– Mas...

– Esta é a minha decisão, Godinho!

– Lá darei o recado de V. Exa.

– Obrigado. E adeus!... Que calor, hem?

– De rachar, sr. Gonçalo Mendes, de rachar!

Gonçalo seguiu, revoltado pela ideia de que o pobre valentão de Nacejas, ainda moído, com a orelha mal soldada, baixasse à sórdida enxovia de Vila Clara, para dormir sobre uma tábua. Pensou mesmo em galopar para Vila Clara, reter o zelo legal do João Gouveia. Mas perto, adiante do lavadouro, era a casa dum influente, o João Firmino, carpinteiro e seu compadre. E para lá trotou, apeando ao portal do quinteiro. O compadre Firmino largara cedo para a Arribada, onde trabalhava nas obras do lagar do sr. Esteves. E foi a comadre Firmina que correu da cozinha, obesa e luzidia, com dois pequenos dependurados das saias e mais sujos que esfregões. O Fidalgo beijou ternamente as duas faces ramelosas:

– E que rico cheiro a pão fresco, oh comadre! Foi a fornada, hem? Pois então grande abraço ao Firmino. E que se não esqueça! A eleição vem para o outro domingo. Lá conto com o voto dele. E olhe que não é pelo voto, é pela amizade.

A comadre arreganhava as dentes magníficos, num regalado e gordo riso: – "Ai o Fidalgo podia ficar seguro! Que o Firmino já jurara, até ao sr. Regedor, que para o Fidalgo era todo o sítio a votar, e quem não fosse a amor ia a pau". O Fidalgo apertou a mão da comadre – que do degrau do quinteiro, com os dois pequenos enrodilhados nas saias, e o gordo riso mais embevecido, seguiu a poeira da égua como o sulco dum rei benéfico.

E depois nas outras visitas, ao Cerejeira, ao Ventura da Chiche, encontrou o mesmo fervor, os mesmos sorrisos luzindo de gosto. "O quê! para o Fidalgo! Isso tudo! E nem que fosse contra o Governo" – Na tasca do Manuel da Adega, um rancho de trabalhadores bebia, já ruidoso, com as jaquetas atiradas para cima dos bancos; o Fidalgo bebeu com eles, galhofando, gozando

392 EÇA DE QUEIRÓS

sinceramente a pinga verde e o barulho. O mais velho, um avejão[5] escuro, sem dentes, e a face mais engelhada que uma ameixa seca, esmurrou com entusiasmo o balcão: – "Isto, rapazes, é Fidalgo que, quando um pobre de Cristo escalavra a perna, lhe empresta a égua, e vai ele ao lado mais duma légua a pé, como foi com o Solha! Rapazes! isto é Fidalgo para a gente ter gosto!" As *saúdes* atroaram a venda. E quando Gonçalo montou, todos o cercavam como vassalos ardentes, que a um aceno correriam a votar, – ou a matar!

Em casa do Tomás Pedra, a avó Ana Pedra, uma velha entrevada, muito velha e trêmula, rompeu a choramingar por o seu Tomás andar para o Olival, quando o Fidalgo o visitava. "Que aquilo era como visita de santo!"

– Ora essa, tia Pedra! Pecador, grande pecador!

Dobrada na cadeirinha baixa, com as farripas brancas descendo do lenço, pela face toda chupada de gelhas[6] e peluda, a tia Ana bateu no joelho agudo:

– Não senhor! não senhor! que quem mostrou aquela caridade pelo filho do Casco, merece estar em altar![7]

O Fidalgo ria, beijocava pequenadas encardidas, apertava mãos ásperas e rugosas como raízes, acendia o cigarro à brasa das lareiras, conversando, com intimidade, das moléstias e dos derriços[8]. Depois, no calor e pó da estrada, pensava: – "É curioso! parece haver amizade, nesta gente!"

Às quatro horas, derreado, decidiu cessar o giro, recolher à Torre pela estrada mais fresca da *Bica Santa*. E passara o lugarejo do Cerdal, quando na volta aguda do caminho, rente ao souto de azinheiros, quase esbarrou com o dr. Júlio, também a cavalo, também no seu giro, de quinzena de alpaca, alagado em suor, debaixo dum guarda-sol de seda verde. Ambos detiveram as éguas, se saudaram amavelmente.

– Muito gosto em o ver, sr. dr. Júlio...

– Igualmente, com muita honra, sr. Gonçalo Ramires...

– Então também na tarefa?...

A Ilustre Casa de Ramires 393

O dr. Júlio encolheu os ombros:

– Que quer V. Exa.? Se me meteram nesta! E sabe V. Exa. como isto acaba?... Acaba em eu mesmo, no outro domingo, votar em V. Exa.

O Fidalgo riu. Ambos se debruçaram, para se apertarem as mãos com alegria, com estima.

– Que calor este, sr. dr. Júlio!

– Horroroso, sr. Gonçalo Ramires... E que maçada!

Assim o Fidalgo empregou essa semana nas visitas aos eleitores – "os grandes e os miúdos". E dois dias antes da eleição, numa sexta-feira à tarde, com um tempo já macio e fresco, partiu para Oliveira – onde chegara, na véspera, o André Cavaleiro, depois da sua tão longa, tão falada demora em Lisboa.

Nos Cunhais, apenas saltara da caleche, logo se enfureceu ao saber, pelo bom João da Porta – "que as sras. Lousadas estavam em cima, de visita, com a sra. D. Graça..."

– Há muito?

– Já lá estão pegadas há meia hora boa, meu senhor.

Gonçalo enfiou sorrateiramente para o seu quarto, pensando: – "Que desavergonhadas! Chegou o André, vêm logo cocar!"[9] E já se lavara, mudara o fato cinzento, – quando o Barrolo apareceu, esbaforido, desusadamente radiante, de sobrecasaca, de chapéu alto, com as bochechas acesas, alvoroçadamente radiantes:

– Eh, seu Barrolo, que janota!

– Parece bruxedo![10] – gritou o Barrolo, depois dum abraço, que repetiu, com desacostumado fervor. – Estava agora mesmo para te mandar um telegrama, que viesses...

– Para quê?

O Barrolo gaguejou, com um riso reprimido que o iluminava, o inchava:

– Para quê? Para nada... Quero dizer, para a eleição! Pois a eleição é além de amanhã, menino! O Cavaleiro chegou ontem. Agora volto eu do Governo Civil. Estive no Paço com o sr. Bispo, depois passei pelo Governo Civil... Ótimo, o André! Aparou o bigode, parece mais moço. E traz novidades... Traz grandes novidades!

E o Barrolo esfregava as mãos, num tão faiscante alvoroço, com tanto riso escapando dos olhos e da face reluzente, que o Fidalgo o encarou curioso, impressionado:

– Ouve lá, Barrolinho! Tu tens alguma coisa boa para me anunciar?

Barrolo recuou, negou com estrondo, como quem bruscamente fecha uma porta. Ele? Não! Não sabia nada! Só a eleição! Na Murtosa votação tremenda...

– Ah! pensei – murmurou Gonçalo. – E a Gracinha?

– A Gracinha também não![11]

– Também, não quê, homem? Como está? Simplesmente como está?

– Ah! está com as Lousadas. Há mais de meia hora, aquelas bêbedas!... Naturalmente por causa do Bazar do Asilo Novo... Esta maçada dos Bazares. E ouve lá, Gonçalinho! Tu ficas até domingo?

– Não, volto amanhã para a Torre.

– Oh!...

– Pois dia de eleição, homem! devo estar em casa, no meu centro, no meio das minhas freguesias...

– É pena – murmurou o Barrolo. – Logo se sabia juntamente com a eleição... Eu dava um jantar tremendo...

– Logo se sabia, o quê?

O Barrolo emudeceu, com outro riso nas bochechas, que eram duas brasas gloriosas. Depois novamente gaguejou, gingando:

– Logo se sabia... Nada! O resultado, o apuramento. E grande bródio, grande foguetório. Eu, na Murtosa, abro pipa de vinho.

Então Gonçalo, risonhamente, prendeu o Barrolo pelos ombros:

– Diz lá, Barrolinho. Diz lá. Tu tens uma coisa boa para contar ao teu cunhado.

A ILUSTRE CASA DE RAMIRES 395

O outro escapou, protestando com alarido: Que teima, que tolice. Ele não sabia nada. O André não lhe contara nada!

– Bem – concluiu o Fidalgo, certo de um amável mistério, que pairava. – Então descemos. E se essas carraças[12] das Lousadas ainda estiverem lá pegadas, manda dizer pelo escudeiro à sala, bem alto, à Gracinha, que cheguei, que lhe desejo falar imediatamente no meu quarto; com esses monstros não há considerações.

O Barrolo balbuciou, hesitando:

– O sr. Bispo gosta delas... Muito amável comigo, ainda há pouco, o sr. Bispo.

Mas, logo nas escadas, sentiram o piano, Gracinha cantarolando. Já se libertara das Lousadas. Era uma antiga canção patriótica de Vendeia, que outrora na Torre, ela e Gonçalo entoavam com emoção, quando os inflamava o amor fidalgo e romântico dos Borbons e dos Stuarts[13]:

> *Monsieur de Charette a dit à ceux d'Ancenes*
> *"Mes Amis!...*
> *Monsieur de Charette a dit...*[14]

Gonçalo franziu vagarosamente o reposteiro da sala, rematando a estrofe, com o braço erguido como uma bandeira:

> *"Mes Amis!*
> *Le Roy va rammener les Fleurs de Lys!*[15]

Gracinha saltou do mocho, numa surpresa.

– Não te esperávamos! Imaginei que passavas a eleição na Torre... E por lá?

– Na Torre, tudo bem com a ajuda de Deus... Mas eu com trabalho imenso. Acabei o meu romance; depois visitas aos eleitores.

Barrolo, que não sossegava pela sala, rompeu para eles, com o mesmo riso sufocado:

– Queres tu saber, Gracinha? Tem estado este homem, desde que chegou, numa curiosidade, a ferver. Imagina que eu tenho uma boa nova, uma grande nova para lhe contar... Eu não sei nada, a não ser a eleição! Pois não é verdade, Gracinha?

Gonçalo, muito sério, prendeu o queixo da irmã:

– Sabes tu, diz lá.

Ela sorriu, corada... Não, não sabia nada, só a eleição.

– Diz lá!

– Não sei... São tolices do José.

Mas então, ante aquele sorriso fraco, rendido, que confessava – o Barrolo não se conteve, desafogou como um morteiro estoira.

– Pois bem! sim! com efeito! – Grande novidade! Mas o André, que a trouxera de Lisboa, fresquinha a saltar, queria ele, só ele, causar a surpresa a Gonçalo...

– De modo que eu não posso! Jurei ao André. A Gracinha sabe, que eu já lhe contei ontem... Mas também não pode, também jurou. Só o André. Ele vem logo tomar chá, e rebenta a bomba... Que é uma bomba! e graúda!

Gonçalo, roído de curiosidade, murmurou simplesmente, encolhendo os ombros:

– Bem, já sei, é uma herança! Tens quinze tostões de alvíssaras[16], Barrolo.

Mas durante o jantar e depois na sala tomando café, enquanto Gracinha recomeçara as velhas canções patrióticas, agora as jacobitas[17], em louvor dos Stuarts – Gonçalo ansiou pela aparição do Cavaleiro. Nem receava que a esse encontro se misturasse amargura, despeito sufocado. Todo o seu furor contra o Cavaleiro, aceso na dolorosa tarde do mirante, revolvido na Torre durante torturados dias, logo se dissipara lentamente, depois da sua tocante conversa com a irmã, na manhã histórica da briga da Grainha. Gracinha então, com grandes lágrimas de pureza e de verdade, jurara reserva, retraimento. Gonçalo, abandonando Oliveira, mostrava também uma resistência louvável contra o sentimento ou a vaidade que o transviara. Demais ele não podia romper novamente com o Cavaleiro, andando ainda nos mexericos e espantos de Oliveira aquela reconciliação ruidosa que chamara o Cavaleiro à intimidade dos Cunhais. E por fim de que valiam furores ou mágoas? Nenhum rugir ou gemer seu anulariam o mal que se consumara no mirante – se porventura se consumara. E assim toda a cólera contra o André se dissipara naquela sua leve e doce alma, onde os sentimentos, sobretudo os mais escuros, os mais carregados, sempre facilmente se desfaziam como nuvens em céu de Estio...

Mas quando, perto das nove horas, o Cavaleiro penetrou na sala, vagaroso e magnífico, com o bigode encurtado mas mais retorcido, uma gravata vermelha entufando estridentemente no largo peito que entufava, Gonçalo sentiu uma renovada aversão por toda aquela petulância recheada de falsidade – e apenas pôde bater molemente, desenxabidamente[18], nas costas do velho amigo, que o apertava num abraço de aparatosa ternura. E enquanto André, torcendo as luvas claras, languidamente enterrado na poltrona que o Barrolo lhe achegou com carinho, contava de Lisboa e de Cascais, tão alegre, e partidas de *bridge* e da Parada de El-Rei – Gonçalo revivia a tarde do mirante, o seu pobre coração a bater contra a persiana mal fechada, a bruta súplica murmurada através daqueles bigodes atrevidos, e emudecera, como empedernido, esmigalhando nervosamente entre os dentes o charuto apagado. Mas Gracinha conservava uma serenidade atenta, sem nenhum dos seus chamejantes rubores, dos seus desgraçados enleios de modo e gesto, apenas levemente seca, duma secura preparada e posta. Depois André aludira muito desprendidamente ao seu regresso a Lisboa, depois da eleição, "porque o tio Reis Gomes, o José Ernesto, esses cruéis amigos, lhe andavam atirando para os ombros todo o trabalho da Nova Reforma Administrativa".

Entre ele e Gracinha, separados por um curto tapete, parecia cavada uma funda légua de fosso, onde rolara, se afundara todo aquele romance do Verão, sem que na face de ambos restasse um afogueado vestígio do seu ardor. E Gonçalo, insensivelmente contente pela aparência, terminou por abandonar a cadeira onde se empedernira, acendeu o charuto na vela do piano, perguntou

398 ᔕᕈᔕ ECA DE QUEIRÓS

pelos amigos de Lisboa. Todos (segundo o Cavaleiro) ansiavam pela chegada de Gonçalo.

– Lá encontrei também o Castanheiro... Entusiasmado com o teu romance. Parece que nem no Herculano, nem no Rebelo existe nada tão forte, como reconstrução histórica. O Castanheiro prefere mesmo o teu realismo épico ao do Flaubert, na *Salambô*[19]. Enfim, entusiasmado! E nós, está claro, ardendo porque apareça a sublime obra.

O Fidalgo corou profundamente, murmurando: – "Que tolice!" Depois roçou pela poltrona em que se enterrava o André, afagou suavemente o largo ombro do André:

– Pois, tens feito cá muita falta, meu velho! Há dias passei em Corinde, tive saudades...

Então o Barrolo, que não sossegava, vermelho, a estoirar, rebolando pela sala, espiando ora o Cavaleiro, ora o Gonçalo, em um riso mudo e ávido, não se conteve mais, gritou:

– Bem, basta de prólogos... Vamos lá agora à grande surpresa. André! Eu tenho estado toda a tarde a rebentar... Mas enfim, jurei e calei! Agora não posso... Vamos lá. E tu Gonçalinho, vai preparando os quinze tostões.

Gonçalo, com a curiosidade de novo refervendo, apenas sorria, desprendidamente:

– Com efeito! Parece que tens uma bela novidade.

O Cavaleiro alargou lentamente os braços, sempre enterrado na vasta poltrona, sem pressa:

– Oh! é a coisa mais simples, mais natural... A sra. D. Graça já sabe, não é verdade?... Não há motivo para surpresa... Tão legítima, tão natural!

Gonçalo exclamou, já impaciente:

– Mas enfim, venha lá, diz.

O Cavaleiro insistia, indolente. Todo o espanto era que só agora se pensasse em realizar, coisa tão devida, tão adequada. Pois não lhe parecia à sra. D. Graça?

Gonçalo, numa brasa, berrou:

A ILUSTRE CASA DE RAMIRES 399

– Mas quê? que diabo?

O Cavaleiro, que se despegara vagarosamente da poltrona, puxou os punhos, e diante de Gonçalo, no silêncio atento, alteando o peito, grave, quase oficial, começou:

– Meu tio Reis Gomes, e o José Ernesto, tiveram uma ideia muito natural, que comunicaram a El-Rei, e que El-Rei aprovou... Que aprovou mesmo ao ponto de a apetecer, de se assenhorear dela, de desejar que fosse só sua. E hoje é só de El-Rei. El-Rei pois pensou, como nós pensamos, que um dos primeiros fidalgos de Portugal, decerto mesmo o primeiro, devia ter um título que consagrasse bem a antiguidade ilustre da Casa, e consagrasse também o mérito superior de quem hoje a representa... Por isso, meu querido Gonçalo, já te posso anunciar, e quase em nome de El-Rei, que vais ser Marquês[20] de Treixedo.

– Bravo! bravo! – bramou o Barrolo, com palmas delirantes. – Saltem para cá os quinze tostões, sr. Marquês de Treixedo!

Uma onda de sangue cobria a fina face de Gonçalo. Num relance sentiu que o título era um dom[21] do Cavaleiro, não ao chefe da casa de Ramires, mas ao irmão complacente de Gracinha Ramires... E sobretudo sentia a incoerência de que, ao chefe duma Casa dez vezes secular, mãe de dinastias, edificadora do Reino, com mais de trinta dos seus varões mortos sob a armadura, se atirasse agora um oco título, através do *Diário do Governo*, como a um tendeiro enriquecido que subsidiou eleições[22]. Todavia saudou o Cavaleiro, que esperava a efusão, os abraços. – Oh! Marquês de Treixedo! certamente muito elegante, muito amável... Depois, esfregando as mãos, com um sorriso de graça e de espanto... Mas, meu caro André, com que autoridade me faz El-Rei Marquês de Treixedo?

O Cavaleiro levantou vivamente a cabeça numa ofendida surpresa:

– Com que autoridade? Simplesmente com a autoridade que tem sobre nós todos, como Rei de Portugal que ainda é, Deus louvado!

400 ❧❧❧ EÇA DE QUEIRÓS

E Gonçalo, muito simplesmente, sem fumaça ou pompa, com o mesmo sorriso de suave gracejo:

– Perdão, Andrezinho. Ainda não havia Reis de Portugal, nem sequer Portugal, e já meus avós Ramires tinham solar em Treixedo! Eu aprovo os grandes dons entre os grandes fidalgos; mas cumpre aos mais antigos começarem. El-Rei tem uma quinta ao pé de Beja, creio eu, o *Roncão*. Pois diz tu a El-Rei, que eu tenho imenso gosto em o fazer, a ele, Marquês do Roncão[23].

O Barrolo embasbacara, sem compreender, com as bochechas descaídas e murchas. Da beira do canapé, Gracinha, toda corada, faiscava de gosto, por aquele lindo orgulho que tão bem condizia com o seu, mais lhe fundia a alma com a alma do irmão amado. E André Cavaleiro, furioso, mas vergando os ombros com irônica submissão, apenas murmurou: – "Bem, perfeitamente!... Cada um se entende a seu modo..."

O escudeiro entrava com a bandeja do chá.

E no domingo foi a eleição.

Ainda com uma desconfiança, uma reserva supersticiosa, o Fidalgo desejou atravessar esse dia muito solitariamente, quase escondido, e no sábado, enquanto todos os amigos de Vila Clara, mesmo os de Oliveira, o consideravam estabelecido nos Cunhais, e em comunicação azafamada[24] com o Governo Civil, montou a cavalo ao escurecer, e trotou sorrateiramente para Santa Ireneia.

Mas o Barrolo (ainda abalado com "aquele despautério[25] de Gonçalo, que era uma ofensa para o Cavaleiro! até para El-Rei") ficara com a missão de telegrafar para a Torre as notícias sucessivas das assembleias, à maneira que elas acudissem ao Governo Civil. E, com ruidoso zelo, logo depois da missa, estabeleceu entre os Cunhais e o velho Convento de S. Domingos um serviço de criados formigando sem repouso. Gracinha, na sala de jantar, ajudada por Padre Soeiro, copiava com amor, numa letra muito redonda, os telegramas mandados pelo Cavaleiro, que ajuntava a

A Ilustre Casa de Ramires ❧❧❧ 401

lápis alguma nota amável – *"Tudo otimamente! – Vitória cresce. – Parabéns a V. Exas."*.

Pela estrada de Vila Clara à Torre, incessantemente, o moço do telégrafo se esbaforia sobre a perna manca. O Bento rompia pela livraria, berrando: "outro telegrama, sr. Doutor". Gonçalo, nervoso, com um imenso bule de chá sobre a banca, a bandeja já alastrada de cigarros meio fumados, lia o telegrama ao Bento. O Bento, com *vivas* pelo corredor, corria a bramar o telegrama à Rosa.

E assim, quando cerca das oito horas, o Fidalgo consentiu em jantar – já conhecia o seu triunfo esplêndido. E o que o impressionava, relendo os telegramas, era o entusiasmo carinhoso daqueles influentes, povos que ele mal rogava, e que convertiam o ato da eleição quase num ato de amor. Toda a freguesia dos Bravais marchara para a igreja, cerrada como uma hoste[26], com o José Casco na frente erguendo uma enorme bandeira, entre dois tambores que estoiravam. O Visconde de Rio Manso entrara no adro da igreja de Ramilde na sua vitória, com a neta toda vestida de branco, seguido por uma vistosa fila de *char-à-bancs*, onde se apinhavam eleitores sob toldos de verdura. Na Finta todos os casais se esvaziavam, as mulheres carregadas de oiro, os rapazes de flor na orelha, correndo à eleição do Fidalgo entre o repinicar das violas, como à romaria de um santo. E diante da taberna do Pintainho, em face à igreja, a gente da Veleda, da Riosa, do Cereal, erguera um arco de buxo[27], com dístico[28] vermelho, sobre paninho:– "Viva o nosso Ramires, flor dos homens!"

Depois, enquanto jantava, um moço da quinta voltou de Vila Clara, alvoroçado, contando o delírio, as filarmônicas pelas ruas, a Assembleia toda embandeirada, e na casa da Câmara, sobre a porta, um transparente com o retrato de Gonçalo, que uma multidão aclamava.

Gonçalo apressou o café. Por timidez, receoso dos vivórios, não ousava correr a Vila Clara – a espreitar. Mas acendeu o charuto, passou à varanda, para respirar a doce noite de festa, que

402 EÇA DE QUEIRÓS

andava tão cheia de clarões e rumores em seu louvor. E ao abrir a porta envidraçada quase recuou, com outro espanto. A Torre iluminara! Das suas fundas frestas, através das negras rexas de ferro, saía um clarão; e muito alta, sobre as velhas ameias[29], refulgia uma serena coroa de lumes! Era uma surpresa, preparada, com delicioso mistério, pelo Bento, pela Rosa, pelos moços da quinta – que, agora, todos, no escuro, por baixo da varanda, contemplavam a sua obra, alumiando o céu sereno. Gonçalo percebeu os passos abafados, o pigarro da Rosa. Gritou alegremente da borda da varanda:

– Oh, Bento! Oh, Rosa!... Está aí alguém?

Um risinho esfuziou. A jaqueta branca do Bento surdiu da sombra.

– O sr. Doutor queria alguma coisa?

– Não, homem! Queria agradecer... Foram vocês, hem? Está linda a iluminação! Mas linda. Obrigado, Bento. Obrigado Rosa! Obrigado, rapazes! De longe deve fazer um efeito soberbo.

Mas o Bento ainda se não contentava com aquelas lamparinas frouxas. A Torre, para sobressair, necessitava chamas fortes de gás. O sr. Doutor nem imaginava a altura, depois em cima, a imensidão do eirado[30].

Então, de repente, Gonçalo sentiu um desejo de subir a esse imenso eirado da Torre. Não entrara na Torre desde estudante – e sempre ela lhe desagradara por dentro, tão escura, de tão duro granito, com a sua nudez, silêncio e frialdade de jazigo, e logo no pavimento térreo os negros alçapões chapeados de ferro, que levavam às masmorras. Mas agora as luzes nas frestas aqueciam, reviviam aquela derradeira ossada, Honra de Ordonho Mendes. E de entre as suas ameias, mais alto que da varanda, lhe parecia interessante respirar aquela rumorosa simpatia esparsa, que em torno, pelas freguesias, rolava, subindo para ele, através de noite, como um incenso. Enfiou um *paletot*, desceu à cozinha. O Bento, o Joaquim da horta, divertidos, agarraram grandes lanternas. E com eles atravessou o pomar, penetrou pela atarracada poterna,

A Ilustre Casa de Ramires 〰 403

de funda ombreira, começou a trepar a esguia escadaria de pedra, que tanta sola de ferro polira e puíra.

Já desde séculos se perdera a memória do lugar que ocupava aquela torre, nas complicadas fortificações da Honra e Senhorio de Santa Ireneia. Não era decerto (segundo Padre Soeiro) a nobre torre albarrã, nem a de Alcáçova, onde se guardava o tesouro, o cartório, os sacos tão preciosos das especiarias do Oriente – e talvez, obscura e sem nome, apenas defendesse algum ângulo de muralha, para os lados em que o castelo enfrentava com as terras semeadas e os olmedos da Ribeira. Mas, sobrevivente às outras mais altivas, compreendida nas construções do Paço formoso que se erguera de entre o sombrio castelo afonsino, e que dominava Santa Ireneia durante a dinastia de Avis, ligada ainda por claras arcarias dum terraço ao palácio de gosto italiano, em que Vicente Ramires converteu o Paço manuelino, depois da sua campanha de Castela; isolada no pomar, mas sobranceando o casarão que, lentamente, se edificara depois do incêndio do palácio em tempo de El-Rei D. José, e a derradeira certamente onde retiniram armas e circularam os homens do Terço dos Ramires – ela ligava as idades e como que mantinha, nas suas pedras eternas, a unidade da longa linhagem. Por isso o povo lhe chamara vagamente a "Torre de D. Ramires". E Gonçalo, ainda sob a impressão dos avós e dos tempos que ressuscitara na sua novela, admirou com um respeito novo a sua vastidão, a sua força, os seus empinados escalões, os seus muros tão espessos, que as frestas esguias na espessura se alongavam como corredores, escassamente alumiadas pelas tigelinhas de azeite, com que o Bento as despertara. Em cada um dos três sobrados parou, penetrando curiosamente, quase com uma intimidade, nas salas nuas e sonoras, de vasto lajedo, de tenebrosa abóbada, com os assentos de pedra, estranho buraco ao meio, redondo como o dum poço e ainda pelas paredes riscadas de sulcos de fumos, os anéis dos tocheiros. Depois em cima, no imenso eirado que a fieira de lamparinas, cingindo as ameias, enchia de claridade, Gonçalo, erguendo a gola do paletó

404 ∾❀∾ Eça de Queirós

na aragem mais fina, teve a dilatada sensação de dominar toda a província, e de possuir sobre ela uma supremacia paternal, só pela soberana altura e velhice da sua Torre, mais que a Província e que o Reino. Lentamente caminhou em roda das ameias, até ao miradouro, a que um candeeiro de petróleo, sobre uma cadeira de palhinha posta em frente à fresta, estragava o entono[31] feudal. No céu macio mas levemente enevoado, raras estrelas luziam sem brilho. Por baixo a quinta, toda a largueza dos campos, a espessura dos arvoredos se fundiam em escuridão. Mas na sombra e silêncio, por vezes além, para o lado dos Bravais, lampejavam foguetes remotos. Um clarão amarelado e fumarento, caminhando mais longe, entestando para a Finta, era decerto um rancho com archotes festivos. Na alta igreja da Veleda tremeluzia uma iluminação vaga, rala. Outras luzes, incertas através do arvoredo, riscavam o velho arco do Mosteiro, em Santa Maria de Craquede. Da terra escura subia, por vezes, um errante som de tambores. E lumes, fachos, abafados rufos, eram dez freguesias celebrando amoravelmente o Fidalgo da Torre, que lhes recebia o amor e o preito[32] no eirado da sua torre, envolto em silêncio e sombra.

O Bento descera, com o Joaquim, para reforçar as lamparinas nas frestas dos muros, onde elas esmoreciam na espessura. E Gonçalo sozinho, acabando o charuto, recomeçou a rolda, lento, em torno às ameias, perdido num pensamento que já o agitara estranhamente, através daquele sobressaltado domingo... Era pois popular! Por todas essas aldeias, estendidas à sombra longa da Torre, o Fidalgo da Torre era pois popular! E esta certeza não o penetrava de alegria, nem de orgulho, – antes o enchia agora, naquela serenidade da noite, de confusão, de arrependimento! Ah! se adivinhasse – se ele adivinhasse!...[33] Como caminharia, com a cabeça bem levantada, com os braços bem estendidos, sozinho, em confiança risonha para todas essas simpatias que o esperavam, tão certas, tão dadas. Mas não! Sempre se julgara cercado da indiferença daquelas aldeias, onde ele, apesar do antiquíssimo nome, era o costumado moço, que volta de Coimbra

Por baixo a quinta, toda a largueza dos campos, a espessura dos arvoredos se fundiam em escuridão.

e vive silenciosamente da sua renda, passeando na sua égua. A essas indiferenças tão naturais nunca ele imaginara arrancar o punhado de votos, o punhado de papelinhos que necessitava para entrar na política, onde ele conquistaria pela destreza o que os velhos Ramires recebiam por herança – fortuna e poder. Por isso se agarrara tão avidamente à mão do Cavaleiro, à mão do sr. Governador Civil – para que S. Exa., o bom amigo, o mostrasse, o impusesse como o homem necessário, o querido do Governo, o melhor entre os bons, a quem as freguesias deviam oferecer num domingo o punhado de votos.

E na impaciência desse favor, abafara a memória de amargos agravos; diante de Oliveira pasmada, abraçara o homem detestado desde anos, que andava chasqueando e demolindo, por praças e jornais; facilitara a ressurreição de sentimentos, que para sempre deviam jazer enterrados; e envolvera o ser que mais amava, a sua pobre e fraca irmãzinha, em confusão e miséria moral... Torpezas e danos – e para quê? Para surripiar um punhado de votos que dez freguesias lhe trariam correndo, gratuitamente, efusivamente, entre *vivas* e foguetes, se ele acenasse e lhos pedisse...

Ah! eis aí... Fora a desconfiança, essa encolhida desconfiança de si mesmo – que desde colégio, através da vida, lhe estragara a vida. Era a mesma desgraçada desconfiança, que ainda semanas antes, diante de uma sombra, um pau erguido, uma risada numa taberna, o forçava a abalar, a fugir, arrepiado e praguejando contra a sua fraqueza. Por fim, um dia, numa volta de estrada, avança, ergue o chicote – e descobre a sua força! E agora, penetra por entre o povo, agarrado timidamente à mão poderosa, por se imaginar impopular – e descobre a sua popularidade imensa, Que vida enganada, e tanto a sujara – por não saber!

O Bento não aparecia, ainda azafamado em iluminar condignamente as rexas[34] da Torre. Gonçalo atirou a ponta do charuto, e com as mãos nas algibeiras do paletó, parou junto do miradouro, olhou vagamente para as estrelas. A névoa adelgaçara quase sumida – lumes mais vivos palpitavam no céu mais profundo. De

A Ilustre Casa de Ramires 407

lumes e céus descia essa sensação de infinidade, de eternidade, que penetra, como uma surpresa[35] nas almas desacostumadas da sua contemplação. Na alma de Gonçalo passou, muito fugidia-mente, o espanto dessas eternas imensidades sob que se agita, tão vaidosa da sua agitação, a rasteira, a sombria poeira humana. Longe, algum derradeiro foguete ainda lampejava, logo apaga-do na escuridão serena. As luzinhas sobre a capela de Veleda, sobre o arco de Santa Maria de Craquede, esmoreciam, já ralas. Todo o remoto rumor de musicatas se perdera, na mudez mais funda dos campos adormecidos. O dia de triunfo findava, breve como os luminares e os foguetes. – E Gonçalo, parado, rente do miradouro, considerava agora o valor desse triunfo por que tanto almejara, por que tanto sabujara[36]. Deputado! Deputado por Vila Clara, como o Sanches Lucena. E ante esse resultado, tão miúdo, tão trivial – todo o seu esforço tão desesperado, tão sem escrúpulos, lhe parecia ainda menos imoral que risível. Deputado! Para quê? Para almoçar no Bragança, galgar de tipoia a ladeira de S. Bento, e dentro do sujo convento, escrevinhar na carteira do Estado alguma carta ao seu alfaiate, bocejar com a inanidade ambiente dos homens e das ideias, e distraidamente acompanhar, em silêncio ou balando, o rebanho do S. Fulgêncio, por ter desertado o rebanho idêntico do Brás Vitorino[37]. Sim, talvez um dia, com rasteiras intrigas e sabujices a um chefe e à senhora do chefe, e promessas e risos através de redações, e algum discurso esbraseadamente berrado – lograsse ser minis-tro. E então? Seria ainda a tipoia pela calçada de S. Bento, com o correio atrás na pileca branca, e a farda malfeita, nas tardes de assinatura, e os recurvados sorrisos de amanuenses pelos escuros corredores da Secretaria, e a lama escorrendo sobre ele de cada gazeta da oposição... Ah! que peca, desinteressante vida, em comparação de outras cheias e soberbas vidas, que tão magnificamente palpitavam sob o tremeluzir dessas mesmas estrelas! Enquanto ele se encolhia no seu *paletot*, deputado por Vila Clara, e no triunfo dessa miséria – pensadores completavam

408 ❧ EÇA DE QUEIRÓS

a explicação do Universo; artistas realizavam obras de beleza eterna; reformadores aperfeiçoavam a harmonia social; santos melhoravam santamente as almas; fisiologistas diminuíam o velho sofrer humano; inventores alargavam a riqueza das raças; aventureiros magníficos arrancavam mundos de sua esterilidade e mudez... Ah! esses eram os verdadeiramente homens, os que viviam deliciosas plenitudes de vida, modelando com as suas mãos incansadas formas sempre mais belas ou mais justas da humanidade. Quem fora[38] como eles, que são os sobre-humanos! E tal ação tão suprema requeria o gênio, o dom que, como a antiga chama, desce de Deus sobre um eleito? Não! Apenas o claro entendimento das realidades humanas – e depois o forte querer[39].

E o Fidalgo da Torre, imóvel no eirado da Torre, entre o céu todo estrelado, e a terra toda escura, longamente revolveu pensamentos da vida superior – até que enlevado, e como se a energia da longa raça, que pela Torre passara, refluísse ao seu coração, imaginou a sua própria encaminhada enfim para uma ação vasta e fecunda[40], em que soberbamente gozasse o gozo do verdadeiro viver, e em torno de si criasse vida, e acrescentasse um lustre novo ao velho lustre de seu nome, e riquezas puras o doirassem e a sua terra inteira o bem-louvasse, porque ele inteiro e num esforço pleno bem servira a sua terra...

O Bento surdiu da portinha baixa do eirado, com a lanterna:

– O sr. Doutor ainda se demora?

– Não. A festa acabou, Bento.

Nos começos de Dezembro, com o primeiro número dos ANAIS, apareceu a *Torre de D. Ramires*. E todos os jornais, mesmo os da oposição, louvaram "esse estudo magistral (como afirmou a *Tarde*) que, revelando um erudito e um artista, continuava, com uma arte mais moderna e colorida, a obra de Herculano e de Rebelo, a reconstituição moral e social do velho Portugal heroico". Depois das festas de Natal, que ele passou alegremente nos Cunhais, ajudando Gracinha a cozinhar bolos de bacalhau por uma receita sublime do Padre José Vicente, da Finta, os amigos de Oliveira, os rapazes do Clube e da Arcada ofereceram ao deputado por Vila Clara, na sala da Câmara, adornada de buxos e bandeiras, um banquete, a que assistia o Cavaleiro, de grã-cruz[41], e em que o Barão das Marges (que presidia) saudou "o prestigioso moço que, talvez em breve, nas cadeiras do poder, levantasse do marasmo este brioso país, com a pujança, a valentia, que são próprias da sua raça nobilíssima!"

No meado de Janeiro, por uma agreste noite de chuva, Gonçalo partiu para Lisboa; e através do Inverno, em Lisboa, andou sempre nos *Carnet Mondain* e *High-Life*[42] dos jornais, nas notícias de jantares, do *raouts*, de tiros aos pombos, de caçadas de El-Rei, tão notado nos movimentos mais simples da sua elegância, que os Barrolos assinaram o *Diário Ilustrado*, para saber quando ele passeava na Avenida. Em Vila Clara, na Assembleia, o João Gouveia já encolhia os ombros, rosnando: – "Desandou em janota!"[43] – Mas nos fins de Abril uma notícia de repente alvoroçou Vila Clara, espantou na quieta Oliveira os rapazes do Clube e da Arcada, perturbou tão inesperadamente Gracinha, então em Amarante com o Barrolo, que nessa noite ambos abalaram para Lisboa – e na Torre atirou a Rosa para um banco de pedra da cozinha, lavada em lágrimas, sem compreender, gemendo:

– Ai o meu rico menino, o meu rico menino, que o não torno mais a ver!

Gonçalo Mendes Ramires, silenciosamente, quase misteriosamente, arranjara a concessão dum vasto prazo de Macheque, na Zambézia[44], hipotecara a sua quinta histórica de Treixedo, e embarcava em começos de Junho no paquete *Portugal*, com o Bento, para a África.

XII

QUATRO ANOS PASSARAM LIGEIROS e leves sobre a velha Torre, como voos de ave.

Numa doce tarde dos fins de Setembro, Gracinha, que chegara na véspera de Oliveira acompanhada pelo bom Padre Soeiro, descansava na varanda da sala de jantar, estendida sobre o canapé de palhinha, ainda com um grande avental branco, tapando o vestido até ao pescoço, um velho avental do Bento. Todo o dia, de avental, através do casarão, ajudada pela Rosa e pela filha da Crispola, se esfalfara, arrumando e limpando, com tanto gosto e fervor no trabalho, que ela mesma sacudira o pó a todos os livros da livraria, o seu sossegado pó de quatro anos. O Barrolo também se ocupara, dando sentenças nas obras da cavalariça, que a valente égua da briga da Grainha em breve partilharia com uma égua inglesa, de meio sangue, comprada em Londres. Também Padre Soeiro remexera, pelo arquivo, zelosamente, com um espanejador. E até o Pereira da Riosa, o bom rendeiro, apressava desde madrugada dois moços na final limpeza da horta, agora muito cuidada, já com meloal, já com morangal, e duas novas ruas, ambas bordadas de roseiras e recobertas de latada que a parra densa já recobria.

412 ❧❧❧ EÇA DE QUEIRÓS

Com efeito a Torre, entre a alvoroçada alegria de todos, enfeitava a sua velhice – porque no domingo, depois dos seus quatro anos de África, Gonçalo regressava à Torre.

E Gracinha, estendida no canapé com o seu velho avental branco, sorrindo pensativamente para a quinta silenciosa, para o céu todo corado sobre Valverde, recordava esses quatro anos, desde a manhã em que abraçara Gonçalo, sufocada e a tremer, no beliche do *Portugal*...[1] Quatro anos! Assim passados, e nada mudara no mundo, no seu curto mundo de entre os Cunhais e a Torre, e a vida rolara, e tão sem história como rola um rio lento numa solidão; – Gonçalo na África, na vaga África, mandando raras cartas, mas alegres, e com um entusiasmo de fundador de Império; ela nos Cunhais, e o seu Barrolo, num tão quieto e costumado viver, que eram quase de agitação os jantares em que reuniam os Mendonças, os Marges, o coronel do 7, outros amigos, e à noite na sala se abriam duas mesas de pano verde para o voltarete e para o *boston*[2].

E neste manso correr de vida se desfizera mansamente, quase insensivelmente, a sombria tormenta do seu coração. Nem ela agora compreendia como um sentimento, que através das suas ansiedades ela justificava, quase secretamente santificava por o saber *único*, e o desejar *eterno*, assim se sumira, insensivelmente, sem dilacerações, deixara apenas um leve arrependimento, alguma esfumada saudade, também estranheza e confusão, restos de tanto que ardera, formando uma cinza fina... A sucessão das coisas rolara, como o vento às lufadas num campo, e ela rolara, levada com a inércia duma folha seca.

Logo depois do derradeiro Natal passado com Gonçalo, André, que ainda os acompanhara à Missa do Galo e consoara[3] nos Cunhais, voltou para Lisboa, para essa "Reforma", de que se lastimava... No silêncio que entre ambos então se alargou, corria já uma frialdade de abandono... E quando André recolheu a Oliveira, ao seu Governo Civil, partia ela para Amarante, onde a santa mãe do Barrolo adoecera, com uma vagarosa doença de anemia e velhice, que em Maio a levou para o Senhor.

A Ilustre Casa de Ramires 413

Em Junho fora o comovido embarque de Gonçalo para a África, – e no tombadilho do paquete, entre o barulho e as bagagens, um encontro com André, que chegara de Oliveira, dias antes, e contou muito alegremente do casamento da Mariquinhas Marges. Todo esse Verão, como o Barrolo decidira fazer obras consideráveis no velho palacete do Largo de El-Rei, o passaram na quinta da *Murtosa*, que ela escolhera por causa da linda mata, dos altos muros de convento. A essa solidão atribuiu logo o Barrolo a sua melancolia, a sua magreza, aquele cansado cismar a que se abandonava, pelos bancos musgosos da mata, com um romance esquecido no regaço. Para que ela se distraísse, se fortificasse com banhos do mar, alugou em Setembro, na Costa, o vistoso chalé do comendador Barros. Ela não tomou banhos, nem aparecia na praia, à fresca hora das barracas, entre as senhoras sentadas em cadeirinhas baixas; – e só à tarde passeava pelo comprido areal, rente à vaga, acompanhada por dois enormes galgos que lhe dera Manuel Duarte. Uma manhã, ao almoço, ao abrir as *Novidades*, Barrolo pulou, com um berro, um espanto. Era a queda inesperada do Ministério do S. Fulgêncio![4] André Cavaleiro apresentava logo a sua demissão pelo telégrafo. E ainda pelas *Novidades* souberam na Costa que S. Exa. partira para uma "longa e pitoresca viagem", a viagem a Constantinopla, à Ásia Menor, que ele anunciara ao jantar nos Cunhais. Ela abrira um Atlas: com o dedo lento caminhou desde Oliveira até à Síria, por sobre fronteiras e montes; já André lhe parecia desvanecido, nesses horizontes mais luminosos; fechou o Atlas, pensando simplesmente "como a gente muda!"

Em Novembro, voltaram a Oliveira, num sábado de chuva, e ela na carruagem sentia toda a melancolia e a frialdade do céu penetrar no seu coração. Mas no domingo acordou com um lindo sol nas vidraças. Para a missa das onze na Sé, ela estreou um chapéu novo; depois no caminho para casa da tia Arminda, levantou os olhos para o casarão do Governo Civil: agora habitava lá outro Governador Civil, o sr. Santos Maldonado, um moço loiro que tocava piano.

414 ❧❧ EÇA DE QUEIRÓS

Na outra Primavera o Barrolo, agora escravizado pela paixão de obras, imaginou demolir o mirante para construir outra estufa, mais vasta, com um repuxo entre palmeiras, que formaria "um jardim de Inverno catita"[5].

Os trabalhadores começaram por esvaziar o mirante da velha mobília, que o guarnecia desde o tempo do tio Melchior; o imenso divã jazeu dois dias no jardim, encalhado contra uma sebe de buxo[6], e o Barrolo, impaciente com aquele desusado traste, de molas quebradas, nem o consentiu nas arrecadações do sótão, mandou que o queimassem com outras cadeiras partidas, numa fogueira de festa, na noite dos anos de Gracinha. E ela andou em torno da fogueira[7]. O estofo puído flamejou, depois o mogno pesado mais lentamente, com um leve fumo, até que uma brasa ficou latejando, e a brasa escureceu em cinza.

Logo nessa semana as Lousadas, mais agudas, mais escuras, invadiram uma tarde os Cunhais – e apenas espetadas no sofá, logo lhe contaram, com um riso feroz nos olhinhos furantes, do grande escândalo, o Cavaleiro! em Lisboa! sem rebuço![8] com a mulher do Conde de S. Romão! um fazendeiro de Cabo Verde!

Nessa noite, ela escreveu a Gonçalo uma carta muito longa que começava: – "Por cá estamos todos bem, e neste ramerrão costumado..." E com efeito a vida recomeçara, no seu ramerrão, simples, contínua, e sem história, como corre um rio claro numa solidão.

À porta envidraçada da varanda o filho da Crispola espreitou – o filho da Crispola, que ficara sempre na torre, como "andarilho", mas crescera muito para fora da sua antiga jaqueta de botões amarelos, usava agora jaquetões velhos do sr. Doutor, e já repuxava o buço:

– É que está lá embaixo o sr. Antônio Vilalobos, com o sr. Gouveia e outro senhor, o Videirinha, e perguntam se podem falar à senhora...

– O sr. Vilalobos! Sim! que subam, que entrem para aqui, para a varanda!

A Ilustre Casa de Ramires ❦ 415

Ao atravessar a sala, onde dois esteireiros de Oliveira pregavam uma esteira nova, o vozeirão do Titó já ribombava, notando os "preparativos da festa..." E quando entrou na varanda, a sua face mais barbuda, mais requeimada, rebrilhava com a alegria de encontrar enfim a Torre despertando daquela modorra[9], em que tudo dentro parecia tristemente apagado, até o lume das caçarolas:

– Peço desculpa da invasão, prima Graça. Mas passamos, de volta dum passeio dos Bravais, soubemos que a prima viera com o Barrolo...

– Oh! gosto imenso, primo Antônio. Eu é que peço desculpa desta figura, assim despenteada, de grande avental... Mas todo o dia em arranjos, a preparar a casa... E o sr. Gouveia, como tem passado? Não o vejo desde a Páscoa.

O Administrador, que não mudara nesses quatro anos, escuro, seco, como feito de madeira, sempre esticado na sobrecasaca preta, apenas com o bigode mais amarelado do cigarro, agradeceu à sra. D. Graça... E passara menos mal, desde a Páscoa. A não ser a desavergonhada da garganta...

– E então o nosso grande homem? quando chega? quando chega?

– No domingo. Estamos todos em alvoroço... Então não se senta, sr. Videira? Olhe, puxe aquela cadeira de vime. A varanda por ora não está arranjada.

Videirinha, logo depois da eleição, recebera de Gonçalo o lugar prometido, fácil e com vagares, para não esquecer o violão. Era amanuense na Administração do Concelho de Vila Clara. Mas convivia ainda na intimidade do seu chefe, que o utilizava para todos os serviços, mesmo de enfermeiro, e o mandava sempre com uma autoridade seca, mesmo ceando ambos no Gago.

Timidamente arrastou a cadeira de vime, que colocou, com respeito, atrás da cadeira do seu chefe. E depois de tirar as luvas pretas que, agora, sempre trazia para realçar a sua posição, lembrou que o comboio chegava ao apeadeiro de Craquede às dez e

416 ❧ EÇA DE QUEIRÓS

quarenta, não trazendo atraso. Mas talvez o sr. Doutor apeasse em Corinde, por causa das bagagens...

– Duvido – murmurou Gracinha. – Em todo o caso o José está com tenção de partir de madrugada, para o encontrar na bifurcação, em Lamelo.

– Nós não! – acudiu o Titó, que se sentara familiarmente no rebordo da varanda. – Cá o nosso rancho vai simplesmente a Craquede. Já é terra da família, é sítio mais sossegado para o vivório... Mas então esse homem não se demorou em Lisboa, prima Graça?

– Desde domingo, primo Antônio. Chegou no domingo, de Paris, pelo Sud-Express. E teve uma chegada brilhante... Oh! muito brilhante! Ontem recebi eu uma carta da Maria Mendonça, uma grande carta em que conta...

– O quê? A prima Maria Mendonça está em Lisboa?

– Sim, desde os fins de Agosto, numa visita a D. Ana Lucena...

Vivamente, João Gouveia puxou a cadeira, numa curiosidade que decerto o remoera:

– É verdade, sra. D. Graça! – Então parece que a D. Ana Lucena comprou uma casa em Lisboa, anda em arranjos de mobília?... V. Exa. ouviu, sra. D. Graça?

Não, Gracinha não sabia. Mas era natural, agora que tanto se demorava em Lisboa, pouco se aproveitava da *Feitosa*, tão linda quinta...

– Então casa! – exclamou o Gouveia, com imensa convicção. – Se anda em arranjos de mobília, então casa. É natural, quer posição. Depois, já lá vão quatro anos de viuvez, e...

Gracinha sorriu. Mas o Titó, que coçava lentamente a barba, voltou à carta da prima Maria Mendonça, contando a chegada.

– Sim! – acudiu Gracinha – conta, esteve na estação, no Rossio. Parece que o Gonçalo ótimo, mais forte... Olhe, primo Antônio, leia a carta. Leia alto! Não tem segredos. É toda sobre o Gonçalo...

A ILUSTRE CASA DE RAMIRES ❧ 417

Tirara do bolso um pesado envelope, com sinete de armas no lacre. Mas a prima Maria escrevia sempre depressa, numa letra atabalhoada, com as linhas cruzadas. Talvez o primo Antônio não compreendesse... – E com efeito, diante das quatro folhas de papel eriçadas de negras linhas, parecendo uma sebe espinhosa, o Titó recuou, aterrado. Mas o João Gouveia imediatamente se ofereceu, com a sua perícia em decifrar ofícios de regedores... Não havendo segredos...

– Não, não há segredos – afiançou Gracinha, rindo. – É unicamente sobre o Gonçalo, como num jornal.

O Administrador folheou a imensa carta, passou os dedos sobre o bigode, com certa solenidade:

Minha querida Graça:
... A costureira do Silva diz que o vestido...

– Não! – acudiu Gracinha. – É na outra página, no alto. Volte a página.

Mas o Administrador gracejou, ruidosamente. Oh! está claro, carta de senhora, logo os trapos... E a sra. D. Graça a assegurar que era toda sobre Gonçalo. Pois já veriam se pelo meio se não falava ainda em vestidos... Ah! estas senhoras, com os trapos!... – Depois recomeçou, na outra página, com lentidão e gravidade:

[...] Deves agora estar ansiosa por saber da grande chegada do primo Gonçalo. Foi realmente brilhante, e parecia uma recepção de pessoa real. Éramos mais de trinta amigos. Está claro, apareceu toda a roda da nossa parentela; e se rebentasse de repente nessa manhã uma revolução, os Republicanos apanhavam ali junta, na estação do Rossio, toda a flor da nobreza de Portugal, da velha, da boa. De senhoras, era a prima Chelas, a tia Louredo, as duas Esposendes (com o tio Esposende, que apesar do reumatismo e da vindima, veio expressamente da quinta de Torres),

418 &&& ECA DE QUEIRÓS

*e eu. Homens, todos. E como estava o Conde de Arega, que é
secretário de El-Rei, e o primo Olhalvo, que é o seu Mordomo-
-mor, e o Ministro da Marinha e o Ministro das Obras Públicas,
ambos condiscípulos e íntimos de Gonçalo, as pessoas na estação
deviam imaginar que chegava El-Rei. O Sud-Express trouxe quarenta minutos de demora. De modo que parecia um salão, com
toda aquela gente da sociedade, muito alegre, e o primo Arega,
sempre tão amável e engraçado, e fazendo já convites para um
jantar (que depois deu) ao primo Gonçalo. Lá fui a esse jantar
com o meu vestido verde, novo, que ficou bem...*

Gouveia gritou, triunfando:
– Hem? que disse eu? cá está vestido. Vestido verde!
– Lê para diante, homem! – bramou o Titó.
E o Administrador, realmente interessado, recomeçou com
entono:

*[...] com o meu vestido verde novo, exceto a saia, um pouco
pesadota. Creio que fui eu a primeira que avistou o primo Gonçalo, na plataforma do Sud-Express. Não imaginas como vem...
ótimo! Até mais bonito, e sobretudo mais homem. A África nem
de leve lhe tostou a pele. Sempre a mesma brancura. E duma
elegância, dum apuro! Prova de como se adianta a civilização
de África! dizia o primo Arega, este é estilo novo de tangas em
Macheque!... Como imaginas, muito abraço, muita beijoca. A
tia Louredo choramingou. Ah, já esquecia! Estava também o
Visconde de Rio Manso, com a filha, a Rosinha. Muito linda ela,
com um vestido do Redfern, fez sensação. Todos me perguntavam
quem era, e o conde de Arega, está claro, logo com apetite de
ser apresentado. O Rio Manso também choramingou ao abraçar
o primo Gonçalo. E ali viemos todos, em nobre séquito, pela
estação fora, entre o pasmo dos povos. Mas imediatamente uma
cena. De repente, no meio de toda aquela nata do brasões, o
primo Gonçalo rompe e cai nos braços do homenzinho de boné*

"Creio que fui eu a primeira que avistou o primo Gonçalo, na plataforma do *Sud-Express*."

420   Eça de Queirós

agaloado[10] *que recebia à porta os bilhetes. Sempre o mesmo Gonçalo!*[11] *Parece que o conheceu ao chegar a Lourenço Marques*[12]*, onde o homem tratava de se estabelecer como fotógrafo. Mas já esquecia o melhor – o Bento! Não imaginas o Bento... Magnífico! Deixou crescer um bocado de suíça. É um modelo, vestido em Londres, de grande casaco de viagem de pano claro, até aos pés, luvas amareladas, gravidade imensa. Gostou de me ver na estação – perguntou logo, com o olho úmido, pela sra. D. Graça, e pela Rosa. À noite, o José e eu jantamos em família, com o primo Gonçalo, no Bragança, para conversar da Torre e dos Cunhais. Ele contou muitas coisas interessantes de África. Traz notas para um livro, e parece que o prazo prospera. Nestes poucos anos plantou dois mil coqueiros. Tem também muito cacau, muita borracha. Galinhas são aos milhares. É verdade que uma galinha gorda em Macheque vale um pataco. Que inveja! Aqui em Lisboa custa seis tostões, só com ossos – porque tendo também alguma carne no peito, salta para cá dez tostões, e agradece! No prazo já se construiu uma grande casa, próximo do rio, com vinte janelas e pintada de azul. E o primo Gonçalo declara que já não vende o prazo nem por oitenta contos. Para felicidade completa, até achou um excelente administrador. Eu todavia duvido que ele volte para a África. Tenho agora cá a minha linda ideia sobre o futuro do primo Gonçalo. Talvez te rias. E não adivinhas... com efeito, eu mesma só nessa noite em que jantamos no Bragança, recebi de repente a inspiração. O Rio Manso está também no Bragança. Quando descíamos para o jantar, para um gabinete, encontramos no corredor o velho com a pequena. O homem tornou logo a abraçar Gonçalo com uma* ternura *de pai. E a Rosinha tão vermelha se fez, que até Gonçalo, apesar de excitado e distraído, notou e corou de leve. Parece que já há entre eles um conhecimento antigo, por causa dum cesto de rosas, e que, desde anos, o destino os anda sorrateiramente chegando. Ela é realmente uma beleza. E tão simpática, tão bem educada!... Diferença de idade, apenas onze*

A Ilustre Casa de Ramires 〰 421

anos; e o dote tremendo. Falam em quinhentos contos. Há apenas a questão de sangue e o dela, coitadinha... Enfim, como se diz em heráldica,– o Rei faz a pastora Rainha. E os Ramires, não só vêm dos Reis, mas os Reis vêm dos Ramires – E agora passando a assunto menos interessante...

Discretamente João Gouveia dobrou a carta, que entregou a Gracinha, louvando a sra. D. Maria Mendonça como um "repórter" precioso. Depois, com um cumprimento:

– E, minha senhora, se as previsões dela se realizam...

Mas não! Gracinha não acreditava! Ora! imaginações de Maria Mendonça.

– O primo Antônio bem a conhece, sabe como ela é casamenteira...

– Pois se até a mim me quis casar – ribombou o Titó, saltando do rebordo da varanda. – Imagine a prima... Até a mim! Com a viúva Pinho, da loja de panos.

– Credo!

Mas o Gouveia insistia, com superioridade, um sentimento verdadeiro da vida positiva:

– Olhe, sra. D. Graça, acredite V. Exa., sempre era melhor arranjo para o Gonçalo que a África... Eu não acredito nesses prazos... Nem na África. Tenho horror à África. Só serve para nos dar desgostos. Boa para vender, minha senhora! A África é como essas quintarolas, meio a monte, que a gente herda duma tia velha, numa terra muito bruta, muito distante, onde não se conhece ninguém, onde não se encontra sequer um estanco; só habitada por cabreiros, e com sezões[13] todo o ano. Boa para vender.

Gracinha enrolava lentamente nos dedos a fita do avental:

– O quê! vender o que tanto custou a ganhar, com tantos trabalhos no mar, tanta perda de vida e fazenda?![14]

O Administrador protestou logo, com calor, já enristado para a controvérsia:

422 ❧❧ EÇA DE QUEIRÓS

– Quais trabalhos, minha senhora? Era desembarcar ali na areia, plantar umas cruzes de pau, atirar uns safanões aos pretos... Essas glórias de África são balelas. Está claro, V. Exa. fala como fidalga, neta de fidalgos. Mas eu como economista. E digo mais...

O seu dedo agudo ameaçava argumentos agudos.

Tító acudiu, salvou Gracinha:

– Oh Gouveia, nós estamos a tirar o tempo à prima Graça, que anda nos seus arranjos. Essas questões de África são para depois, com o Gonçalo, à sobremesa... E então, minha querida prima, até domingo, em Craquede. Lá comparece o rancho todo. E quem atira os foguetes sou eu!

Mas Gouveia, cofiando o coco com a manga, ainda esperava converter a sra. D. Graça às ideias sãs, sobre política colonial.

– Era vender, minha senhora, era vender! – Ela sorria, já consentia – tomando a mão do Videirinha, que hesitava, com os dedos espetados:

– E então, sr. Videira, tem agora algumas quadras novas para o *Fado*?

Corando, Videirinha, balbuciou que "arranjara uma coisita, também num fado, para a volta do sr. Doutor". Gracinha prometeu decorar, para cantar ao piano.

– Muito agradecido a V. Exa.... Criado de V. Exa....

– Então até domingo, primo Antônio... Está uma tarde linda.

– Até domingo, em Craquede, prima.

Mas à porta envidraçada, João Gouveia parou mais teso, bateu na testa:

– Já me esquecia, desculpe V. Exa.! Recebi uma carta do André Cavaleiro, da Figueira da Foz. Manda muitas saudades ao Barrolo. E quer saber se o Barrolo lhe poderia ceder daquele vinho verde de Vidainhos. É também para um africanista, para o conde de S. Romão...[15] Parece que a sra. Condessa se péla por vinho verde!

E os três amigos, em fila, atravessaram a sala de jantar, onde o vozeirão do Tító ainda ribombou, louvando a esteira nova de cores. No corredor, Videirinha espreitou para a livraria, notou o molho de penas de pato espetado no velho tinteiro de latão, que esperava, rebrilhando solitariamente sobre a mesa nua sem papéis nem livros. Depois a Rosa apareceu à porta do quarto de Gonçalo, ajoujada de roupa, com um riso em cada ruga da sua face redonda e cor de tijolo, que o farto lenço de cambraia, muito branco, circundava como um nimbo. O Titó afagou carinhosamente o ombro da boa cozinheira:

– Então, tia Rosa, agora recomeçam essas grandes petisqueiras, hem?

– Louvado seja Deus, sr. D. Antônio! Que imaginei que não tornava a ver o meu rico senhor. Também já tinha decidido... Se me enterrassem o corpo aqui em Santa Ireneia, antes de eu ver o menino, a alma com certeza ia à África para lhe fazer uma visita.

Os seus miúdos olhos piscaram, lagrimejando de gosto – e seguiu pelo corredor, tesa e decidida com a sua trouxa, que recendia a maçã camoesa. O Gouveia murmurara com uma careta: – "Safa!" E os três amigos desceram ao pátio onde, por curiosidade do Titó, visitaram as obras da cavalariça.

– Veja você! – exclamou ele para o Gouveia, que acendia o charuto. – Você a negar!... Mobílias, obras, égua inglesa... Tudo já dinheiro de África.

O Administrador encolheu os ombros:

– Veremos depois como ele traz o fígado...

Diante do portão o Titó ainda parou a colher, na roseira costumada, uma rosinha para florir o jaquetão de veludilho. E justamente entrava o Padre Soeiro, recolhendo duma volta pelos Bravais, com o seu grande guarda-sol de paninho e o seu breviário. Todos acolheram com carinho o santo e douto velho, tão raro agora na Torre.

– E então no domingo, cá temos o nosso homem, Padre Soeiro!

O capelão achatou sobre o peito a mão gorda, com reverência, com gratidão...

424 ∽⧬∾ EÇA DE QUEIRÓS

– Deus ainda me quis conceder, na minha velhice, mais esse grande favor... Pois mal o esperava. Terras tão ásperas, e ele tão delicado...

E para conversar de Gonçalo, da espera em Craquede, acompanhou aqueles senhores até à ponte da Portela. João Gouveia manquejava, aperrado por umas infames botas novas que nessa manhã estreara. E descansaram um momento no belo banco de pedra que o pai de Gonçalo mandara colocar, quando Governador Civil de Oliveira. Era esse o doce sítio de onde se avista Vila Clara, tão asseada, sempre tão branca, àquela hora toda rosada, desde o vasto convento de Santa Teresa até ao muro novo do cemitério no alto, com os seus finos ciprestes.

Para além dos outeiros de Valverde, longe, sobre a Costa, o sol descia, vermelho como um metal candente que arrefece, entre nuvens vermelhas, acendendo ainda, em oiro coruscante, as janelas da vila.

Ao fundo do vale, uma claridade nimbava as altas ruínas de Santa Maria de Craquede, entre o seu denso arvoredo. Sob o arco, o rio cheio corria sem um rumor, já dormente na sombra dos choupos finos, onde ainda pássaros cantavam. E na volta da estrada, por cima dos álamos que escondiam o casarão, a velha Torre, mais velha que a vila e que as ruínas do Mosteiro, e que todos os casais[16] espalhados, erguia o seu esguio miradouro, envolto no voo escuro dos morcegos, espreitando silenciosamente a planície e o sol sobre o mar, como em cada tarde, desses mil anos, desde o Conde Ordonho Mendes.

Um pequeno com uma alta aguilhada[17] passou recolhendo duas vacas lentas. Do lado da vila, o Padre José Vicente da Finta trotou na sua égua branca, saudou o sr. Administrador, o amigo Soeiro, abençoando também a chegada do Fidalgo, para quem já preparara uma bela cesta da sua uva moscatel. Três caçadores, com uma matilha de coelheiros, atravessaram a estrada, descendo pelo portelho à quelha que contorna o casal do Miranda.

A ILUSTRE CASA DE RAMIRES 〰 425

Um silêncio ainda claro, de imenso repouso, tão doce como se descesse do céu, cobria a largueza povoada dos campos, onde não se movia uma folha, na macia transparência do ar de Setembro. Os fumos das lareiras acesas já se escapavam, lentos e leves, de entre a telha rala. Na loja do João Ferreiro, adiante da Portela, o clarão da forja avivou, mais vermelho. Um bumbum de tambor bateu festivamente para o lado dos Bravais, cresceu apressado, marchando; – nalgum cabeço, depois lentamente se afastou, esmoreceu, logo sumido, em arvoredos ou no vale mais fundo.

João Gouveia, que se recostara no canto do largo assento de pedra, com o seu coco sobre os joelhos, acenou para o lado dos Bravais:

– Estou a lembrar aquela passagem do romance do Gonçalo, quando os Ramires se preparam para socorrer as Infantas, andam a reunir a mesnada. É assim, a estas horas da tarde, com tambores e por sítios... "Na frescura do vale..." Não! "Pelo vale de Craquede..." Também não! Esperem vocês, que eu tenho boa memória... Ah! "E por todo o fresco vale até Santa Maria de Craquede, os tambores mouriscos abafados no arvoredo, tarará! tarará! ou mais vivos nos cerros, rataplã! rataplã! convocavam à mesnada dos Ramires, na doçura da tarde..." É lindo!

Por sobre as costas do Titó que, debruçado, riscava pensativamente com o bengalão a poeira da estrada, Videirinha adiantou para o seu chefe a face estendida, com um sorriso de finura:

– Oh sr. Administrador, olhe que talvez seja ainda mais bonito, quando os Ramires largam a perseguir o Bastardo! Cá para mim, tem mais poesia. Quando o velho faz aquela jura com a espada e depois lá na Torre, muito devagar, começa a tocar a finados... É de apetite!

À borda do assento, encolhido contra o Titó, para que o sr. Administrador se alastrasse confortavelmente, Padre Soeiro, com as mãos no cabo do seu guarda-sol, concordou:

– Com certeza! são lances interessantes... Com certeza! Naquela novela há imaginação rica, muito rica; e há saber, há verdade.

O Titó, que depois de *Simão de Nantua*, em pequeno, não abrira mais as folhas dum livro, e não lera a *Torre de D. Ramires*, murmurou, com um risco mais largo na poeira:

– Extraordinário, aquele Gonçalo!

O Videirinha não findara o seu enlevado sorriso:

– Tem muito talento... Ah! o sr. Doutor tem muito talento.

– Tem muita graça! – exclamou o Titó, levantando a cabeça. – E é o que o salva dos defeitos... Eu sou amigo de Gonçalo, e dos firmes. Mas não o escondo, nem a ele... Sobretudo a ele. Muito leviano, muito incoerente... Mas tem a raça que o salva.

– E a bondade, sr. Antônio Vilalobos! – atalhou docemente Padre Soeiro. – A bondade, sobretudo como a do sr. Gonçalo, também salva... Olhe, às vezes há um homem muito sério, muito puro, muito austero, um Catão[18] que nunca cumpriu senão o dever e a lei... E todavia ninguém gosta dele, nem o procura. Por quê? Porque nunca deu, nunca perdoou, nunca acarinhou, nunca serviu. E ao lado outro leviano, descuidado, que tem defeitos, que tem culpas, que esqueceu mesmo o dever, que ofendeu mesmo a lei... Mas quê? É amorável, generoso, dedicado, serviçal, sempre com uma palavra doce, sempre com um rasgo carinhoso... E por isso todos o amam, e não sei mesmo, Deus me perdoe, se Deus também o não prefere...

A curta mão que acenara para o céu, recaiu sobre o cabo de osso do guarda-sol. Depois, e corado com a temeridade de pensamento tão espiritual, acudiu cautelosamente:

– Que esta não é propriamente doutrina da Igreja!...[19] Mas anda nas almas; anda já em muitas almas.

Então João Gouveia abandonou o recosto do banco de pedra e teso na estrada, com o coco à banda, reabotoando a sobrecasaca, como sempre que estabelecia um resumo:

– Pois eu tenho estudado muito o nosso amigo Gonçalo Mendes. E sabem vocês, sabe o sr. Padre Soeiro quem ele me lembra?

– Quem?

– Talvez se riam. Mas eu sustento a semelhança. Aquele todo de Gonçalo, a franqueza, a doçura, a bondade, a imensa bondade, que notou o sr. Padre Soeiro... Os fogachos[20] e entusiasmos, que acabam logo em fumo, e juntamente muita persistência, muito aferro quando se fila à sua ideia... A generosidade, o desleixo, a constante trapalhada nos negócios, e sentimentos de muita honra, uns escrúpulos, quase pueris, não é verdade?... A imaginação que o leva sempre a exagerar até à mentira, e ao mesmo tempo um espírito prático, sempre atento à realidade útil. A viveza, a facilidade em compreender, em apanhar... A esperança constante nalgum milagre, no velho milagre de Ourique[21], que sanará todas as dificuldades... A vaidade, o gosto de se arrebicar, de luzir, e uma simplicidade tão grande, que dá na rua o braço a um mendigo... Um fundo de melancolia, apesar de tão palrador[22], tão sociável. A desconfiança terrível de si mesmo, que o acobarda, o encolhe, até que um dia se decide, e aparece um herói, que tudo arrasa... Até aquela antiguidade de raça, aqui pegada à sua velha Torre, há mil anos... Até agora aquele arranque para a África... Assim todo completo, com o bem, com o mal, sabem vocês quem ele me lembra?

– Quem?

– Portugal.

Os três amigos retomaram o caminho de Vila Clara. No céu branco uma estrelinha tremeluzia sobre Santa Maria de Craquede. E Padre Soeiro, com o seu guarda-sol sob o braço, recolheu à Torre vagarosamente, no silêncio e doçura da tarde, rezando as suas Ave-Marias, e pedindo a paz de Deus para Gonçalo, para todos os homens, para campos e casais adormecidos, e para a terra formosa de Portugal, tão cheia de graça amorável, que sempre bendita fosse entre as terras.

Notas

I

1. *Quinzena:* jaquetão.
2. *Fólios:* livros cujas folhas não foram dobradas.
3. *Poiais:* bancos fixos.
4. *As obras de Walter Scott:* obras que servem de fonte de pesquisa para Gonçalo Ramires: *História Genealógica*: trata-se da *História Genealógica da Casa Real Portuguesa* (1735-1749), obra em treze volumes, escrita por Antonio Caetano de Sousa; *Vocabulário Português* (1712-1721): obra em dez volumes, de Rafael Bluteau, que deu origem aos dicionários de português posteriores; *Panorama*: revista portuguesa de literatura, surgida em 1837, um ano após a data convencional para o início do Romantismo em Portugal (1836); *sir Walter Scott*: escritor escocês (1771-1832), precursor do romance histórico.
5. *Ameias:* parapeitos denteados que protegem atiradores, no alto dos castelos.
6. *Morgado:* filho primogênito, herdeiro de terras e bens; nesse ponto, a cena que descreve o trabalho de Gonçalo é interrompida por uma retrospectiva que explica a ascendência nobre da personagem.
7. *Fidalgo:* nobre; a palavra é originária da expressão *filho de algo*, ou seja, filho de posses, rico.

430 ❧ EÇA DE QUEIRÓS

8. *Coevas:* contemporâneas.

9. *Pendão e caldeira:* símbolos do feudalismo, referentes ao direito do vassalo (concedido pelo suserano) de manter suas próprias tropas: o *pendão* é a bandeira do exército; a *caldeira*, o sustento da tropa.

10. *Ordonho Mendes:* o fundador da Casa de Ramires é o Conde Ordonho Mendes: de fato, antes de Portugal tornar-se Estado independente, a região correspondente (chamada Portucale) vivia sob o comando de condes, vassalos do rei de Leão. Por vários anos, a autoridade no condado foi exercida pela família *Mendes*, da qual se dizia ter sangue real e também mouro, pois sua origem remontava ao Rei *Ramiro*, casado com uma moura. O sobrenome de Gonçalo resgata, portanto, a "pré-história" do reino.

11. *Colaço:* irmão de leite; um Ramires teria mamado do mesmo leite que o primeiro rei de Portugal, D. Afonso Henriques.

12. *Batalha de Ourique:* batalha contra os mouros (1139), em que D. Afonso Henriques é aclamado Rei de Portugal. Antes da batalha, ele teria visto, em sonho, Jesus Cristo e suas cinco chagas (feridas).

13. *Acha* (ou *acha-de-armas*)*:* arma antiga, em forma de machado.

14. *Cimitarras:* espadas turcas, de lâminas curtas e largas.

15. *Albarrã:* torre que se sobressai em muralhas ou castelos.

16. *Barbacãs:* muro que antecede a muralha do castelo.

17. *D. Fernando I:* rei de Portugal (último da dinastia afonsina), entre 1367 e 1383, chamado de *inconstante*, principalmente por ter se casado com D. Leonor (filha do rei de Aragão); depois com D. Leonor (filha do rei de Castela) e, finalmente, com a fidalga Leonor Teles, que já era casada com um vassalo do rei.

18. *Batalha de Aljubarrota* (1385): marca a vitória de Portugal sobre Castela, logo após a subida ao poder da dinastia de Avis, cujo primeiro rei foi D. João (mestre de Avis).

19. *Desbarata um troço de besteiros:* derrota uma tropa de besteiros (soldados armados de *bestas*, ou seja, de armas que disparam setas).

20. *Lide:* batalha; *lidador* é o soldado.

21. *Alcáçova* (ou *alcáçar*)*:* fortaleza.

22. *Alcácer Quibir:* região ao Norte da África onde se deu, em 1578, uma batalha desastrosa para Portugal, pois nela morreu (ou apenas *desapareceu*, segundo o imaginário popular) o rei D. Sebastião, fato que determinou o fim da dinastia de Avis e a subordinação de Portugal à Espanha.

A ILUSTRE CASA DE RAMIRES 〜〜 431

23. *Chusma:* multidão.
24. *Degenera a nobre raça:* assim como Portugal, depois do apogeu das navegações durante a dinastia de Avis, entra em declínio a partir do domínio dos Felipes de Espanha (1580-1640), os Ramires heroicos vão sendo sucedidos por descendentes degenerados (ladrões, assassinos, piratas, traficantes...).
25. *Ora Regenerador, ora Histórico:* a oscilação política do pai de Gonçalo reflete o que acontecia no próprio governo de Portugal: os partidos Regenerador e Histórico que, embora rivais, apresentavam o mesmo programa político, revezavam-se no poder, numa alternância conhecida por *Rotativismo.*
26. *Com um R no terceiro ano:* a retrospectiva histórica da genealogia dos Ramires termina com Gonçalo, formado em Coimbra *com um R,* o que simboliza a degradação da família.
27. *Algarvio:* da região do Algarve (Sul de Portugal).
28. *Nos grossos tomos nunca dantes visitados:* paródia do terceiro verso da epopeia *Os Lusíadas* (1572), de Camões: "As armas e os barões assinalados / Que, da ocidental praia lusitana / *Por mares nunca dantes navegados* / Passaram ainda além da Taprobana". Os estudantes teriam pesquisado, pela primeira vez, obras dos cronistas medievais Fernão Lopes, Rui de Pina e Gomes Eanes de Zurara.
29. *Vílico:* administrador de propriedade rural; feitor.
30. *Bofé!... Mentes pela gorja!... Pajem, o meu morzelo!...:* vocabulário e expressões de sabor medieval.
31. *Cavalariços com saios alvadios, beguinos sumidos na sombra das cogulas, ovençais sopesando fartas bolsas de couro, uchões espotejando nédios lombos de cerdo:* a referência aos cavaleiros medievais e suas vestes militares antigas (*saios*), embora não remetesse especificamente a Portugal, era suficiente para resgatar o "sentimento nacional". *Beguino:* frade mendicante; *cogulas:* capa usada por frades beneditinos; *ovençais:* cobradores de impostos; *uchões:* responsáveis pela *ucharia* (despensa, depósito dos castelos).
32. *Terso:* puro, correto.
33. *O Bobo, o Monge de Cister...:* obras de Alexandre Herculano (1810-1877), escritor português representativo do Romantismo, autor de romances históricos-medievalistas.
34. *Os moços zelosos [...] recaíram nos romances de Georges Ohnet:* os colegas de Gonçalo e José Castanheiro abandonaram a pesquisa

432 ·❦· EÇA DE QUEIRÓS

relacionada ao passado nacional e passaram à leitura de autores franceses, como o romancista Georges Ohnet (1848-1918).

35. *Ribeira do Coice:* segundo Gonçalo, a barreira física entre a sua quinta (Santa Ireneia) e a de André Cavaleiro (Corinde), reforça os rancores entre os ex-amigos.

36. *Cavaqueiras:* reuniões íntimas entre amigos.

37. *Avoengo:* antepassado.

38. *Alferes:* antigo posto militar (do árabe *al-faris:* cavaleiro); Tructesindo era cavaleiro de Sancho I, segundo rei de Portugal.

39. *Procrastinare lusitanum est:* "adiar é lusitano" (latim).

40. *D. Nuno Álvares Pereira:* cavaleiro que se destacou na Batalha de Aljubarrota (ver nota 18); *Vasco da Gama:* navegador português, o primeiro a percorrer o caminho marítimo para a Índia (1498).

41. *Parou – ondeou o braço magro [...] Reatando a tradição, caramba:* nesse parágrafo, verifica-se o emprego do discurso indireto livre, frequente no livro: as falas (e reflexões, pensamentos) das personagens aparecem no discurso do narrador (em terceira pessoa), sem as marcas distintivas do discurso direto (aspas, travessão) nem de discurso indireto (verbos *dicendi*).

42. *Que promete a força humana:* alusão ao verso da primeira estrofe de *Os Lusíadas,* de exaltação à coragem e à ousadia dos portugueses navegadores.

43. *De folhetim em folhetim, se chega a S. Bento:* S. Bento é o edifício (um antigo convento) onde ficava a sede das Cortes Constitucionais (hoje Assembleia da República) em Lisboa. Escrever a novela (os folhetins) teria o objetivo prático de se fazer conhecido e obter um cargo político.

44. *Lentes:* professores.

45. *Vetustos:* antigos, respeitáveis pela idade.

46. *Viver Afonsino:* época correspondente ao reinado da dinastia Afonsina (1143 a 1383).

47. *"Sua obra":* a expressão aparece entre aspas porque não se trata de uma obra totalmente concebida por Gonçalo Ramires: ele se apropria da narrativa em versos feita por seu tio Duarte.

48. *Loriga:* antiga saia de malha com escamas de metal.

49. *Oblatos:* noviços.

50. *Truão:* bobo da corte.

51. *Monge, escuta! O solar de D. Ramires / Por si, e pedra a pedra se*

A ILUSTRE CASA DE RAMIRES 433

aluíra, / Se jamais um bastardo lhe pisasse, / Com sapato aviltado, as lajes puras: o poema de tio Duarte apresenta-se em versos decassílabos brancos (sem rimas), dispostos em quadras.

52. *Lembrando o* Bobo: a novela de Gonçalo, se lembrasse o estilo de *O Bobo* (romance de Alexandre Herculano, de 1843), não se diferenciaria muito do "Romantismo de 1846".

53. *Luís Augusto Rebelo da Silva* (1822-1871): romancista histórico português.

54. *Salambô:* romance de Gustave Flaubert, escritor realista francês. Gonçalo tem a intenção de escrever romance de "vigor" e fidelidade realista, mas não é capaz de evitar a repetição dos traços românticos da obra que o "inspira".

55. *E tudo na mesma Torre:* a Torre é o elo simbólico entre passado e presente.

56. *Cartapácios:* coleção de documentos manuscritos, em forma de livro, o mesmo que *alfarrábios.*

57. *Amanhava:* lavrava, cultivava.

58. *Se emborrachava:* se embriagava.

59. *Esquadrinhou:* observou, analisou.

60. *Tulha:* celeiro.

61. *Cordoveias:* veias jugulares; o suor indica a ansiedade de José Casco, que acabara de fechar negócio (acertar o arrendamento das terras de Santa Ireneia) com o Fidalgo.

62. *Labutava, empurrando a pena como lento arado em chão pedregoso:* volta-se à cena inicial, que apresenta Gonçalo lutando contra a falta de inspiração para escrever; essa dificuldade é comparada ao trabalho do lavrador ("empurrando a pena como lento arado em chão pedregoso"), que é justamente a ocupação do rude e honesto José Casco.

II

1. *Caturrar:* teimar, discutir.

2. *Beber todo um pipo e em comer todo um anho:* beber um barril de vinho e comer um cordeiro inteiro.

3. *Amara sempre aquele Hércules bonacheirão [...] sobretudo pela independência, uma suprema independência:* Gonçalo admira Tító

434 ∽∾ EÇA DE QUEIRÓS

principalmente pela independência econômica deste, que lhe garante autoconfiança (qualidade que Gonçalo não possui).

4. *Nunca discordava da Rosa ou do Bento:* o Fidalgo mostra-se sempre submisso às opiniões de seus próprios criados, e até dependente delas.

5. *Saburrosa:* com *saburra*, crosta esbranquiçada comum como sintoma de certas doenças.

6. *Mosca:* pequena porção de barba sob o lábio inferior.

7. *Verrinas:* críticas violentas.

8. *Nesse muro que o separava da fortuna [...]* – *os* ANAIS DE LITERATURA E DE HISTÓRIA: fica evidente que a intenção de Gonçalo não é desenvolver dotes literários, e sim fazer da literatura a brecha (o "buraquinho") para trespassar o "muro" que o separa da fortuna, da política, do reconhecimento. Essa metáfora ("do furo, da fenda") é recorrente, aparecendo também nas pp. 188 ("encontra uma porta aberta"), 193 ("Era o muro, em que sempre se..."), 201 ("Furara enfim através da fenda..") e 203 ("E eis a fenda transposta").

9. *Esta instituição de Rei anda muito safada, Bento:* Gonçalo se refere à falência da monarquia portuguesa.

10. *Andou a monte:* andou escondido.

11. *Merece fato novo:* somando tudo (origem "baixa", beleza física e ascensão social) Gonçalo conclui que a visita a D. Ana Lucena merecia ser feita de *fato* (terno) novo.

12. *Voltarete enremissado:* jogo de cartas "retardado", atravancado.

13. *Servindo os Históricos como servira os Regeneradores:* João Gouveia é um representante da política do Rotativismo (ver nota 25, Cap. I).

14. *Lourenço Marques:* atual Maputo, capital de Moçambique.

15. *Esses, primeiramente, nunca cometeriam a indecência de vender a Ingleses terra de Portugueses! Negociariam com Franceses, com Italianos, povos latinos, raças fraternas...:* referência irônica ao Rotativismo (os partidos são rivais, mas os programas políticos são idênticos) e às discórdias com a Inglaterra.

16. *Herdade:* grande propriedade rústica, fazenda.

17. *Carantonha:* careta.

18. *Zurrapa:* vinho estragado.

19. *Charneca:* terreno árido e inculto.

20. *Mandão burlesco que desorganizava o Distrito:* discurso indireto livre: a opinião de Gonçalo, movida por um rancor de ordem pessoal

A ILUSTRE CASA DE RAMIRES ❧ 435

(e não política como pensam seus amigos) é de que André é *burlesco* (ridículo, grosseiro).

21. *Entremez:* do italiano *intermezzo*: farsa, representação teatral cômica.

22. *Guedelha:* cabelo comprido.

23. *Desconchavo:* tolice.

24. *Borrachos:* bêbados.

25. *Empertigado:* orgulhoso, altivo.

26. *Vomito:* aversão insuperável, ódio mortal a André Cavaleiro.

27. *Langoroso:* lânguido, frouxo; passa-se à explicação do verdadeiro motivo do rancor de Gonçalo.

28. *Vítor Hugo* (1802-1885): poeta romântico francês; *João de Deus Ramos* (1830-1896): poeta romântico português.

29. *Marte*: deus romano da guerra (corresponde ao grego Ares); *Psiquê*: mortal que se apaixonara por Eros, deus do Amor.

30. *Comezinha:* comum.

31. *Anasarca:* inchaço em todo o corpo.

32. Amadis, Leandro o Belo, Tristão e Brancaflor*, as* Crônicas do Imperador Clarimundo: novelas medievais de cavalaria.

33. *Procurando agora apanhar como amante aquela grande fidalga, aquela Ramires, que desdenhara como esposa:* Cavaleiro estaria atuando como um *don juan*, que age apenas com o intuito de seduzir.

34. Fado dos Ramires: canção tradicional portuguesa; o fado de Videirinha tem caráter encomiástico, isto é, bajulatório.

35. *Endechas:* quadras (estrofes de quatro versos) de conteúdo melancólico.

36. *Saimento:* funeral.

37. *Almadraque:* colchão.

38. *Ginete:* cavalo.

39. *Cotas:* armaduras.

40. *Almogávares:* guerreiros de emboscadas.

41. *Esboçou com segurança a época da sua novela:* o contexto em que se passa a história de Tructesindo Ramires corresponde ao reinado de D. Afonso II (1211-1223), terceiro rei de Portugal. Seu pai, D. Sancho I, havia deixado um testamento em que concedia bens e terras às filhas (as infantas D. Sancha, D. Teresa e D. Mafalda). D. Afonso alegou que o pai não poderia ter alienado os bens da coroa; por sua vez, as infantas negaram-se a reconhecer a autoridade do irmão, e buscaram ajuda junto ao rei de Leão.

436 ❦ EÇA DE QUEIRÓS

42. *Rico-Homem:* servidor do rei nas guerras; vassalo que usava *pendão e caldeira* (ver nota 9, cap. I) para indicar que sustinha outros.
43. *Navas de Tolosa:* local na região de Castela, para onde foram tropas portuguesas auxiliar os cristãos em vitoriosa batalha contra mouros (1212).
44. *Alcaide:* antigo governador de província.
45. *Troço:* tropa.
46. *Adail:* sentinela.
47. *Mesnada:* tropa, grupo de soldados assalariados.

III

1. *Quilha leve em água mansa:* ao contrário da comparação com o *arado em chão pedregoso* (nota 62, cap. I), a imagem da *quilha leve em água mansa* sugere a facilidade com que Gonçalo agora escreve.
2. *Alões:* cães.
3. *Mas que esforço:* fica evidente a existência da "ficção dentro da ficção": toda a descrição da sala de Tructesindo é considerada fruto da "criação" de Gonçalo. Na verdade, o que ele faz é juntar adornos (*alfaias*) de obras já existentes. Daí a ironia da exclamação: *Mas que esforço!*
4. *"Um pergaminho de amarelada escrita...":* nesse ponto o Fidalgo depara-se com a questão da verossimilhança (coerência interna).
5. *E já desenrolara ante o velho todos os fundamentos invocados contra elas pelos doutos notários da cúria [...] o velho foro dos Visigodos!...:* as autoridades eclesiásticas condenavam a atitude rebelde das infantas.
6. *Morabitinos:* antiga moeda corrente na Península Ibérica.
7. *E o honrado senhor [...] não o deveria decerto desfazer:* Mendo Pais argumenta que, após ter colaborado com as lutas para a independência de Portugal, não era coerente que Tructesindo se pusesse a favor das infantas rebeldes, aliadas a Leão.
8. *Este grito de fidelidade, tão altivo, não ressoava no proemeto do tio Duarte:* a frase pressupõe que todo o resto já constava no poema de tio Duarte.
9. *Argonautas:* navegadores lendários da mitologia grega; são o motivo da tapeçaria (*panos de Arrás*) que decora a sala.
10. *[...] quando lhe calhava como em abril o apoio do Governo:* nas últimas eleições, tomara o poder o Partido Histórico.

A Ilustre Casa de Ramires ❦ 437

11. *Gente que engordou, que trepou...:* Sanches Lucena é um representante da burguesia enriquecida (com atividades comerciais).
12. *Pitada:* pitada de rapé.
13. *Lisura:* honestidade.
14. *Palavra dada entre o Fidalgo e o Casco:* discurso indireto livre. A pergunta de Pereira Brasileiro sugere que, mesmo para aqueles que não têm "sangue nobre", a palavra vale mais que o papel.
15. *Estendeu a mão aberta ao Pereira:* repete-se a cena em que Gonçalo apertara a mão de José Casco.
16. *Cardo:* planta espinhosa. O lavrador compara as terras de José Barrolo (boas, como "couve") com as de André Cavaleiro (ruins, como "cardo"). A qualidade das terras poderia ser vista como indício do caráter dos donos.
17. *Chavascal:* terreno estéril.
18. *No seu amor religioso da palavra e da honra:* fica estabelecido o contraponto irônico entre a palavra honrada de Tructesindo e a palavra volúvel de Gonçalo, que traíra o negócio fechado com o Casco.
19. *Bufarinheiro genovês com os machos ajoujados de trouxas:* vendedor ambulante, conduzindo animais curvados pelo peso da carga.
20. *Parece que para mostrar ao Governo:* Dr. Júlio tira fotos de miseráveis para usá-las com objetivos políticos.
21. *Como no espanto de um sacrilégio:* para Manuel Solha, a subserviência a um nobre é indiscutível; trata-se de uma relação de servilismo com raízes ancestrais, arquetípicas.
22. *Estugava:* apressava.
23. *Casais:* pequenos povoados, lugarejos.
24. *Trintanário:* criado, auxiliar do cocheiro.
25. *O cabo de oiro da luneta de oiro, suspensa por um cordão de oiro:* a repetição expressiva reforça a ostentação das condições socioeconômica de D. Ana.
26. *Escalavrada:* arruinada.
27. *Bom Samaritano:* personagem de parábola bíblica: um homem ficara quase morto após ter sido assaltado; várias pessoas passavam pela estrada, viam-no, mas seguiam seu caminho, até que um samaritano prestou ajuda ao ferido. A comparação caracteriza a bondade de Gonçalo.
28. *Pois também eu me lembro que sua mana [...] trazia um traje de lavradeira de Viana:* paradoxalmente, D. Ana, mulher vulgar e de origem não nobre, fora vestida de Imperatriz; no mesmo baile, a

438 ✧✧ EÇA DE QUEIRÓS

fidalga Gracinha Ramires trajava como camponesa. As fantasias estariam indicando a verdadeira situação *econômica* dessas mulheres (e não seu lugar na hierarquia social nobiliárquica).

29. *Miguelismo:* fidelidade a D. Miguel (rei de Portugal entre 1828 e 1832), na luta entre este e D. Pedro IV (I do Brasil); o mesmo que *absolutismo*.

30. *Ajudante de Farmácia e amigo do sr. Gonçalo Mendes Ramires:* novamente, Sanches Lucena mostra-se espantado ao saber que Gonçalo possuía amizades junto a pessoas simples; para ele, era natural que os amigos do Fidalgo fossem os influentes na Corte em Lisboa, como os "parentes" mencionados que Gonçalo *fingira* conhecer.

31. *Patranhas:* invencionices, mentiras.

32. *Mas D. Ana, que se erguera bruscamente do banco:* a reação brusca de D. Ana, diante do novo assunto (o Titó), não deixa de ser suspeita.

33. *Escanifrado:* muito magro.

34. *Além os pastos [...] sentindo já – tudo dela:* note-se a ironia por parte do narrador, que transforma o "tudo dele!" (prazer de Sanches Lucena em admirar suas posses) em "tudo dela!" (certeza de D. Ana de herdar, brevemente, aquelas mesmas posses...).

35. *Sabuja:* bajuladora.

36. *Bichas de rabear:* espécie de foguete, "bombinha".

IV

1. *Biltre:* vil, infame.

2. *Pileca:* cavalgadura ordinária, cavalo magro.

3. *Untos:* banhas, gordura.

4. *Pega:* discussão séria.

5. *Trela:* coleira.

6. *Uvas verdes, sr. D. Gonçalo, uvas verdes:* intertextualidade: referência à fábula de La Fontaine (1621-1695) sobre a raposa que, por não conseguir alcançar umas uvas, desdenha delas por estarem verdes.

7. *Nem que ela se me oferecesse [...] numa salva de oiro:* a afirmação categórica de Gonçalo parece ser a expressão de um sentimento sólido, inabalável, como o ódio ao Cavaleiro (ver nota 26, cap. II).

8. King Salomon's Mines: *As Minas do Rei Salomão,* romance de aventura (1885) do inglês H. Rider Hagaard.

A Ilustre Casa de Ramires   439

9. *Sopeando:* refreando.

10. *Grenha:* cabeleira.

11. *Além disso...:* Gonçalo se detém, para não revelar ao ingênuo cunhado o verdadeiro motivo de suas ofensas a André Cavaleiro.

12. *E o que o desolava era perceber no coração de Gracinha [...] nem encanto dum filho no seu berço:* Gracinha é sentimental e vive uma vida sem brilho junto ao marido "Bacoco" (tolo). Gonçalo teme que a fraqueza da irmã torne possível a revivência dos amores com o Cavaleiro.

13. *Condiscípulo:* colega de estudos.

14. *Interrompeu o Fidalgo com uma fugidia cor na face fina:* Gonçalo empalidece, pois percebe que a notícia do negócio fechado com o Casco já chegara até Oliveira.

15. *Pândegas:* reuniões divertidas.

16. *Quino:* bingo.

17. *Farripas:* cabelos despenteados.

18. *Semicúpios:* banhos de assento.

19. *O Titó remexeu o vasto corpo dentro do cadeirão [...] que uma vermelhidão aquecera:* como a de D. Ana, a reação de Titó é significativa (ver nota 32, cap. III).

20. *Esse sr. André Cavaleiro [...] gabou com imensa simpatia os miolos do sr. Gonçalo Mendes Ramires:* o rancor é unilateral: Cavaleiro não tem motivos para odiar Gonçalo; pelo contrário, ele tem interesse em reaproximar-se do ex-amigo.

21. *Tíbulo:* poeta romano (século I a.C.)

22. *Enxovalhos:* ofensas, injúrias.

23. *Portugal é uma fazenda, uma bela fazenda, possuída por uma parceria:* a partir de uma alegoria (metáfora amplificada), Gonçalo explica como vê a política que se baseia na garantia dos privilégios.

24. *Mandarim:* magistrado (juiz) chinês.

25. *O Titó andava nessa noite de carapuço e de jaqueta:* era de Titó, portanto, o vulto visto por Gonçalo na noite em que este inventara que convidaria D. Ana Lucena para uma festa.

26. *Gárrulas:* tagarelas, faladeiras.

27. *Polifemo:* ciclope, gigante de um só olho que aprisionou Ulisses (herói da epopeia *Odisseia*) em sua caverna.

28. *Sempre bom regenerador:* o tabelião é do mesmo partido de Gonçalo Ramires (é rival político, portanto, de André Cavaleiro).

440 ✎✎ EÇA DE QUEIRÓS

29. *Femeeira:* devassa, libertina.
30. *Toda a cidade se revoltaria [...] E Gracinha?:* Gonçalo exulta por ter encontrado um escândalo envolvendo o Governador Civil. O verdadeiro motivo de sua satisfação, entretanto, parece residir na certeza de que a irmã, movida pela decepção, esqueceria definitivamente o seu "grande amor".
31. *Pro patria et pro domo:* "pela pátria e pelo lar" (latim).
32. *Pudicícia:* castidade, honra.
33. *D. João:* Don Juan, sedutor.
34. *Sob os dedos de Gracinha o* Fado dos Ramires *esmoreceu:* o som do piano passa a expressar as reações de Gracinha diante do escândalo revelado pelo irmão.
35. *Funambulesca:* circense. Note-se o exagero, a riqueza de detalhes que compõem a "versão" de Gonçalo para a estória ouvida do tabelião.
36. *O Cavaleiro saboreou:* mais admirado que indignado, Barrolo insinua que a moça Noronha teria se rendido à sedução de Cavaleiro (e esse seria, portanto, o motivo da mudança da família para o Alentejo).

V

1. *Barrete:* chapéu, boné.
2. *Latagão:* homem alto, forte.
3. *De chasco:* de provocação.
4. *À moda de 1830:* no estilo dos romances românticos medievalistas.
5. *Esta invenção de imensos cartazes [...] deleitou o fidalgo:* além de representar uma chance de ingressar na política, a publicação da novela satisfaria a vaidade do Fidalgo.
6. *Homizios:* esconderijos.
7. *Bastardo:* filho ilegítimo.
8. *D. Henrique:* conde que recebera o condado Portucalense do rei Afonso VI, de Leão, em 1095.
9. *Ulmeiros* (ou *olmos*): tipo de árvore europeia.
10. *Esculca:* sentinela, vigia.
11. *Denodado:* ousado.
12. *Virotes:* flechas curtas.

A Ilustre Casa de Ramires ∽∽ 441

13. *Fouveiro:* cavalo ruivo ou castanho.
14. *Andas:* ripas, varas que sustentam uma espécie de maca.
15. *Broquéis:* escudos.
16. *Abolados os arneses:* amassadas as armaduras.
17. *Churdo! e marrano!:* sórdido! imundo! (ou excomungado).
18. *Por entre a peonagem de Baião e da hoste real [...] ensopando o forro de estopa:* mesmo ferido, Lourenço Ramires insiste em romper a cerca de soldados que protegem Lopo de Baião para lutar pessoalmente contra o inimigo.
19. *Calhau:* pedra.
20. *Filavam a gorja:* agarravam pela garganta.
21. *[...] senão pela continuação heroica das mesmas façanhas, pela mesma alevantada compreensão do heroísmo:* a Gonçalo só resta reviver (através da "compreensão") o heroísmo de seus antepassados; pode-se comparar essa condição à de Portugal, que em meio à crise vive das lembranças de um passado glorioso.
22. *Um Ramires de nobres energias, não façanhudas, mas intelectuais:* o fidalgo justifica-se, compensando sua inanidade política com a atividade intelectual.
23. *Apertada azinhaga:* caminho estreito.
24. *Estugou:* apressou.
25. *Maça:* clava, pilão; a imagem sugere como foi difícil para Gonçalo mostrar-se digno diante do lavrador traído.
26. *Enxovia:* prisão.
27. *Gonçalo Mendes Ramires correu à cancela entalada nos velhos umbrais de granito [...] numa carreira furiosa de lebre acossada:* imagem que indica o medo covarde de Gonçalo (ao contrário dos Ramires medievais que, além de se manterem fiéis à palavra empenhada, enfrentavam corajosamente os inimigos; ver acima nota 18).
28. *Da eira e da abegoaria:* do pátio e do curral.
29. *Então, que sarau é este? [...] veio para mim com uma foice:* o relato de Gonçalo é distorcido; a mentira e o exagero se prestam a que a personagem justifique o ataque de José Casco.
30. *Hem, que te parece? [...] o homem positivamente me ferra um tiro de espingarda:* as distorções parecem não ter limite.
31. *Cacifro:* quarto apertado, cubículo.

442 ✿✿✿ EÇA DE QUEIRÓS

32. *Solarengos:* serventes do solar.
33. *Angina pectoris:* angina de peito, dor aguda no peito que faz amortecer o braço esquerdo.
34. *Mealheiro:* pecúlio, economia.
35. *Boa maquia:* lucro, vantagem.
36. *Círculo:* território, região.
37. *Pelos Históricos ou pelos Regeneradores, pouco importa:* as convicções políticas não são absolutas ao ponto de inibirem as ambições.
38. *Coeva:* contemporânea.
39. *Agravos dos Horácios e dos Curiácios:* célebre combate entre três irmãos de Roma e três irmãos de Alba, na Antiguidade.
40. *Parelha:* par de cavalos.
41. *Eu tenho um pretexto! Não!...:* ato falho de Gonçalo: obviamente, a ameaça de José Casco era um pretexto para que ele se reaproximasse do Cavaleiro.
42. *Com efeito é uma questão de Ordem Pública:* num acordo tácito, ambos fingem acreditar que a questão do Casco exige de fato a intervenção do Governador Civil.
43. *Peccavi, mea culpa, mea maxima culpa:* "pequei, minha culpa, minha máxima culpa" (latim).
44. *Louvaminheiro:* bajulador.
45. *Há o País!:* como se não estivesse convencido de que sua resolução não significaria a "entrega" de Gracinha Ramires, nem a sua própria, Gonçalo apela para a consideração de que estaria fazendo tudo pela pátria: é mais uma de suas justificativas ilusórias.
46. *Bexigas:* marcas de varíola.
47. *Guerra das Rosas:* guerra dinástica entre as casas inglesas de York e Lancaster (1459-1485).
48. *Avença:* sinal de acordo.
49. *Todos esses campos [...] edificar de costa a costa um Portugal maior:* delineia-se o programa político de Gonçalo, baseado no expansionismo territorial.
50. *T. Pinheiro:* era o nome da personagem patriota criada por Eça de Queirós na primeira edição de *A Ilustre Casa de Ramires* (em 1897, na *Revista Brasileira*), provavelmente inspirada no historiador Pinheiro Chagas, com quem o autor polemizara por causa do nacionalismo ufanista deste último.

A ILUSTRE CASA DE RAMIRES ❦ 443

51. *Choldra:* cambada, turma mal-intencionada.
52. *Meco:* espertalhão.
53. *Burlesca eleição:* expressão da volubilidade de Gonçalo.
54. *Mas gastaria a noite na Assembleia, [...] para que todos recordassem a sua indiferença:* evidencia-se sua preocupação com a opinião pública (mais do que com a própria manutenção da dignidade).
55. *Almocadém:* capitão da tropa.
56. *Arnês:* armadura.
57. *Lebréus:* cães galgos.
58. *Inês de Castro:* personagem histórica (e também lendária), amante de D. Pedro I; em 1365, foi assassinada a mando do rei, D. Afonso IV, pai de D. Pedro; este a teria mandado desenterrar, para coroá-la depois de morta. Camões, no Canto III de *Os Lusíadas*, descreve a cena em que Inês de Castro suplica ao rei que lhe poupe a vida, não por ela, mas por seus filhos.
59. *Transval:* região próxima a Moçambique (sudeste da África).
60. *Boceta de alperces:* trouxa de pêssegos.
61. *Avantesma:* fantasma.
62. *Para se assegurar do sossego, do silêncio, da penumbra, do conforto:* embora Gonçalo tenha temido pela sua imagem (de "fidalgo desumano"), ele demonstra também real preocupação com o pequeno Manuelzinho.
63. *Alcovitara:* favorecera, intermediara.
64. *Lazareto:* hospital para leprosos.
65. *Coscuvilheiras:* bisbilhoteiras.
66. *Com um esforço de atenção erudita [...] nunca o Castelo de Santa Ireneia lhe parecera tão heroico:* a imersão na novela representa um momento de evasão da realidade sórdida que Gonçalo teria que enfrentar.
67. Tais estrofes são as preferidas por Gonçalo porque retratam uma Inglaterra intimidada.
68. *Libré de lacaio:* uniforme de criado.
69. As perguntas de Titó são irônicas; apontam para a descarada "mudança de opinião" que se teria operado em Gonçalo.
70. *Catão:* romano famoso, conhecido pelo rigor de seus costumes e pela censura aos comportamentos alheios.

VI

1. *D. Maria II:* rainha de Portugal entre 1826 e 1853.
2. *Amanuense:* escrevente.
3. *Peúgas:* meias curtas.
4. *Bluff:* jogo de cartas baseado no blefe (do inglês *bluff*: engano).
5. *Precisamos conservar os olhos atentos:* André Cavaleiro valoriza ao máximo a importância de seu empenho para a indicação de Gonçalo.
6. *O Júlio das fotografias:* um possível concorrente de Gonçalo ao cargo é o Dr. Júlio, que fotografa as precárias condições da população pobre com objetivos políticos (ver nota 20, cap. III).
7. *Elegíaco:* melancólico, "tristonho".
8. *Bragal:* roupa branca, enxoval.
9. *Femeaço:* mulherio.
10. *Portugal sob os Filipes:* período de 1580 a 1640, correspondente à dominação espanhola em Portugal.
11. *O que foi agradável ao Fidalgo da Torre:* o espírito de Gonçalo se divide entre o temor e a vergonha pela entrada triunfal em Oliveira, ao lado de seu ex-desafeto, e a satisfação de ser tratado como autoridade.
12. *O Governo imediatamente me mandou perguntar, pelo telégrafo, se eu me desejava propor...:* mais uma invenção de Gonçalo, ou sua distorcida versão dos fatos.
13. *À capucha:* sem alarde, sem pompa; discretamente.
14. *Comezaina:* comilança.
15. *Faustoso:* luxuoso, exagerado.
16. *Vinhaça, e vivório:* bebedeira, e aplausos.
17. *Garrulice:* tagarelice.
18. *Cavaco:* bate-papo.
19. *Almazinha heroica:* o oxímoro (paradoxo "resumido") expressa a fragilidade da opinião do próprio Gonçalo sobre a força moral da irmã.
20. *Mas:* a conjunção adversativa é empregada ironicamente: após a sugestão de Gonçalo sobre o vestido que Gracinha deveria usar, espera-se uma reação adversa de Barrolo; este, entretanto, apenas lamenta não terem o vinho que a comemoração exigia...
21. *Heráldicas:* do brasão da família.
22. *Pálio:* manto, capa.

A ILUSTRE CASA DE RAMIRES ❧ 445

23. *E que importa em hoste poderosa uma lança ferrugenta:* alegoria –
que importa uma arma ruim (*lança ferrugenta*) em meio a um exército
(*hoste*) poderoso?

24. *E a sra. D. Graça não permitia que ele a servisse dum pouco de vinho
branco?:* nas entrelinhas de sua conversa com as pessoas presentes,
Cavaleiro dirige-se com especial atenção e doçura a Gracinha Ramires, como parte de seu jogo de sedução.

25. *Caminhos de ferro:* ferrovias.

26. *Suevo:* um dos povos bárbaros que invadiram a Península Ibérica a
partir do século V.

27. *O pior é que o sangue de todos esses pais não difere, realmente, do
sangue dos pais do Joaquim da Porta:* a ascendência nobre é vista
com ironia – Gonçalo orgulha-se da ancestralidade de seu nome, mas
parece não crer que isso o distinga das demais pessoas.

28. *Por quem tem ela a verdadeira admiração, por mim ou pelo suevo,
pelo Recesvinto?:* D. Ana admiraria o homem (Gonçalo) ou a tradição
de seu nome?

29. *Bom fim:* casamento.

30. *Mau fim:* "caso", relação passageira.

31. *Sorvado:* abatido.

32. *Esportulava:* pedia donativos a.

33. *Tomada da Bastilha:* queda da prisão-símbolo do Antigo Regime,
em 14 de julho de 1789, que marcou o início da Revolução Francesa.

34. *Machumba:* região de Moçambique.

35. *Eles torneavam, enlaçados:* o erotismo perpassa a descrição do
contato físico entre Cavaleiro e Gracinha, propiciado pela valsa.

VII

1. *Pálido, Gonçalo sacudia aquela gratidão furiosa [...], o Fidalgo com
as pestanas molhadas e trêmulas:* a despeito da ironia da situação
(um lavrador injustiçado, após ser preso e solto, corre ao causador
de seus sofrimentos para lhe oferecer a vida), Gonçalo se comove
verdadeiramente ante a "gratidão furiosa" de José Casco.

2. *Preitezia:* sujeição, homenagem.

446 ❧ EÇA DE QUEIRÓS

3. *Grogue:* bebida alcoólica, normalmente misturada com água, açúcar e limão.
4. *Encetando:* começando.
5. *Bródio faustoso:* festim de comes e bebes pomposo.
6. *Rebuçados:* balas.
7. *Boieirinha:* guardadora de bois.
8. *Latagão:* ver nota 2, cap. V.
9. *Mas era o corpo [...] enquanto dentro a alma bravejava:* o raciocínio de Gonçalo é exposto com ironia: ele quer acreditar que seu medo reside *apenas em seu corpo* (a alma é destemida, valente).
10. *Nojo:* luto.
11. *Sabuja:* bajuladora.
12. *Ufanava:* orgulhava.
13. *Azo:* motivo, pretexto.
14. *Esposa romana:* é provável que João Gouveia quisesse, na verdade, dizer *esposa espartana*, já que *espartano* passou a ser sinônimo de rígido, austero.
15. *Magotes:* grupos de pessoas.
16. *[...] quem, entre os seus milhares de avós até Adão, não tem algum avô carniceiro?:* após eliminar todos os senões que o faziam repudiar D. Ana (principalmente a voz, que achava horrível) resta a desonra do pai carniceiro (sanguinário); esse "defeito" Gonçalo também procura justificar: investigando o passado remoto dos Ramires, ele encontra (em um exercício de imaginação) um antepassado carniceiro, da época das invasões bárbaras.
17. *Açor:* ave de rapina diurna.
18. *Estugou:* apressou.
19. *Adro:* pátio à frente da igreja.
20. *Brunida:* polida.
21. *Rosácea:* vitral em forma de rosa (característico do estilo românico medieval).
22. *Nichos:* vãos, cavidades.
23. *Aljôfar:* pérolas miúdas.
24. *Opa:* capa usada por religiosos de irmandades.
25. *[...] prima, a História era perpetuada em verso e cantada ao som da lira:* diante do preconceito demonstrado pela "prima" Maria Mendonça em relação à manifestação popular (representada pelo

A Ilustre Casa de Ramires ❦ 447

fado do Videirinha), Gonçalo explica-lhe que, em tempos remotos, a transmissão da História era de fato feita oralmente.

26. *Navas de Tolosa:* ver nota 43, cap. II.

27. *Infante D. Pedro* (filho de D. João I): com seus irmão, os infantes D. Henrique e D. Duarte, ele partiu em 1415 para a conquista de Ceuta.

28. *Carrascão:* vinho mais forte que o comum.

29. *Mas, também gosto de flores, e não sou jardineiro, nem tenho jeito para a jardinagem:* Gonçalo não se julga apto para coisa nenhuma (política, casamento); isso ilustra sua falta de confiança em si mesmo.

30. *Pinguemente repimpada:* abundantemente satisfeita.

31. *Crasta:* claustro.

32. *Esquecera o velho Lopo [...] já despegados do seu esqueleto?:* a pergunta tem efeito cômico, pelo inusitado e grotesco da cena.

VIII

1. *Carlos o Temerário:* duque de Borgonha (1433-1477).

2. *Sunt Lacrymae Revistarum:* "São lágrimas da revista" (latim).

3. *Sublime rasgo:* ação exemplar.

4. *Alfred de Vigny* (1797-1863): poeta romântico francês, autor também de romances históricos.

5. *Vílico:* feitor, administrador de propriedade.

6. *Púcaro:* jarro.

7. *Rico-homem:* servidor do rei nas guerras; fidalgo.

8. *Sanha:* fúria.

9. *Barbacãs:* ver nota 16, cap. I.

10. *Postigo da barbacã:* pequena abertura para observação.

11. *Credência:* prova de confiança.

12. *O coxote e o arção:* entre a armadura que protege as coxas e a sela.

13. *Guantes:* luvas de ferro.

14. *Tauxiado:* ornamentado.

15. *Broquel:* escudo.

16. *Santarém:* cidade tomada aos mouros por D. Afonso Henriques, em 1147.

17. *Chuço:* vara com agulhão na ponta.

18. *Sarracenas:* tribos nômades árabes.

448 &&& EÇA DE QUEIRÓS

19. *Besta encurvada:* arma pronta para atirar bestas (flechas).
20. *Arauto:* mensageiro.
21. *Bridas:* rédeas.
22. *Andas:* Ver nota 14, cap. V.
23. *Bem prestos:* atentos.
24. *Elmo:* capacete; a cena cômica destoa da tensão do momento.
25. *Vergel:* jardim.
26. *Nora:* roldana que puxa o balde do poço.
27. *Malbaratam:* desperdiçam.
28. *Não, meu pai!:* a recusa da mão de D. Violante parte, primeiramente, de seu irmão, ferido e rendido. Compare-se com a atitude de Gonçalo, que entregara a irmã ao Cavaleiro.
29. *Fouveiro:* cavalo ruivo.
30. *Lha vou eu sossegar!...:* Tructesindo pretende *sossegar a alma do filho* vingando a sua morte.
31. *Mocho:* ave de rapina noturna.
32. *Físico:* médico.
33. *[...] dardejada de entre as folhas da aveleira:* a descrição de Gonçalo é fantasiosa (pouco diferindo do estilo romântico de tio Duarte).
34. *Fundibulários:* combatentes armados de *fundas* (atiradeiras).
35. *As asas do açor negrejaram:* o açor (ave de rapina), símbolo dos Ramires, aparece estampado no pendão (estandarte).
36. *[...] formavam na sua mudez cheirosa um recadinho sentimental:* não há evidências de que o arranjo fôra feito por D. Ana; trata-se de uma "interpretação" de Gonçalo.
37. *Péla:* bola.
38. *[...] um tão grande Fidalgo, que amável!:* as pessoas atribuem mais valor à fidalguia que o próprio Fidalgo.
39. *Char-à-bancs:* churrião, carruagem.
40. *Chasqueou:* zombou.
41. *Acossada:* perseguida, mais uma fuga desesperada de Gonçalo.
42. *Lassas:* frouxas; a visão do colchão manchado faz Gonçalo lembrar-se do divã existente no mirante, associando-o à perdição de Gracinha.
43. *[...] e a sua Torre, velha como o Reino, rachava, mostrando dentro um montão ignorado de lixo e de saias sujas:* a Torre rachando é símbolo da corrupção moral em que então vivem os Ramires.

IX

1. *Soldada:* salário.
2. *Telha:* ideia.
3. *Entre a Torre e os Cunhais só desejava separação e silêncio:* Gonçalo procura se isolar da torpeza associada aos Cunhais, a Oliveira, ao mirante, à irmã. A maior baixeza, entretanto, como ele mesmo imaginara, estaria dentro da própria Torre que desmoronava, ou seja, nele mesmo.
4. *Calcando:* pisando, esmagando.
5. *Marrafa:* porção de cabelos caída na testa.
6. *[...] sua alma doce, agora sossegada:* Gonçalo se mostra preocupado, mais uma vez, com a opinião pública.
7. *Pilriteiro:* tipo de árvore.
8. *[...] Sem reparar na estrumeira que atravanca os umbrais:* sem reparar no *estrume* que obstrui a porta; essa imagem se associa à fórmula de que "os fins justificam os meios": Gonçalo, preocupado em atingir seu objetivo, arriscara a própria honra e a da irmã.
9. *Fingimento torturante – e imposto pela honra do nome!:* paradoxalmente, os Ramires medievais honravam o nome com a vingança; o Ramires "civilizado" tem que *fingir* para honra de seu nome: a civilização implica hipocrisia.
10. *Vezeiro a vilanias:* acostumado a baixezas, maldades.
11. *Valhacouto:* esconderijo.
12. *Gordo Cupido:* a ênfase no fato de que o cupido era *gordo* pode ser, num plano simbólico, uma referência ao gordo Barrolo, que ingenuamente (cego, como um cupido, porém tolo) favorece os amores da esposa.
13. *Ourela:* margem.
14. *Renques de choupos:* fileiras de árvores.
15. *Vau:* trecho onde o rio é mais raso.
16. *Sopeou:* refreou.
17. *Sendas:* caminhos.
18. *Tojo:* soturnas colinas de vegetação selvagem e espinhosa.
19. *Morzelo:* cavalo de pelo negro.
20. *Ascuma:* pequena lança.
21. *Arraial:* acampamento.

450 &%& EÇA DE QUEIRÓS

22. *Vianda:* comida.
23. *Bacinetes:* capacetes.
24. *Enguizalhados:* ornados com guizos (chocalhos).
25. *Jograis:* artistas medievais encarregados de divertir a corte.
26. *Gilvaz:* cicatriz.
27. *[...] sem um gesto ou dizer que datassem das velhas idades!:* Gonçalo questiona o grau de verdade dos fatos.
28. *Letra:* dívida.
29. *E de homem se volvesse em fardo:* e de homem se transformasse em vulto.
30. *Por isso eu trabalho, para servir o brasão e o nome!:* mais uma mentira convencionalmente aceita por todos (ver nota 42, cap. V, e nota 9, cap. IX).
31. *Epaminondas:* general tebano, vencedor dos espartanos em três batalhas (século IV a.C.).
32. *Cartapácio:* coleção de documentos antigos.
33. *Cachopas:* moças.
34. *Castão:* remate superior de bengalas (nesse caso, remate de um chicote).
35. *Florete:* espada usada na esgrima.
36. *Templo:* Templo da Ordem de Cristo, antiga Ordem dos Cavaleiros Templários, surgida no século XII para propagar a fé cristã. No século XV, o infante D. Henrique transformou-a na Ordem de Cristo, impulsionadora dos descobrimentos.
37. *Espineta de charão:* piano primitivo de laca (tipo de resina).

X

1. *Marafona:* prostituta.
2. *Que mesquinha honra!:* recapitulando seus insucessos, Gonçalo não consegue deixar de ver a diferença entre ele e seus antepassados; é um momento de autoanálise e franqueza para consigo mesmo.
3. *Clavinas:* espingardas.
4. *Era essa fraqueza que o abandonava a qualquer influência:* não só a opinião, mas a *vontade* dos outros é que governa as atitudes do Fidalgo.

A Ilustre Casa de Ramires 🙌 451

5. *Peco e encafuado:* esmorecido e escondido.
6. *Gonçalo percebeu [...] faces lentas que passavam...:* as reticências anunciam o início das visões de Gonçalo, que se manifestam durante um pesadelo.
7. *Gibões:* vestimenta antiga, que cobria do pescoço à cintura.
8. *[...] as armas todas da História:* as armas representam, metonimicamente, a linhagem dos Ramires, desde os bárbaros, que usavam armas rústicas, como as *clavas* (porretes) de raiz de carvalho, até os "civilizados", que se valiam de armas sofisticadas (espadins enfeitados).
9. *Brial:* túnica; a cruz vermelha é o símbolo da Ordem de Cristo (ver nota 36, cap. IX).
10. *D. Fernando e à adúltera Leonor:* ver nota 17, cap. I.
11. *Aljubarrota:* ver nota 18, cap. I.
12. *Alcácer:* ver nota 22, cap. I.
13. *Donzel:* pajem; moço que ainda não fora armado cavaleiro.
14. *Ourique:* ver nota 12, cap. I.
15. *Cachão:* fervendo (borbulhando).
16. *Mas aventuras, sr. Doutor, até a gente as encontra na estrada...:* a frase de Bento é premonitória.
17. *Idílio:* cena amorosa marcada pela singeleza.
18. *Açor:* ave de rapina diurna, símbolo dos Ramires.
19. *Medas:* montes, em forma de cone, de trigo ou centeio.
20. *Latagão:* o mesmo homenzarrão que já intimidara Gonçalo duas vezes.
21. *Esgazeados:* revirados.
22. *Galão:* corcovo, salto brusco da montaria.
23. *Sarilhara:* dobrara.
24. *E até num relance sorriu recordando "traças de guerra", de D. Garcia Viegas, o Sabedor:* retomada, com efeito irônico, das estratégias de batalha do *Sabedor*, como se elas se pudessem comparar ao plano *engenhoso* do Fidalgo contra um velho.
25. *Sobrolho:* sobrancelha.
26. *[...] que a sua Torre era agora mais sua:* a transformação "interior" de Gonçalo promove a "transformação" da realidade exterior: o dado subjetivo determina o objetivo.
27. *E ambos derribados sob as patas da égua, numa poça de sangue:* finalmente, Gonçalo fornece uma versão fiel à verdade dos fatos (dessa vez não foi preciso mentir).

452 &@&@ EÇA DE QUEIRÓS ·

28. *Com que gosto se acercou do espelho [...] como a um Gonçalo novo e tão melhorado:* ver nota 26 acima.

29. *Fáeton* (ou *Faetonte*): na mitologia, o filho do Sol; no texto, tem o sentido de "ao nascer do sol".

30. *Rasgo:* feito.

31. *Cizânia:* mal-estar, desarmonia.

32. *Não! se os rapazes no Clube me chamam bacoco [...] Mas eu não acredito!:* a indignação de Barrolo decorre da descoberta de seu apelido, muito mais que da insinuação sobre o adultério da esposa.

33. *Manilha:* jogo de baralho.

34. *Febra:* nervo.

35. *Mas eu realmente não corri grande perigo!:* apesar de ser esta uma oportunidade de exagerar o perigo por que passara, Gonçalo prefere manter-se fiel ao que de fato acontecera: é uma prova da mudança que nele se operou.

36. *Mas têm tecido*: elas têm "bisbilhotado", intrigado.

37. *Ai-jesus:* tormento, por isso, o ato do Fidalgo é considerado justo e heroico.

38. *Espera:* emboscada.

39. *Fojo:* armadilha.

40. *Entaipar:* fechar, cercar.

41. *Traça:* plano.

42. *Escarmento:* castigo.

43. *Punch:* tipo de bebida.

44. *Te-Deum:* missa, cantoria de ação de graças.

45. *Atalaiavam:* espionavam, vigiavam.

46. *Mafoma:* Maomé.

47. *Ainda arranca furiosamente a espada, que redemoinhando o coroa de coriscos:* o movimento da espada o envolve de reflexos (faíscas).

48. *Cardo:* planta espinhosa.

49. *Magarefes:* açougueiros.

50. *Vilta:* ofensa.

51. *Acaudilhada:* comandada.

52. *Pego:* lago.

53. *Barregã:* amancebada, concubina.

54. *Aníbal*: general cartaginês (século III a.C.); *Aristóteles*: filósofo grego (século IV a.C.).

55. *Perro:* cão.

A ILUSTRE CASA DE RAMIRES ✤ 453

56. *Emprazava:* intimava a comparecer.
57. *Mas receita de herbanista mouro:* as sanguessugas eram, de fato, utilizadas pela medicina para aplicação de sangrias.
58. *Embotara:* extinguira.
59. *Anafis:* trombetas mouriscas.
60. *Chufas:* gracejos ofensivos.
61. *Postema:* inflamação purulenta.
62. *Balsões:* pendões, bandeiras.

XI

1. *Até duvidava:* note-se que a dúvida de Gonçalo quanto ao grau de verdade – e até mesmo de verossimilhança – dos fatos narrados por ele mesmo persegue-o até o remate da novela.
2. *Cúria:* tribunal eclesiástico.
3. *Canícula:* grande calor atmosférico.
4. *Quero dizer, sim, houve, mas...:* além de contar, em sua novela, a história de uma vingança, ele mesmo vingara-se de José Casco, mandando que o prendessem.
5. *Avejão:* homem feio.
6. *Gelhas:* rugas.
7. *Não senhor! [...] merece estar em altar!:* os populares não esquecem os atos de caridade do Fidalgo, comparando-o, ora a um rei, ora a um santo.
8. *Derriços:* namoros.
9. *Cocar:* agradar, mimar.
10. *Bruxedo:* feitiçaria.
11. *A Gracinha também não!:* ato falho – Barrolo está tão entusiasmado com a novidade que tem para contar que interpreta inadequadamente a pergunta de Gonçalo.
12. *Carraças:* carrapatos; pessoas inoportunas.
13. *[...] quando os inflamava o amor fidalgo e romântico dos Borbons e dos Stuarts:* referência às casas de Borbon e Stuart, que disputaram o poder na Revolução Gloriosa, ocorrida na Inglaterra, em 1688.
14. *Monsieur de Charette a dit à ceux d'Ancenes / "Mes Amis!..." / Monsieur de Charette a dit...:* "O senhor de Charette disse ao de Ancenes / 'Meus amigos!...' / O senhor de Charette disse..."

454   EÇA DE QUEIRÓS

15. *"Mes Amis! / Le Roy va rammener les Fleurs de Lys!":* "Meus amigos! / O rei vai devolver as Flores-de-Lis!"
16. *Alvíssaras:* gorjeta, recompensa.
17. *Jacobitas:* nome dado aos partidários dos Stuarts (ver nota 13 acima).
18. *Desenxabidamente:* frouxamente, sem entusiasmo.
19. *[...] prefere mesmo o teu realismo épico ao do Flaubert, na* Salambô*:* a novela de Gonçalo seria uma superação não só do Romantismo, mas também do Realismo.
20. *Marquês:* título de nobreza superior ao de conde e inferior ao de duque.
21. *Dom:* presente, recompensa.
22. *[...] através do* Diário do Governo, *como a um tendeiro enriquecido que subsidiou eleições:* referência à atribuição de títulos à burguesia, em troca de apoio financeiro.
23. *[...] eu tenho imenso gosto em o fazer, a ele, Marquês do Roncão:* Gonçalo responde com ironia – ele é que estaria em condições de conceder títulos de nobreza ao rei, dada a antiguidade de sua família. A resposta expressa a restituição de sua integridade frente a André Cavaleiro.
24. *Azafamada:* atarefada, intensa.
25. *Despautério:* disparate, absurdo.
26. *Hoste:* exército.
27. *Buxo:* árvore ornamental.
28. *Dístico:* grupo de dois versos.
29. *Ameias:* recortes, saliências no alto da torre.
30. *Eirado:* terraço.
31. *Entono:* altivez, orgulho.
32. *Preito:* vassalagem, sujeição.
33. *Ah! se adivinhasse – se ele adivinhasse!:* momento de epifania, ou revelação; Gonçalo descobre-se popular, independente da ajuda de André Cavaleiro, a quem se aliara de modo ultrajante.
34. *Rexas:* grades.
35. *Como uma surpresa:* outro momento de epifania; Gonçalo, que esteve tão mesquinhamente envolvido com as questões de sua eleição, surpreende-se com a imensidão do universo.
36. *Sabujara:* bajulara. Nesse parágrafo, a personagem reflete sobre o *real valor* daquilo a que tanto almejara: uma cadeira de deputado.
37. *[...] por ter desertado o rebanho idêntico do Brás Vitorino:* os dois

A ILUSTRE CASA DE RAMIRES ❦ 455

partidos rivais são idênticos, e a vida de deputado é monótona, im-
profícua (inútil).

38. *Fora:* fosse.

39. *Apenas o claro entendimento das realidades humanas – e depois o forte querer:* o que distingue o homem medíocre do realizador é a *vontade,* a determinação pessoal.

40. *[...] imaginou a sua própria encaminhada enfim para uma ação vasta e fecunda:* aqui delineia-se o germe da decisão a ser tomada por Gonçalo.

41. *Grã-cruz:* insígnia do mais alto grau de cavalaria.

42. *[...] andou sempre nos* Carnet Mondain *e* High-Life*:* andou sempre nos círculos elegantes.

43. *Desandou em janota:* virou esnobe.

44. *Concessão dum vasto prazo de Macheque, na Zambézia:* aforamento (concessão) de um território na região de Zâmbia (África), entre Angola e Moçambique.

XII

1. *Portugal:* navio que o levara à África.

2. *Voltarete* e *boston:* jogos de baralho.

3. *Consoara:* ceara.

4. *Era a queda inesperada do Ministério do S. Fulgêncio!:* queda dos Históricos.

5. *Catita:* elegante, bonito.

6. *Sebe de buxo:* cerca viva.

7. *E ela andou em torno da fogueira:* a imagem remete a uma cerimônia ritual, em que a queima do divã é símbolo da extinção da fascinação de Gracinha por Cavaleiro.

8. *Sem rebuço:* sem disfarce. As Lousadas insinuam que Cavaleiro mantém, em Lisboa, um relacionamento com uma mulher casada.

9. *Modorra:* sonolência.

10. *Agaloado:* com distintivos militares.

11. *Sempre o mesmo Gonçalo!:* referência à humildade da personagem.

12. *Lourenço Marques:* atual Maputo (capital de Moçambique).

13. *Sezões:* febres, malária.

14. *O quê! [...] tanta perda de vida e fazenda?!:* referência aos sacrifícios exigidos pelo expansionismo marítimo lusitano.

15. *S. Romão:* é o mesmo conde mencionado pelas Lousadas (ver nota 9 acima).
16. *Casais:* pequenos povoados.
17. *Aguilhada:* vara com ferrão na ponta.
18. *Catão:* ver nota 70, cap. V.
19. *Que esta não é propriamente doutrina da Igreja!...:* crítica a uma Igreja despreocupada com os verdadeiros valores do espírito.
20. *Fogachos:* ímpetos.
21. *Ourique:* ver nota 12, cap. I.
22. *Palrador:* falador.